HECHIZO DEL DESTINO

JRLAND

HECHIZO DEL DESTINO

Titania
ARGENTINA - CHILE - COLOMBIA - ESPAÑA
ESTADOS UNIDOS - MÉXICO - URUGUAY - VENEZUELA

Título original: *A Garden in the Rain*
Editor original: Berkley Books, Nueva York
Traducción: Amelia Brito

© 2005 *by* Ediciones Urano, S. A.
    Aribau, 142, pral. - 08036 Barcelona
    www.titania.org
    atencion@titania.org

ISBN: 84-95752-78-6
Depósito legal: B - 35.774 - 2005

Fotocomposición: Ediciones Urano, S. A.
Impreso por Romanyà Valls, S. A. - Verdaguer, 1 - 08786 Capellades
(Barcelona)

Impreso en España - *Printed in Spain*

Para tía Kay, madrina y amiga

Agradecimientos

Quiero expresar mi más sincera gratitud a:

Mi editora Gail Fortune, que encuentra títulos perfectos, por el incomparable apoyo y la libertad que me da para escribir los libros que desea mi corazón.

Ashley Blakely (que escribe con mejor ortografía que yo), por su valiosísima ayuda en mantener las cosas al día, por su cariño por mis hijas y sus tiernos cuidados mientras yo cogía un par de horas cada semana para escribir. ¡Te queremos!

Molly Wiscombe, que me organizó las cosas el otoño pasado para que yo pudiera pensar y mantuvo mi casa despejada para que yo pudiera trabajar sin que las cosas se me cayeran encima.

Mi primo político David Lyddall, por su constante ayuda con sus conocimientos sobre todo lo escocés, en especial lo relativo a coches rápidos y caros, multas por exceso de velocidad y tiempos de viajes entre las ciudades del Reino Unido, que sólo él podía hacer una realidad (sus hazañas en este campo son legendarias).

Melissa R., que hizo milagros para conseguirme un ordenador que funcionara. ¡Eres una santa!

Mi madre, por los viernes Gaga.

Matt (el que, para ser un chico, es francamente rápido para mecanografiar), por sacrificar horas de sueño y días de asueto para ayudarme a acabar esto mecanografiando mis muy ilegibles capítulos escritos a mano.

Mis pequeñas hijitas, que hacen de mi vida un jardín de dulces delicias.

Y por último, aunque no menos importante, a tía Kay, que dijo en una ocasión: «Llegas a un momento de tu vida en que sientes la urgencia de ir a excavar la tierra». Tenía razón, claro.

Capítulo 1

«*E*scocia en otoño.»

¿Existirían otras palabras en la lengua materna que pudieran evocar pensamientos y sentimientos más románticos? Madelyn Phillips dejó su equipaje en el suelo, cerró los ojos e hizo una honda inspiración. No, ésas eran las palabras, ése era el país, y ante ella se extendían dos semanas sin otra cosa que hacer que disfrutarlo. Estar allí lista para iniciar su visita a las Highlands cuando el aire crujía con el frescor del otoño era sencillamente el material de que se forjan los sueños.

—Muévete, monada.

Madelyn se movió, gracias a un amistoso empujón en el trasero dado por el hombre que estaba detrás de ella. Gracias a Dios se lo había dado con su maleta. Al menos esperaba que hubiera sido con su maleta.

Miró alrededor y sólo entonces cayó en la cuenta de que estaba bloqueando la salida de la estación de ferrocarril. En su defensa, podía decir que ése había sido un día larguísimo. ¿O dos días, quizás? En esos momentos ya no estaba nada segura. Se sentía como si hiciera semanas que no dormía en posición horizontal.

Se apartó del camino del señor Monada y echó a andar, tirando de la maleta y tratando de olvidar que una de las ruedas se había quedado pegada a otra cosa por estar demasiado rato cerca del radiador la noche anterior a su partida de Estados Unidos. Se detuvo a la entrada de la estación, miró la calle y sonrió al ver a la gente conduciendo por el lado izquierdo de la calzada. Puso atención a las conversaciones de las personas que pasaban cerca de ella y suspiró de placer al oír las agradables cadencias de su entonación.

Era mejor de lo que se había atrevido a esperar, y se había atrevido a esperar muchísimo.

De pronto le vino un bostezo, se frotó los ojos y se dio una sacudida. No tenía tiempo para dormir. Era muchísimo lo que tenía que ver, mucho lo que tenía que hacer. El sueño podía esperar. Se apartó de la pared, se acomodó el bolso neceser y el estuche del violín en el hombro, cogió el asa de su maleta ya no rodante y echó a andar hacia la agencia de alquiler de coches.

Media hora y varias miradas dudosas después (era posible que hubiera bostezado demasiadas veces) tenía en su poder las llaves de un coche y un mapa de las Highlands muy poco satisfactorio. Lo metió en su libreta con enorme renuencia, aunque estaba casi segura de que no tendría necesidad ni de mirarlo. Al fin y al cabo, tenía las indicaciones que le había dado el propietario. Sin duda él le diría dónde encontrar para llegar a la posada donde se alojaría un mapa que contuviera más carreteras que éste.

A no ser que ésas fueran todas las carreteras que había.

Pero claro, menos caminos, menos personas. Menos cosas que atropellar en su primer día. Tal vez eso era bueno.

Llevó su equipaje hasta el coche, lo metió en el maletero y consiguió sentarse ante el volante en el lado correcto sin excesivo estrés ni confusión.

—Conduce por la izquierda —se dijo en voz alta, mientras retrocedía y empezaba a salir del aparcamiento.

Eso ya fue de suyo algo perturbador, pero nada comparado con el problema de meterse en el tráfico de la ciudad. Le pasó por la cabeza la pregunta de por qué en las agencias de alquiler de coches no examinaban a sus clientes para determinar su grado de trastorno por desfase horario antes de entregarles las llaves.

Hizo una inspiración profunda y puso el pie en el acelerador. Después de unos cuantos sustos por las calles, ya que había estado a un pelo de atropellar a peatones, chocar con coches o con duros bordillos, se encontró de pronto en la carretera saliendo de la ciudad. El camino se estrechaba un poco y había menos tráfico también. Aflojó la presión de las manos sobre el volante y se dio permiso para sonreír.

Estaba en Escocia; casi demasiado bueno para ser cierto.

Recordaba el momento exacto en que había empezado su fascinación por ese país. Una vez que su padre volvió de un congreso en Edimburgo le llevó de regalo una estatuilla de un escocés de las Highlands tocando la gaita y, curiosamente, esa estatuilla le encendió su imaginación de niña de diez años. Su padre jamás viajaba al Reino Unido sin llevarle algún recuerdo escocés a su vuelta, aun cuando lo hubiera comprado en Heathrow: gaitas para niños, mantas de tartán, faldas escocesas, libros. Todo eso le había intensificado la fascinación por esa tierra de abundantes lagos, con una historia tan rica y habitantes tan fieramente independientes.

Tampoco había hecho nada para apagar su entusiasmo por una dorada fantasía de adolescente en que un señor de las Highlands ultrafogoso se enamoraba perdidamente de ella en el instante mismo en que la veía.

Llevaba años deseando visitar las Highlands. Deseaba tocar las piedras con sus manos, recorrer el territorio con sus dos pies e imaginarse quiénes habrían andado por ahí antes que ella, ver los lagos y montañas con sus ojos y envidiar a los que lo llamaban su terruño. Incluso cuando sus estudios y su profesión le habían ocupado la mayor parte de su tiempo y dinero, siempre había tenido a Escocia metida en un recoveco de la mente.

Además, tenía que reconocer, con un poco de disgusto, eso sí, que siempre había retenido despierto en la mente ese sueño con ese guapo chico highlandés.

Menos mal que recientemente había jurado no volver a liarse con ningún hombre, porque eso la habría distraído en su visita. Después de su última relación había decidido renunciar a toda relación amorosa durante unos diez años por lo menos. No lograba imaginarse a nadie que pudiera hacerle cambiar esa decisión. Además, estaba en Escocia para ver el país, no para encontrar un hombre. Ese señor de las Highlands podía mirar hacia otro lado.

Expulsó de la cabeza todas esas fantasías imposibles y centró la atención en los campos y bosques bañados por los colores del otoño. Bajó el cristal de la ventanilla para saborear el aire fresco. El otoño era con mucho su estación predilecta. Estaba lleno de promesas de mañanas pasadas saboreando un vigorizante y relajado desayuno antes de salir a recoger con la pala las hojas caídas, de tardes pasadas contemplando las hojas con sus colores ocres otoñales, las veladas nocturnas leyendo junto al rugiente fuego de un hogar. Jerseys, botas, bufandas: incluso la ropa era práctica para ella.

Claro que no poseía ninguna prenda que fuera realmente fabulosa para el otoño. Lo que tenía era una maleta llena de trajes de ejecutiva, trajes muy caros, pero bueno, eso era otra historia. Por lo menos los zapatos negros asquerosamente caros que llevaba puestos eran cómodos. Casi le compensaban la incomodidad de los pantis de nailon que se le iban bajando por los muslos y parecían resueltos a continuar bajando. No se atrevía a darles un tirón; eran el último par que tenía, y no tenía dinero para comprar otros.

Para apartar la mente de los pantis migratorios, se obligó a admirar las encantadoras casas de piedra separadas por muros de piedra igualmente encantadores y concentrar la atención en el camino deliciosamente serpenteante que iba dejando atrás.

Pero, pasado un rato, el camino empezó a parecerle una interminable cinta que atravesaba el campo de una forma bastante fortuita, y comenzó a sentirse un tanto desconectada. De pronto pensó si no habría caído en una especie de trance. Las cosas se iban poniendo muy pacíficas.

O al menos eso le pareció hasta que miró por el retrovisor y vio un coche negro de origen indeterminado que de pronto se le iba montando en la cola como si tuviera toda la intención de meterse en su maletero. El conductor la invitó a hacerse a un lado con una serie de amistosos bocinazos.

Muy bien, o sea que el tío estaba apoyado en el claxon como si hubiera caído desplomado encima. Aún no acababa de adelantarla cuando éste aminoró la marcha para echarle una mirada feroz, para que se enterara de que estaba irritado, y luego aceleró tan rápido que ella tuvo que subir el cristal para evitar que la cegara el polvo que levantó; eso bastó para agriarle el ánimo tan resueltamente alegre. De todos modos, le hizo una alegre cuchufleta al coche deportivo que iba desapareciendo en la distancia y continuó su camino.

La carretera continuaba hacia el norte y muy pronto comenzó a serpentear con más entusiasmo. Su habilidad de conductora iba mejorando claramente, porque ya empezaba a acostumbrarse a conducir por la izquierda; incluso se las arreglaba para evitar atropellar a diversos animales de granja que por lo visto encontraban de su gusto el cálido asfalto otoñal. Jamás se había imaginado a las ovejas como un peligro de carretera, pero ahí estaban. Cuando se circula por Escocia, ojo con los impedimentos blancos y lanudos.

Si los habitantes del país siguieran ese consejo, probablemente llegarían mucho más lejos en sus trayectos.

Eso fue algo que comprendió al girar por otro recodo y encontrarse ante un cuadro de tráfico que puso a su pie en enérgico y repentino contacto con el freno.

El señor Deportivo Negro estaba de pie a un lado de la carretera mirando su hermoso coche, que estaba girado apuntando hacia el otro sentido y luciendo una enorme abolladura en un costado.

Madelyn detuvo su vehículo a un lado del camino. No tenía ningún sentido empeorar la tragedia convirtiéndose también ella en un peligro de la carretera. Bajó el cristal de la ventanilla y asomó la cabeza para mirar al hombre, que estaba perorando con inmenso entusiasmo en un idioma que ella supuso tenía que ser gaélico. Él parecía estar a punto de empezar a arrancarse el pelo.

Entonces él dejó de hablar y se giró a mirarla.

Y a ella se le resecó la boca.

De acuerdo, estaba falta de sueño. También podía ser que estuviera supercargada de expectativas y demasiada comida de avión. Y era posible, además, que su vida social estuviera tan hecha un asco que cualquier cosa que se viera pasable en tejanos y jersey negro le pareciera un sueño hecho realidad.

Era posible.

O no.

Nones, no había manera de negar que el hombre que tenía delante era sencillamente pasmoso. Alto, moreno, súper guapísimo. Con enorme valentía, trató de recordar por qué había renunciado a los hombres; aunque eso no le habría servido de mucho. Ese tío era motivo suficiente para abandonar esa resolución.

Y seguro que tenía una personalidad fabulosa, equiparable a esa cara increíble y esa impresionante figura. Encantador, de voluntad fuerte, pero caballeroso. Sólo podía imaginarse qué tipo de galante respuesta le daría a su ofrecimiento de una ayuda que ella no podía darle. La verdad, ofrecérsela era lo correcto.

—¿Necesita ayuda? —le preguntó en su tono de voz más servicial.

Él interrumpió la sarta de palabrotas y se volvió a mirarla. Bueno, su mirada era feroz, si se podía llamar mirada; tal vez había tenido un mal día.

—¿Ayudarme? —gruñó él—. ¿Ayudarme? No, no puede ayudarme, a no ser que vaya delante apartando las ovejas del maldito camino, ¡donde no tienen por qué estar!

Ella pestañeó. De acuerdo, tal vez su caballerosidad había estado pegada a la pintura que se descascaró con la abolladura del coche. No podía dejar de comprenderlo. Pero en cuanto a lo de apartar las ovejas del camino, dudaba de que eso sirviera de mucho. El coche no parecía estar en condiciones para llegar tan lejos que hiciera útil el barrido de ovejas. Volvió la mente a asuntos más prácticos.

—¿Necesita que le lleve?

Él le soltó una palabrota (estaba bastante segura de eso), se acercó pisando fuerte a su muy abollado coche, abrió la puerta y saltó dentro. Logró cerrar la puerta con sólo un poco de dificultad, hizo un rápido giro en U y lanzó su automóvil por el camino con un desenfado bastante imprudente, en opinión de ella.

Bueno, estaba claro que las apariencias engañan. Su coche funcionaba perfectamente, pero sus modales no, en absoluto. Muy bien, pensó, suspirando, su primer contacto con la cultura nativa había sido inservible; su padre se sentiría consternado por su incapacidad para determinar el origen lingüístico del hombre con diez palabras o menos, pero, a pesar de todo, tal vez las cosas mejorarían pronto. Después de todo, no había ninguna oveja tumbada muerta en la carretera, ella seguía teniendo su coche intacto y había sido testigo de una ración de sólo postre.

No estaba mal, considerando las alternativas.

Puso en marcha el coche y continuó su camino, canturreando alegremente e imaginándose entusiasmada una cena decente y una buena noche de descanso. Cuanto antes se acostumbrara a su nueva zona horaria, mejor podría aprovechar su tiempo.

Ya era última hora de la tarde cuando por fin llegó al pueblo, a Benmore. No se tomó la molestia de consultar el mapa del pueblo, porque ya lo tenía memorizado. Siguió la ruta hasta la pequeña posada de Roddy MacLeod.

Aparcó al lado de un Jaguar de aspecto carísimo, desconectó el motor y soltó un largo suspiro. Vivita y coleando, y con la perspectiva de una cama en el futuro inmediato. Milagroso.

Bajó del coche, cogió su bolso del asiento delantero y el violín del maletero y echó a andar hacia la puerta principal. El vestíbulo de entrada estaba ordenadito y limpio, pero era humilde. Le encantó al instante. Pero no bien había entrado unos pasos cuando se detuvo en seco.

Oliscó.

La recorrió una sensación de horror.

Ay, no, por favor, la colonia Eternal Riches.

Se frotó vigorosamente la nariz, no fuera que se estuviera imaginando cosas. Pero no, no se lo estaba imaginando. Después de todo, ¿quién podía confundir ese olor por otro, sobre todo dado el grado de saturación que estaba experimentando?

Antes de que lograra decidir si soltar una palabrota o un chillido, salió del interior un hombre de edad madura, pelo rojizo y cara rubicunda, secándose las manos en una toalla. La miró sonriendo.

—¿En qué puedo servirla?

—Soy Madelyn Phillips. Tengo reservada habitación.

El hombre la miró pestañeando sorprendido.

—Señorita Phillips. Sí, tenía reservada una habitación, pero...

¿Tenía? ¿Dijo «tenía»?

—Llamé antes de salir de Estados Unidos —dijo, haciendo caso omiso del horrible nudo en el estómago y el picor de la nariz—. Usted es Roddy MacLeod, ¿verdad?

—Sí —repuso él, empezando a parecer muy nervioso—. Pero el señor Taylor dijo que usted había hecho otros planes en el último momento.

Madelyn apretó los dientes.

—No, no podía decir eso.

—Ah, pues claro que podía y lo hice.

Madelyn miró a la derecha y vio salir a un hombre del oscuro corredor, como un maldito vampiro llegado a mirar las ofertas de la noche y a dar su opinión sobre lo que faltaba.

Bentley Douglas Taylor III, su ex novio. El hombre que la dejó plantada, sin dinero, sin trabajo y sin apartamento.

¿Sería malo odiar a otro ser humano?

—Me robaste mi habitación —dijo, mirándolo indignada, y tapándose la nariz para no sentirse tan atacada por su colonia.

—Era la suite de luna de miel, y no es gran cosa. Pensé que no la querías.

—Lo que no quería era compartirla contigo.

Bentley se quitó un palillo de entre los dientes (los llevaba en una cajita de plata en el bolsillo de la camisa) y se lamió los dientes sorbiendo, tal vez para recuperar algún trocito de un caro almuerzo almacenado ahí para inspeccionarlo después.

—Madelyn, no te tomas esto todo lo bien que debes.

¿De qué demonio estaba poseída en ese tiempo para haber aceptado casarse con el hombre que tenía delante? Estaba claro que alguna especie de pérdida momentánea de toda capacidad de pensamiento racional. Bentley Douglas Taylor III era afable, era guapo, era poderoso. También había roto su compromiso con ella seis semanas antes de la boda, dándole la espalda y comprometiéndose con otra unos seis minutos después. ¿Qué diablos hacía ahí, estropeándole sus vacaciones?

—La comida no es mala —continuó él, escarbándose los dientes—. No es la civilización a la que estoy acostumbrado, claro, pero servirá.

Sí, se había dejado cegar por unos dientes perfectos, unos bonitos ojos castaños y las nada pretenciosas pecas sobre la nariz. Sí, sin duda el hecho de que fuera el súper abogado del bufete, con el olor del poder pegado a él como un perfume, había tenido algo que ver con su fascinación.

—Oye, Roddy, ¿no hay algún MacDonald por aquí? —preguntó Bentley al posadero dándole un amistoso golpe en el brazo.

Demasiado tarde, comprendió Madelyn, demasiado tarde se había dado cuenta de que el olor que llevaba pegado Bentley no era sólo el del poder y de la colonia Eternal Riches sino también el hedor del agua de colonia Comida Rápida. En los seis meses que había salido con él había aprendido a distinguir entre un MacDonald, un Burger King y un Jack-in-the-Box con sólo tres oliscadas y menos.

—¿MacDonald? —preguntó Roddy con expresión adecuadamente horrorizada—. No, me parece que no.

—¿Qué tal si pruebas comida de verdad, Bentley? —dijo ella—. Frutas, verduras, esas cosas.

—Prefiero las patatas fritas y las hamburguesas —repuso él, zumbón.

—¿Cómo sobrevives con esa basura?

Pero ya había desaparecido su incredulidad. Lo había visto zamparse la sentencia de muerte de un Mac Triple bañado en salsa, seguido por patatas fritas y postre a rebosar de grasa y después no sufrir más consecuencias que un discreto eructo para ocultar en su pañuelo con monograma.

—Tengo un físico superior. Arterias de teflón. Como todo lo que se me antoja, en la cantidad que quiero y no hago otra cosa que florecer. —La miró con ojo crítico—. Te has echado unos cuantos kilos encima. Pensé que soportarías mucho mejor mi rechazo.

—Estoy muy bien —replicó ella.

Y era cierto. Que él la dejara plantada era lo mejor que le había ocurrido en su vida. Pero ¿aceptar que él le convirtiera su experiencia de Escocia en otoño en Vacaciones en el Váter?

Eso de ninguna manera.

Después averiguaría por qué estaba él en el humilde vestíbulo de la posada de Roddy MacLeod. En esos momentos tenía cosas más urgentes que atender. Miró al posadero.

—Necesito un alojamiento, puesto que mi habitación la ha ocupado ilegal e inmoralmente este cabrón.

Roddy se cogió las manos y empezó a retorcérselas.

—Ach, pero la única que tengo es una habitación muy pequeña.

—La acepto —se apresuró a decir ella—. Si tiene una cama y puedo ponerme en posición horizontal muy pronto, estaré feliz.

—Claro que sí —dijo Roddy—, y no le cobraré...

—Pagaré un precio justo —dijo ella—. No me alojaré gratis.

—Acéptale lo gratis —le aconsejó Bentley—. Estás sin trabajo.

—Gracias a ti —le recordó ella.

—Te hice un favor al eliminarte de la competición por puestos. Nunca habrías tenido éxito, por cierto. Mírate. Un poco de estrés y comes tanto que ya no te caben los trajes de trabajo y necesitas túnicas de vieja.

—Todavía llevo mis trajes de trabajo, muchas gracias, e hiciste algo más que eliminarme de la competición. Si mal no recuerdo, me hiciste despedir también.

—No.

—Sí.

—No.

—¡Sí!

Joder, ¿cómo podía negarlo? Él había firmado la notificación de despido. Y los acontecimientos que llevaron a eso se habían desencadenado con tanta rapidez que ella comprendió que tenía que haber sido él, siguiendo implacable una lista. Lo primero fue el fin de su compromiso. Después, en orden de aparición, llegó el cese de invitaciones al comedor de los socios, la pérdida de sus mejores clientes, la indiferencia de los ayudantes que antes temblaban de miedo ante ella, y, con mucho lo más humillante, ver al encargado del aparcamiento romper su pase. Se vio obligada a pagar diez dólares por adelantado para poder entrar en el garaje.

Le pegaron la notificación de despido a la puerta.

Era evidente que Bentley había estado detrás de todo eso. Con un movimiento de su cochina pluma había borrado todos los sueños que podría haber tenido de continuar su meteórico ascenso en DiLoretto, Delaney & Pugh. Una lástima que todo no hubiera podido acabar ahí. Por desgracia, con todas las personas que conocía él en Seattle, y todos los insultos que le gritara ella cuando le llevó a su oficina la notificación de despido y se la arrojó en el plato de porcelana con ketchup, tendría suerte si conseguía un trabajo para armar hamburguesas.

¿Llamaría Roddy a la policía si alargaba la mano y le enterraba el puño en la nariz a Bentley?

—Barbie Patterson era una mejor opción, de todos modos —dijo Bentley, mascando el mondadientes—. Es menos propensa a derrumbarse cuando se la presiona. Es menos alegadora.

—Soy abogada. Tengo que ser alegadora. Y por si no lo has notado, Barbie es abogada también.

—Pero es fatal de mala —repuso él, afablemente—. Es incapaz de discutir para salir de una disputa de parvulario. Pero aparecerá condenadamente buena en el informe anual. Ahora vamos a nuestro asunto. ¿Piensas atenerte a nuestro itinerario?

—Vete al infierno.

—En el infierno estamos —dijo él, sacándose el mondadientes de la boca para examinarlo—. Me cuesta creer que me haya dejado convencer de venir a Escocia a pasar la luna de miel. Escocia, un país en que hombres perfectamente sensatos llevan faldas.

—Faldas escocesas —corrigió ella.

—Tartanes —añadió Roddy MacLeod, al que se le empezaron a agitar las ventanillas de la nariz.

Bentley, naturalmente, no captaba las subcorrientes de irritación que pasaban en torno a él.

—Supongo que si me mantengo a tu lado evitaré cualquier insinuación no deseada de casquivanos en faldas.

—No vas a estar a mi lado —repuso ella firmemente—. No quiero verte. No quiero ir a ver nada contigo. Busca tú solo tu camino oliscando patatas fritas y hamburguesas hechas de materia no identificable.

—Estarás mucho más feliz conmigo a tu lado.

¿Estaría loco? ¡Si estaba comprometido! Podría haber atribuido a desfase horario su locura, pero sin duda había volado en primera clase, y estaba segura de que los pasajeros de primera clase no sufrían de ese desfase. Comprendió que sólo tenía una opción.

Tendría que librarse de él a primera hora de la mañana. Miró a Roddy.

—¿Me podría dar la llave?

Roddy cogió una del mesón de recepción.

—Tome, muchacha. Sábanas limpias, baño en el corredor. No lo piense dos veces si desea pedirme lo que sea que necesite. Estaré feliz de dárselo, feliz, de verdad.

Madelyn se echó el violín al hombro y echó a andar por el corredor, decidiendo, mientras Bentley entablaba conversación con el posadero acerca de pubs y a saber qué tipo de substancias nocivas podrían encontrarse por ahí, que el resto de su equipaje podía esperar en el coche. El lavado de la cara lo dejaría para la mañana; sus dientes sobrevivirían una noche sin cepillado ni hilo dental. Se le ocurrió que incluso su vejiga podría dejarla en paz si se lo pedía, pero claro, no tenía ningún sentido exagerar las cosas.

Después de una rápida visita al cuarto de baño, entró en su minúscula habitación y agradecida se echó en la segunda cama mejor de Roddy MacLeod. Al día siguiente podría pensar en el desastre en que estaba convertida su vida. Por el momento tenía una cómoda cama debajo y ya no estaba atrapada en ninguna modalidad de transporte móvil.

Escocia en otoño.

A pesar de todo, era casi tan fabuloso como se había atrevido a esperar.

Antes de quedarse dormida alcanzó a pensar cómo dormiría el hombre que había hecho esa grave abolladura a su coche deportivo negro. No bien, probablemente. ¿Quién dormiría bien pensando en la factura de ese tipo de reparación?

Por lo menos ella había logrado evitar ese destino. Su coche estaba aparcado ileso delante de la simpática y segura posada de Roddy MacLeod.

Se quedó dormida con una sonrisa en la cara.

Capítulo 2

*E*l metal silbaba rebanando el aire, sonaba fuerte al golpear al metal oponente, rechinaba al deslizarse por él y se quedaba enérgicamente en reposo apoyado en ese otro metal que paraba su avance.

Patrick MacLeod hizo un mal gesto. Si no supiera que no, se habría imaginado en el interior de su astronómicamente caro Aston Martin Vanquish, escuchando el rechinar de su pulido y límpido costado negro al deslizarse a todo lo largo del murete de piedra. Volvió a sentir la impotencia cuando se detuvo con enfermante finalidad de cara al carril de venida, nada menos, en un trecho de la A785 bordeado por barreras de seguridad de piedra que varias ovejas encontraban un cómodo lugar para echar una siesta.

Y no era que le importara mucho que las ovejas fueran tan tontas para usar el asfalto como cama. En otra época de su vida habría ensartado a los animalitos en su espada y se habría sentido feliz por tener una buena comida de carne. Pero eso era entonces y esto era ahora. Ahora vivía en un mundo muy civilizado en que no se aplastaban los corderos ajenos por el puro gusto del deporte.

Pero claro, dado su estado de ánimo el día anterior, suponía que el único motivo para no hacer caso omiso de las convenciones modernas y matar a las cabronas fue el posible daño para su coche.

Y el daño se lo había hecho igual al tratar de evitarlas, maldita sea.

—¿No puedes fingir por lo menos un poco de interés en este excelente ejercicio?

Patrick miró la cara de su hermano, a la distancia del ancho de una mano de la suya, separada por las dos espadas, y le sonrió despreocupadamente.

—Cuando la lucha requiera mi atención, se la prestaré, debidamente.

Jamie, su hermano y señor, reaccionó como era previsible: soltó una sarta de maldiciones, le dio un fuerte empujón que no le dejó otra opción que retroceder uno o dos pasos, hasta donde volvió a quedar al alcance de su muy letal espada, y se abalanzó en un feroz ataque que sí le hizo necesario poner su buen poco de atención.

Mientras se las arreglaba para mantenerlo a raya, no pudo dejar de reconocer que aquella era en realidad una mañana perfecta para ese tipo de cosas. El sol aún no había aparecido por el horizonte, y el aire estaba lo bastante frío para no hacer desagradable en lo más mínimo ese vigoroso ejercicio. Tampoco podía negar que disfrutaba de la asociación con su hermano mayor. Había pasado muchísimo tiempo sin su compañía después de que Jamie se marchara de casa y se encontrara viviendo una vida muy distinta a la que había esperado.

Repentinamente Jamie dejó de moverse, enterró la punta de la espada en la tierra y apoyó con firmeza las manos sobre la empuñadura.

—Si hubiera sido una verdadera batalla, podrías estar muerto, tontito.

¿Porqué su hermano podía seguir hablándole como si no tuviera más de doce años, y con la cara seria?

—Afortunadamente para mí —repuso alegremente—, no nos encontramos en una lucha a muerte y puedo permitirme una o dos distracciones.

—Mi espada está tan afilada como lo habría estado entonces.

—Pero me quieres y te dolería mucho perderme.

—No debería verme obligado a preocuparme de protegerte —continuó Jamie, irritado—. Eso es tarea tuya. Cuento contigo para un satisfactorio deporte matutino, lo que ciertamente no me has dado este último tiempo.

—Lamento decepcionarte —dijo Patrick inclinándose en una profunda reverencia.

Jamie metió la espada en la vaina, disgustado.

—No entiendo esos malos humores tuyos.

Patrick tampoco los entendía, pero no tenía ningún sentido decirle eso a su hermano. Sólo los santos sabían lo que haría Jamie con ese atisbo de su psique. Jamie no sólo había adquirido un buen número de habilidades sociales a lo largo de su matrimonio con Elizabeth Smith; también había llegado a creer que el puñado de libros de psicología popular que había leído ese año eran verdaderamente útiles y que él era el único que sabía sacarles el mejor partido. Además, daba la casualidad de que Jamie era el jefe del pequeño clan MacLeod y siempre se había sentido responsable del bienestar de todos sus miembros.

Bueno, eso, y que seguía considerándolo a él como si fuera ese niño de doce años risueño y despreocupado al que nada le gustaba tanto como meterse en dificultades con la mayor frecuencia posible y ver cómo su hermano, mayor y más responsable, acudía a sacarle las castañas del fuego.

—Conduces demasiado rápido —declaró Jamie—. Si bebieras, beberías demasiado. En cuanto a las mujeres, ¿quién sabe? Nunca traes a ninguna a cenar, así que sólo puedo suponer que las encuentras, te acuestas con ellas y las despides antes de que se ponga el sol.

Patrick sabía que decirle la verdad a su hermano sobre ese determinado asunto sólo lo llevaría a hacer otra incursión en la biblioteca, por lo que se encogió de hombros en actitud despreocupada.

—El hecho de que tú seas el responsable, con mujer, dos hijos y un bebé en camino, no significa que tengas que envidiarme mis satisfacciones. Tengo tiempo, dinero y libertad. ¿Qué otra cosa puedo hacer con mi liberalidad?

A Jamie le rechinaron los dientes. Patrick tuvo que toser para disimular una risita. Si no le resultara tan fácil picar a su hermano, tal vez no lo haría tan a menudo. Pero ¿cómo podría evitarlo? Ése era uno de sus pequeños placeres y, como acababa de decirle a su hermano, no estaba dispuesto a negarse los pocos placeres que se le presentaban.

Podía ser que Jamie se sintiera aliviado porque él no bebía, pero seguro que lo inquietaría saber que tampoco hacía nada con las mujeres con las que salía. La intimidad a la ligera nunca le había sentado bien, y ninguna de las mujeres que había conocido ese último tiempo le había interesado lo suficiente para entablar una relación algo más que informal.

Tal vez a Jamie le agradaría saber que no era el único al que él causaba frustración ese último tiempo.

—Tienes treinta y cinco años, Patrick —le dijo Jamie enterrándole el dedo índice en el pecho—. Edad más que suficiente para que hayas hecho algo con tu vida.

—Hice algo con mi vida y mira dónde me llevó.

Jamie guardó silencio un momento y luego frunció el entrecejo.

—Te casaste y la perdiste.

—Y al hijo que ella llevaba —añadió Patrick tranquilamente.

Lo podía decir tranquilamente ahora. Seis años atrás no habría podido hacerlo.

¿Seis años habían pasado?

Movió la cabeza, incrédulo. Le parecía como si hubiera sido ayer. Casi había sido padre, casi había tenido un bebé de ojos brillantes agitándose en sus manos, y sentía temblar su vida debido a eso.

Casi.

—Tal vez ya es hora de que dejes de lamentar eso y continúes con tu vida. Que hagas algo constructivo.

Si sólo fuera pena lo que sentía, tal vez podría haber reanudado su vida. Por desgracia, había muchísimo más en esa historia que una simple pérdida, y Jamie lo sabía.

Jamie abrió la boca y él vio en sus ojos que ése era exactamente el asunto de que quería hablar. Pero él no tenía el menor deseo de hablar del asunto, así que se apresuró a manifestar su acuerdo:

—Sí que debería hacer algo, sí, desde luego.

Jamie frunció los labios, pero dejó pasar el momento.

—Deberías hacer algo más útil que esa tontería que haces para ganar tu oro. Tienes más que suficiente con lo que te he dado. Deberías dejar ese otro trabajo.

Patrick no tenía ninguna respuesta a eso. Llevaban años teniendo esa conversación. A Jamie no le gustaba su elección de ocupación, y a él no le gustaba que su hermano le dijera lo que podía y no podía hacer. Era su vida; podía arriesgarla si quería. Además, era muchísimo menos arriesgado que lo que suponía Jamie. Se había pasado toda su juventud preparándose de una u otra manera para el trabajo que hacía en la actualidad.

—También deberías escribir tus sentimientos —dijo Jamie.

—¿Qué?

—Escríbelos. Después los analizaremos.

Patrick casi no podía dar crédito a sus oídos.

—Estás chiflado.

—Pues no. Escribe lo que sientes y yo pondré mi considerable intelecto a la tarea de determinar en qué te has equivocado.

—Cuando el infierno se congele —dijo Patrick enérgicamente—, y no un instante antes. No tienes idea de lo que haces.

Jamie se tensó.

—Me he pasado la vida estudiando a los hombres que me rodean y adivinando lo que hay en sus interiores. Estos libros sólo han reforzado mi don natural para esto.

—Adivina en otra parte —dijo Patrick.

—Buscaré pastos más verdes cuando haya acabado contigo —repuso Jamie, tozudo—. Y por lo menos me interesa hacer algo con tu lastimoso ser. Eso es mucho mejor que desperdiciar mi vida no haciendo nada, que es lo que haces tú.

Él no estaba sentado sin hacer nada, pensó Patrick, y su hermano lo sabía muy bien. Se ganaba honradamente la vida. Pasaba tiempo con su familia. Era un tío fabuloso. Y podría volver a casarse, algún día. Sí, con una viuda mayor, con hijos ya bien colocados en la universidad, donde él no tuviera que verlos con frecuencia, no tuvieran que crecer cerca de él, para no encariñarse con ellos.

Pero aun en el caso de que nunca volviera a mirar a un cura a los ojos para repetir las promesas del matrimonio, no se podía decir que no llevaba una buena vida. ¿Quién diantres era Jamie para descartar eso?

De pronto sintió el intenso deseo de cortarle la cabeza a su hermano. Y dado que tenía fama de satisfacer sus caprichos en cualquier momento dado, fama que al parecer había adquirido gracias a la lengua suelta de Jamie, tampoco no tenía ningún sentido no vivir a su altura.

Jamie arqueó las cejas al agacharse para esquivar su primer y potente tajo. Retrocedió con una burlona sonrisa en la cara y Patrick comprendió que había iniciado algo que debía acabar, lo quisiera o no.

Muy justo. Necesitaba esa distracción.

Al cabo de una hora, Jamie retrocedió un paso y levantó la mano.

—Paz —dijo.

Patrick bajó la espada y se apoyó en ella, jadeante. Ninguna otra de las cosas que hacía en su vida para mantener en forma el cuerpo se comparaba con la sesión de esgrima antes de que saliera el sol por el horizonte. Una lástima que no pudiera disciplinar sus pensamientos con la misma facilidad. Exhalando un suspiro, se volvió hacia el establo y echó a caminar.

—Quédate —le dijo Jamie dándole alcance y cogiéndole el brazo—. Quédate por lo menos para una comida.

Patrick miró hacia el sol que empezaba a asomar por el horizonte.

—Tentador, pero tal vez otro día.

—Maldición, Patrick, no te compré esa maldita ruina para que te pasaras todo el tiempo metido ahí.

—Nunca te pedí que me compraras nada, y protesté bastante fuerte cuando me la compraste. Pero puesto que te sentías obligado a comprarme una casa, no me has dejado otra opción que vivir en ella.

—Nunca fue mi intención...

—Y como si no fuera suficiente comprarme una casa, me compraste un título que hiciera juego con la casa —continuó Patrick—. Es mucha responsabilidad esa de ser el señor de mi propiedad. Será mejor que me encargue de volver a armarla piedra sobre piedra para tener una casa respetable para recibir invitados.

—No te inhibas de aprovisionar mis despensas durante un tiempo, si eso es así. Pasarán años antes de que recibas a alguien en esa casa, aparte de fantasmas y ratas.

Patrick guardó silencio, contemplando a su hermano. Ahí estaba ante él, más de un metro ochenta de músculos, de apariencia tolerable y hosco afecto. Pero maldito si no seguía tan reservado como siempre acerca de sus motivos para hacer las cosas. Lo miró escudriñador:

—¿Por qué me compraste esa casa, si puede saberse?

Jamie se limitó a encogerse de hombros.

—Podría habérmela comprado yo —declaró.

No había ninguna necesidad de decirlo; Jamie sabía perfectamente qué podía o no podía permitirse él, puesto que había hecho el reparto de la herencia familiar. Y sí que tenía dinero propio. No era una fortuna lo que ganaba, pero le mantenía el vientre lleno de sustento y sus coches llenos de gasolina. Pese a eso, Jamie había aparecido un día con el regalo de una escritura de propiedad y un elegante documento que le concedía un título señorial. De eso hacía un año, en realidad. Y sospechaba que su caída en un malhumor perpetuo había comenzado al mismo tiempo.

¿Y por qué no? El castillo de Jamie, la casa ancestral de la familia, se elevaba imponente detrás de ellos; una casa gris, impresionante, que rebosaba amor.

La casa de él estaba llena de tapices en estado de putrefacción.

—¿Estabas cansado de tropezarte conmigo? —pinchó sin piedad.

—¿Cómo iba a estar cansado de verte? —protestó Jamie en tono bronco—. Pensé que podría convenirte tener ciertas responsabilidades.

En ese momento Patrick casi lamentó haber picado a su hermano. Ahí estaba el pobre, sintiéndose tremendamente incómodo, abrumado por el peso del cariño y demasiados libros de autoayuda. Suspirando alargó la mano y se la puso en el hombro.

—Gracias, hermano. Agradezco tener casa propia y sé por qué lo hiciste.

—Yo diría que no...

—Tal vez venga a cenar esta noche. Pero ahora me iré a casa y haré algo responsable, como pasarle una escoba, por ejemplo.

—Una pala, más bien —masculló Jamie.

Patrick se echó a reír.

—Sí, compraste una ganga.

—Ja. Casi quedé en la miseria para comprarla. No tienes idea de...

—Sí que la tengo. Me lo has explicado repetidas veces.

Dicho eso, envainó la espada y se dirigió al establo de Jamie.

—¡Patrick, espera!

Bueno, ésa sí era una voz que lo hacía detenerse sin miedo a que le examinaran las entrañas en busca de defectos fatales. Se giró y esperó a su cuñada que venía anadeando hacia él. Ella se empinó y le besó la mejilla.

—Te quedarás a desayunar —le dijo, y no en tono de pregunta.

—Elizabeth, cariño —dijo él, sonriendo—, lo último que necesitas con un bebé que puede nacer en cualquier momento es que yo te vacíe la despensa.

—Tenemos bastante para alimentarte.

Estuvo pensando en una respuesta decente, pero cuando logró dar con una muy mala, ella ya le había puesto una mano en el brazo, sonriendo comprensiva.

—De acuerdo —dijo afablemente—. Vete. Te llamaré cuando haya llegado el bebé.

—No es por el...

—Pues claro que lo es.

—Muy bien —suspiró él—. Llámame.

—Carga tu móvil. No suena.

—Lo sé.

Ella frunció los labios.

—Eres desesperante.

—Pero encantador.

Ella lo hizo girar y le dio un empujón hacia el establo.

—Adiós.

Él le sonrió por encima del hombro y echó a andar. Era mejor así, no estar en la casa. No le envidiaba los críos a Jamie y Elizabeth; simplemente no quería estar ahí cuando llegaban al mundo esos críos. Era un condenado idiota, lo sabía, pero ¿desde cuándo la sensatez tenía algo que ver con las heridas del corazón?

Cogió su caballo y atravesó el terreno de Jamie en dirección a su humilde cabaña, al noreste del castillo. El trayecto le llevó menos de quince minutos, y no porque su casa estuviera cerca sino porque su caballo era rápido y él le daba rienda suelta. Muchas veces se preguntaba si le gustaba la velocidad por el simple placer que le procuraba o ese gusto tendría un significado más profundo, por ejemplo intentar dejar atrás a sus fantasmas.

Decidió que ése no era el día para determinar la respuesta a ello.

Aminoró la marcha y puso al castrado al paso para entrar en su patio. Llamarlo «patio» era darle un título elevado. Era más bien una extensión de terreno delante de la fachada, encerrada por un muro bajo desmoronado. Éste no serviría para mantener a raya a ningún enemigo, pero le daba una cierta estructura a la parte delantera de la casa, y eso lo agradecía.

Esa casa había sido el pabellón de caza de un noble inglés del siglo XVII con ilusiones de ser un señor medieval. Estaba construida toda de piedra y tenía un cierto parecido a un castillo pequeño. Se levantaba en un trozo de terreno muy bello. De tanto en tanto él la había admirado, puesto que estaba muy cerca del límite de la propiedad de Jamie y había tenido muchísimas oportunidades de verla, pero jamás se le había pasado por la cabeza la idea de comprarla. Dicho simplemente, era una absoluta ruina.

Poseía su buen número de habitaciones, cierto: una sala grande, una cocina, un par de cuartos de baño y varios dormitorios. En realidad, en uno de los dormitorios había un inmenso hogar del mismo tipo del de la sala de reuniones. Y también era cierto que a lo largo de los años los propietarios habían modernizado la cocina y los baños, en cierto modo. Y no era que a él eso le importara mucho. Había tenido menos en el pasado y sido muy feliz. Pero ¿hacer más cómoda la casa?

Era casi más trabajo que el que podía contemplar con agrado.

Paseó la mirada por el exterior de la casa. Estaba ligeramente mejor que el interior. El patio estaba rodeado por un muro bajo de piedra y contenía la vivienda, el establo y un garaje que en sus tiempos había albergado cuatro o cinco carruajes de tiro. El establo y el garaje estaban muy bien conservados. Por desgracia para la casa, los descendientes del primer lord de Benmore no habían tenido ni sus medios ni su entusiasmo. El último residente, un sobrino lejano en varias generaciones, la había dejado arruinarse casi totalmente, hasta vender la propiedad y su muy insignificante título nada menos que a James MacLeod, que la compró para dar algo que hacer a su irresoluto hermano menor.

Exhalando un suspiro llevó al caballo al establo. Lo que podía decir de sí mismo como nuevo propietario era que había llenado el establo con muy finos caballos y hecho muy digna justicia al garaje. La casa, en cambio, continuaba hecha un desastre. Posiblemente habría sido menos caro echarla abajo del todo y construir otra nueva, pero no había logrado decidirse a hacerlo. Tal vez por dentro era más romántico que lo que le agradaba reconocer. No podía dejar de preguntarse quiénes habían vivido dentro de esas paredes, cómo habían amado, qué habían perdido...

Bueno, eso último podía imaginárselo fácilmente porque lo que habían perdido era lo que había ganado él. Volvió a suspirar. Sí que debería hacer algo para acondicionar la casa; comprar muebles, arreglar las paredes, instalar algo en la cocina aparte de una antiquísima cocinilla Aga y un refrigerador de funcionamiento periódico.

Pero no esa mañana. Ese día no estaba de ánimos para construir nada. Esa mañana cogería otro de sus muy caros coches y saldría a conducir muy rápido hasta dejar atrás a sus demonios.

Entró en la casa y se detuvo en seco en el salón. Oliscó. ¿Humo de pipa?

Pensó un momento. No era la primera vez que sentía ese olor. Tal vez era algo encerrado en el decrépito tapiz que colgaba en la pared. Pero no se atrevía a limpiarlo; se desintegraría.

Se encogió de hombros, resignado a los olores de los que no podía librarse, y se dirigió a la ducha, desvistiéndose en el camino. Por lo menos tenía agua corriente. Podría haber sido mucho peor. Había vivido en peores condiciones; sabía muy bien lo terrible que podía ser.

Se metió bajo la ducha, con la cabeza gacha y las manos apoyadas en las baldosas descascarilladas y ordenó al agua lavarle algo más que el polvo y el sudor. Ésta no lo hizo, claro, pero agotó alegremente el agua caliente en el empeño.

Se secó, sacó ropa limpia del armario antiguo, se vistió rápidamente y salió en dirección al garaje. Iba a mitad del patio cuando se quedó inmóvil.

¿Era sonido de gaita eso?

Negó con la cabeza. No había nadie que tocara la gaita en la casa de Jamie. Bueno, tal vez eso no era del todo cierto. Había gaiteros que iban y venían, pero él nunca se había tomado la molestia de conocerlos; tenía cosas mejores que hacer que conversar con gente de ese jaez.

Tal vez el muchacho era un forastero que aprovechaba el lúgubre cerro de atrás de la casa para practicar un poco. Igual le convenía ir a decirle al tonto que eso era entrar ilegalmente en una finca particular. Saltó el muro y subió lentamente la colina. Se detuvo bastante antes de llegar a la cima.

No había nadie a la vista.

Y sin embargo la gaita seguía tocando.

Cerró los ojos. Logró imaginarse muy bien a un hombre ahí con su manta y falda de tartán y su música llevada por la brisa. Se dio el placer de disfrutar de la música que sin duda sólo se estaba imaginando. Al parecer tenía una imaginación condenadamente buena, porque el sonido de la gaita le removió en el alma algo que no sentía desde hacía muchísimo tiempo. Era música de otra época, una música que pertenecía a una montaña desierta azotada por el viento, una música triste que casi bastaba para obligar a un hombre a entregarse a su pena y llorarla toda, sin ninguna vergüenza.

Abrió los ojos. Ahí estaba el gaitero, en lo alto de la colina. La falda se le agitaba con una brisa de la que él no sentía nada; su música la traía esa misma brisa a sus oídos en trozos demasiado reales. El hombre acabó su melodía, se giró hacia él y le hizo una profunda reverencia.

Y después desapareció.

Desapareció, tal cual.

Patrick se quedó mirando fijamente la cima de la colina y soltó una sarta de maldiciones. Condenación, ¿es que no bastaba que las paredes se estuvieran desmoronando a su alrededor? ¿Tenía que tener fantasmas también?

Se giró y se apresuró a volver a la casa, no fuera que se pusiera a pensar más en eso. Estaba perdiendo la chaveta; ésa era la única explicación lógica. No había oído música de gaita en su cerro, no había visto a un gaitero en su cerro, y por supuesto no iba a dedicar más tiempo a las elucubraciones inspiradas por Jamie sobre su estado mental.

Había demasiada magia en Escocia para su conveniencia, tuvo que reconocer.

Se dirigió al garaje sin tener pensado ningún destino; la única dirección que se le ocurría era una que lo «alejara» de allí, y ya tenía bastante experiencia en seguir ésa para saber que era una buena. Abrió las puertas del garaje y miró tristemente su interior. Ahí estaba su Vanquish, una ruina perfecta. Malditas ovejas, debería haberlas atropellado.

Se decidió por su Range Rover negro. No era tan rápido, pero era una opción más sensata para el caso de que eligiera caminos desconocidos.

Subió, cerró la puerta y notó algo raro. Se bajó, y al ver el neumático desinflado maldijo con enorme entusiasmo. No estaba teniendo una buena semana, no.

Media hora después estaba en la carretera, rumbo a cualquier lugar desconocido. Civilización era lo que necesitaba. Tal vez Inverness. Ese lugar tenía un poco más de cultura que aquel en que se había criado. Eso le iría bien por el momento. Además, sería bueno pasar a ver a su mecánico y fijar un día para que fueran a buscar el coche para repararlo.

Con la cara mirando al frente, dejó atrás el pasado y a ese maldito gaitero fantasma.

Capítulo 3

*M*adelyn estaba soñando que la atacaban unos mosquitos gigantes. Le zumbaban alrededor de la cabeza, se le instalaban con perturbadora decisión cerca de su oreja izquierda. Extendió sobre la cabeza una diáfana red antimosquitos, con la esperanza de que la protegiera de picaduras importantes, pensando por qué demonios estaba en el Trópico. Mosquitos grandes, arañas grandes, un sol grande que no paraba de brillar.

No era un lugar para ella en absoluto.

Despertó sobresaltada, cayendo en la cuenta de que se estaba ahogando con la almohada. El despertador estaba sonando en la mesilla de noche. Alargó la mano, lo desconectó y se sentó al instante, no fuera a sucumbir a la tentación de dormir deliciosamente otro poco.

Pero claro, tal vez el sueño no sería tan delicioso. Sólo Dios sabía qué tipo de insecto la picaría en sus sueños esta vez. Tal vez debería recortar sus pérdidas y limitar las evocaciones de su subconsciente a algo que pudiera aplastar fácilmente.

Además, el día iba pasando y tenía una lista muy larga de lugares hermosos para visitar y disfrutar. Cuanto antes saliera de la cama antes saldría a vivir su sueño. Y antes podría zafarse de Bentley.

Le costaba creer lo ocurrido el día anterior. ¿Había venido realmente Bentley a Escocia a estropearle las vacaciones, o había sido pura alucinación de ella ese episodio? ¿Tenían olor las alucinaciones?

Seguía sintiendo el olor de su colonia, pero tal vez eso se debiera a los residuos que le quedaron en los senos nasales en los seis meses pasados en su compañía.

El aire fresco le haría bien, sin duda.

Bajó las piernas por el lado de la cama y se agachó a buscar las zapatillas. Entonces cayó en la cuenta de dos cosas.

Primera, había dormido totalmente vestida.

Segunda, no había sitio para agacharse estando sentada en la cama.

Se palpó la cabeza con sumo cuidado, imaginándose que se encontraría una herida abierta y sangrante del tamaño del Gran Cañón. Buscó el interruptor de la lámpara, pensando que ojalá la sangre no le hubiera manchado el traje.

Se miró la mano. No tenía nada de sangre. Volvió a palparse la cabeza. Sólo tenía un pequeño chichón. Miró alrededor. No había mucho espacio para la maleta tampoco, a no ser que la pusiera a compartir la cama con ella.

Maldiciendo a Bentley Douglas Taylor III, se levantó y se desperezó, poniendo mucho cuidado en no golpearse los codos en la pared.

Bueno, el lado positivo era que no sentiría la tentación de quedarse en su habitación en lugar de salir a hacer turismo. Pero puesto que eso jamás había sido algo que se hubiera imaginado que tendría que combatir, volvió a maldecir a Bentley por haberla condenado a una habitación en la que escasamente cabía una cama, por muy cómoda que fuera esa cama.

Suspiró, se giró con todo cuidado y pasó por entre la cama y la pared hasta la puerta. Pegó el oído a la madera por si oía los bufidos y resoplidos de un abogado egocéntrico que podía estar o no rondando su puerta. No oyó nada. Eso, al menos, era algo para estar agradecida.

Fue al baño, hizo sus necesidades y se echó agua fría en la cara. Adormilada, se miró en el espejo. El pelo le caía hasta más abajo de los hombros en gruesos rizos estilo Shirley Temple que ella no ahorraba ningún esfuerzo en alisar. Sabía que había personas que pagaban enormes cantidades de dinero para tener el pelo como ella, pero lo único que deseaba era tener el pelo tan liso como si se lo hubieran planchado. Era evidente que el encantador clima escocés no la iba a ayudar nada en su causa. La humedad le había dejado el pelo en unas cimas de encrespamiento jamás alcanzadas antes.

Suspirando se lo recogió en una coleta y se giró a encarar el día, o por lo menos un viaje al coche para traer la maleta. Asomó la cabeza por la puerta, no vio a nadie en el corredor y corrió hasta su habitación. Cogió las llaves que estaban sobre la cama, salió con suma cautela, sin chocar con nada, y se dirigió a toda prisa hacia la puerta.

—¿Desayuno? —le preguntó Roddy cuando pasaba corriendo.

—Desde luego —contestó por encima del hombro saliendo por la puerta.

Si lograba coger sus cosas, desayunar un poco y salir antes de que despertara Bentley, estaría todo sobre ruedas.

Vio el coche de él aparcado. Sin duda estaba durmiendo el sueño de los muertos, sin remordimientos, en la habitación que tenía que haber sido la de ella. Cierto que él pagó el alojamiento, y con inquietantes y fuertes protestas, pero cuando negociaron las condiciones de la ruptura, ella le cambió el alojamiento en Escocia por los tremendamente caros vestidos de las damas de honor de la novia, de un color rosa subido, como insistieron las tres viles hermanas de él, y los depósitos hechos a los proveedores de aperitivos y comida, que había pagado ella.

Al menos no tenía que preocuparse de pagar sus hoteles; de lo que sí tenía que preocuparse, suponía, era de pelearle a Bentley cada habitación. Se lo imaginaba corriendo a cada hotelito de habitación y desayuno para llegar ahí a hacerle la vida un infierno. Y tomando en cuenta que él tenía un Jaguar y ella un pequeño turismo utilitario, lo más probable era que él le ganara la carrera cada vez. Bueno, ya se preocuparía de eso cuando llegara el momento. Tal vez podría marcharse un día antes y llegar de un salto al próximo destino.

Metió la llave en la cerradura para coger la chaqueta del traje del asiento delantero y sólo entonces se dio cuenta de que el coche estaba sin llave. ¿Había olvidado ponerle llave? Francamente, no lo recordaba. Esos últimos días no eran otra cosa que un borrón. Miró el interior. La radio seguía ahí. Su chaqueta también, así que la cogió.

Fue a abrir el maletero y comprobó que tampoco necesitaba la llave. Levantó la tapa con todo cuidado, esperando no encontrar un cadáver dentro.

No, no había ningún cadáver.

Tampoco estaba la maleta.

Muy tentada de aterrarse, hizo una honda inspiración y se obligó a relajarse. Era posible que Roddy hubiera sacado su maleta y su bolso neceser. Después de todo, había encontrado las llaves encima de la cama. Pero ¿no las había metido en el bolso esa noche? Se encogió de hombros. Era imposible recordarlo.

Volvió a la posada. Roddy la estaba esperando dentro con una sonrisa de bienvenida.

—¿Lista para el desayuno?

—Primero tengo que solucionar un problema. ¿Ha visto mi equipaje?

Él pestañeó, sorprendido.

—¿Su equipaje? ¿No entró sus cosas ayer?

—Mi maleta no.

Cayó el silencio sobre ellos, mientras cada uno consideraba las ramificaciones de eso.

—¿Robo? —aventuró Roddy, rompiendo el silencio.

Ella torció el gesto.

—Espero que no, pero no sé qué otra cosa pensar.

En ese momento, ¿quién tenía que aparecer rezumando en el vestíbulo sino Bentley Douglas Taylor III en persona? Vestía un traje de tweed. Al parecer se había vestido para el éxito; al menos había renunciado a la falda de tartán. Ella estaba segura de que la población no estaba preparada para verle las rodillas, rodillas que ella había tenido la suerte de ver sólo una vez, en una fiesta hawaiana de la empresa. Y una vez había sido demasiado, la verdad.

Contemplando su inmaculada apariencia, le vino a la mente una desagradable idea: ¿le había robado él la maleta para chantajearla?

Se lanzó al ataque. Ésa era una táctica favorita de Bentley, y solía confundirse cuando las mujeres la aplicaban en él.

—¿Por qué me robaste la maleta? —le preguntó.

—¿Qué? —preguntó él, con aire de inocencia. Demasiado inocente.

Ella lo miró con los ojos entornados.

—Me robaste la habitación reservada. ¿Para qué ibas a detenerte ahí?

—Yo no robo —dijo él, resoplando como una locomotora a vapor—. Soy un modelo de honor, franqueza y virtud. Jamás te incomodaría...

Ella soltó un bufido de incredulidad.

—... robándote la maleta —terminó él.

Madelyn frunció el ceño. Era probable que dijera la verdad, a su retorcida manera. Bentley era absolutamente fiel a su versión de los hechos; que esa versión de los hechos pudiera ser totalmente incompatible con la realidad lo traía sin cuidado, no lo perturbaba en lo más mínimo. Muchas veces a ella le extrañaba que él lograra dormir por la noche.

—No te creo —dijo, cruzándose de brazos—. Quiero registrar tu habitación.

—¿Tanto como querrías ver el interior de la cárcel del pueblo? —le preguntó él con una ceja arqueada.

—Por lo menos ahí tendré tres comidas —replicó ella—. Y tomando en cuenta la ruina económica en que me has dejado, eso lo encuentro bastante atractivo en estos momentos.

—Ve a mirar —dijo él, encogiéndose de hombros—. No encontrarás nada.

—Sólo porque la has escondido bien —masculló ella, entrando en el corredor.

Registró a conciencia la habitación, de paso arrugándole las camisas y desordenándole los calcetines. El registro la dejó vagamente insatisfecha. Lo que necesitaba el hombre era pasar unos cuantos días en un potro de tortura, bien estirado, hasta que se le cayera solo el anillo del dedo meñique. Por desgracia, no conocía a nadie que poseyera algún tipo de aparato de tortura, y sería rebajarse mucho ensuciarle todo con su carísima espuma para el pelo, así que volvió al vestíbulo.

—¿Encontraste algo? —le preguntó Bentley amablemente.

Ella consideró que eso no se merecía una respuesta. Fijó su vista sin equipaje en el comedor. Tal vez el desayuno la animaría y le daría la energía para las actividades detectivescas necesarias.

Antes de que pudiera evitarlo, se encontró rodeada por el brazo de Bentley.

—Vamos, Madelyn. En realidad no necesitas desayunar, con todo ese exceso de peso que has adquirido últimamente, pero puedes comer algo pequeño. Después te llevaré de compras, antes de que emprendamos nuestra excursión de turismo.

Ella clavó los talones en el suelo.

—No iré de turismo contigo. No entra en mis planes pasar mis vacaciones contigo. Me plantaste seis semanas antes de nuestra boda, memo. ¿Por qué iba a desear pasar un tiempo contigo?

—Porque tienes un corazón perdonador.

—Pues no. Soy muy vengativa. Además, por si lo has olvidado, estás comprometido con otra. Vete a casa y haz turismo con ella.

—Eso es complicado —repuso Bentley, despectivo.

—Apostaría que sí —bufó ella.

Él la miró con lo que para él era una mirada de sinceridad.

—Madelyn, me temo que he actuado precipi... precipi...

Ella reprimió el impulso de poner en blanco los ojos. Las palabras largas no eran el punto fuerte de Bentley.

—Precipitadamente —suplió—. ¿Al robarme la habitación? Sí, fue precipitado. Ahora, suéltame, para que pueda ir a tomar el desayuno.

A él le tembló el mentón. Ésa era su expresión «Señoría, esta historia me resulta demasiado dolorosa para explicarla». Sólo Dios sabía lo que estaba tramando en ese momento, pero no le cabía duda de que implicaba que ella hiciera algo que no le gustaría.

—No me refería al alojamiento —dijo él, con los ojos brillantes de sinceridad—. Me refería a mi «precipitada» decisión respecto a nosotros...

—Ja. Si crees que me interesa oír cualquiera de tus sinceras confesiones, vuelve a pensarlo.

Consiguió zafarse de su abrazo de pulpo y fue a sentarse a la mesa. Lamentablemente, él se sentó a su lado. De repente ella tuvo la inquietante visión de dos semanas enteras pasadas con Bentley sentado a su lado.

—Necesito ir al lavabo —soltó, levantándose.

Pensó rápido mientras corría por el pasillo. Si su coche no era seguro, tal vez su habitación tampoco, porque por mucho que Bentley lo negara, sabía que él le había robado la maleta. Y no sólo estaba absolutamente conectado con su realidad, y dispuesto a mentir para convencer a los demás de la validez de su realidad, sino que además, fuera del bufete daba clases a los principiantes de DiLoretto, Delaney & Pugh sobre cómo mentir y disfrutarlo. Lo más probable era que su ropa estuviera escondida en el maletero del Jaguar, para llevarla fácilmente a un contenedor de basura sin despertar sospechas.

Pasó por su habitación, metió su libreta y todo lo demás de valor en su práctico bolso negro, puso el violín debajo de la cama y se dirigió al baño. Para darse valor, se recogió rápidamente el pelo en su mejor moño de abogada imponente, y continuó con su plan.

Quiso la suerte que el baño tuviera una ventana mucho más grande que la de su habitación.

La aprovechó bien, dio sigilosamente la vuelta por el lado de la casa y se metió en el coche. Éste hizo unos cuantos ruidos y crujidos mientras lo sacaba del aparcamiento de la posada, pero eso no se podía evitar. Cuando Bentley se diera cuenta de lo que ella se proponía, se tomara su tiempo para rociarse otro poco con la colonia Eternal Riches y fijarse el pelo con unos buenos puñados de espuma, ella ya estaría lejos, rumbo a un lugar que él no imaginaría. Mientras él se atenía al itinerario que ella había trazado con tanto amor y esfuerzo, ella se aventuraría a lugares desconocidos.

Cuando le pareció que ya podía detenerse sin peligro para pensar qué rumbo tomar, paró el coche a un lado del camino y cogió su libreta. Puesto que había programado usar la posada de Roddy como base de operaciones durante su primera semana, la mayoría de los lugares para visitar estaban en la zona general alrededor de Benmore, o se podía llegar a ellos con un pequeño trayecto. Miró su programa trazado con tanto esmero y masculló una palabrota. Maldito Bentley. Lo había organizado todo con tanto cuidado, tomando en cuenta qué ver y en qué orden, para aprovechar al máximo el tiempo de que disponía. Tener que abandonar esos esmerados planes a causa del abogado Taylor era casi más de lo que podía tragar.

Casi la mató hacerlo, pero no veía ninguna otra alternativa. Cerró los ojos y puso el dedo en el mapa para elegir a ciegas. ¿Inverness? Bueno, tenía pensado recorrer sus alrededores al final, cuando fuera a tomar el tren para volver a Edimburgo, pero sin duda era un lugar donde a Bentley no se le ocurriría buscarla ese día. Se obligó a quitar los dedos de su itinerario para mirar sus planos de carretera. Decidió la ruta, se recordó que debía conducir por la izquierda y se lanzó a su primer día de hacer realidad su sueño.

No llevaba mucho rato conduciendo cuando por el retrovisor vio un brillante Range Rover negro a punto de insertarse en su maletero. Lo miró furiosa por el espejo. ¿Qué les pasaba a esos tíos de las Highlands? ¿Coches negros caros y ninguna educación en la carretera? Y eso que había oído hablar de lo educados que eran los conductores británicos. Pero claro, cabía la posibilidad de que todos los highlandeses que quedaban después de todos sus años de problemas no se consideraran británicos y por lo tanto ahí no valieran esas normas de conducción.

El tío le hizo destellos y luego lanzó su 4x4 como un bólido por su lado. Ella le habría hecho una cuchufleta si no hubiera necesitado sujetar el volante con las dos manos para evitar que el coche derrapara con el aire desplazado por el bólido.

Vio desaparecer las luces traseras en la distancia.

Madelyn se desentendió de él y volvió la atención a la conducción responsable, mirando de tanto en tanto el retrovisor por si aparecía Bentley. Seguro que él no sería capaz de determinar hacia dónde iba ella. Después de todo, era el compendio en que se basaban los chistes malos sobre abogados. Era astuto, era cruel, pero a veces no era nada inteligente, sobre todo tratándose de calibrar la inteligencia del bello sexo.

No, estaba a salvo.

Lamentablemente, el no tener que mantener los ojos alertas por si veía a un molesto abogado le dejaba demasiado tiempo para pensamientos ociosos y observaciones irritantes. Lo primero que saltó, o se metió, como si dijéramos, en su atención, fueron sus medias. Se le deslizaban hacia arriba cada vez que se movía, como si, por ser el último par que le quedaba, no pudieran resistir la tentación de fastidiarla. Y no era que pudiera quitárselas. ¿Qué parecería con sus Cole Hann de tacón bajo y trajes de seda negra asquerosamente caros sin medias?

Parecería una abogada en paro, eso parecería.

Apretó los dientes y soltó una palabrota. Mejor eso que llorar. Y con el desastre que había dejado en Estados Unidos, llorar se le antojaba bastante atractivo. Dejó pasar a su lado la campiña mientras reexaminaba el desastre, por si daba la casualidad de que hubiera pasado por alto algo positivo en medio de la basura.

¿Empleo? No, no tenía empleo, aun cuando había invertido incontables horas y miles de dólares en un doctorado jurídico, y en Harvard, nada menos, y luego sacrificado indecibles horas estudiando para el examen para obtener el título.

¿Dinero? No, no tenía dinero, gracias a los trajes que se había comprado, convencida de que los necesitaba para ser la socia perfecta en el bufete, trajes que hacían necesario todo tipo de prendas interiores incómodas para que cayeran bien. Se había cargado todos sus ahorros para comprarlos, sonrosadita con el dulce rubor de un compromiso de matrimonio y la promesa de convertirla en socia dentro de un par de pagas.

No tenía dinero gracias a la cantidad de veces que Bentley descubría que no llevaba su cartera, muy principalmente después de haber disfrutado juntos de una muy cara comida. Era increíble que el tío pudiera conducir con tanta frecuencia sin sus tarjetas de crédito ni documentos de identidad. Tal vez simplemente guardaba su permiso de conducir en una bolsa de piel muy indecente.

Y como si todo hubiera sido poco, el sinvergüenza había intentado gorrearle un billete de veinte dólares la última vez al salir del restaurante.

Hasta ahí no veía ningún rayo de luz.

Sus padres habían aceptado pagarle la deuda de sus préstamos de estudiante un par de meses, pero eso vino acompañado con el elevado precio de tener que escuchar sus sermones sobre los peligros de estudiar una profesión del mundo no académico. La tortura no acabaría cuando volviera a Estados Unidos, porque no tendría más remedio que continuar chocando con sus padres mientras buscaba trabajo.

Sabía que, desgraciadamente, mientras estuviera buscando trabajo también tendría que escuchar a sus padres en sus incesantes discusiones sobre lingüística en muchos idiomas distintos y sufrir más indignidades aún cuando ellos le exigieran contestar en esos idiomas para poder señalarle las veces que conjugaba mal el verbo «trabajar». Sin duda a eso seguirían más sermones sobre la necesidad de volver a estudiar para seguir los pasos de ellos y convertirse en toda una catedrática de alguna rara especialidad lingüística, para ser capaz a su vez de discutirles sus ridículos argumentos desde la mañana a la noche.

No era de extrañar que se hubiera marchado de casa lo más pronto posible para ir en pos del sucio lucro (expresión de ellos, no de ella), defendiendo a humildes y poderosos y viviendo una vida humilde.

Su otra alternativa era arrojarse a la merced de su hermana, pero Sunshine Phillips, Sunny, era demasiado «muesli» para su gusto:

hierbas, masaje, toda la mística holista, y alimentos que no han conocido la parte de arriba de una sartén. Una estancia en su casa incluiría sin duda algún tipo de infusión de hierbas para restablecerle el buen juicio en cuanto a hombres se refiere.

Pensándolo bien, tal vez eso no sería tan mala idea.

Pero no. Sí que sería capaz de soportar los sermones de sus padres unos cuantos días más, hasta que reorganizara su vida. Al menos su madre era aficionada a los helados de crema y a las compotas bien azucaradas. Y sin duda tendría que recurrir a ambas cosas con bastante frecuencia mientras intentaba solucionar el desastre de su vida.

Pero por el momento, olvidaría sus perspectivas de trabajo, su astronómica deuda en préstamos para estudios, y la falta de techo y ropa decente.

¿Ropa? Maldición, la mayor parte de su ropa estaba en esa maleta. Todo lo demás lo había tenido que vender en tiendas de ropa usada para obtener el dinero para comer durante el viaje.

Lo cual significaba que en realidad no tenía más ropa que la que llevaba puesta.

¿Podría empeorar su vida?

Sospechaba que sí, y no le serviría de nada darle más vueltas en la cabeza. Esas cavilaciones siempre conducían a la caída de todas las fuerzas cósmicas castigadoras sobre el impotente cavilador, dejándolo absolutamente inepto para todo lo que no fuera meterse en la cama y taparse la cabeza con las mantas. Eso decía Sunny. Y Sunny, siendo Sunny, tenía que saberlo.

Se acarició el traje negro con renovada gratitud y continuó su camino.

Llegó a Inverness sin ningún contratiempo. Lo primero de su nueva lista era una visita a Culloden. Entre la buena señalización y la gruesa línea roja hecha en su mapa, logró encontrarlo. La vista, lo que lograba ver desde el aparcamiento, le pareció bastante poco digno de nota. Nada revelaba la matanza que había tenido lugar ahí.

Consultó su mapa turístico y pasó a toda prisa por el centro de información. Había planeado ir a varios sitios de interés para el día que visitara el campo de Culloden. No tenía ningún sentido no hacerlo y borrarlos de su lista ese día. Después de todo no tenía mucho tiempo y jamás le había gustado perder el tiempo.

De pronto tuvo que detenerse bruscamente, con una desagradable sensación.

Era como si los pies se le hubieran quedado pegados al suelo.

Miró a la izquierda, bajó la vista y vio una piedra gris bastante ordinaria; era una piedra redonda, una especie de lápida. Y sobre ella estaba escrito el apellido «MacLeod».

Miró alrededor. El sendero que iba siguiendo estaba bordeado por piedras similares a la que tenía delante. Simples piedras con el nombre de un clan inscrito encima. Volvió a mirar la lápida del clan MacLeod. Le bajó un escalofrío por el espinazo.

Retrocedió. Ese tipo de sensaciones sobrenaturales pertenecían al dominio de su hermana, no al de ella.

Se dio media vuelta, con el fin de mirar otra cosa, friccionándose los brazos a través de las mangas de seda de su traje. Pero dondequiera mirara veía indicadores de muerte. Eso no estaba en su lista. Lo que deseaba era contemplar monumentos históricos bonitos, agradables, felices. No quería quedar ciega a todo lo demás por lo primero que viera.

Resueltamente echó a andar para alejarse. Tal vez estaba afectada por el desfase horario. Igual habría sido mejor tomarse el día libre y quedarse cómodamente instalada en el armario para escobas de Roddy MacLeod.

Nuevamente se detuvo con una desagradable sensación. ¿Alguno de los antepasados de Roddy MacLeod había luchado en el campo que aún le faltaba por ver?

Continuó caminando para no pensarlo. Una cosa era elucubrar sobre esas vidas perdidas desde cierta distancia emocional, y otra enteramente distinta era hacerlo con referencia a personas conocidas. Tal vez por eso le gustaba ser abogada. Tenía que saborear la justicia que se podía ejercer sin tener que aplicarla en contra de sus parientes o conocidos. Por lo menos hasta el momento no había tenido que imponer justicia contra ninguno de sus parientes ni amistades.

Se detuvo. Tal vez debería comprobar que las hierbas que cultivaba Sunny en su sótano fueran verdaderamente hierbas, no marihuana.

Continuó su camino, sin mirar a la derecha ni a la izquierda, para evitar más encuentros con lápidas, y no paró hasta llegar al campo de Culloden...

Y entrar de lleno en la última fase de la batalla.

Se dejó caer al suelo, cerró los ojos y se cubrió la cabeza con las manos. Mientras notaba que sus piernas se liberaban de su sedosa envoltura comprendió que estaba perdiendo la chaveta. O era eso o la estaba afectando el hecho de estar todavía en ayunas. Sí, mañana tendría que comer algo antes de salir. No más de esas alucinaciones, no señor.

No se movió hasta que cesó el tiroteo. Abrió los ojos, levantó la cabeza y a través del humo vio un campo cubierto por los cuerpos caídos de hombres con mantas-faldas de tartán. Todos estaban caídos, a excepción de un hombre de la primera fila. No podía creer que quedara uno todavía en pie, pero ahí estaba, un hombre solo delante de sus compañeros caídos, la falda agitada alrededor de sus rodillas, su espada en la mano arrojando destellos plateados. Sus cabellos negros largos le formaban una maraña en la cabeza dejándole libre la cara. Tenía los ojos cerrados, la cara surcada por arrugas de aflicción, la postura rígida, como si lo único que lo mantuviera de pie fueran su orgullo y la música de gaita que sonaba detrás de él.

Un sonido que ella oía muy bien incluso con los ojos abiertos y la imaginación bien cerrada y segura donde debía estar.

Continuó arrodillada sobre el brezal pareciéndole que transcurrían horas, escuchando el himno guerrero tocado por un gaitero invisible y contemplando al hombre que seguía de pie en medio de la mortandad meciéndose un poco con la brisa y la música. Sin poder soportar la visión de ese cuadro de impotencia y desesperanza tan absolutas, empezaron a correrle las lágrimas por la cara.

En ese momento salió volando una bandada de pájaros de un arbusto cercano y se rompió el hechizo. Cerró los ojos y al abrirlos vio que el campo que se extendía ante ella era nuevamente una llanura árida que llegaba hasta una modesta carretera. No estaba cubierto por los hombres heridos o muertos.

Pero sí continuaba allí el único hombre de pie, aunque ahora vestía tejanos y un jersey, no la manta y falda de tartán. De una mano le colgaban unas llaves, que lanzaban destellos plateados a la luz del sol. Llevaba el pelo negro corto dejando al descubierto las orejas.

Pero la cara era la misma.

Y esa cara, cayó en la cuenta, le resultaba conocida. Era el tío que abolló su coche para no pasar por encima de las ovejas. ¿Qué estaba haciendo ese hombre ahí, en medio de un campo de batalla, formando parte de sus alucinaciones?

Lo habría pensado otro poco, pero de pronto él giró la cabeza y la miró.

Y nuevamente el tiempo dejó de existir. Era la misma sensación que experimentó junto a la lápida, aunque esta vez más intensa. Y tuvo la impresión de que tenía todo que ver con el hombre que estaba ahí. Por la cabeza le pasaron veloces muchas explicaciones posibles, pero las descartó. Lo que sabía, y no habría sabido decir cómo lo sabía (sin duda por algún perturbador legado de su hermana majareta), era que ese hombre estaba de alguna manera conectado con ella.

Y sabía, inexplicablemente, que tenía que comunicarse con él antes de que él saliera de su vida para siempre.

No había esperado eso al venir a Escocia.

Pero tenía la sensación de que a eso había venido.

Se incorporó y dio uno o dos pasos inseguros hacia él.

—Ejem... —empezó, encontrando una dificultad inusual para encontrar las palabras adecuadas.

Él se volvió a mirarla.

De pronto se levantó viento, tan de repente y con tanta fuerza que tuvo que gritar para hacerse oír:

—¡Creo que estamos conectados!

Él frunció el ceño.

—¡Creo que estábamos destinados a encontrarnos! —aulló.

El hombre la miró como si se hubiera vuelto loca.

Lo cual, pensó ella, con otro poco de reflexión, era más que posible.

¡Madre mía!, pero ¿qué estaba haciendo? ¿Rogándole a un desconocido que se quedara con ella y fuera su compañero del alma? Fueran cuales fueren sus misteriosas sensaciones, no podía quedarse ahí a hacer aún más el ridículo. Sencillamente tenía que darse media vuelta y salir corriendo de ese campo.

Y pronto.

Tan pronto como lograra sacar los pies de ese pegajoso trozo de destino en el que parecía haber caído.

Miró fijamente al hombre que tenía delante.

Fue incapaz de hacer otra cosa.

Capítulo 4

*P*atrick contempló a la mujer que estaba de pie en el brezal con las medias destrozadas y lo asustó la manera como el pasado y el presente parecían formar una capa sobre ella. Por un instante ella vestía falda larga y chal, con los cabellos revoloteándole alrededor de la cara, agitados por una brisa que al parecer sólo él sentía, y al instante siguiente estaba con un traje negro adecuado para un sinfín de reuniones de ejecutivos.

¿Qué hacía ahí, metida en las increíbles alucinaciones con que estaba contendiendo tan penosamente él? ¿Y por qué lo miraba de esa manera, como si jamás antes hubiera puesto los ojos sobre un hombre?

Por los santos, no era a eso que había ido allí.

Había ido al campo de Culloden a hacer tristes cavilaciones. Iba allí cuando se sentía preocupado o abatido, porque le recordaba la suerte que tenía por vivir en las montañas, con bosques y hermosos lugares para vagar.

Pero esta vez, cuando puso los pies en ese llano y ridículo lugar para una batalla de escoceses, se vio arrojado al medio de esa batalla. Ante él estalló el tiroteo de las filas británicas, oyó gritar a sus paisanos al caer derribados todos a su alrededor. Y él quedó solo de pie ahí, desarmado, en medio de una batalla que estuvo condenada al fracaso desde el principio, en un lugar que ningún highlandés habría escogido si hubiera tenido la oportunidad de elegir.

Se había despejado el humo, pero no su aflicción. Y justo estaba en medio de esa aflicción cuando vio un movimiento por el rabillo del ojo y al mirar vio a una mujer ahí, a esa mujer, vestida como una muchacha de las Highlands del siglo XVIII. El viento le agitaba las faldas, le llevaba la voz en otra dirección y no la pudo oír.

Entonces cerró los ojos, y al abrirlos, en lugar de esa joven highlandesa estaba una mujer actual, de tipo ejecutiva, que daba la impresión de que acababa de salir de la oficina a dar un paseo por el brezal.

Y ahí estaba él mirándola, pensando qué demonios hacía ahí contemplando boquiabierto a una desconocida.

Y asustado por la sensación de atemporalidad que lo invadía con sólo mirarla. Se le acercó uno o dos pasos, lo cual iba en contra de lo que le recomendaba su juicio, dada la ráfaga de sentimientos totalmente inoportunos que ella le generaba. Con un enorme esfuerzo los dejó de lado y se concentró en otra cosa.

—¿Ha dicho algo? —le preguntó en voz muy alta.

—Eh... mmm...

Él cometió el grave error de volver a mirarla a los ojos. La descarga que pasó por él lo sobresaltó tanto que se tambaleó hacia atrás. Con una pericia y agilidad que le habría admirado hasta el mismísimo bailarín Baryshmikov, evitó caer de culo, pero estuvo a un pelo. Dada la situación, dejó a un lado su dignidad y pegó un salto por encima del brezal para recuperar el equilibrio.

—Dilo, mujer —exigió, con su orgullo herido—. No dispongo de todo el día para esperar que encuentres la voz.

Esas palabras le salieron de la boca antes de poder tragárselas, aunque muy de repente deseó no haberlas dicho. No tenía la costumbre de ser grosero con las personas desconocidas, y mucho menos si daba la casualidad de que eran mujeres.

La cara de la mujer se tiñó de un rojo subido.

—No era nada —dijo con voz firme—. Nada en absoluto. Fue un error mío.

Una yanqui. Se quedó observándola mientras ella salía prácticamente corriendo del campo. Tal vez eso era lo mejor. Lo último que necesitaba era enredarse con una extranjera.

Eso al margen de que su hermano y su primo se hubieran casado con estadounidenses y se encontraran muy satisfechos con sus situaciones.

No, esa dicha no era para él. Él deseaba una escocesa, una mujer que amara su terruño tanto como él. No tenía la menor intención de saltar el charco para vivir en la fructífera llanura allende los mares. No tenía el menor deseo de comer en un MacDonald tres veces al día, desenmarañar las ridículas reglas del béisbol ni conducir por la derecha.

Además, encontraba que las estadounidenses eran en general demasiado solícitas para su gusto, cuando no estaban pisoteando su tierra llevando esas camisetas con dibujos hawaianos. Lo sorprendía que la muchacha de negro no le hubiera preguntado si necesitaba ayuda para salir de ese campo. Pero le había visto esa expresión en la cara. ¿De veras él se veía tan débil? ¿Era culpa de él que ese último tiempo todo el mundo creyera que se encontraba en angustiosa necesidad de ayuda? Por ejemplo, la mujer que el día anterior detuvo su coche para ofrecerle...

Se quedó inmóvil.

Era ella. Era la misma que le ofreciera ayuda después de que él le hiciera esa horrible abolladura a su Vanquish. Probablemente se había reído todo el camino hasta su hotel imaginándose la factura que le pasarían por la reparación. Bueno, era de esperar que se hubiera divertido bien.

Volvió a levantarse viento, haciéndole revolotear el pelo y tironeándole la chaqueta. Se metió las manos en los bolsillos y frunció el entrecejo, absolutamente disgustado por el curso que había tomado su mañana. Lo único que no había hecho era estropear otro de sus automóviles.

A sus oídos llegaron las notas de una melodía guerrera.

—¡Maldición! —rugió—, ¿vas a parar de una maldita vez?

El gaitero no pareció ofenderse, pero continuó tocando.

Primero una mujer que lo perturbaba hasta el fondo del alma y luego un maldito gaitero fantasma que al parecer no tenía nada mejor que hacer que atormentarlo. Si había algún significado más profundo en todo eso, no quería saberlo. La gaita, bueno, podía no hacerle caso. Más difícil era con la mujer, pero el efecto podía atribuirlo a que la había visto el día anterior y ella se había mostrado deseosa de ayudarlo en un momento de absoluta humillación...

«Esto es más que conocimiento», le dijo su corazón.

No le hizo caso; era una parte de él voluble, indigna de confianza, que siempre lo llevaba a equivocarse. La mujer le resultaba conocida porque la había visto el día anterior.

«Es más que eso.»

Sí, la ridiculez de una mujer caminando por un camposanto con un traje negro de ejecutiva. ¿Qué era, entonces? ¿Una ejecutiva de viaje matando el tiempo entre reuniones? Tendría que pasarse por Boots a comprarse un par de medias si tenía que reunirse con los altos y poderosos esa tarde.

«Síguela.»

¿Con qué fin? Ella no tendría ninguna dificultad para encontrar el centro de información, sus sentimientos magullados sanarían y se las arreglaría para comprarse unas medias nuevas. Que ella se ocupe de sí misma. Él tenía sus propios asuntos que atender. Claro que no le venía ninguno a la mente en ese momento, pero trabajaría en eso una vez que acabara su cavilación triste. Miró resueltamente hacia el campo, esperando la llegada de pensamientos negros.

No llegó ninguno.

De hecho, cuando sopló la brisa sobre él y el gaitero que estaba detrás empezó a tocar una melodía muy distinta a la música de batalla, pasó algo muy inesperado rozándole el alma.

Algo dulce.

Un crío traído por el viento con un pastel glaseado, sin duda. Frunció el entrecejo, titubeó, y lo frunció aún más.

No estaba teniendo un buen día.

Hundió más las manos en los bolsillos de los tejanos y se desentendió de los deseos de su corazón. No tenía ninguna necesidad de pedirle disculpas a una mujer que no conocía. Ella pasaría una tarde muy agradable sin ninguna otra intervención de él.

Continuó ahí, escuchando la música de gaita, sintiendo tironeada el alma por la amabilidad, y descubrió que simplemente no podía cavilar tristemente. Tal vez llevaba demasiado tiempo haciéndolo. Tal vez era hora de que continuara con su vida y dejara atrás el pasado con su tapiz horriblemente sucio.

Por todos los santos, ¿es que había escuchado demasiadas veces a su hermano?

Salió del campo para no continuar pensando. Iba a buscar a la muchacha, pero no para pedirle disculpas sino para ofrecerle ayuda.

Además, iba en interés de la nación darle una buena impresión de Escocia, y él era un buen ciudadano por encima de todo.

Cuando llegó al sendero ella iba delante a una buena distancia. Fue tentador considerar eso una buena excusa para no seguirla, pero no era un cobarde, tampoco era un perezoso. Le hablaría.

Le faltaban unos diez pasos para darle alcance cuando repentinamente ella se metió detrás de un arbusto y se agachó para ocultarse. Era evidente que no se daba cuenta de que estaba totalmente visible por detrás. La observó atónito mientras ella se levantaba la falda, se quitaba las medias y luego metía los pies en los zapatos y las medias rotas en el bolso. Después de acomodarse y alisarse la falda, salió caminando serenamente de su escondite como el *Victory* de Su Majestad.

No supo si debía reírse o consternarse. Se le desvaneció la tenue sonrisa al verla detenerse delante de la lápida de su clan. Allí estuvo ella un rato, muy quieta, y luego se agachó a tocar la piedra. Entonces la recorrió un estremecimiento tan fuerte que él lo vio claramente desde donde estaba.

Lo sintió como si ella le hubiera tocado el alma.

El corazón empezó a latirle desagradablemente en el pecho, y el temblor que lo recorrió no tenía nada que ver con el frío otoñal del aire.

No, no deseaba eso.

No deseaba ningún tipo de conexión con una mujer a la que no conocía, y que estaba seguro de que no le gustaría si la conociera. No era su tipo. Él prefería la ropa informal, las mujeres informales, las relaciones informales que no pasaban más allá de lo que podía soportar su corazón, y no era que hubiera tenido alguna de esas desde hacía bastante tiempo, pero sus preferencias no habían cambiado.

¿Dónde estaba la viuda escocesa tan mayor que ya no podía tener hijos que podrían romperle el corazón?

De pronto la mujer se enderezó y miró alrededor, como pensando si alguien la habría visto hacer algo tan estúpido. De un salto él se arrojó en medio de los arbustos que tenía a la derecha.

Esperó unos cuantos minutos allí, hasta estar seguro de que ella había continuado su camino. Entonces salió a gatas de entre los arbustos, y se encontró mirando la cara de una empleada del Patrimonio Histórico Artístico Nacional que lo contemplaba con expresión muy desconfiada.

—¿Qué hacía ahí, señor? —le preguntó ella severamente.

—Buscaba mis llaves —mintió él.

Eso era lo único que le faltaba, indisponerse con una bien intencionada entrometida gubernamental. Se limpió el polvo de los tejanos, se frotó las manos, y se alejó antes de que ella pudiera hacerle más preguntas.

La mujer había desaparecido.

Tocó respetuosamente la lápida de su clan al pasar y continuó su camino en dirección al centro de información.

No había ninguna yanqui sin medias ahí.

Rápidamente salió por la puerta de entrada y se detuvo a la orilla del aparcamiento. Ella se estaba subiendo al coche. Esperó a que saliera y luego corrió hasta su coche y subió de un salto, para poder seguirla.

Después de todo, ella le había presentado sus respetos a los hombres caídos de su clan.

Su corazón le susurró su aprobación.

Él lo hizo callar con una maldición.

La mujer era lenta para conducir. No era de extrañar que él estuviera a punto de chocar con ella antes de verla. Pero claro, ¿qué otra cosa se podía esperar de ella? No había tenido la ventaja de pasar varios años conduciendo por el lado correcto del camino, como él.

Ella paró en Inverness. Patrick recordó entonces la primera vez que vio la ciudad. A él, que se había criado con solo su familia alrededor, le pareció una enorme metrópolis. Las vistas, los sonidos y los olores lo habían abrumado al principio, pero no tardó en acostumbrarse a ellos.

Su yanqui encontró un lugar para aparcar y luego simplemente se quedó sentada en el coche con la cabeza apoyada en el volante. Patrick sintió pasar por él una insólita sensación de remordimiento, y sinceramente deseó que la causa de su malestar fuera el cansancio y no el cruel trato que le había dado él. Se pasó la mano por la cara. Tal vez se estaba enfermando de algo. Esa hora había sentido más emociones que en todo el año pasado.

Aterrador.

Aparcó el coche en un lugar que probablemente no debía y luego le dio alcance ocultándose entre la multitud. Inverness no era como Edimburgo, seguro, pero tenía tiendas y la muchedumbre acompañante para observar sin ser visto. Ella estuvo mirando escaparates, pero no entró en ninguna tienda a comprar. Dado que el traje que llevaba era claramente muy caro, tal vez no lograba encontrar nada lo suficientemente fino para ella.

Entonces ella entró en un pequeño supermercado. Él entró también. No era nada fácil espiarla sin que ella lo viera, pero espiar era, al fin y al cabo, una de las cosas que hacía mejor. Se entretuvo mirando las estanterías del pasillo de las patatas fritas mientras ella elegía frutas. Anduvo rondando por las cajas de verduras mientras ella hurgaba en la caja de panes añejos de un día. Fingió estar muy interesado en los productos de higiene femenina mientras ella elegía algo para beber. Después logró echarle una mirada a su cesto desde cierta distancia: pan, fruta y agua.

No un almuerzo para gourmet precisamente.

Ella salió y él la siguió. Se quedó apoyado ociosamente en una pared mientras ella comía su almuerzo sentada en un banco. Al verla comer cayó en la cuenta de que él no había comido nada, y después de esa sesión de esgrima con Jamie se merecía comer algo. Entró nuevamente en el supermercado, cogió las primeras cosas donde puso la mano, pagó y se apresuró a salir. Miró hacia el banco.

Ella ya no estaba.

Ya iba a mitad de la manzana, aterrado, cuando se dio cuenta de lo que estaba haciendo. Seguir a una desconocida, de entrante. Preocuparse de una persona cuyo nombre ni siquiera conocía, de postre.

Estaba clarísimo que no había dormido lo suficiente.

—Asesino.

El sonido de esa voz le erizó el vello de la nuca. ¿Cuándo fue la última vez que oyó esa voz diciéndole algo que no fueran crueles acusaciones?, pensó distraídamente. Nunca, en realidad, ni siquiera cuando el hombre tenía motivos para hablarle con amabilidad. En esos momentos no tenía ningún motivo, claro.

Se volvió y le sonrió despreocupadamente a su ex suegro.

—Padre —dijo.

La cara del hombre se tensó. Tenía el aspecto de que habría dado cualquier cosa por ponerle las manos alrededor del cuello y apretar, pero estaban en plena calle, y Gilbert MacGhee era civilizado por encima de todo.

—Te he dicho que nunca me llames así.

Patrick lanzó su manzana al aire y la cogió, encogiéndose de hombros.

—Se me escapó, como seguro que a ti se te escapó ese amable título para mí.

—No fue un error.

El hombre que acompañaba al padre de Lisa, tío de ella, según quiso el destino, le puso la mano en el brazo a su cuñado.

—Déjalo, Gil. Ve a buscarnos una mesa. Yo iré enseguida.

Patrick correspondió a la mirada llena de odio de Gilbert con una mansa de él.

—Te haré colgar por matarla —gruñó Gilbert—. Verás si no.

Patrick no tenía nada que responder a eso. Jamás había tenido nada que decir ante eso. Observó alejarse al padre de Lisa pensando qué más podría haber dicho en el interrogatorio judicial que no hubiera dicho ya. Jamás lo habían acusado formalmente de matar a su mujer, pero su suegro lo había acusado más de una vez.

Claro que había muchísimo más en la historia de lo que revelaron las pesquisas judiciales, muchísimas cosas que no verían jamás la luz si él podía impedirlo. Por respeto al bebé que perdió y a la frágil estabilidad de la madre de Lisa. Algún día, quizá, le diría toda la verdad a Gilbert MacGhee.

Pero no ese día. Ese día estaba más que dispuesto a olvidar su triste pasado y empezar a hacer cosas de las que podía obtener algo. Miró sonriente al cuñado de Gilbert.

—Mal día, ¿verdad?

Conal Grant le puso una mano en el hombro y le hizo una suave sacudida.

—Llevo días llamándote. ¿Dónde has estado?

Patrick se encogió de hombros.

—Tengo problemas para recargar las baterías de mi móvil. Malditas cosas.

—Cómprate un generador, Pat. Incluso te he dejado mensajes con Jamie.

—Sabes que no me los da. No lo aprueba.

—Lo sé —repuso Conal, suspirando—. Me lo dijo muy claramente. Ya puedes ver lo desesperado que estaba para someterme a una de las diatribas de tu hermano.

—¿Qué necesitabas que fuera tan desesperado?

—Te tengo un trabajo.

Patrick miró a su empleador, el hombre que fuera el primero en darle algo para lo cual era absolutamente apto. Él estaba podando los rosales de Helen Grant MacGhee cuando Conal pasó por su lado, lo miró de arriba abajo y decidió que tenía aptitudes para algo más que para cuidar plantas.

¿Cuándo fue que la relación con él se convirtió más en una de socios y amigos que de empleador-empleado? En algún momento después de la muerte de Lisa, sin duda, cuando él trabajaba las veinticuatro horas del día prácticamente todo el año, en aquella época en que trataba de enterrarse en algo aparte de la tierra; entonces fue cuando hizo un amigo de su ex tío político.

—¿Trabajo? —repitió, bostezando—. ¿Y para qué querría trabajar?

—Para poder pagar la restauración, y fíjate que digo la palabra a la ligera, de esa ruina en que estás acampado. Estarías más feliz en una caravana.

—Tú estarías más feliz conmigo en una caravana —replicó Patrick—, porque cuando yo no me presentara cuando tú consideraras que debía, simplemente podrías enganchar un camión a mi caravana y arrastrarme, con casa y todo, al lugar de mi próxima misión. ¿Y cuál es mi próxima misión, por cierto?

—Un chico rico de vacaciones.

—Yo todavía estoy de vacaciones.

—A partir de hoy, no. Le caes bien al chico. Pidió expresamente que fueras tú.

Fantástico. Al instante lo asaltaron visiones de horas de escuchar atentamente los infortunios juveniles.

—¿Y dónde he de seguirle los pasos a este atolondrado chico? ¿En Londres?

—¿Dónde si no?

Dónde si no y un cuerno, pensó Patrick suspirando. Había de todo en Londres. Lo había visto todo en Londres. Ahora bien, catarlo era otra historia. Servía de guardaespaldas personal a aristócratas ricos de visita; antes de que llegaran hacía el reconocimiento de sus alojamientos para comprobar su seguridad y cuando llegaban les servía de niñero, pero disfrutar él, eso de ninguna manera. Había visto tanto de los aspectos más sórdidos de Londres que ya no tenía ningún atractivo para él. Puesto a elegir, prefería estar en la casa de Jamie, sentado a la mesa larga y conversando con los familiares y amigos. Pero necesitaba trabajar, más por él que por su cuenta bancaria, y Conal contaba con él.

—¿Cuándo? —preguntó.

—El reconocimiento mañana, hacer de niñero dentro de tres días. Razón por la cual, podría añadir, te he estado llamando. Casi llegué al extremo de conducir para ir a verte.

—Horror —dijo Patrick, estremeciéndose.

—Eso creo, sí. Ahora bien, ¿te sientes con fuerzas?

—Siempre me siento con fuerzas. ¿Me tendrás los papeles listos en el avión?

—Como siempre.

—Hay veces en que me siento muy parecido a un agente secreto.

—Sí —sonrió Conal—, y hay muchos de esos agentes secretos que te envidiarían muchísimo tus habilidades, en especial todo ese asunto del kárate que tanto te gusta.

—Es mucho menos sucio que ir por ahí tirando tajos con una espada.

Y aprenderlo le había dado algo que hacer además de dormir, durante ese primer año cuando la pena había sido más intensa.

Vio que Conal se estremecía muy ligeramente, de un modo casi imperceptible.

—Te he visto luchar a espada con tu hermano. Y hay veces en que casi os creo a los dos acerca de dónde aprendisteis a usarla. —Se frotó las manos—. Ahora el asunto más interesante. Aunque no te puedo garantizar una chica Bond como premio para tu trabajo, me gustaría verte encontrar algo conveniente por tu cuenta.

Patrick asintió, pero notó que la cabeza empezaba a vibrarle. Conal le había aconsejado que no se casara con Lisa, pero él no le hizo caso. Y deseó, no por primera vez, haberle hecho caso. Por él. Por el bebé.

Y, seis años después, podía decir sinceramente que también lo deseaba por el bien de Lisa.

—¿Has encontrado alguna prometedora últimamente? —le preguntó Conal.

Él negó con la cabeza. Al instante le vino a la mente la visión de una mujer inclinada sobre la lápida de su clan, pero la desechó.

—No —dijo firmemente—. A ninguna.

—Ya es hora, hijo mío. Acordado, entonces, el jueves. Ve a verme cuando aterrices.

—Siempre lo hago.

Conal volvió a apretarle suavemente el hombro y se alejó. Patrick no le envidió el problema de calmar a Gilbert.

Apaciguar a ese hombre ya no era su problema, y eso lo agradecía inmensamente. Desanduvo sus pasos y se sentó en el banco donde había estado sentada la yanqui. Se pulió el almuerzo resueltamente, después se levantó, tiró los desperdicios y echó a andar hacia su coche. Cuando iba caminando por la acera, vio nada menos que a su presa.

Echó a correr hacia el coche.

Y mientras lo hacía se maldijo. Por todos los santos, tenía trabajos de bricolaje en casa a porrillo: reponer piedras en los muros, reparar tuberías, reparar ventanas rotas. No tenía tiempo para jugar al gato y al ratón.

De todos modos le dio alcance cuando iba saliendo de la ciudad.

Ella pasó rozando un bordillo y se le cayó un tapacubos.

Él se bajó a recogerlo, fue a dejarlo atrás, volvió a subir a su 4x4 y reanudó la persecución. Y entonces, mientras le daba caza como a un desventurado conejito, pensó que la seguía porque eso era buena práctica. No era porque estaba perdiendo la chaveta; estaba absolutamente seguro de que no era porque la mujer le interesara.

Ella fue al castillo Cawdor.

Él se quedó vagando escondido por el aparcamiento.

Ella pasó a visitar varios otros lugares, incluso se detenía ante vistas panorámicas por las que él pasaba normalmente y no les encontraba nada impresionante. ¿Qué diantres estaba haciendo? ¿Siguiendo una maldita lista?

En un lugar durante esa larga tarde aparcó el coche y echó una cabezada. Cuando despertó no la vio por ninguna parte.

Maldición.

Estaba tan amodorrado por ese trabajo turístico que lo único que pudo hacer fue poner su Range Rover rumbo a casa con la esperanza de que lo llevara allí. Lo que deseaba era echar otra siesta. No lograba recordar la última vez que echara una siesta. Estaba bastante seguro de que hacía por lo menos décadas.

Que esa mujer le estimulara eso era sin duda una señal.

Mientras conducía recordó que había olvidado pasar a ver a su mecánico. Por lo visto tendría que cargar su móvil después de todo. O eso o usar el teléfono de Jamie, pero ya sabía a qué llevaría eso, a otra de las incursiones de su hermano en la biblioteca o a un sermón sobre los males de hacer de guardaespaldas de los ricos e irresponsables. Al menos Jamie no lo reprendía por tener varios coches onerosamente caros, puesto que él tenía su propia cantidad de lujos.

El mecánico tendría que esperar. El jueves tendría tiempo de sobra antes de que despegara el avión para dejar organizado eso.

Iba conduciendo relajadamente, con las ventanillas abiertas y la música a todo volumen para mantenerse despierto. Estaba a punto de chocar al omnipresente Ford de alquiler cuando lo vio. No logró decidir si sentirse aliviado o soltar unas cuantas palabrotas. Su yanqui seguía conduciendo a diez puntos por debajo del límite de velocidad.

Aminoró la marcha y la siguió hasta que llegó el momento de girar para ir a su casa. Pensó rápidamente. No había mucho más allá, aparte del pueblo. Tal vez estaba alojada allí.

Su coche pareció incapaz de girar a la derecha. Siguió al coche azul oscuro hasta que éste viró, lenta y cautelosamente, para entrar en el pueblo. Entonces él hizo un giro en U y dió la vuelta por donde había venido.

El pueblo no era tan grande como para tener más de dos hostales o pensiones, y mientras pensaba cuál habría escogido le extrañó que hubiera elegido un lugar tan remoto. Pero claro, si su objetivo era recorrer las Highlands, había elegido un lugar bastante apropiado.

Cómodamente cerca de su casa, en realidad.

Aunque eso no le importaba nada a él, lógicamente. Tenía mucho que hacer y necesitaba comenzar a hacerlo. Que la yanqui visitara todos los lugares turísticos que le diera la gana. Él estaba mucho mejor sin volver a quedarse dormido en un aparcamiento del Patrimonio Histórico Artístico Nacional. Estaba muy seguro de que había visto todos los lugares que le importaba ver en esta vida.

Consideró la posibilidad de llevarle el tapacubos, pero el solo hecho de pensarlo le resultó agotador. Lo haría por la mañana.

Por el momento, lo único que podía hacer era volver cojeando a su casa vacía.

Capítulo 5

Madelyn pensó que ya había parado su deslizamiento a la ignominia; creyó que ya habían acabado las indignidades arrojadas a su inocente persona, bueno, de acuerdo, a su «bastante» inocente persona, entonces, puesto que al haber aplastado a unos cuantos leguleyos con sus puntiagudos tacones ya no era una azucena tan blanca. Pero, por lo visto, no habían acabado.

Y eso tenía todo que ver con el montón de ropa que había sobre su cama.

Mirándola, su mente retrocedió a la noche recién pasada. Había vuelto a la posada de Roddy después de realizar con éxito todas las visitas de su lista para el día. Sí, estaba ese horroroso asunto con el señor Grosero en Culloden, pero se había desembarazado de ese desaire con la misma presteza con que se quitó los pantis destrozados. Había seguido con su programa sin medias y sin ningún desagradable e insalubre enredo con un hombre que de todos modos era mejor dejar en sus alucinaciones.

Se tocó la mejilla, segura de que notaría un ardor residual de la vergüenza que sintiera entonces. ¿De veras había soltado palabras que le daban a entender a un desconocido que ella era su compañera del alma y que valía más que actuara según lo programado por el destino?

Sinceramente esperaba que él no le hubiera mentido cuando le dijo que no la había oído.

En todo caso, no tardó en recuperarse de ese humillante momento y continuó con sus actividades. Finalmente volvió a la posada, donde tuvo que enfrentar la furia de Bentley, que quería saber dónde había estado y por qué no había seguido el itinerario acordado. Eso casi bastó para convencerla de renunciar para siempre a hacer listas.

Entonces, cuando lo dejó en el vestíbulo echando espuma por la boca y se retiró a su habitación para considerar sus planes para el futuro inmediato, se encontró con los regalos que le habían dejado en la cama. Esa noche tuvo que compartir la cama con el montón de ropa, simplemente porque estaba tan cansada que lo único que fue capaz de hacer fue acostarse y sucumbir al sueño.

Pero a la luz del día, tenía la coherencia y el tiempo para echarle una mirada a la ropa. No sabía muy bien qué hacer con sus sentimientos de gratitud. El día anterior había ocupado una parte de su poco dinero para comprarse varias bragas y un cepillo de dientes, pero no se había atrevido a comprar más; aún le quedaban trece días en Escocia y en algún momento de ellos tendría que comer. Había estado dispuesta a arreglárselas con ropa interior limpia, nada de nailon y su traje negro.

Pero ahora no tendría que hacerlo. Examinó las prendas que al parecer la mujer de Roddy había sacado del ático. Eran cosecha de los años cincuenta, la ropa de la madre de Miriam MacLeod, seguro, en los colores populares en esa época: verde lima, amarillo vivo, naranja, rosa fuerte. Sandra Dee en *Gidget*, pero claro, ella no se iba a ver ni de cerca tan mona. Seguro que las blusas no le llegarían ni al ombligo y los pantalones parecerían bermudas, eso suponiendo que le entraran en los muslos y el trasero.

Turismo con riadas de colores y zapatos negros.

Parecería un capullo, pero, sinceramente, jamás en su vida había sentido más gratitud por algo.

Cuarenta y cinco minutos después, estaba preparada para comenzar el día. Salió de la habitación ataviada con unos pantalones ceñidos, algo cortos, a cuadros naranja, y una blusa naranja a juego. Había encontrado un jersey blanco (también demasiado pequeño), y éste y los zapatos negros completaban su atuendo. Se había recogido el pelo en su moño de abogada imponente, simplemente para darse valor.

—Santo cielo, ¿qué te has puesto?

A Madelyn se le pusieron los pelos de punta, incluso a través de la horquilla. ¿Alguna vez había encontrado agradable esa voz? Desgraciadamente, recordaba muy bien cuándo. La había encontrado atractiva hasta el momento en que él la llamó por teléfono para romper el compromiso. A la distancia de un piso en el edificio y no se había molestado en tomar el ascensor para bajar a darle la feliz noticia personalmente, pensó, fruciendo el ceño. Típico.

Lo miró indignada.

—Me he puesto regalos de mis amables anfitriones. Regalos, podría añadir, hechos para que reemplazara mi guardarropa, el que tú, uno, me obligaste a comprar, y dos, me robaste y lo fuiste a tirar en algún vertedero de basuras escocés.

El hecho de que él no se arrojara inmediatamente al suelo y empezara a retorcerse y a chillar su grito de aliento favorito («¡Libelo!, ¡Calumnia!, ¡Pleito, pleito, pleito!») le dijo todo lo que necesitaba saber sobre sus actividades ilegales dos noches atrás. Lo miró con su más formidable expresión de asco y continuó su camino hacia el comedor. La noche anterior no había podido cenar por falta de dinero; tenía que aprovechar para llenar el tanque mientras pudiera. Se apresuró a dejar el bolso en el asiento de al lado. No tenía ningún sentido darle un sitio a Bentley para sentarse.

—Buenos días, señorita Phillips —dijo Roddy MacLeod, entrando con una sonrisa en la cara—. ¿Lista para algo fortalecedor?

—Pero muy poca cosa —dijo Bentley, sentándose al frente de ella—. Ya está a punto de salirse por las costuras.

Madelyn no se dignó contestar. Sonrió a Roddy, que tenía aspecto de sentirse muy incómodo.

—Se pone así cuando no ha tomado una ración suficiente de aceite parcialmente hidrogenado. Y sí, me encantaría algo fortalecedor.

—Una pequeña porción...

—Cierra el pico, Bentley.

Él la miró perplejo. Era la expresión que solía ponerse cuando alguien del bello sexo le plantaba cara dando muestras de valentía. No se la ponía muy a menudo, porque normalmente las mujeres de su entorno estaban tan ocupadas dejándose hipnotizar por su hedor a poder y las muy proporcionadas pecas que le adornaban la nariz que no se daban cuenta de que las trataba con superioridad.

Madelyn movió la cabeza, sorprendida de que ella hubiera sido alguna vez una de esas mujeres; deslumbrada por el fenómeno dérmico. Patético.

—Así pues —dijo Bentley, levantando lentamente el tenedor y mirándolo con suma atención, como si sólo estuviera admirando su construcción—, ¿cuáles son nuestros planes para el día?

Ella no se dejó engañar. Lo había visto hacer el mismo numerito un millón de veces, con lo que fuera que tuviera a mano durante el juicio. «Distrae y luego suelta la andanada», era su lema.

—No son nuestros planes, Bentley, son «mis» planes, y no quiero que me los estropees.

—Cruel, Madelyn —dijo él, moviendo tristemente la cabeza.

—¿Y cancelar nuestra boda seis semanas antes de la fecha no lo fue?

—Ya hemos hablado de eso. No éramos adecuados el uno para el otro. Al menos —añadió, haciendo una pausa teatral y esperando que ella lo mirara para asegurarse de que seguía respirando—, al menos eso fue lo que pensé en ese tiempo.

Ella no pudo dar crédito a sus oídos.

—Bentley, memo, ¡estás comprometido!

—Cierto, técnicamente...

—¿Técnicamente? —repitió ella.

No era de extrañar que hubiera podido darle calabazas con tanta facilidad entre las 10.30 y las 10.45. Aceptó agradecida el saludable plato de avena con leche que le presentó Roddy.

—Gracias.

—Vendrá más —le aseguró él, y desapareció por donde había venido.

—Tus viajes serían más cómodos conmigo —dijo Bentley—. Y podríamos hablar.

—No quiero tu dinero —repuso ella con la cuchara en la boca—. No quiero hablar.

—Estabas muy dispuesta a hablar de coger mi dinero para venir aquí.

—Eso fue una transacción muy negociada por el dinero irrecuperable gastado para la boda, y bien que lo sabes.

—Pero nunca habrías podido llegar aquí sin mí.

—Falso. Hacía años que deseaba conocer Escocia.

—Así que me usaste a mí de billete para venir.

¿Y la llamaba a ella alegadora? No tenía ningún sentido discutir de nada con él. Además, él tenía razón en cuanto a que tal vez no habría venido a Escocia sola, pero no habría sido por falta de fondos. Habría tenido que ser a lo barato, eso sí, dado lo que le faltaba por pagar de sus préstamos para estudiar. Era buena para vivir barato. Sus padres pasaban sus vacaciones de verano en un país diferente cada año, para perfeccionar sus habilidades lingüísticas, lógicamente, y le habían enseñado muy bien a arreglárselas con poco dinero.

No, no se trataba de dinero. Le agradaba pensar que se debía a que había rodeado a Escocia de tanto romanticismo que verla sola habría sido impensable. O tal vez sólo se debía a que no había estado dispuesta a robarle ese tiempo a su profesión. Había estado bastante obsesionada en abrirse camino con uñas y dientes hasta la cima. Tal vez debería agradecerle a Bentley el haberla liberado de esa oportunidad.

Pero al margen de agradecérselo o no, no estaba dispuesta a permitir que él la acompañara. Seguía siendo Bentley, después de todo. Y si no supiera que no, sospecharía que él deseaba o bien volver con ella o tener una aventura con ella en Escocia. Puesto que ambas alternativas la hacían desear ir a ducharse, bajó la cabeza y concentró la atención en su desayuno, haciendo caso omiso de los intentos de Bentley de continuar la conversación.

Cuando terminó, se levantó. Bentley no intentó detenerla. Considerando eso una señal auspiciosa, fue a coger su equipo para el día, se aseguró de que el violín seguía a salvo debajo de la cama y salió en dirección al aparcamiento.

Dio la vuelta a la esquina de la casa.

Y se encontró cara a cara con el motivo.

Bentley le había dejado bloqueado el coche con el de él. No bloqueado, clavado, atrapado, encerrado, de modo que no había forma de escapar.

Maldito tío. Volvió con pasos enérgicos a la casa. Bentley estaba apoyado despreocupadamente en el pequeño mesón de recepción.

—¿Nos vamos? —le preguntó tranquilamente.

—Vete al cuerno. Pero antes déjame salir.

—Sería negligente en mis deberes como tu cuasi marido si no me ocupara de acompañarte debidamente en este viaje.

—Mueve tu coche.

—No —se limitó a decir él, mirándola sosamente.

Ella estaba tan furiosa que no podía hablar, por lo tanto, en lugar de coger el primer instrumento puntiagudo que lograra encontrar para enterrárselo en el cerebro, se dio media vuelta y se dirigió pisando fuerte al cuarto de baño. Una vez allí, puso llave a la puerta, se sentó en el borde de la bañera e hirvió de rabia. Hirvió de rabia hasta que empezó a notar vapor en el aire. Estaba segura de que pronto se empañaría el espejo; pero antes de que se empañara, oyó un suave golpe en la ventana. No era un golpe de Bentley, por lo que apartó la cortina y abrió la ventana.

Fuera estaba Roddy, mirando furtivamente alrededor.

—¿Sabe montar? —le susurró.

—¿Bicicleta?

—No, muchacha, un caballo.

Ella tragó saliva. ¿Se podría contar como conocimiento una aterradora experiencia sobre el lomo de un rocín semicomatoso en el campamento de las Exploradoras hacía veinte años? Sí, si el día pasado con Bentley era la alternativa. Enderezó los hombros.

—Claro que sí.

Roddy hizo un gesto con la cabeza hacia la izquierda. Madelyn saltó fuera y lo siguió hasta una modesta estructura que parecía ser un establo.

—El señor Taylor está en el salón.

—¿Atado a un sillón? —preguntó ella, esperanzada.

—Le convencí de que no hay ningún lugar de interés al que se pueda llegar a pie. Cree que usted no tardará en recuperar la sensatez y volverá.

—¿Y hay lugares de interés a los que se pueda llegar a caballo?

—Ah, pues, sí, muchacha. Un hermoso castillo en el camino. Casas señoriales. Todo tipo de ruinas y otras cosas interesantes.

Bueno, eso ciertamente no estaba en su lista, pero daba la impresión de que nada de sus vacaciones iba a estar en su lista. Además, ¿quién sabía adónde podía llevarla un poco de chiripa?

Al hospital de la localidad, sin duda, para componerle numerosos huesos quebrados.

El caballo de Roddy apareció muy pronto, ensillado y al parecer listo para la acción. Parecía enorme, pero ¿quién era ella para juzgar, dada su deprimente falta de experiencia en equitación?

El caballo la miró dudoso.

Ella lo comprendió absolutamente.

—Mmm, señor MacLeod —dijo, titubeante—, ¿no tiene algo menos... móvil?

—¿Móvil, muchacha?

—Bueno, se mueve muchísimo. Pensé que los caballos eran algo más estables.

Roddy la miró compasivo.

—No ha cabalgado mucho, ¿verdad, muchacha?

¿Para qué molestarse en mentir? Él sabría la verdad en el instante en que ella pusiera el pie en el estribo. ¿Y cómo diablos iba a lograr poner el pie allá arriba? Y con eso ni empezaría la tarea de elevar el resto de ella a la estratosfera.

—No, no he cabalgado mucho —admitió.

Roddy, esa alma tan galante, ni siquiera pestañeó.

—Bueno, muchacha, este caballo es su pasaje a la libertad hoy, así que será mejor que aprenda rápido. Hasta mis nietos saben montar a *So Bala*.

—¿*So Bala*?

—Es un chico amable, a pesar de su nombre. Venga, déme su bolso. No lo necesitará.

—Pero...

—No necesita dinero para subir el cerro. Los lugares turísticos son gratis.

Bueno, él tenía que saberlo. Madelyn le entregó el bolso que le servía de maletín y consideró la siguiente tarea.

Calculó que sería más fácil levantar en peso un coche que instalar su lastimoso trasero en esa silla, pero lo consiguió, no sin antes haber soltado unos indecorosos gruñidos. Afortunadamente las costuras de sus pantalones a cuadros naranja resistieron.

—¿El volante? —preguntó desde lo alto del brioso rocín.

—Riendas. Izquierda, derecha, recto —explicó Roddy, haciendo los movimientos apropiados.

—Espero no quebrarlo. ¿Lo tiene asegurado?

Él se echó a reír.

—Si se cae, él vendrá a buscarme. Y le aseguro que ha soportado pesos mayores sobre su lomo.

Madelyn abrió la boca para darle las gracias y entonces vio a la mujer de Roddy trotando hacia ellos con una abultada bolsa.

—El almuerzo —anunció, metiendo la bolsa en una alforja y atándola diestramente a la silla—. Que tenga un hermoso día, muchacha.

—No sé expresar todo lo agradecida que estoy —dijo Madelyn, casi sin poder hablar por el nudo que tenía en la garganta. Comida y transporte, además de la ropa de época—. Les llevaré un pleito contra alguien cuando lo necesiten si quieren.

Roddy negó con la cabeza, sonriendo:

—Nos agrada ser útiles.

—Lamento dejarle con Bentley.

—Sí, bueno, después hablaremos del pago de eso. Ahora váyase y pase muy bien su día. —Cogió al caballo del ronzal, lo hizo darse la vuelta y lo llevó hasta la puerta de atrás—. Sube hasta el castillo, muchacho, y enséñale el terreno a la chica.

Madelyn hizo ademán de levantar la mano para despedirse, pero alcanzó a darse cuenta a tiempo de que eso podría ser muy peligroso. Se limitó a inclinar la cabeza en un gesto de gratitud y aferró las riendas, el arzón y un buen poco de crines, simplemente para sujetarse mientras el caballo echaba a andar.

El trayecto por la parte alta del pueblo transcurrió sin ningún incidente, muy probablemente porque dejó que el caballo fuera por donde quisiera. El animal se detuvo al llegar a la carretera principal que pasaba por detrás del pueblo. Ella miró a ambos lados e instó al caballo diciéndole lo que estaba segura era una vieja orden para caballerías:

—Adelante.

El caballo atravesó la carretera a paso lento y perezoso.

Es decir, hasta que llegó al otro lado. Entonces echó a correr como si alguien le hubiera disparado en el culo.

—¡So, Bala! —gritó.

Al parecer, eso no daba resultado. Entonces recordó que ése era el maldito nombre del caballo.

—¡Para! —gritó—. Maldición, no sé hablar en gaélico.

Afortunadamente para ella, llevaba las manos tan enredadas en las riendas y las crines que caerse era absolutamente imposible. Así pues, continuó agarrada como si en ello le fuera la vida.

El paisaje fue pasando, o mejor dicho, ella fue pasando por el paisaje: árboles, flora, fauna; lo veía todo. Desde la distancia, claro.

Pasó como un rayo por una zona boscosa y salió a una extensa pradera. La vista del imponente castillo gris que se elevaba en medio de la pradera la sorprendió tanto que estuvo a punto de soltar las manos de su sujeción. Pero continuó aferrada, mientras el caballo volaba en dirección al castillo.

El castillo quedó atrás.

—Eh, teníamos que parar aquí —gritó, fastidiada.

Era evidente que el caballo tenía otra idea.

Miró atrás por encima del hombro para echar una última mirada al castillo. El caballo entró en otra zona boscosa. Se vio obligada a soltar una mano para apartar las ramas, rogando que eso no le costara caerse de su precario asiento. El caballo salió del bosquecillo con el mismo entusiasmo con que entrara. En realidad, su felicidad parecía aumentar con cada metro que iba dejando atrás; su velocidad aumentaba exponencialmente.

Ella comprendió al instante que estaba en un terrible peligro.

—¡Socorro! —chilló.

El caballo no reaccionó. Tal vez no prestaba atención. Tal vez el viento que pasaba rugiendo por sus orejas no le permitía oír. Tal vez creía que si corría un pelín más rápido rompería la barrera del sonido.

El paisaje tenía que ser pasmoso, supuso; estaba en una especie de meseta rodeada por elevadas y puntiagudas montañas, pero, francamente, se sentía tan aterrada que era incapaz de disfrutarlo.

—¡Para o te demandaré! —chilló.

El caballo continuó impertérrito.

Presa del pánico, rezó, tal vez gritó. Y justo en el momento en que estaba segura de que tendría que arrojarse en una tinaja de desesperación absoluta, divisó algo volando hacia ella. ¿Un avión? ¿Una nave alienígena? Lo que fuera, venía lanzado derecho hacia ella.

Comprendió que la muerte estaba inevitablemente cerca, o lo estaría si no hacía algo drástico. Hizo acopio de una fuerza sobrehumana y tiró de las riendas.

Milagro de milagros, el caballo agitó la cabeza una o dos veces, frustrado, y se detuvo.

Daba igual. Estaba tan absolutamente aterrada que hizo lo único sensato que se le ocurrió. Se dejó caer del caballo deslizándose, para poder desmayarse más cerca del suelo.

Tal como hiciera aquella vez, veinte años atrás, en el campamento de Exploradoras.

Sólo que en aquella ocasión el caballo era más bajo.

Sí, decididamente más bajo, porque el deslizamiento acabó más pronto. Igual el caballo había sido un poni. Trató de hacer los cálculos tomando en cuenta esa información, su altura, peso y flexibilidad, pero descubrió que no tenía tiempo. El suelo subió para recibir su trasero con una enorme inflexibilidad. El dolor que sintió en la rabadilla habría bastado para dejarla inconsciente si no se hubiera resbalado por algo que vagamente le pareció una roca, y cayó de espaldas, golpeándose la cabeza en otra.

Estaba tratando de evaluar la intensidad de sus dolores cuando una enorme figura oscura le bloqueó la luz del sol. Chilló, asustada, y entonces le vio la cara y cayó en la cuenta de que ésta pertenecía nada menos que al señor Deportivo Negro.

—¿Cómo llegó aquí? —le preguntó. Las palabras le salieron enredadas, comprobó alarmada.

Él apuntó por encima del hombro hacia donde estaba su caballo negro.

—Mmm, yo también.

—Por un rato al menos.

—Estoy recién aprendiendo —dijo ella, zumbona, proeza nada pequeña dado el estado en que se encontraba.

—Pues ha sido un glorioso comienzo.

—Eso creo yo también.

—¿Cree que se ha hecho alguna lesión?

La voz de él parecía ir alejándose momento a momento. Cerró los ojos; era una lástima bloquear esa espléndida visión, y el campo estaba precioso también, pero sintió que la oscuridad se iba cerrando implacablemente.

—Estoy cansada —musitó.

—Entonces, descanse, muchacha —dijo una voz profunda—. Yo me ocuparé de que esté segura.

Ah, ¿pero quién la iba a tener a salvo de él y de sus malos modales?

Capítulo 6

*P*atrick observó a la mujer caer apaciblemente en la inconsciencia y se entregó a la contemplación de las ironías de la vida. Había estado siguiendo a esa muchacha durante la mayor parte del día anterior, y ahí estaba ella, depositada convenientemente en su tierra por sí misma, sin el menor esfuerzo por parte de él. Debería haberse vuelto a casa después de Culloden y dejado que ella se las arreglara sola. Eso le habría ahorrado la molesta tortícolis a consecuencia de su siesta en el coche.

Miró hacia el *So Bala* de Roddy MacLeod, que en ese momento estaba muy contento mordisqueando unas cuantas golosinas. Así que ahí estaba alojada. Sólo podía suponer que fue el propio Roddy el que le prestó el caballo. Ese hombre tendría que discernir mejor las habilidades ecuestres de sus huéspedes antes de prestarles un caballo. Alguien acabaría en el hospital uno de esos días.

Pasado un momento soltó una maldición; estaba empezando a parecerse a su hermano. Con ese aterrador pensamiento por compañía, volvió la atención al asunto más práctico de comprobar la gravedad de las lesiones de la mujer.

Y entonces se quedó paralizado, con las manos extendidas.

Pero ¿en qué estaba pensando, por todos los santos?

Se sentó en los talones y se pasó las manos por el pelo. Cerró los ojos y se concentró en calmar su respiración agitada. Era una condenada suerte que Jamie no estuviera cerca; estaría encantado de ver confundido a su hermano menor, y por algo tan inocente como la idea de usar sus manos para algo cercano a la curación.

Volvió a estirar la mano.

Le tembló.

—Coño —masculló, cerrando la mano en un puño—. Mierda.

Hurgó otro poco en la mente en busca de más tacos para decir, lo cual lo hizo sentirse ligeramente más él mismo; después soltó el aire retenido y se puso al trabajo. Haciendo caso omiso de los pensamientos que le pasaban veloces por la mente, examinó concienzuda y metódicamente a su yanqui, en busca de fracturas.

Afortunadamente, a juzgar por el estado de sus pantalones naranja, no había ningún hueso roto despellejado. Le palpó suavemente la cabeza; tenía un buen chichón, pero seguro que sobreviviría a él. Había visto, y soportado algunos mucho peores.

Le dio palmaditas en las mejillas, pero la única reacción que consiguió fue que ella abriera brevemente los ojos: gimió, rodó hacia él, volvió a cerrar los ojos y empezó a roncar.

¿Sueño por desfase horario?

Sólo cabía esperar que fuera eso y no una reacción a su encantadora persona.

La miró un momento, acurrucada delante de él, y luego alargó la mano para apartarle el pelo de la cara. No era hermosa del modo exótico en que eran hermosas las mujeres con las que acostumbraba a salir, pero no se podía negar que tenía un algo muy atractivo. Una muchacha norteamericana de cara blanca y lozana, pensó, emitiendo un suave gruñido. O bien se bañaba en leche o pasaba demasiadas horas escondida en una oficina.

Sí, eso tenía que ser. Lo más probable era que no pasara mucho tiempo al aire libre, con eso de ir y venir de reuniones a tiendas de ropa caras. Contempló la ropa que llevaba puesta. Ésta le dio que pensar, pero tal vez era la última moda; tan última que él no la conocía, pero ahí estaba.

Bueno, fuera como fuere, seguía durmiendo y él tenía que llevarla a alguna parte o bien dejarla que continuara su siesta o hacerla recuperar el conocimiento.

Miró atrás por encima del hombro. Su casa estaba a una buena media hora a pie, tal vez más llevando un peso muerto. Tal vez la única opción era molestar a alguno de los inquilinos de su hermano.

Volvió a mirarla. Ningún hueso roto; ninguna lesión espinal, si la tuviera no habría podido rodar. Cualquier otra dolencia se la podría cuidar en casa. Probablemente eso era lo mejor. No se fiaba nada de los médicos...

Dejó de farfullar no fuera que se lanzara a despotricar en voz alta. Sí, no se fiaba de los médicos, pero sospechaba que después de la muerte de Lisa tampoco se fiaba mucho de las hierbas.

Desechó esos inquietantes pensamientos y miró los caballos; podía dejarlos ahí un rato; no se irían a ninguna parte. Pasó los brazos por debajo de la mujer y la levantó, sin emitir algo más de unos dos o tres gruñidos. La acomodó de modo que le quedara la cabeza apoyada en el hombro y echó a andar hacia su destino. La casa de Moraig no era fácil de encontrar, pero una vez que se encontraba no había ningún problema en volverla a encontrar.

Jamie decía que era una bruja, pero él sabía que no. La saludable desconfianza de Jamie de cualquier cosa y de todo lo que ella cocinara sobre el fuego de su hogar en cualquier momento dado nunca le impedía invitarla a cenar de tanto en tanto. «Mejor una bruja que prepara guisos para sustentarte que una que prepara pociones para matarte», decía siempre que subía a visitarla para hacerle la invitación, y en esa visita era inevitable que probara educadamente uno o dos bocados de lo que ella tenía preparado en su fuego.

Patrick había tenido sus propias experiencias con la mujer, y su opinión de ella difería mucho de la de su hermano.

Se detuvo en el borde del bosque a mirar el sendero donde iba a poner los pies. Se estremeció a su pesar, recordando claramente la primera vez que puso los pies ahí.

Tenía veintiséis años entonces, y era tan temerario como responsable era Jamie. Había decidido comprobar si eran ciertos los rumores acerca del bosque que quedaba cerca de su casa, rumores de una magia que acechaba en lo más hondo del bosque, donde rara vez llegaba la luz del sol. Se había imaginado que regresaría victorioso, con palabras osadas para embromar a los viejos y demostrarles lo equivocados que estaban.

Ach, qué arrogancia.

Pasó esa noche en el bosque para poner a prueba su valor y energía. Cuando despertó, como sabía que despertaría, continuaba debajo de los árboles y envuelto en su manta. La lluvia no le había dado ningún problema en la profundidad del bosque pero se imaginaba que quedaría empapado cuando hiciera el camino de vuelta al castillo para alardear de su hazaña.

Pero al salir del bosque se detuvo en seco, sorprendido. Sí, su casa ancestral estaba ahí, pero no en el estado en que estaba el día anterior.

Estaba en ruinas.

Bruscamente lo abandonó su jactancia.

Tiritando de frío, empapado hasta los huesos y absolutamente aterrado, vagó por la elevada pradera hasta llegar al bosque que tenía delante en ese momento; jamás en su vida había sentido tanta gratitud por algo como la que sintió al ver ese sendero que prometía la posibilidad de encontrar ayuda. Qué más daba que llevara a un lugar que incluso en su tiempo se rumoreaba que era el refugio de toda clase de seres sobrenaturales. Había visto el humo de una fogata. Eso le bastó.

Moraig abrió la puerta, le echó una mirada y lo acogió hablándole en su lengua nativa. Contento, él dejó sus cosas a un lado y se sentó ante su hogar mientras la ropa echaba vapor. Le aceptó comida, bebida y la oferta de albergue ahí durante todo el tiempo que necesitara. Se alojó con ella unas cuatro semanas, hasta sentirse preparado para aventurarse más allá de ese entorno.

Claro que trabajó por su manutención. Moraig obtuvo un techo nuevo, leña cortada para todo el invierno y una provisión de hierbas para preparar sus pociones hasta su vejez. Ella lo invitó alegremente a que la fuera a ver con frecuencia, lo cual él siguió haciendo incluso después de haberse forjado un camino en la vida y ya no necesitaba ninguna ayuda.

Supuso que a ella no le importaría recibir a otra refugiada en necesidad de su pericia con las pociones. Acomodó su carga en los brazos y echó a andar por el sendero. Sólo tardó unos minutos de caminata enérgica en llegar a la vista de su destino. La casa de Moraig daba la impresión de haber brotado sola en el bosque. Las paredes eran de madera cubierta de musgo. Tal vez llamarla casa era darle un título muy grandioso. La verdad era que parecía un nido de pájaros, pero un nido cómodo y acogedor.

Estaba a cinco pasos de la puerta cuando al parecer su yanqui decidió que ya había dormido bastante. Abrió los ojos y se desprendió bruscamente de sus brazos. Trató de cogerla, pero sin éxito. Ella aterrizó con fuerza sobre el trasero.

Pestañeó enérgicamente, respirando más o menos de la misma manera. Él se arrodilló ante ella.

—Creo que deberías dejar de saltar de las cosas durante un rato.

—Yo también —soltó ella—. Creo que esta vez me rompí algo.

—Mmm. Bueno, me parece que no es un lugar para ponerle escayola, ¿verdad? Seguro que Moraig tiene algo por ahí por lo menos para aliviarte el dolor hasta que yo pueda llevarte a casa.

Dejó de hablar al ver que ella no decía nada. De hecho, incluso la respiración se le había calmado, como cuando la persona controla la respiración para no causarse más dolor. Aprovechó la oportunidad para mirarla.

Tenía los ojos oscuros, pero algo transparentes, como una profunda laguna verde en un claro del bosque, tocada por rayitos de sol que penetraban hasta el fondo revelando la tierra de abajo. Le sentaban a la perfección a su piel tan blanca. Sin pensarlo, le puso la mano detrás de la cabeza y le quitó la horquilla que le sujetaba el pelo. Los cabellos le cayeron alrededor de los hombros en una cascada de rizos sueltos totalmente reñidos con el aspecto de moderación que proyectaba toda ella.

Entonces cometió el error de mirarla a los ojos.

La descarga eléctrica que lo recorrió todo entero casi lo hizo perder el equilibrio, otra vez. Por lo menos ahí no hizo el ridículo pegando saltos por un brezal; logró sujetarse con una mano antes de caer de culo. La miró. Tuvo la impresión de que ella estaba igualmente afectada, si era un indicio la expresión de sorpresa que pasó por su cara.

—¿Quién eres? —le preguntó ella.

Él pasó revista a su amplio repertorio de respuestas descaradas en busca de alguna apropiada, pero no encontró ninguna. Le habría sido muy útil desviar la atención de la perturbadora sensación de atemporalidad que sentía con sólo mirarla, pero al parecer no era posible.

Cuanto más tiempo llevaba arrodillado ante ella más intenso se le hacía el deseo de que continuaran allí eternamente. Tuvo que hacer un esfuerzo para no ceder al impulso de cogerla en sus brazos. No se atrevía, y por más motivos que el hecho de que ella tuviera dañada la rabadilla. Por lo tanto, en lugar de hacer lo que deseaba, lo que con toda certeza sería el colmo de la idiotez, se limitó a alargar la mano para acariciarle el pelo.

Ella cerró los ojos y se estremeció.

Él comprendió.

Los santos se apiadaran, él no quería eso. Rogó que se presentara una distracción de proporciones monumentales: un aguacero, un terremoto, una tempestad de cualquier tipo. Cualquier cosa que rompiera el hechizo.

Empezó a sonar música de gaita en la distancia.

Ella abrió los ojos.

—¿Oyes eso?

—Ah, sí —repuso él, aliviado.

—Igual que en Culloden. Está tocando la misma melodía. ¿Es un amigo tuyo?

Él consiguió negar con la cabeza.

—No conozco de nada al tío, pero constantemente le veo penando por ahí.

—¿Penando? ¿Penar como cuando dices eso de una melodía que te «obsesiona», o como cuando parece que «la toca un alma en pena»?

—Lo último.

—No creo en los aparecidos o fantasmas —dijo ella, negando con la cabeza.

—Yo tampoco. —Y eso era cierto, técnicamente hablando. La fe deja de existir en presencia de un conocimiento seguro, ¿no?—. Pero no se puede negar que el muchacho tiene cierta pericia, sea quien sea.

«Y sea cual sea el siglo en que aprendió su arte», añadió para sus adentros. A él esas melodías guerreras le sonaban muy parecidas a las del siglo XIV, pero eso era sólo su opinión.

Le tendió la horquilla y dejó la mano extendida después que ella la cogió.

—Ahora que tenemos música de salida, ¿nos vamos?

Ella puso la mano en la de él, y se estremeció.

Él tuvo que hacer un esfuerzo para no estremecerse también.

—No te conozco —dijo ella, en un tono como si quisiera convencerse a sí misma.

—Soy Patrick MacLeod.

—No era eso lo que quería dec..., ah, no tiene importancia. —Le estrechó la mano—. Yo soy Madelyn Phillips.

—Encantado.

Ella estuvo otro momento mirándolo, después hizo una inspiración profunda y desvió la vista.

—Menudo lugar tienes aquí.

—Mmm —convino él.

—Es como si hubiéramos retrocedido en el tiempo.

—Por todos los santos, espero que no —musitó él. Se levantó y se agachó a cogerle la otra mano—. Con cuidado ahora. Arriba.

Ella se incorporó, osciló, hizo una inspiración entrecortada y se puso de pie como un potrillo recién nacido, vale decir, con las piernas muy inestables y no mucha gracia. Pero no se quejó.

—No creo que pueda caminar todavía —dijo.

—¿Podrías soportar que te llevara en peso?

—Creo que tampoco podría soportar eso. Puedo llegar ahí sola. Dame un minuto.

Él esperó pacientemente, luego le pasó un brazo por la cintura y la ayudó a caminar el metro y medio que les faltaba para llegar a la casa de Moraig.

Levantó la mano para golpear la puerta pero descubrió que eso era innecesario. La puerta se abrió.

—Ah, Patty —dijo Moraig, sonriendo, dejando ver que varios dientes se le habían marchado, a la manera de todos los hombres—. Has traído a tu dama.

Él emitió un sonido evasivo. ¿Su dama? Los santos lo ampararan si eso era cierto. Pero no dijo nada para contradecirla. Hizo entrar a Madelyn y la llevó a sentarse en un cómodo sillón cerca del hogar. Se dejó bañar por los consoladores murmullos de Moraig en gaélico. Lo hacían sentirse en casa, a pesar de las intencionadas miradas de la mujer.

—Así pues —dijo Moraig, mirando atentamente a Madelyn—, ¿qué la aqueja?

—Se cayó de su caballo y aterrizó sobre su precioso trasero —contestó él en gaélico—. No vi manera de llevarla a mi casa.

—Sobre todo que allí no tienes nada para aliviarla. —Lo miró desaprobadora—. Podría serte útil tener unas cuantas hierbas ahí, muchacho.

—Podría —concedió él.

Ni siquiera tenía una aspirina. De ninguna manera iba a llenar sus armarios con otro tipo de cosas.

Moraig no pareció convencida. Empezó a ladrarle órdenes y él obedeció antes de pensarlo mejor. Estaba a medio camino preparando una infusión curativa cuando cayó en la cuenta de lo que estaba haciendo. Echó una rápida mirada a Moraig y vio que ella lo estaba mirando con una sonrisa. La miró ceñudo.

—Te terminaré esto, vieja, sólo porque les tengo un enorme respeto a las ancianas, en especial a ti.

—Tienes manos sanadoras, Patrick. No deberías negar tu don.

—A mis manos no les queda ningún don, como lo demuestra ampliamente el pasado —dijo él en tono cortante. Le pasó la infusión a su yanqui—. Ten, bebe esto —le dijo en inglés—. Te curará lo que te aqueja.

—Gracias —dijo ella. Se volvió hacia Moraig—. Gracias —le dijo en gaélico.

Él pensó si debería sentirse avergonzado por haber hablado tan libremente delante de ella, o si ella se lo merecía por no haberle dicho lo que sabía.

—¿Dónde aprendiste gaélico?

—No lo sé. Has oído todo mi repertorio. Mis padres son lingüistas.

—¿Qué otra cosa hablas? Sólo para estar preparado.

—Una o dos lenguas romances, italiano, francés, un poco de portugués. Un poco de alemán, lo suficiente de ruso para ir al lavabo. ¿Y tú?

—Frases relativas al lavabo en uno o dos idiomas —repuso él. No tenía ningún sentido darle más detalles que los que ella necesitaba. Sus viajes no habían sido en vano—. ¿Eres lingüista también?

—Noo. Soy abogada.

—Interesante elección.

—Tengo una familia interesante.

Patrick tuvo que obligarse a dejar de hacerle más preguntas acerca de ella. No quería saber más. No quería que ella le cayera bien. No quería que le gustara su manera de sonreír, su manera de parpadear, ni su manera de gemir cuando sentía dolor. Por todos los santos, lo que necesitaba era una mujer que tuviera cierto aguante, no una abogada en pantalones de tartán naranja que no era capaz de mantenerse sentada sobre un rocín inútil. Retrocedió hasta las sombras y siguió alargando su lista.

Era una paciente menos que perfecta. Después del primer sorbo de la infusión pidió todo tipo de información sobre lo que contenía ésta, preguntó qué vendría después y por qué Moraig vivía en el bosque.

Alegadora. Irritantemente alegadora.

—No creo nada en esta mandanga de las hierbas —declaró mientras Moraig le palpaba la cabeza en busca de chichones.

Maleducada también.

—Creo que me arrepiento de haber puesto un pie en ese caballo —dijo mientras Moraig le palpaba la columna.

Imbécil, decidió él. Debería arrepentirse muy seriamente de haber montado sobre el lomo de *So Bala*.

—¿Tiene Advil?

Bueno, qué sentido tenía comentar eso.

—Necesitas dormir —declaró Moraig, y miró a Patrick—. Llévala a casa, hijo.

Él miró a Madelyn.

—Volveré enseguida, y entonces te llevaremos a la posada.

—Ah —dijo ella, friccionándose la rabadilla, inquieta, pero no presentó pelea—. Si te parece...

A él no le gustó esa manera de ceder. ¿Por qué no insistía en conocer sus planes?

¿Y por qué tenía que tener esa maldita mata de tumultuosos rizos, rizos que hacían parecer que el fuego del hogar de Moraig hubiera sido creado para danzar en ellos?

Salió a toda prisa de la humilde morada de Moraig para no tener que seguir mirándola. A largas zancadas llegó al lugar donde había dejado su caballo. El *Negro* estaba ahí haciéndole compañía a ese tonto *So Bala*, el que ya se las había arreglado para enredar sus riendas en un matorral particularmente fastidioso.

Liberó las riendas, le quitó el freno a *Bala* y lo metió todo en la alforja, casi encima de una bolsa que, vio al inspeccionarla, contenía lo que parecían ser de las mejores empanadillas de verduras de Miriam MacLeod. Lo reconsideró. Tal vez le haría un favor a la señorita Madelyn guardando su almuerzo en su refrigerador. Pero claro, dada la infame reputación de su refrigerador de desconectarse sin ninguna provocación, tal vez sería mejor comérselas en la primera oportunidad que tuviera.

Desamarró la alforja, amarró las riendas al arzón de la silla y envió al caballo de vuelta a su casa con una palmada en el anca. Ahora que iba sin pasajero, *Bala* pareció pensar que el trayecto no se merecía algo más que un paso lento.

Patrick montó en *Negro* y lo puso rumbo a su casa. Disfrutó la cabalgada, puesto que iba sentado cómodamente. No le envidiaba a Madelyn sus dos próximos días.

No tardó en llegar a casa, pero detuvo bruscamente al caballo fuera del muro del patio. Se apeó sin hacer ruido. ¿Qué era eso? Era raro que entraran intrusos, aunque de tanto en tanto encontraba a alguno. Pero generalmente no uno tan fisgón como ese.

Estaba esperando a la sombra de un árbol cuando el intruso dio vuelta la esquina. No era un ratero profesional, si su falta de sigilo era un indicio. Un simple fisgón, probablemente.

El hombre se inclinó a mirar por la ventana de la cocina. Patrick se le acercó por detrás y le enterró un palo en la espalda.

—¿Quién eres? —gruñó—. ¿Y qué deseas?

—¡Agresión! —chilló el hombre, levantando las manos—. ¡Le demandaré!

—Un poco difícil demandarme si estás muerto —dijo Patrick.

El hombre se quedó inmóvil.

—Soy el señor don Bentley Douglas Taylor III, y si me golpea, le meteré en la cárcel por el resto de su vida.

—Lo repito —bufó Patrick—, eso será un poco difícil si está muerto. Por suerte para usted, no vale ese trabajo. —Tiró a un lado el palo, le puso una mano encima al señor don Bentley Douglas Taylor III y lo hizo girar—. Ahora, amigo mío, ¿qué busca?

—A mi novia.

—Su novia —repitió Patrick. ¿De veras alguna chica boba habría aceptado casarse con ese bufón?

—Madelyn Phillips. Tal vez usted la haya visto.

Tanta más razón para que no le gustara esa muchacha de pelo oscuro. Estaba claro que no tenía buen gusto en hombres. Miró tranquilamente a Bentley Douglas Taylor III.

—¿Cómo es?

—Alta, de pelo moreno, obesa. Viste unos horrendos pantalones de tartán naranja. Me sorprendería si no los ha reventado ya.

Patrick le tomó una aversión instantánea y absoluta al hombre.

—Puede que la haya divisado por ahí —dijo.

—¿Dónde?

«En ninguna parte donde puedas seguirla.» Lo miró severo:

—Será mejor que salga de mi propiedad antes de que se encuentre en más dificultades de las que pueda imaginarse.

Taylor abrió la boca para discutir, pero pareció reconsiderarlo. Frunció los labios y echó a caminar lentamente por el patio en dirección a la salida. Patrick lo observó hasta que subió muy lenta y desganadamente en su Jaguar.

Lo observó otro ratito más hasta asegurarse de que ponía en marcha el motor, y luego se ocupó de sus asuntos. Llevó a *Negro* al establo, lo desensilló, se comió una o dos empanadillas y atravesó el patio. Taylor seguía sentado en su coche en ralentí, con el entrecejo fruncido. Patrick subió a su Range Rover y salió en dirección a la casa de Moraig. Taylor podía quedarse si quería. No había nada para robar que pudiera llevarse en su coche. La casa estaba segura.

Por lo visto Taylor estaba menos resuelto a quedarse que a seguirlo. Observándolo por el retrovisor, Patrick se preguntó qué podía haber poseído a Madelyn para encontrarse comprometida con ese infeliz. Insufrible pedante.

El Jaguar aminoró la marcha.

El Jaguar se detuvo.

El Jaguar patinó un poco hacia un lado y cayó hacia atrás en un pantano muy bien formado.

Taylor se bajó, se metió hasta las rodillas en el barro y empezó a manotear y gritar.

Patrick sonrió, implacable. Bien servido estaba el idiota. Tendría que volver, supuso, aunque sólo fuera para sacarlo al camino.

Pero después. Por el momento era mejor ir a rescatar a Madelyn de Moraig. Sólo los santos sabían qué tipo de historias estaría contándole esa testaruda y locuaz vieja. Y no era que le importara lo que pensara ella. No le caía bien. Le sería fácil quitársela de la cabeza.

Muy fácil, en realidad.

Y comenzaría a expulsarla de sus pensamientos tan pronto como la dejara en casa de Roddy, donde no tendría que mirarla, escucharla ni, los santos se apiadaran, volver a tocarla.

Si volvía a sentir una sola vez más esa electricidad, igual no podría librarse nunca de la sensación.

Capítulo 7

*M*adelyn estaba sentada, muy incómoda, escuchando hablar y hablar a Moraig MacLeod en un inglés bastante pasable. Claro que las *eres* le sonaban como trinos de una bandada de pájaros canoros y sus otras consonantes y vocales bailaban al compás de una música que ella dudaba ser capaz de tocar, pero en general se le entendía bastante bien.

Y no que poder entender a la mujer fuera de una importancia fundamental en esos momentos, cuando esa parada indudablemente no estaba en su programa. Tampoco lo estaba caerse del caballo, pero ésa era otra historia. Tenía que volver a ese caballo y ponerse en marcha, para poder comprobar si la flora y la fauna del lugar, o las casas que sólo había vislumbrado de pasada, eran de verdad dignas de aparecer en su lista.

El castillo, por ejemplo. Estaba bastante segura de que era magnífico. Tenebroso, gris, y muy bien conservado; ésas eran las impresiones que se había formado. Estaba impaciente por volver allí a ver si esa breve mirada había sido certera. Y no veía las horas de poner las manos en la piedra, olerla, apoyar la mejilla en ella para comprobar si estaba tan fría como parecía. ¿Cómo habría sido levantarlo en ese lugar? ¿O cómo sería vivir en él ahora?

Casi demasiado maravilloso para pensarlo.

Pero cuanto antes estuviera allí contemplándolo de cerca, antes estaría haciendo más recorridos y, era de esperar, tachando unas cuantas cosas más de su lista. Entonces podría volver al hotel y ver si Roddy tenía unos cubos de hielo para sentarse en ellos. Sospechaba que eso era lo único que podía aliviarla.

Aunque tenía que reconocer que la infusión de Moraig estaba empezando a hacer ciertos efectos. Seguía sintiendo dolor, pero comenzaba a no importarle. Abrió la boca para preguntarle a Moraig qué había puesto en la infusión, echó una mirada a la mujer, que estaba sentada en una banqueta junto al hogar removiendo algo en una olla negra con una larga cuchara de palo, cacareando como desatada, y lo pensó mejor.

Moraig parecía estar contenta con remover y reír, de modo que aprovechó la oportunidad (o mejor dicho, se aferró desesperadamente a la distracción con el fin de olvidar que estaba atrapada ahí con una mujer que en cualquier cuento de hadas normal se calificaría de bruja) para mirar el entorno y ver cómo había decorado Moraig su casa.

La casa parecía salida de un cuento de hadas, igual que la mujer. La habitación estaba torcida, como si un ilustrador hubiera estado algo borracho al dibujarla. Colgaban ramos de hierbas de todas partes: del techo, de ganchos sujetos a las paredes, de una cuerda amarrada alrededor de una mesa de trabajo. El olor solo ya la mareaba. Sunny se sentiría en el séptimo cielo ahí. Sabría identificar cada una y todas esas hierbas, enumerar sus virtudes, perorar largo y tendido sobre sus usos.

La sensación de cuento de hadas no acababa con las plantas que colgaban de todas partes. La olla en la que estaba cocinando Moraig era antiquísima, como también los demás cacharros dispuestos sobre una raquítica repisa. Los cazos estaban acompañados por fuentes y platos de madera, todos puestos al azar, todos con el aspecto de haber sido hechos varios siglos atrás y capeado bastante mal las tormentas. Era imposible saber si el exterior de la casita no se había metido por las paredes y estaba creciendo en el interior. Ya era difícil discernir dónde acababan las hierbas y comenzaban otros tipos de malezas.

No la habría sorprendido en absoluto oír entrar a través de los cristales adheridos con plomo de las viejísimas ventanas las notas de una canción cantada por enanitos para celebrar el final de su jornada de labor, o ver salir de los rincones a hadas y trasgos a bailar una jiga encima de la maltrecha mesa.

Pero cuanto más tiempo llevaba sentada, más normales le iban pareciendo las cosas. Rayos, ¿qué contendría esa infusión? Bebió otro sorbo, pero fue completamente incapaz de identificar el sabor. ¿Tendría Moraig un frasco de Valium escondido detrás de ese ramo de flores secas? Difícil saberlo.

Cambió ligeramente de posición y sintió la horrorosa protesta de su trasero. De acuerdo, no había Valium en la infusión. Sólo hierbas.

Pero a pesar del dolor, comenzó a relajarse. Había un algo hipnótico en la forma como removía Moraig su puchero. Incluso el olor era sedante. No supo decidir si era que se le estaba despejando la cabeza o había olido demasiada naturaleza.

Tal vez era la paz que se respiraba en el interior de la casita. En el rincón se veía la cama de Moraig, hecha con un edredón de apariencia sorprendentemente cómoda. La cocina era pequeña, pero práctica. El sector salita de estar ostentaba un par de sillones viejos pero agradablemente bien mullidos y uno de esos sofás que toman prisionera a la persona y no la dejan levantarse mientras no haya echado su buena siesta.

Y había algo más que la sencillez del amueblado; estaba la sencillez del estilo de vida. Calculó que Moraig recogía hierbas, cocinaba, paseaba por el bosque y no hacía mucho más. Nada de televisión, nada de radio, nada de defender a ejecutivos mimados de montones de multas de aparcamiento. Ése tenía que ser un estilo de vida muy libre, muy sin trabas.

Más o menos como la de Sunny, en realidad. Amaba a su hermana, pero jamás había entendido su manera de rebelarse contra la muy organizada, muy aséptica, existencia de sus padres. La casa de Sunny se parecía muchísimo a la de Moraig, sólo que Sunny era firme partidaria de la electricidad y las duchas calientes. Pero su hermana tenía el mismo tipo de relación con las cosas simples: nacimiento, muerte, los ciclos de la tierra. Era comadrona, herbolaria, preparadora de pociones y fabricante de bolsitas sanadoras.

Sunny usaba muchísimo lino.

A Madelyn no le molestaba el lino. Era muchísimo mejor que el poliéster.

Bebió otro sorbo de infusión, y luego otro. Cuando se iba acercando al fondo de la taza comenzó a pensar si no se habría apresurado demasiado al despreciar el modo de vivir de Sunny. Podría comer alimentos naturales, usar fibras naturales, cosméticos naturales. Sabía reconocer unas cuantas hierbas importantes, como el orégano y la albahaca. ¿Y había muchas más aparte de ésas? Podría ser bueno para ella salir del ambiente aséptico de una oficina de bufete.

Cogió un ramito de hierbas que estaba cerca y se lo llevó a la nariz. Lo aspiró con una honda inspiración.

Estornudó enérgicamente.

Bueno, tal vez renunciar a su ambiente no alergeno no era lo que le convenía en ese momento.

Entonces miró a Moraig y cayó en la cuenta de que la mujer había estado hablando, y que había dicho algo importante.

—¿Qué? —preguntó, pestañeando.

—Muy buen señor —dijo Moraig, levantando la vista de su olla.

—¿Quién?

—Patrick, el joven Él.

Madelyn frunció el ceño.

—¿Qué significa eso? ¿El joven Él?

—El verdadero Él vive en el castillo de la pradera —dijo Moraig, como si no la hubiera oído—. Es el hermano mayor de Patrick. Los dos mandan en sus respectivas propiedades.

—Interesante —comentó Madelyn, haciendo un gesto de dolor por moverse.

Por lo menos sólo hacía gestos. Media hora antes había estado al borde de las lágrimas. Lo que fuera que puso Moraig en la infusión era potente. Pero ¿Patrick un señor? No tenía aspecto de serlo, pero claro, ¿quién era ella para juzgar eso? Tal vez tenía veintenas de criados a sus órdenes para que le abrillantaran sus coches negros. Necesitaría toda una tropa de criados para que le arreglaran a martillazos las abolladuras que había adquirido en la carretera.

—Es interesante la historia de esos dos hermanos —continuó Moraig—. Es una historia que te interesaría, de seguro.

—¿Sí?

Sinceramente no logró imaginar por qué. Patrick era guapísimo, y esa mañana se había portado muy simpático al rescatarla, pero de ninguna manera era su tipo, dejando de lado su perturbadora experiencia en el campo de Culloden y los recuerdos consiguientes. Era grosero; conducía demasiado rápido. Seguro que sabía un montón de chistes malos sobre abogados y le gustaba sacarlos a relucir a menudo.

Y muy decididamente no era su compañero del alma. Se sentía patéticamente agradecida de que él no la hubiera oído balar eso como una oveja enamorada el día anterior.

—Pues sí —contestó Moraig, probando el guiso y dejando la cuchara a un lado. Se volvió a mirar a Madelyn—. Qué par de muchachos más buenos, fuertes y espléndidos son.

—Qué bien —dijo Madelyn, sonriendo amablemente.

—Los dos altos, los dos de pelo color de la noche y los dos con esos penetrantes ojos verdes del más exquisito esmeralda del auténtico rey.

Madelyn la miró escéptica. Tal vez Moraig escondía algunas novelas románticas debajo de esas hierbas. Le concedía un punto de razón: Patrick MacLeod era absolutamente magnífico, como para parar el corazón; pero ella dudaba mucho de sus modales. No se había mostrado muy amistoso en Culloden. Y había estado a punto de atropellarla, no una sino dos veces. Qué más daba que hubiera recibido su merecido la primera vez; igual podría haber sido causa de que ella tuviera un grave accidente.

«Pero te trajo aquí.»

—Mmm.

No hizo caso de la voz de su conciencia. Le costaba lo suyo desentenderse de lo que fuera que tenía él que le tironeaba el alma, que la rondaba igual que esa música del otro mundo que parecía seguirla de lugar en lugar.

De pronto la asaltó su muy acariciada fantasía de enamorarse de un guapo escocés de las Highlands, y con tanta fuerza que tuvo que retener el aliento.

Buen Dios, tenía que salir más.

—Y siempre dispuestos a emplearse en ayudar a otros —estaba diciendo Moraig—. Ésa es la clase de nobleza que no se ve en estos tiempos.

—¿Nobleza? —repitió Madelyn, obligándose a volver al presente. Miró a Moraig asombrada—: ¿Nobleza? Vamos, ¡si casi me atropelló!

Moraig agitó la mano como para restar importancia a eso.

—Exceso de energía y falta de objetivo. Es difícil en estos tiempos encontrar ganado para robar y enemigos para matar.

—Sí, la sociedad desaprueba esas dos cosas como diversión.

—Hoy en día, sí.

Madelyn frunció el ceño, y luego se encogió de hombros. Le resultaba cada vez más difícil desembrollar lo que decía Moraig. Igual su pronunciación se iba haciendo más cerrada, o el aire se estaba poniendo más denso, o los misteriosos ingredientes de la infusión la estaban afectando mucho. Se frotó los ojos. Pero claro, tal vez era simplemente el efecto del desfase horario y estaba muerta de sueño. Tenía que hacer un esfuerzo para mantener abiertos los ojos.

—¿Hoy en día? —repitió, adormilada—. ¿Qué significa eso?

—No se desaprobaba en los siglos pasados.

—¿Qué no se desaprobaba? —preguntó Madelyn, ya sin importarle la respuesta.

¿Se ofendería Moraig si se arrastraba a echarse en esa cama de aspecto tan cómodo? ¿O en el sofá? Ése le iría bien, sin duda.

—Los diferentes tipos de maneras de pasar el tiempo —repuso Moraig, agitando significativamente las cejas.

Madelyn bostezó.

—¿Qué tiene que ver eso con Patrick?

—Y con su hermano Jamie.

—Y con su hermano Jamie —repitió ella, obediente.

Moraig se inclinó hacia ella, sonriendo, con una sonrisa de complicidad desprovista de varios dientes esenciales. Madelyn también se inclinó, suponiendo que eso era lo que correspondía hacer. Entonces cayó en la cuenta de que se había inclinado demasiado. Tuvo que afirmar una mano en el suelo para no caer de bruces cuan larga era. Se echó hacia atrás hasta quedar sentada y miró soñolienta a Moraig.

—¿Sí?

Moraig guardó silencio teatralmente un momento.

—Tiene que ver —dijo, haciendo otra pausa, para más efecto— todo con ellos.

—Mmm —musitó Madelyn juiciosamente; le resultaba difícil hacer un comentario sensato, cuando lo único que deseaba era echar una siesta, pero al parecer Moraig esperaba algo—. ¿Todo?

—Sí, todo.

—Estoy embrollada —dijo Madelyn, ceñuda.

—Su crianza, hija. Eso es lo que los hace ser los hombres que son.

Madelyn miró a su anfitriona y comenzó a tener serias dudas respecto a su conexión con la realidad.

—Así es normalmente, ¿no?

—No, muchacha —dijo Moraig, impaciente—. No con ellos.

—¿Ellos son especiales, entonces?

—No —dijo Moraig, agitando la mano como para borrar esas palabras—. Es el haberse criado en una época tan lejana a la nuestra lo que los hace ser los hombres que son.

—Patrick no se ve tan viejo.

—No se ve ni de la mitad de su edad —dijo Moraig, haciendo otro significativo gesto de asentimiento.

—¿Y cuánto sería esa mitad? —preguntó Madelyn, pensando si Moraig tendría Novocaína entre sus frascos y potes, y si aceptaría darle una cápsula a una chica necesitada.

—Varios siglos.

—Sí, bueno, los hombres no envejecen nunca —dijo Madelyn, mirando alrededor en busca de un posible depósito de los remedios serios. La cola ya le empezaba a doler de verdad. Después miró a Moraig—. ¿Cómo dijo?

—Varios...

—Cosas que son francamente increíbles —dijo una voz profunda detrás de Madelyn.

Sorprendida, se levantó de un salto, se tambaleó, y habría ido a aterrizar en el fuego de cocinar de Moraig si Patrick no hubiera parado su caída.

Se cogió de sus brazos y lo miró. Moraig tenía razón. Sus ojos eran magníficamente verdes; y sus brazos espectacularmente musculosos. Y ella estaba al borde de un grave desmayo. Por lo tanto, continuó aferrada a él y se acordó de respirar. Pero claro, si se desmayaba, tal vez él volvería a cogerla.

—¿Cómo te sientes?

—He tenido mañanas mejores —resolló ella.

—De eso no me cabe duda —dijo él, y miró a Moraig por encima de la cabeza de ella—. Gracias, madre. Yo me encargaré de llevarla a casa de Roddy.

—Vuelve, muchacha, cuando tengas el oído dispuesto para una buena historia —dijo Moraig, intencionadamente.

—Creo que ya ha oído bastante para un día —dijo él, sarcástico.

—No ha oído bastante —replicó Moraig—, pero esa historia has de contarla tú. Yo en tu lugar se la contaría.

Patrick emitió un gruñido.

—Ni siquiera lo pensaré, si te da igual —le dijo—. Ahora bien, ¿puedo venir esta tarde un momento a ofrecerte algún tipo de ayuda?

—Si quieres. Se me ocurren varias cosas...

Escuchándolos hablar por encima y por el lado de ella, Madelyn llegó a un par de conclusiones.

La primera: Moraig no hablaba como si le faltara un tornillo y sufriera alucinaciones. Charlaba muy libre y alegremente con Patrick. Y si bien podía ser exageradamente fantasiosa, no era una mentirosa. Había trabajado con tantos mentirosos que ya era capaz de detectar a uno de ahí a Nueva York. Cualquier tontería que dijera Moraig era una tontería que se creía del todo.

Pero ¿hombres de otro siglo?

Ridículo.

Tal vez eso era simplemente un eufemismo para decir que se habían criado en las Highlands. Era un lugar bastante rural, después de todo. Hermoso, pero no precisamente bullente de actividad.

La segunda: Patrick MacLeod, dejando a un lado sus defectos para conducir, era todo un bocado de semental. Alto, guapísimo, y olía bien. No era un tío bueno rociado con colonia. Era una especie de tío bueno selvático, hecho de sol.

O igual sólo había tenido roces con las hierbas de Moraig. ¿Quién podía saberlo?

La tercera: si no lograba ponerse en posición horizontal en alguna parte, y pronto, se echaría a llorar.

—Ponme los brazos alrededor del cuello.

Ella lo miró y se sintió un poco mareada.

—¿Eh?

—Afírmate de mí. Te llevaré al coche.

—Ah —musitó ella, débilmente; entonces aguzó los oídos—. ¿Coche?

—No habrás creído que te iba a hacer cabalgar hasta la posada de Roddy, ¿eh?

—No sabía qué me ibas a hacer hacer.

—Cógete de mi cuello —dijo él tranquilamente.

—Bueno, supongo que si es necesario.

Él hizo un sonido que podría haber sido una media risa y luego la levantó con mucho cuidado en sus brazos, y eso sin emitir ni siquiera un suave gruñido que indicara el esfuerzo.

—Eres bastante fuerte —logró decir ella, en el momento que él se inclinó para salir por la puerta.

—La espada —dijo Moraig desde atrás.

—Aplastar cada día entre dos bancos a varias viejas que hablan demasiado —replicó él por encima del hombro. Pero lo dijo con afecto.

Moraig sólo se rió, feliz.

Madelyn se sorprendió deseando muy de repente que él le hablara así a ella.

Estaba clarísimo que había estado respirando demasiadas substancias no estandarizadas; nada bueno para su sentido común. Tenía lugares que visitar, monumentos históricos y artísticos que ver, cosas para poder poner en su columna de «hecho». No tenía ni el tiempo ni la energía para que la apartara de su objetivo un señor escocés aniquiladoramente guapo, envuelto en músculos que no resollaba ni resoplaba cuando la llevaba en brazos.

Parpadeó.

Pero qué, ¿estaba majareta?

Contemplar el estado de su cordura era algo que sencillamente tendría que dejar para después, porque en ese momento lo único que podía hacer era morderse el labio para no hacer el ridículo lloriqueando. Patrick caminaba con cuidado, pero de todos modos cada paso le dolía. Suspiró de alivio cuando por fin estuvo instalada en el asiento delantero del 4x4 que casi la atropellara el día antes. Patrick se inclinó a abrocharle el cinturón de seguridad. Su proximidad casi pudo con ella. Le miró la cara, tan cerca de la de ella, y sintió claramente débiles las rodillas.

—No tienes por qué hacer eso —logró decir.

Él la miró a los ojos.

—Sí que tengo.

—Yo puedo...

—Yo también. Muchacha terca —añadió, pero lo dijo en el mismo tono de voz con que le había hablado a Moraig.

Madelyn casi se desmayó.

Eso, decididamente, no estaba en su lista.

Él abrochó el cinturón y se enderezó un poco.

—El trayecto no será agradable.

—Será mejor que caminar.

—Eso lo veremos.

—Pero *So Bala* —dijo, abrumada por un repentino sentimiento de culpa—. Uy, no. Dejé a ese estúpido caballo vagando por la pradera.

—Encontrará su camino a casa. Siempre lo encuentra.

—¿Ha perdido a muchos jinetes?

Patrick sonrió. ¡Sonrió!

Ella pensó si él notaría que se le había empezado a agitar la respiración.

—Pierde como mínimo a seis turistas por temporada.

Ella pestañeó, sorprendida.

—Pero Roddy dijo que era lento y dócil.

—Lo dice a todo el mundo. Miente —dijo él, enderezándose del todo y cerrando la puerta.

Ella estuvo un instante pensando si Patrick conocería lo suficientemente bien a Roddy para saber eso, pero desechó el pensamiento y se encogió de hombros. Si Patrick creía que So Bala llegaría a casa, ¿quién era ella para discutirle? Sobre todo cuando todas sus energías estaban concentradas en reprimirse de soltar tacos mientras Patrick sacaba el coche del bosque. Cerró los ojos y resistió.

—Bueno —dijo Patrick, de pronto—, sigue ahí.

Madelyn abrió los ojos, y no pudo dar crédito a lo que veía.

—No pares, por favor.

—Debemos.

—No.

—Es tu novio.

—Ex novio.

—No fue eso lo que dijo él.

—Sigue conduciendo.

—No sería cortés.

—A la mierda la cortesía.

Por lo visto la cortesía no se iba a ir a la mierda, porque Patrick detuvo el coche a cierta distancia nada menos que del Jaguar de Bentley Douglas Taylor III, que estaba hundido en un pantano. Cerró los ojos y fingió que estaba inconsciente. El fingimiento se le hizo muy difícil cuando Bentley abrió la puerta y comenzó a reprenderla por ser tan estúpida y precipitada. Y se le hizo imposible continuar con los ojos cerrados cuando él le ordenó a Patrick que se diera prisa en sacarle el coche del pantano.

Entonces tuvo que mirar a su ex novio.

—Te va a hacer un favor. Usa con él tu voz melosa de abogado defensor.

Bentley frunció el ceño.

—Es un rústico escocés sin educación. Responderá mejor a un tono autoritario.

—Joder, Bentley, ¿cómo puedes ser tan imbécil?

—Pregúntale qué estudios tiene —dijo él. Se volvió hacia Patrick y le gritó—: ¿Qué estudios tienes?

Patrick, que estaba arrodillado en el barro, levantó la vista de su trabajo:

—Recibí educación... en casa.

—¿Te enseñaron a darte prisa?

Patrick se incorporó. Madelyn deseó que su intención fuera enterrar el puño en la aristocrática nariz de Bentley.

Pero no tuvo esa suerte. Patrick simplemente subió a su asiento en el Range Rover, pasó la mano por delante de ella, pidiéndole disculpas, para cerrar la puerta. Sin siquiera un pestañeo de molestia o preocupación, retrocedió y sacó el Jaguar del pantano. Después puso el coche en punto muerto y se giró a mirarla, muy serio.

—¿Quieres que te ponga en su coche?

—¿Estás malo de la cabeza?

—¿He de creer que tu compromiso fue un desatino?

—Puedes creer lo que quieras, simplemente sácame de aquí.

Él bajó del coche y fue a desamarrar la cuerda que había atado en el Jaguar. Bentley aceleró, haciendo girar en banda las ruedas y arrojando una gran cantidad de barro en la delantera de la chaqueta de Patrick.

Madelyn retuvo el aliento a la espera del estallido.

Pero Patrick se limitó a darse media vuelta y volver a su coche. Guardó las cuerdas, se limpió las manos en los tejanos y subió al coche, embarrado y todo. La miró y le dirigió una breve sonrisa.

—¿Lista?

Ella no podía dar crédito a sus oídos ni a sus ojos.

—Tienes un dominio increíble sobre tu genio.

Patrick se encogió de hombros.

—No quería que me ensuciara el terreno. Entonces era mejor no dejarlo convertido en trocitos, ¿verdad?

—Es un burro.

—Ya me di cuenta.

Ella habría dicho más, pero se estaban moviendo y tuvo que concentrar toda la atención en conservar su dignidad no aullando.

—¿Éste es tu terreno? —preguntó cuando él aminoró la marcha para pasar por un surco particularmente feo.

Tal vez había algo de cierto en eso del señorío. No se podía negar que conducía de una manera que ella suponía era señorial, como si el camino le perteneciera a él y sólo a él.

—Sí —contestó él—, en parte mío y en parte de mi primo. El resto es de mi hermano.

—¿Ha sido de la familia mucho tiempo?

—Podríamos decir eso —dijo él, mirando por el retrovisor—. Tu amigo nos viene siguiendo pero no parece muy complacido. Pronto llegaremos a una buena carretera. La encontrará más de su gusto, sin duda.

—Deberías haberlo dejado en el pantano.

—Soy servicial —repuso él, encogiéndose de hombros.

—Eso es peligroso.

Él volvió sus vibrantes ojos verdes hacia ella.

—Te ofrecí ayuda a ti.

—Me imagino que eso fue motivado por sentimientos de culpa. Casi me has atropellado dos veces.

Él se rió, muy brevemente, pero el sonido de su risa fue pasmoso. Madelyn pensó si volvería a reírse si ella se lo pedía.

—Sí, supongo que hay verdad en eso. O tal vez fue simplemente verte chillando por mi pradera lo que me impulsó a actuar.

—Tú habrías chillado también. Ese estúpido caballo estaba a punto de tomar vuelo.

—Cuando puedas volver a sentarte, te enseñaré a frenarlo.

Ella lo miró sorprendida.

—¿Sí?

El titubeo de él fue brevísimo, pero ella era buena abogada y muy experta en leer el lenguaje corporal.

—Por desgracia tengo una larga lista de lugares para ver —dijo alegremente. Después de todo él no tenía ninguna obligación hacia ella. Además, era cierto que tenía planes—. Estaré ocupada visitando esos lugares.

—Claro —dijo él, asintiendo ligeramente.

Madelyn sintió la momentánea tentación de ponerse a desvelar el misterio de las reacciones de ese hombre, pero luego lo pensó mejor. Sólo le quedaban doce días. No era tiempo suficiente para sondear las profundidades del alma negra de Patrick MacLeod. Tal vez era sólo ella la que sentía esos crujidos como rayos entre ellos. Tal vez lo estaba envolviendo de romanticismo de una manera que él no deseaba ser envuelto.

Tal vez debería coger esos cubos de hielo que le pediría a Roddy y ponérselos en la cabeza en lugar de en el trasero.

No tardaron en llegar a la posada. Ya se había soltado el cinturón de seguridad y estaba a medio camino fuera de la puerta del coche cuando se enteró de que aún no podía moverse. Se afirmó a ambos lados del marco de la puerta y dejó caer libremente las lágrimas por las mejillas.

Al instante aparecieron unas manos grandes y abiertas delante de ella, unas manos callosas y ásperas por el trabajo. No las manos de un hombre que acariciaba plumas caras para ganarse la vida.

Estaba a punto de hacer una breve oración de acción de gracias por esas manos, cuando a su propietario lo cogieron por las caderas y lo hicieron a un lado.

—Yo me encargaré de ella.

Madelyn abrió la boca para protestar. Y maldito Patrick Mac-Leod si no aceptó con una leve inclinación de la cabeza. Lo observó ir a la parte de atrás del coche, sacar un tapacubos y dirigirse al coche de ella. Continuaba mirándolo cuando él se arrodilló y empotró rápidamente el tapacubos en una de las ruedas.

Le habría dado las gracias, pero no pudo porque ya estaba estornudando gracias a una nube de Eternal Riches. Bentley la acompañó, zarandeándola y emitiendo muchos gruñidos y quejas, hasta su habitación.

—Nada de esto habría ocurrido —resolló él, arrojándola en la cama e inclinándose sobre ella—, si hubieras sido sensata...

—Vete al cuerno. Pero antes cierra la puerta al salir.

Él se enderezó, con una expresión de absoluta insatisfacción.

—Ya verás las cosas a mi manera —anunció al salir de la habitación.

Madelyn puso los ojos en blanco. ¿Dónde estaba su caballero de la brillante armadura cuando lo necesitaba? Probablemente esperando una citación al tribunal porque Bentley le había puesto un pleito.

Un lugar en que sabía que no estaba era en esas montañas de atrás de la posada de Roddy, explorándolas en su Range Rover para rescatar a doncellas en apuros.

Sin siquiera un resoplido por el esfuerzo.

—No comas mientras estés en cama —dijo Bentley asomando la cabeza por la puerta—. No le hará ningún bien a tus muslos.

La puerta se cerró con un fuerte golpe.

Madelyn se limitó a cerrar los ojos y suspirar.

Capítulo 8

*P*atrick se reclinó en el comodísimo sillón de piel de Conal Grant. Había sido una noche muy larga, y el asiento del Learjet era un bienvenido descanso después de horas pasadas investigando todos los sitios de Londres por si había algún problema para el itinerario propuesto por el chico al que debería servir de guardaespaldas. Puesto que ya había vigilado al chico antes, estaba bastante seguro de que no habría sorpresas.

Lamentablemente, cerrar los ojos no le produjo ningún alivio. Era una maravilla que no tuviera el pelo totalmente blanco con lo poco que había dormido esos últimos seis años. Pero al parecer su cuerpo funcionaba muy feliz con poco sueño. Pero eso no podía durar, sospechaba.

Tanta mayor razón para considerar la posibilidad de hacer otra cosa en su vida.

Qué podía hacer, no lo veía nada claro. ¿Enseñar? Sí, posiblemente. ¿Escribir? No, no tenía la paciencia que hacía falta para eso. Estaba el negocio con plantas y esas cosas, suponía, y estaba en el país adecuado para abastecer a los jardineros. Pero sería un buen descenso eso de pasar de un trabajo de guardaespaldas muy bien pagado y muy bien cualificado a un puesto de cuidador de plantas.

No era un descenso que se imaginara que podría hacer en ningún momento del futuro próximo.

Abrió los ojos y miró por la ventanilla, observando la tierra debajo de él desde esa ventajosa posición que hombres de siglos atrás no se podrían haber imaginado jamás. Seguía maravillándolo a veces esa vista, y eso que los últimos años había pasado incontables horas viajando en avión.

En ese momento iban pasando sobre la región de los lagos. Observando el brillo azul de los lagos, decidió que tendría que tomarse unas verdaderas vacaciones muy pronto. Unas semanas en una casita cerca del agua, o tal vez en un hotel muy caro en donde atendieran a todas sus necesidades. Sí, eso era lo que necesitaba. Unas vacaciones, algo más serio que la simple escapada del trabajo que se había tomado esas dos semanas pasadas. Ésas no contaban como descanso; habían sido más una crisis en su salud mental, dada las molestias de su último trabajo.

Había hecho de niñero de una chica universitaria muy rica y malcriada resuelta a gastar lo más posible del dinero de su padre en todos los placeres ilícitos imaginables. Y cuando no estaba derrochando el oro de su padre, se entretenía en insultarlo a él, echándole en cara su aparente falta de educación y su evidente falta de fondos, puesto que recurría a ese empleo para vivir. El de ella era dinero viejo de una adormilada ciudad de Nueva Inglaterra, la que él no se molestaba en recordar.

Movió la cabeza recordando los insultos. No eran nada originales, pero sí habían sido constantes. Había sentido la tentación de decirle que él tenía una cantidad de dinero con la que su padre sólo podía soñar y que tenía un título en literatura clásica, otorgado con honores por la Universidad de Edimburgo.

Claro que a ella no la habría admirado saber que había ido a clases durante el día y continuaba trabajando para Conal por las noches y fines de semanas.

Y todo para impresionar al padre de Lisa.

Qué ejercicio más inútil había sido ése.

Y esa jovencita norteamericana no se habría impresionado tampoco.

Así pues, él mantuvo la boca cerrada, la expresión impasible y se reservó los pensamientos para sí. Cuando bajó del avión le entregó su informe a Conal y se fue directo a casa. Tal vez le había importado más de lo que quería reconocer, dado el tiempo que había evitado contactar con gente después.

Pero claro, tal vez esa chica sólo había sido la última de una larga fila de personas que se habían sentido muy satisfechas mirándolo en menos, y con frecuencia muy verbalmente, aparte de esos fugaces y muy olvidables momentos en que él les salvaba o bien sus vidas o sus reputaciones. Convertirse en ermitaño durante un tiempo le parecía una reacción bastante moderada.

Entonces pensó, y no por primera vez, si no llevaría demasiado tiempo haciendo eso.

Al menos el cliente de ahora sería mucho menos fastidioso que la anterior. Este chico procedía de una numerosa familia de comerciantes cuyo apellido él olvidaría inmediatamente una vez terminado el trabajo. Podía hacer el trabajo durmiendo. Complacer pero proteger. Si el chico quería estropearse la nariz con drogas y su cuerpo con placeres prohibidos, él no era quién para juzgarlo. Simplemente estaría ahí para encargarse de que el muchacho estuviera lo bastante coherente para volver a su casa en el avión y estar él lo bastante coherente para meterlo en el avión si el chico no lo estaba. Lo cual no era nunca un problema, dada su práctica de abstenerse de esas substancias.

Conal lo estaba esperando cuando el Lear se detuvo ante un discreto hangar.

—¿Algún problema? —preguntó, como había hecho siempre esos seis años.

Patrick se echó su bolso al hombro y le pasó un fajo de papeles.

—Tiene problema de drogas, pero eso ya lo sabíamos. Puedo mantenerlo vivo hasta que lo meta en el avión de vuelta.

—Los chicos de hoy en día.

—Demasiado dinero, nada de sentido común.

Conal lo miró de soslayo.

—¿Y no eras así tú cuando eras más joven? Si lo fuiste alguna vez —añadió en voz baja.

—Te oí —dijo Patrick tranquilamente—. Y tu evaluación de mi carácter es gravemente errónea. Yo soy el despreocupado de la familia, ¿no lo recuerdas?

—O eso dice tu hermano.

—Él tiene que saberlo. El invierno en las Highlands es muy largo, amigo mío —añadió, sonriendo—. No teníamos dinero, mucha cerveza ni mujeres bien dispuestas.

—Apostaría que sí.

—La ociosidad es la madre de todos los vicios, ¿sabes?

Conal emitió un bufido pero le puso la mano en el hombro.

—Algún día quiero que me cuentes toda la historia de tu juventud, sin guardarte nada.

—Te conté bastante.

—Sí, pero yo no la creí. Quiero toda la historia. Algún día cuando tenga a mi disposición algo fortalecedor.

—Cuando te encuentres fuerte de estómago, dímelo. Mientras tanto, me concentraré en mi trabajo de niñero.

Conal asintió.

—El avión estará esperando a las diecisiete en punto el jueves. Avísame cuando llegues a casa.

Patrick asintió y se dirigió a su coche. Unas pocas veces más, decidió repentinamente. Haría esto unas pocas veces más y ya está. No le tenía miedo al peligro; había dejado a más de unos cuantos aspirantes a matones tendidos detrás de cubos de basura con sólo sus manos.

Tampoco eran los viajes. Había tenido la oportunidad de aprender con pasable fluidez un puñado de idiomas, ver muchos lugares y monumentos famosos y comer cosas que habrían sentado mal a los estómagos más firmes. Ni siquiera era el tiempo que pasaba lejos de casa. Ese tiempo lejos le hacía más dulce el regreso.

Eran simplemente las personas por las que arriesgaba su vida. Chicos mimados, ingratos, que no valoraban para nada las virtudes de la abnegación y el autodominio.

Tal vez se estaba haciendo viejo.

Pasó a ver a su mecánico. Le saldría muy caro, pero no tenía elección. Después de disponer los detalles a su conveniencia, emprendió la vuelta a casa. No encontró yanquis ni ovejas en el camino para atropellar, y, sin saber por qué, eso lo deprimió.

Bajó el cristal de la ventanilla para impregnarse de aire frío.

No le sirvió de mucho.

¿Podría sentarse ya Madelyn?, pensó. Madelyn Phillips, la ex novia de ese insufrible patán, el señor don Bentley Douglas Taylor III. Cómo pudo ella liarse con ese monumental bufón era algo que no le cabía en la cabeza.

Continuó sopesando las inverosimilitudes de esa relación (¿sería Taylor capaz de apreciar esa cascada de rizos que le enmarcaban la cara o se habría molestado alguna vez en liberarle el pelo de ese moño que se lo aprisionaba?), pero muy pronto esto le produjo dolor de cabeza, así que paró.

Después de dos horas pasadas detrás de una larga hilera de coches a los que no tuvo la oportunidad de adelantar, señaló con el intermitente a la derecha, viró y, repentinamente, hundió el pie en el pedal del freno; el coche se detuvo con un chirrido en medio de la carretera. El camino a su casa estaba a la derecha, serpenteando hacia el norte, y el camino que tenía ante él iba directo al pueblo. Había ido resuelto a llegar a su casa, pero de repente el insoportable vacío que lo aguardaba allí lo pilló con la guardia baja.

Tuvo que hacer una muy honda inspiración.

Claro que podía ir a casa de Jamie, pero no sabía si podría soportar eso tampoco. La casa estaría llena de familiares, todos preparándose para el dichoso acontecimiento. No, no podía ir allí. La casa estaría a rebosar de felicidad y expectación, y eso era sencillamente más de lo que podría soportar en esos momentos.

Volvió a poner en marcha el motor y continuó por ese camino, tratando de no pensar adónde iba. El pub, sí, ésa era una opción decente.

Una lástima que él no bebiera.

Pero podía hacer una comida decente ahí. Claro que era aún demasiado temprano y tendría que sentarse fuera a esperar tres horas hasta que el establecimiento MacLeod's Brews & Tasties abriera sus puertas, pero el día estaba estupendo y no tenía nada mejor que hacer con su tiempo.

Curiosamente, su coche parecía tener voluntad propia. El Vanquish jamás hacía ese tipo de cosas, pensó ceñudo. Se dejó llevar y entró en el humilde aparcamiento de la igualmente humilde posada de Roddy MacLeod. Aparcó y echó una mirada alrededor.

El Jaguar de Taylor estaba ahí, pero el coche de Madelyn no se veía por ninguna parte. Se frotó el mentón, pensativo. ¿Habría salido ya a continuar su itinerario por las Highlands? Igual la infusión de Moraig había hecho su buen trabajo en ella después de todo. O bien eso, o ella había cogido su coche sola para irse al hospital con la boca llena de quejas sobre las técnicas curativas de las Highlands.

Y si era así, le venía muy bien tener el trasero dolorido.

Apoyó las manos en el volante. No tenía ningún sentido no entrar, habiendo llegado hasta ahí. Miriam MacLeod ofrecía una mesa excepcionalmente buena para el desayuno, y él estaría más que feliz de hacerle unos cuantos servicios a cambio de un plato de sustento. Tal vez a *So Bala* le iría bien pasar una mañana aprendiendo buenos modales.

Bajó del coche, echó a andar y se detuvo. A sus oídos llegaba una música.

No era de gaita, alabados sean los santos.

Parecía música de violín.

Entró en la posada. La música venía del corredor.

—Patty, mi muchacho —dijo Roddy, entrando en el vestíbulo—. ¿Qué te ha hecho bajar de tu montaña? ¿O debo suponerlo?

Roddy era su sobrino, vía un árbol familiar complicadísimo. A Roddy jamás dejaban de fascinarle los giros, vueltas y revueltas de esa formidable conífera. Él compartía su fascinación pero no era para hablar de genealogía con Roddy que estaba ahí en ese momento. Hizo un gesto con la cabeza hacia el corredor.

—¿Quién es el violinista?

—La señorita Madelyn. Toca muy bien, ¿verdad?

Patrick frunció el ceño.

—¿Está aquí? ¿Dónde está su coche, entonces?

Roddy puso cara larga.

—Un problemita con sus finanzas, al menos eso dijeron los de la agencia de coches que vinieron esta mañana a llevárselo.

—Bueno, no se viste para el papel de rica ociosa.

—Esa ropa era de Miriam —explicó Roddy, haciendo un guiño—. Restos que quedaban de su madre. Los sacó del ático cuando a la señorita Madelyn le robaron la maleta.

—¿Robada? ¿Aquí?

—Si puedes creerlo.

—¿No se ha sabido nada?

—Nada.

Patrick volvió a frotarse el mentón. De acuerdo, había problemas en el pueblo, pero era muy difícil robar la maleta de un turista sin que alguien se enterara y fuera al instante a decírselo a quien quisiera escuchar. Eso era más que un simple robo.

—¿Ella ya te pagó el alojamiento?

—El señor Taylor se lo pagó por adelantado, o eso tengo entendido. Pero claro, después él ocupó la habitación reservada. Yo no le iba a cobrar a ella la otra, después de ver cómo perdió su habitación con engaño.

Patrick pensó otro momento. Madelyn no tenía el aspecto de que se le hubiera acabado la suerte. Era una abogada, por el amor de Dios. Seguro que ganaba bastante y gastaba poco, para haberse permitido pasar unos días en Escocia. Y, en todo caso, la posada de Roddy no era un caro hotel de cinco estrellas del distrito de los teatros de Londres.

Pero ¿que le quitaran el coche? Estaba ocurriendo algo feo ahí. Miró a Roddy.

—¿Sabe ella que se llevaron su coche?

—Aún no he tenido el valor para decírselo.

—¿Dónde está Taylor?

—Durmiendo.

—Muy conveniente.

—Sí, eso pensé yo también.

Patrick no era dado a saltar a conclusiones, pero era difícil evitarlo en ese caso.

—Roddy, compañero, déjame usar tu teléfono.

Roddy le dio el nombre de la agencia de alquiler de coches y la operadora el número de teléfono.

En menos de diez minutos tenía toda la historia. No había podido obtenerle otro coche pero sí consiguió que le enviaran a Estados Unidos la devolución de lo pagado y no usado. No era lo ideal, pero fue lo mejor que pudo hacer sin ir personalmente a Inverness a ejercer presión en los actores involucrados.

—Al parecer, Taylor los llamó y les dijo que ella no tenía fondos en su tarjeta de crédito —dijo a Roddy.

—El maldito canalla. ¿Y puede hacer eso?

—Por lo visto lo hizo. Tal vez tiene amigos.

—Difícil creerlo.

—Mmm —convino Patrick—. ¿Y Madelyn, cómo está? ¿Puede caminar ya?

—Hoy no. Pero mañana sí. Jura que mañana saldrá a hacer turismo aunque eso la mate.

—No le digas lo del coche. Veré qué puedo organizar.

—Podrías prestarle uno de tus coches.

Patrick se estremeció.

—Mi altruismo se detiene a la puerta de mi garaje. Además, sólo me quedan el Range Rover y el Bentley. La he visto conducir.

—¿Cómo conduce? —preguntó Roddy sonriendo—. ¿Lento o simplemente mal?

—Lento. Estoy seguro de que eso dañaría los motores.

—Puah.

—Piensa en cómo le fue a *Bala* —dijo Patrick—. Eso debería decirte algo.

Roddy sonrió.

—Encontró el camino a casa, por cierto. Gracias por ponerle arriba los arreos. Me fijé, eso sí, que el almuerzo que le puso Miriam había desaparecido misteriosamente de la alforja.

—No tenía ningún sentido desperdiciar una buena comida.

—Sí, bueno —rió Roddy—, la halagará muchísimo saber que sentiste la necesidad de robar su comida. —Se frotó las manos—. Tengo que ir a ayudarle. ¿Te apetece quedarte?

—Por supuesto, dado sobre todo que mi otra alternativa es irme a casa o ir a ver a Moraig y soportar otro sermón sobre las bellezas de liarme con una cierta yanqui.

—Podrías hacer algo peor.

—No tengo la menor intención de «hacer» nada.

Roddy le dio una palmada en el hombro.

—Parece ser una buena muchacha, Patty. A Miriam le cae bien. Vale más que digas cosas buenas de la chica si le tienes algún cariño a tu barriga.

Patrick se inclinó en una reverencia.

—Si es así, no saldrá de mis labios ningún desaire. ¿Puedo ayudar?

—Ve a sentarte. Disfruta de la música. Dejará de tocar tan pronto salga el señor Taylor.

—¿No soporta la música?

—No, el grandísimo idiota —masculló Roddy, alejándose.

Patrick entró en el salón, se sentó en el sillón más cómodo, cerró los ojos y al instante se quedó dormido.

Soñó con guerras de clanes, mortandades y conflictos. Pasó por campos cubiertos de sangre, luchó hasta que ya apenas podía levantar la espada, se escondió entre las ramas de un árbol mientras pasaba por debajo un potente enemigo. Y todo esto bañado por la música, su alma inundada por un sentimiento que no lograba identificar.

No era terror.

No era desesperación.

Escuchó con más atención. La melodía era triste, toda anhelos y sueños sin realizar. Pero en el fondo, como un rápido arroyuelo, burbujeaba algo que lo hacía desear tocarlo.

Era...

—Ah, no, tú otra vez. ¿No tienes ningún trabajo humilde que hacer por ahí?

Patrick decidió que debía decirle a Madelyn lo afortunada que era por no tener que despertar para escuchar esa voz cada mañana. No se molestó en abrir los ojos.

—Ya lo hice —dijo.

—Tal vez tendrías que quitar tus sucios tejanos del mejor mueble del propietario.

Patrick abrió lentamente los ojos.

—Tal vez tú tendrías que enterarte de a quién le hablas antes de sobrepasar tus límites.

—No necesito el nombre de un vulgar obrero.

—Soy Patrick MacLeod, señor de Benmore. Puedes llamarme lord Patrick.

Taylor abrió la boca para hablar, pero se lo impidió la entrada de Roddy a llamar a desayunar. Después Taylor miró a Patrick.

—Seas lord o no, jamás la tendrás.

Patrick arqueó una ceja.

—Me imagino que ésa no es una decisión que te corresponda tomar a ti. La dama podría tener algo que decir al respecto.

—No mientras yo esté aquí. —Se inclinó, acercándole la cara—. Lárgate, escocés. Lo lamentarás si no.

—Ach, nada de derramamiento de sangre aquí —dijo Roddy, nervioso—. Señor Taylor, se le está enfriando el desayuno.

Taylor se enderezó, se arregló la ropa con dos fuertes tirones y salió en dirección al comedor. Entonces Roddy miró a Patrick.

—Es un gilipollas absoluto —dijo en gaélico.

—Yo no habría sabido decirlo con más verdad —dijo Patrick, poniéndose las manos en los muslos—. Ve delante, sobrino. Ni siquiera una amargura de esa magnitud puede estropear las delicias que cocina tu señora esposa.

—Le encantará oírlo.

Mientras Patrick salía del salón detrás de Roddy se entregó a un breve momento de pesar por no estar viviendo en otra época, en la que podría haber arrojado a Taylor en la mazmorra del castillo de su hermano y dejarlo pudrirse ahí unos cuantos meses. Si no otra cosa, libraría a las almas que lo rodeaban del sufrimiento de su compañía. ¿Cómo pudo Madelyn haberlo soportado aunque fuera poco tiempo?

Se detuvo fuera del comedor a escuchar las notas finales de Madelyn. Trató de encontrar el sentimiento que casi había identificado. Pero éste ya se había marchado.

Tal vez le pediría que tocara para él, en alguna ocasión cuando ella estuviera en paz y reposo y no hubiera nadie que la juzgara con dureza. Tal vez entonces podría identificar el sentimiento que ella despertaba en él.

Era algo muy dulce, decidió finalmente.

Algo que valía la pena investigar más.

Algo, temía, que podría inducirlo a liarse con una cierta yanqui, tal como le había estado recomendando Moraig casi la mayor parte de la tarde anterior. Era increíble con cuantas recomendaciones podía una vieja aporrear a un hombre mientras éste le cortaba leña para el fuego.

No era algo que creyera que pudiera hacer con algún éxito.

Es decir liarse con Madelyn, no cortar leña.

Se cogió la cabeza con ambas manos, no fuera a volverse loco con sus ridículos pensamientos. Después hizo una inspiración profunda y se dirigió al comedor a desayunar.

Capítulo 9

*M*adelyn consiguió bajarse de la cama, se afirmó en ambos lados del marco de la ventana y se puso lentamente de pie. Sólo retuvo el aliento una vez, enorme progreso respecto al día anterior. Cuando estuvo segura de que podía mantenerse de pie, apoyó la cabeza en la ventana para descansar un poco. Era concebible que igual debería haber visto a un médico con bata de laboratorio en lugar de a una bruja con el pelo adornado por trocitos de bosque. Pero claro, la infusión de Moraig por lo menos la había relajado. ¿Qué podría haberle hecho un médico? ¿Ponerle el culo en cabestrillo?

Igual ya lo tenía en cabestrillo.

Dio la vuelta a la cama, con todo cuidado, se detuvo un momento para recuperar fuerzas para coger la ropa. Mientras estaba apoyada en la pared vio que su libreta estaba inútil y desvalorada sobre la cama. Ya era jueves, y había visto muy pocas cosas.

Sin contar, claro, esa exquisita visión de la cara de vigorosos rasgos de Patrick MacLeod, pero eso era otra historia. Sólo había sido una visión breve, agriada por la prisa con que él la arrojó en los brazos de Bentley y desapareció. No podía dejar de comprenderlo, eso sí. Bentley había vociferado su derecho sobre su persona y ella estaba tan dolorida que no pudo protestar.

Consideró la posibilidad de agacharse a coger su libreta, pero no se molestó. No necesitaba mirar para saber lo que había en su lista. Castillos, jardines, ruinas. ¿Cómo demonios iba a llegar a ver alguna de esas cosas si casi no podía sentarse y mucho menos caminar?

Era tentador echarle la culpa a Bentley; de hecho era una muy buena idea, pero no todo era culpa de él. Bueno, sí, sí que todo era culpa de él, a excepción de la caída del caballo, pero recordar eso no la hacía sentirse mejor. Estaba lesionada y el tiempo iba pasando. Tenía que dejar atrás los estragos causados por Bentley y continuar con su vida.

Pero lo primero era lo primero. No podía cojear de un lugar a otro mientras no estuviera vestida. Se pasó por los ojos la manga del camisón con puntillas de la madre de Miriam y se giró a abrir la puerta. Habría sido un esfuerzo demasiado grande dar un paso por encima de la bolsa de compras, así que pasó por un lado. La bolsa contenía ropa comprada por Bentley para ella, prendas que eran versiones más lanudas que las que le robara. Lo sabía porque le había echado una rápida mirada la noche anterior, con la esperanza de que Miriam le hubiera encontrado ropa más moderna, tal vez en telas teñidas al batik. Por desgracia, la mirada no le reveló otra cosa que prendas apropiadas para los tribunales, y eso sólo le dijo enseguida quién había sido el comprador.

De ninguna manera se pondría nada de esa bolsa, jamás.

Caminó lentamente hasta el baño. Después de una ducha suave, un peine por el pelo y unos toques de maquillaje, echó a andar hacia el dormitorio.

Con sumo cuidado se puso unos bermudas verde lima y un jersey a juego demasiado pequeño. Su pelo tenía todo el encanto de un fregasuelos enmarañado, de modo que se lo recogió en una coleta sujeta por un pasador. No le importaba su apariencia. Su única preocupación era cómo lograría sentarse en el coche.

Miró su violín. ¿Lo llevaba o lo dejaba? Lo más probable era que la posada de Roddy fuera más segura que su coche. Salió de la habitación, la cerró bien con llave, se echó el bolso al hombro y lentamente cojeó en dirección al vestíbulo. Maldito Bentley. Sí que era culpa de él que ella hubiera hecho esa peligrosa cabalgada en ese estúpido caballo. Era culpa de él haberla hechizado con sus pecas. También era culpa de él que llevara ropas hechas para una mujer diez centímetros más baja y diez kilos más liviana. Sí, todo eso era culpa de él y se merecía lo que fuera que le tuviera reservado el destino a aquellos que cogían las buenas vacaciones de otros y las arrojaban al váter.

Entró en el vestíbulo maldiciendo concienzudamente a Bentley con los gruñidos más resonantes que lograba sacar, y de pronto se detuvo en seco. Se le pusieron los pelos de punta.

No estaba sola.

Había oscuras sombras cerca de la puerta del vestíbulo, sombras que no iluminaba la luz matutina que entraba por la elevada ventana de la puerta principal. Y en ese oscuro espacio, tan oscuro e imponente como una sombra, estaba sentado nada menos que Patrick MacLeod en persona.

Pese a su no del todo formalizado plan de no hacerle el más mínimo caso la próxima vez que lo viera, en castigo por abandonarla a las sucias garras de Bentley, sintió flaquear las rodillas. ¿Qué tenía ese hombre que la dejaba incapacitada para cualquier cosa útil?

Efectos secundarios de un trasero magullado, se dijo al instante, para tranquilizarse.

Patrick no se movió. Ella no le veía la expresión. El resto de él era igualmente difícil de discernir. ¿Qué demonios podía desear? ¿Burlarse de sus habilidades ecuestres? ¿Torturarla con posibles rescates de Bentley cuando tenía toda la intención de dejarla abandonada con el cabrón después?

Bueno, fuera lo que fuera que él deseara, ella no estaba interesada. Lo miró ceñuda.

—¿Siempre vistes de negro? —le preguntó, tratando de sacar un tono frío, indiferente.

Indiferente, eso. La indiferencia no dejaba espacio para ningún sentimiento romántico, dulce. Y si había alguien ahí que no tenía ni el tiempo ni la inclinación para el romance, era ella.

Una bota bajó de su lugar encima de su otra rodilla y no hizo ningún sonido al encontrarse con el suelo.

—¿Negro? —repitió él—. Sí, supongo que sí.

—¿Por qué vistes de negro? ¿Para poder intimidar más fácilmente a tus siervos?

Había pensado muchísimo en la posición social de él durante su paréntesis en la cama. Seguro que el hombre tenía cierta variedad de sirvientes. Si su hermano poseía el castillo de allá arriba, sin duda tenía criados. Era apostar seguro decir que Patrick se había criado nadando en la abundancia. Mudarse de casa no podía haberle limado su necesidad de que lo sirvieran.

—¿Intimidar a mis siervos? —preguntó él, en tono casi de consternación—. No tengo siervos.

—Sirvientes pagados, entonces.

De la oscuridad salió algo que se podría confundir con un moderado bufido de humor.

—Me temo que no tengo de ésos tampoco. —Se levantó y avanzó—. ¿Esa falta te impediría permitirme que te sirva de guía turístico por el día?

Malditas sus rodillas. ¿Dónde estaban cuando las necesitaba firmes como roca debajo de ella? Levantó la mano para apoyarse en la pared.

—¿Guía turístico? —preguntó, tratando de parecer dudosa—. En realidad ya tengo mis planes. Te aburrirían.

—Las Highlands no me aburren jamás.

Ella le examinó atentamente la expresión, en busca de cualquier indicio de que le estuviera mintiendo. Bueno, no mentía, pero no parecía excesivamente entusiasmado tampoco. Igual la dejaría caer como una patata hirviendo la próxima vez que Bentley asomara su fea cabeza.

Pero la tentación era increíble. ¿Guía turístico? ¿Y ella lo rechazaba? Pero qué, ¿estaba loca?

Mejor loca que con el corazón roto, pensó. Se puso su sonrisa más independiente.

—Gracias de todos modos —dijo alegremente—, pero creo que estaré muy bien.

Patrick no contestó. Se limitó a cogerse las manos a la espalda y a mirarla. Madelyn deseó desviar la vista, pero sencillamente no pudo. El hombre era nada menos que pasmoso, en un sentido majestuoso, para quitar el aliento, y sin embargo en cierto modo proyectaba una accesibilidad que le hacía difícil recordar por qué no debía pasar su brazo por el de él y entrar a desayunar con él.

—Santo cielo, Madelyn, ¿qué te has puesto? Te compré un puñado de cosas perfectamente hermosas. Vuelve inmediatamente a tu habitación a ponerte algo decente.

Y así se rompió el hechizo. Madelyn exhaló un largo suspiro. Miró a Patrick. Él parecía un tanto decepcionado. O eso o estaba a punto de estornudar debido a la marejada de Eternal Riches que había caído ahí unos segundos antes que Bentley.

—¿Alguien quiere desayuno? —preguntó Roddy alegremente asomándose desde el comedor.

—Sí —dijo ella.

—Estupendo —dijo Patrick al mismo tiempo.

—¿Será algo frito? —preguntó Bentley.

Madelyn puso en blanco los ojos y se apartó de la pared. Un brazo envuelto en cuero negro se puso a su vista. Después de una breve mirada sorprendida, ella alargó la mano para cogerse de...

Un brazo envuelto en tweed. Se apartó de un salto, chilló de dolor y luego miró furiosa a Bentley.

—¿No te basta con lo que ya has hecho?

Pasó por su lado y por el rabillo del ojo lo vio abalanzarse sobre Patrick. Patrick simplemente se hizo a un lado y lo dejó pasar de largo. Madelyn frunció el ceño. Ahí estaba él otra vez, dejándose tratar mal por Bentley, dejando que Bentley la tratara mal a ella. Patrick tenía la apariencia de ser duro; era evidente que las apariencias engañan.

Roddy se encargó de ayudarla a sentarse. Bentley apartó a Patrick de un empujón y fue a sentarse al lado de ella. Patrick lo miró mansamente y fue a sentarse al frente de ella.

—¿Qué planes tienes para el día? —le preguntó Patrick, con un interés que a ella se le antojó bastante vago.

—Aún no lo sé muy bien. Estoy haciendo una lista.

—Qué si no —bufó Bentley—. Ojalá hubiera recibido diez céntimos por cada lista que te he visto hacer.

—Te daré un dólar si miras mientras hago una lista de todos los motivos que te harían un pésimo marido —dijo ella, sarcástica.

Bentley hizo chasquear la lengua.

—Palabras calumniadoras, querida mía.

—Demándame.

—No tienes bienes.

—Gracias a ti.

Él le dio una palmadita en la mano.

—Yo podría remediar todo eso...

Ella retiró bruscamente la mano.

—Prefiero morirme de hambre, pero gracias de todos modos.

Hizo varias respiraciones profundas, purificadoras. Tenía que escapar de ese hombre. La irritación que le producía su sola presencia estaba acabando con ella.

En eso entró Roddy con fuentes y platos apilados hasta arriba en sus brazos, salvándola de malos pensamientos relativos a su tenedor y varios lugares carnosos y blandos del cuerpo de Bentley. Volvió la atención a la comida. Era imposible no ver al hombre sentado al otro lado de la mesa. Su expresión era absolutamente inescrutable. Entonces él miró a Roddy y sonrió.

Y ver esa sonrisa bastó para obligarla a hacer otras cuantas respiraciones profundas y purificadoras.

—Gracias, sobrino —dijo Patrick.

—Es un placer, tío —repuso Roddy.

—Madelyn, deja de resoplar —dijo Bentley, en tono molesto.

Madelyn hizo caso omiso de él y centró la atención en Patrick.

—¿Es tu sobrino?

Patrick empezó a comer con entusiasmo.

—Sí.

—Pero...

—Endogamia —dijo Bentley, burlón—. Probablemente está casado con su hermana.

Madelyn no esperó que Patrick saltara a defender su honor, y él no lo hizo.

—No tengo hermana —se limitó a decir con la boca llena de avena con leche.

Madelyn se echó a reír, a su pesar. Bentley encontró eso menos que divertido. Empezó a vociferar, incluyéndolo todo, desde quejas por la comida hasta comentarios sobre la calidad de las mujeres de la localidad. Madelyn casi no podía comer. El único motivo por el que consiguió comer algo fue que no tenía dinero para comer otra cosa durante el día. Pero el desayuno no le sentó bien, y calculó que por la forma como se le estaba convirtiendo en piedra en el estómago, después simplemente no podría comer.

Se levantó.

—Gracias, Roddy —gritó en dirección a la cocina—. Estaba fabuloso.

Él salió, secándose las manos en una toalla.

—¿Dónde irá hoy?

—Es un secreto. —La verdad era que no tenía idea. Salir de ahí era un buen comienzo. Se ocuparía de los detalles después. Miró a Bentley—. Vale más que tu coche no esté en mi camino.

Bentley se limitó a sonreír satisfecho. Ella miró a Patrick, pero él estaba mirando a Bentley sin el menor asomo de expresión en la cara. Roddy estaba estrujando la toalla como si quisiera sacarle hasta la más mínima humedad.

Bueno, daba la impresión de que todos deseaban que se marchara. Se dio media vuelta y salió con el paso más airoso que pudo conseguir.

Eso duró hasta que llegó al vestíbulo; entonces tuvo que cogerse de la puerta de calle para recuperarse. Lo que necesitaba era una semana tendida de espaldas. Por desgracia, no tenía el lujo de una semana para recuperarse. Ya tendría tiempo de sobra para estar reclinada en el sofá de sus padres cuando volviera a casa.

Esa idea le bastó para darse impulso y salir. Prácticamente dio la vuelta trotando a la esquina de la posada.

Nuevamente paró en seco.

El Jaguar de Bentley estaba ahí.

Otro coche deportivo negro de suspensión baja, de Patrick, sin duda, también estaba ahí.

Pero el utilitario de alquiler de ella no.

El corazón le dio un vuelco en el pecho. Cielo santo, ¿le habían robado el coche? Por su mente pasaron aterradoras visiones de tener que trabajar el resto de su vida para pagar las elevadas pólizas del seguro de un coche que sin duda en esos momentos estaban despojando de todas sus partes utilizables en algún local usado para esos nefandos fines.

—Ayayay —exclamó, corriendo de vuelta a la posada.

Se detuvo con un muy doloroso patinazo en el vestíbulo y se encontró ante un cuadrito que supuso no lograría olvidar muy pronto.

Patrick estaba apoyado en una pared, en la oscuridad, como siempre. Roddy estaba torturando aún más su pobre toalla de cocina. Bentley Douglas Taylor III, el imbécil pomposo, estaba agitando las llaves colgadas de su dedo meñique, sin molestarse en disimular su expresión de triunfo.

—¿Nos vamos? —le preguntó amablemente.

Ella aún no podía creer la serie de hechos en que se había metido.

—¿Tú me cogiste el coche? —preguntó, incrédula.

—Al parecer tu crédito no es bueno —repuso él.

El bolso aterrizó con un fuerte golpe a sus pies.

—No puedo creer que me hayas cogido el coche.

—No cogí tu coche.

—Mentiroso.

—Cuidado, Madelyn —dijo él tranquilamente—. Estás caminando sobre hielo.

—Cogerlo, hacerlo coger. Cabrón, eso es pura semántica.

Él se irguió, con expresión muy ofendida.

—La semántica es mi sangre vital.

—No creo que sea legal —dijo ella, asombrada. La verdad, dudaba de poder dejar de negar con la cabeza. ¿Cuándo iba a terminar la pesadilla con ese tío?—. ¿Qué hiciste, llamar a uno de tus amiguetes de American Express para que me cancelaran la tarjeta?

—Tengo un amplo círculo de amigos —sonrió él.

—Cómo, no me lo explico.

Entonces cayó en la cuenta. Lo miró horrorizada.

—No me has hecho cancelar la tarjeta.

Él continuó sonriendo.

Ella miró a Roddy.

—¿Donde está el teléfono?

Él apuntó tristemente hacia el mesón de recepción. Madelyn fue ahí, cogió el teléfono y marcó uno de los muchos números que había memorizado, habló un momento y colgó lentamente.

Su tarjeta de crédito estaba congelada. Y no, lo sentían muchísimo pero no podían hacer nada. Por lo visto, su crédito había caído irreversiblemente en picado y American Express ya no hacía extensivos a ella sus privilegios ni beneficios.

No podía creerlo, pero creía que tenía que creerlo. Rápidamente hizo una corta lista de lo que significaba eso.

Nada de coches de alquiler.

Nada de dinero en efectivo.

Tenía 200 libras en su bolso. Suficiente para comer, pero no suficiente para comer, alquilar un coche, ponerle gasolina a ese coche y ni siquiera tener un coche para llegar al siguiente hotel de cama y desayuno en el que había reservado habitación. Nuevamente miró a Bentley:

—Supongo que ya no tengo pagado ningún otro alojamiento.

—Supongo que no —dijo él, sin un pestañeo de arrepentimiento—. Puesto que no tenías medio de transporte, consideré mejor cancelar el resto de tus reservas. A no ser, claro, que quieras viajar conmigo...

—Jamás. —Miró a Roddy—. ¿Sigue cubierta mi estancia aquí, o Bentley también canceló eso?

—Tiene pagado por lo menos otra semana —dijo él, asintiendo enérgicamente con la cabeza.

Era fatal para mentir el hombre. Dudaba que la serie completa de talleres del seminario particular de prevaricación de Bentley pudiera arreglar eso. Ella tuvo que hacer un esfuerzo para asentir, de un modo igualmente perjuro, y eso que había aprendido a mentir en las rodillas de Bentley.

Bentley emitió un bufido.

—Pues no lo...

—Lo tiene pagado —interrumpió Roddy, mirándolo de una manera que enorgulleció a Madelyn.

Bentley frunció los labios pero no dijo nada más.

Ella deseó sentarse, pero eso le dolería. No podía mirar a Patrick, se sentía demasiado humillada. No podía mirar a Roddy, se sentía condenadamente agradecida. Y ni siquiera podía mirar a Bentley; si lo miraba a los ojos, le rodearía el cuello con las manos y lo estrangularía alegremente.

—Bueno —dijo Bentley en tono simpático—, ¿nos vamos? Pero primero ve a cambiarte de ropa para no avergonzarme.

Pero ¿es que estaba majareta? ¿Acababa de hacerle la vida un infierno y quería empeorársela? ¿Era posible que empeorara? Sospechaba que sí.

Pensó qué debía hacer. Al instante le vino a la mente una lista de opciones, cosas que fue descartando una a una.

Gorrearle dinero a Sunny fue la primera, pero no podía pedirle a su hermana que asaltara su cuenta de ahorros, cuando rara vez tomaba vacaciones y si las tomaba siempre era en un lugar al que podía llegar a pie.

Gorrearle dinero a su gente fue la segunda, y siguió el camino de la primera sin vacilaciones. Si llamaba a sus padres, sería sometida a un largo sermón sobre las virtudes de viajar barato y sondeadoras preguntas sobre por qué no estaba haciendo eso. A eso seguiría el inevitable discurso sobre los males de su profesión, los defectos de su gusto en hombres y el posible justificado castigo por haber abandonado la sagrada senda académica para ir en pos del todopoderoso dólar.

No, el precio ahí era demasiado elevado.

Tendría que ocurrírsele algo, pero no podría pensar en nada en el vestíbulo de la posada de Roddy MacLeod, de cara a tres hombres que la estaban mirando por motivos totalmente distintos.

Alzó el mentón para impedirse llorar, se dio media vuelta y salió por la puerta pisando fuerte.

Tomó nota mental de no volver a pisar fuerte; el dolor era atroz.

Igual podría ir al pub a aprender algo de gaélico. Su padre estaría orgulloso. Igual alguien tenía algún libro de turismo gratis que podría mirar. Seguro que eso era la visión más cercana que podría tener de todo lo que había planeado ver.

Sintió la tentación de elucubrar cuánto más tendría que caer para llegar al fondo del abismo, pero ese tipo de elucubraciones nunca eran buenas. Además, tenía la sensación de que la caída aún no había terminado.

—¿Adónde vas? —gritó Bentley—. No te has cambiado la ro...

Ella cerró la puerta. Podría ser feliz en el pueblo. Había mucho para ver ahí. El color local. Interesante arquitectura. Diversión barata.

Oyó el ruido de la puerta al abrirse y cerrarse.

—Vete, pelma —dijo por encima del hombro—. ¿No has hecho bastante ya? ¿O tienes que seguirme para verificar que me siento absolutamente desdichada?

La gravilla crujió con los pasos detrás de ella.

—Olvidaste el bolso. Pensé que podría servirte después.

Madelyn cerró los ojos un instante y luego se volvió a mirar a Patrick.

—Gracias —dijo, cogiendo su bolso.

—De nada. —Le cogió la mano—. Vamos.

Ella negó con la cabeza.

—No deseas meterte en mi vida. Eso se huele. Y creo que sigue en dirección sur.

—Las direcciones cambian.

—Jajá. Esta vez no. Esto es la realidad. Las vacaciones en el váter. Yo de ti me asustaría.

—No me asusto fácilmente.

—Tal vez deberías.

—¿Por qué?

Ella habría salido con alguna respuesta ingeniosa, pero se sintió algo desconcertada por la sensación de su mano alrededor de la de ella. La mano de él le hacía subir una especie de corriente eléctrica por el brazo. Sunny sabría explicar las ramificaciones kármicas de eso, pero ella no se molestó en intentarlo. Simplemente temía que toda esa electricidad le friera el cerebro.

Se plantó firme en el suelo para un último intento de salvar a Patrick de ella y de su desastrosa vida.

—De verdad, deberías repensarlo —dijo.

Él se detuvo a mirarla con una grave sonrisa.

—Sobreviviré.

Esa sonrisa iba a ser su perdición, pensó ella.

—Eso solía pensar yo —consiguió decir.

—Tal vez piensas demasiado.

—Me han acusado de eso en ocasiones —concedió ella.

Él le tironeó la mano.

—Piensa después, ahora camina.

—Pero...

—Taylor viene detrás.

Ella no necesitó oírlo dos veces. Cojeó a su lado lo más rápido que pudo y no protestó cuando él la ayudó a instalarse en su coche.

—¿Cuántos de éstos tienes? —le preguntó cuando él se acuclilló a su lado.

—Éste es el último.

—¿Algo de otro color?

Él la miró y arqueó una ceja.

—El negro me sienta bien.

—Me gusta el negro —lo informó ella.

—Y a mí me gusta tu verde lima.

Ella pasó la mano por sus pantalones.

—Gracias —logró decir.

Él se inclinó sobre ella con el cinturón de seguridad. Ella creyó que se desmayaría.

—Respira —dijo él, sin levantar la vista, abrochándole el cinturón.

—Es el dolor de la rabadilla.

Entonces él la miró y sonrió, una irónica curva de su boca.

—Seguro.

—No me afectas —mintió ella.

—¿No? Tú a mí me perturbas de una man...

—Vamos a ver, un momento —lo interrumpió una voz chillona.

Patrick soltó un suave suspiro y se incorporó. Madelyn estiró el cuello para ver qué ocurría, después de cerrar la puerta, claro, no era una estúpida.

Bentley estaba soltando tonterías. Patrick se limitó a encogerse de hombros, pasó junto a él y dio la vuelta al coche. Subió, puso en marcha el motor y retrocedió. Madelyn miró hacia Bentley y lo vio saltar a su coche.

—Ay, no —gimió.

—No va a ir a ninguna parte —dijo Patrick poniendo rumbo a la salida del aparcamiento.

—¿Cómo lo sabes?

—Simplemente lo sé.

—¿Le has destruido el Jaguar?

Él la miró horrorizado, lo que no era de sorprender.

—Mujer, ¿estás loca? Antes le haría daño a mi hermano. No, simplemente le hice unos pocos ajustes a su cable de las bujías.

—A Bentley jamás se le va a ocurrir eso.

—Eso me imaginé. Y seguro que va a ofender a todos los mecánicos que logre encontrar en la región para pedir ayuda. Creo que estamos seguros por el día.

Ella cerró fuertemente los ojos y al no conseguir impedir con eso que le saltaran las lágrimas miró por la ventanilla para ocultarlas.

—No sé cómo agradecerte. Todo esto es sencillamente horroroso. Tenía tan grandes planes. —Miró su bolso en la falda y cayó en la cuenta de que había dejado la lista sobre la cama. Si eso no era la última gota, estaba cerca. No hizo caso de las lágrimas que le rodaron por las mejillas—. Ni siquiera me acuerdo de lo que tenía en la lista para la mañana.

—Olvida tus planes y deja que yo me encargue del día.

—Pero no puedo permitir que tú...

—Estoy acostumbrado —dijo él, mirando brevemente hacia ella— a ocuparme de las necesidades y comodidad de las mujeres que están en mi compañía.

¿Un hombre que pagaría la cena en lugar de olvidar su billetero? ¿Sería posible eso, o había caído en un cuento de hadas? Lo miró sorprendida.

—¿Tienes algún defecto?

Él se rió, y el sonido de su risa fue tan maravilloso como el sol asomado por entre nubarrones de tormenta. Sintió bajar un escalofrío por la columna y casi se echó a llorar. Las hormonas. Tenían que ser las hormonas, combinadas con el intenso dolor de la rabadilla.

—¿Defectos? Sí, y ya tendrías que estar familiarizada con varios.

Sinceramente ella no podía decir que sabía lo que él quería decir. Él le dirigió una breve sonrisa, una de pura complicidad y buen humor. Fue un cambio tan arrebatador que se sintió como si aguas revueltas le hubieran movido los pies haciéndola caer.

¿Defectos?

Noo.

¿Demasiado bueno para ser cierto?

No sabía si deseaba saberlo.

Y entonces él le cogió la mano. Se la apretó suavemente y continuó sosteniéndosela hasta que llegaron a la carretera principal y tuvo que cambiar de marcha.

—Tranquila —le dijo sonriendo—. Yo me encargaré de que el día se mantenga fuera del váter.

Ella se rió.

La sensación era maravillosa. Y si el resto del día era así de maravilloso, le hacía mucha ilusión.

Él volvió a cogerle la mano.

Las cosas estaban decididamente en un buen comienzo.

Capítulo 10

*P*atrick detuvo el coche a un lado del camino, desconectó el motor y apoyó la cabeza en el respaldo exhalando un suspiro. Un excepcional sol de otoño se reflejaba en las tranquilas aguas del mar y una arena blanquísima se extendía ante él hasta tocar esas aguas. Ése era, sin lugar a dudas, su lugar predilecto para venir, al margen de la estación. Iba a Culloden a entregarse a tristes cavilaciones, venía a la playa a sentirse en paz. Había un algo en la amplitud y grandeza del mar, en el hipnótico movimiento de las olas, que le hablaba de cosas que lo trascendían, que le servía para ponerse en perspectiva, de una manera particularmente humilde.

O tal vez sólo era que le gustaba mojarse los pies en el agua de tanto en tanto.

Y ésa había sido su intención la primera vez que vino a la playa. Recordaba aquel día con perfecta claridad.

Era un muchacho de dieciséis años aquella primera vez que vino con dos de sus primos más aventureros. Se escaparon a medianoche del castillo y corrieron sigilosos como forajidos por las tierras MacLeod. Ya caían las primeras luces del alba cuando llegaron allí. Recordaba vivamente cómo se detuvo ante la playa y contempló boquiabierto la inmensa extensión de agua, algo que jamás había visto antes y que apenas se había imaginado que pudiera existir. Su belleza le llegó directamente al corazón, conmoviéndolo tan intensamente que una parte de él nunca volvió a ser la misma.

«Paz», susurraba el mar acariciando sin cesar la playa. «Paz.»

Claro que el silencio se rompió cuando sus primos se desvistieron y corrieron desnudos hacia el agua. Y él hizo lo mismo, lógicamente, para disfrutar de la diversión. Pasaron la mayor parte de esa mañana bañándose y jugando en el oleaje. Hasta ese momento la escapada les parecía un rotundo éxito.

Cuando finalmente salieron del agua descubrieron que las ropas y cosas que habían dejado en la arena estaban rodeadas por almas menos que amistosas.

Por uno o dos momentos les resultó difícil luchar con muchachos que blandían espadas cuando ellos sólo tenían sus culos desnudos para defenderse, pero triunfaron al final, gracias a su ingenio y a un poco de arena que les arrojaron a los ojos. Al fin y al cabo eran MacLeod, y un MacLeod jamás se acobarda.

Jamie se puso furioso cuando volvieron al castillo con la historia. Por entonces hacía unos años que Jamie cargaba sobre sus hombros la jefatura del clan, y eso ya lo había hecho más serio y prudente de lo que era por naturaleza. La irresponsabilidad de la juventud le resultaba incomprensible. Él le dijo entonces algo equivalente a «alegra esa cara», y bueno, fue por puro milagro que eso no le valiera familiarizarse íntimamente con los rincones y recovecos de la mazmorra del castillo. Afortunadamente para él, su hermano lo quería demasiado para castigarlo con tanta severidad, y él se había aprovechado despiadadamente de ese cariño en más de una ocasión. Eso lo hacía sentirse mal ahora, pero en ese tiempo a él le interesaban más sus juegos y deportes que la lealtad familiar.

Era algo impresionante pensar que pudiera haber madurado en los años siguientes.

Pero madurar no le había disminuido su amor por el mar que tenía delante ni la dulce paz que parecía descender hasta lo más profundo de su ser y aquietar cualquier torbellino o inquietud que estuviera acechando ahí. Exhaló un largo suspiro. Tendría que ir más a menudo a ese sitio. Era el único lugar que era sólo suyo, un paraíso en el que podía estar en silencio.

Todo lo cual exigía la respuesta a la pregunta: ¿por qué demonios había traído compañía?

Jamás nunca había traído a Lisa a ese lugar.

Miró a la izquierda. Tal vez había traído compañía porque ya se imaginaba que dicha compañía dormitaría durante toda la experiencia. Madelyn estaba durmiendo apaciblemente, desde hacía una hora. Sólo había despertado una vez, para mascullar que él conducía demasiado rápido. Era la segunda vez que le roncaba en menos de una semana.

¿Tendría algún significado más profundo eso?

Mejor no saberlo.

Y mejor no saber por qué, de todos los lugares de Escocia a los que podría haberla llevado ese día, había elegido justamente su refugio particular.

Alargó el brazo y le tocó suavemente la mano. Lo recorrió una especie de corriente eléctrica, el mismo tipo de energía desencadenada cuando la tocó la primera vez. Una tremenda sensación de haber visto, haber conocido eso, pasó por él. No la conocía, no sabía nada de ella, y sin embargo se sentía como si la conociera desde siempre.

Retiró la mano y la apretó en un puño. No deseaba eso. No era el momento oportuno.

¿Y cuándo sería el momento?, le preguntó su corazón.

Cualquier otro, pero no ése. Cerró los ojos un momento. Todavía era lo bastante joven para ser vulnerable, joven para tener una familia, joven para amar con tanta desesperación que la sola idea de enfrentar otra pérdida era sencillamente imposible de soportar. La pérdida de la mujer que tenía al lado.

Madelyn abrió los ojos y lo miró. Retuvo el aliento.

Él no pudo apartar la vista.

Antes de poder pensarlo dos veces, se inclinó sobre ella, le pasó la mano por detrás del cuello y presionó los labios sobre los de ella. No quería cerrar los ojos, pero la desgarradora sensación de destino que lo recorrió no le dejó otra opción que cerrarlos. Sintió la mano de ella acariciándole la cara mientras la besaba, primero con suavidad, después un poco más concienzudamente.

Por todos los santos, no deseaba eso.

No había pedido eso.

¿Qué demonios debía hacer después de eso?

Levantó la cabeza, se apartó y se enderezó en el asiento, con la respiración agitada. Miró a Madelyn. Ella parecía tan aturdida como se sentía él. Buscó en su mente algo para decir, pero descubrió que lo único que podía hacer era mirarla, mudo.

¿De veras había considerado vulgar su apariencia? ¿No había notado la belleza inmaculada, de porcelana, de su piel? ¿Cómo pudo haber dejado de notar sus ojos chispeantes, la nariz levemente respingona, la hermosa curva de su boca?

Por todos los santos, Bentley era un imbécil.

Y por esos mismos santos, también lo era él. Eso no era lo que deseaba. La había traído ahí sólo para ser amable, no por ningún otro motivo. Bruscamente desvió la vista al frente, hacia el mar. Lo que necesitaba era que soplara una buena dosis de aire marino que le devolviera la sensatez a su débil cerebro. Abrió la puerta y se bajó, no fuera a hacer otra cosa estúpida.

Cerró la puerta, cerró los ojos e hizo varias respiraciones profundas. Cuando consideró que tal vez ya había recuperado cierto dominio sobre sus desmandados deseos, dio la vuelta al coche y abrió la puerta de ella. Ella no se bajó de inmediato. A él se le ocurrió que tal vez no podía moverse. Se inclinó a mirarla.

—¿Necesitas ayuda?

Ella lo miró pensativa un momento.

—¿Sabes? —dijo al fin—, no tenías por qué hacerlo.

—¿Hacer qué? —preguntó él, para darse tiempo. ¿Besarla? ¿Desearla? ¿Desear no soltarla jamás?

—Traerme aquí —dijo ella, tranquilamente.

Él hizo una inspiración profunda.

—Me apetecía.

Ella lo miró otro momento o dos y sonrió.

—Claro. Oye, ¿tienes uno de esos mapas A Zeta?

Alabados los santos por esa excelente distracción.

—Por supuesto —se apresuró a decir. Fue a coger uno del maletero y se lo pasó—. Ten, todo tuyo.

—Gracias —dijo ella cogiéndolo.

Luego sacó papel y bolígrafo del bolso y abrió el mapa.

Él la observó un momento y dedujo que ella no tenía la menor intención de bajarse del coche.

—¿Te apetecería bajar a sentarte en la arena?

—Muy bien —repuso ella, distraída.

Se las arregló para bajarse del coche, sin dejar de mirar el mapa, haciendo caso omiso de la mano que le tendió él para ayudarla.

Él asintió para sus adentros. Se merecía eso.

Fue a sacar una manta y la comida que había pasado a comprar en una tienda. Lo dispuso todo, volvió a buscarla y descubrió que ella no necesitaba su ayuda. Supuso que se merecía eso también. Una parte de él admiraba su independencia, pero a otra parte le fastidiaba que sus actos la hubieran obligado a recurrir a esa independencia. No debería haberla besado.

O tal vez no debería haber interrumpido el beso.

Miró hacia el mar, deseando que se desencadenara una galerna. El viento que soplaba era demasiado débil para despejarle la cabeza.

Madelyn se quitó los zapatos y se sentó sin ayuda, pero se quedó un larguísimo rato inmóvil después de lograr eso. Patrick maldijo en silencio mientras se sentaba a su lado. No, no debería haberla besado. ¿Cuándo iba a aprender a no seguir todos sus malditos impulsos?

Para castigarse repasó mentalmente varios de los sermones de Jamie sobre ese tema.

Observó a Madelyn examinar el mapa y hacer sus listas, y repasó otros cuantos sermones más. Éstos no le aliviaron el sentimiento de culpa y lógicamente no le sirvieron de nada a Madelyn. Continuó mirándola hasta que llegó a la conclusión de que la confección de la lista iba a continuar un buen tiempo. Se aclaró la garganta.

—¿Vas a estar todo el día haciendo listas?

Ella dejó a un lado el papel, el bolígrafo y el mapa, y lo miró.

Y entonces fue cuando él deseó de todo corazón haber mantenido cerrada la maldita boca.

¿Es que no iba a aprender nunca?

—Éste es el problema —dijo ella apaciblemente—. No tengo dinero, no tengo coche y no tengo alojamiento. Bueno, sí tengo alojamiento, pero sólo lo tengo gracias a la caridad de un hombre muy bueno, y me llevará muchísimo tiempo pagarle. —Empezaron a llenársele de lágrimas los ojos, pero ella los cerró varias veces con fuerza, y continuó tenazmente—: Soy una extranjera en un país donde no tengo amigos, tratando de pasar unas vacaciones con las que he soñado toda mi vida, vacaciones, podría añadir, que tal vez sólo duren otras cuarenta y ocho horas, porque voy a tener que ocupar todo el dinero que llevo en mi bolso para volver a Heathrow a coger el avión, pero eso está bien, porque por lo menos no tendré que pagar la propina para que me lleven el equipaje a facturación, puesto que no tengo ningún equipaje para facturar. ¿Empiezas a hacerte el cuadro?

Él abrió la boca para hablar, pero al instante comprendió que no era necesario decir nada.

—Y tú no logras decidir si deseas continuar conmigo o dejarme tirada. No te pedí que me rescataras, tú te ofreciste. No te pedí que me besaras. No he pedido ninguna de esas cosas raras, sobrenaturales o misteriosas que siento cada vez que te miro o te toco...

—Sobrenaturales...

Ella lo miró indignada.

Él cerró la boca.

—Pesca o corta el sedal, tío, porque tengo una lista y tú me la estorbas.

Él notó que le bajaba la mandíbula.

—¿Pesca o corta el sedal?

Ella se levantó con gran esfuerzo, toda una visión de irritación en verde lima.

—Decídete. Voy a caminar por la playa y luego volveré a tomar el mando de mi vida con unas cuantas listas escritas. Y si me dejas tirada aquí, te demandaré por incumplimiento de contrato.

—¿Incumplimiento de contrato?

—Comodidad. Necesidades básicas. Tienes muy poca memoria, sir Galante.

Dicho eso, se cogió a sí misma y sus pantalones verde lima y echó a andar hacia el agua.

Patrick la quedó observando. Continuaba mirándola cuando ella llegó a la orilla y entró en el agua. Era una suerte que los pantalones le quedaran tan cortos, porque dudaba seriamente de que ella hubiera podido agacharse a enrollárselos. Él debería estar ahí para ayudarla a remangárselos.

Se pasó la mano por la cara, hizo una respiración profunda y tomó una decisión. Así que ella lo perturbaba; eso no era ningún motivo para castigarla. Y tampoco servía de nada negar que esa mañana había ido a la posada de Roddy porque deseaba verla, deseaba estar ahí para rescatarla cuando ella descubriera que Bentley la había dejado encallada. Nadie lo había obligado a traerla a la playa; lo había hecho por propia voluntad. Y nadie lo había obligado a besarla como un desquiciado; lo había hecho, los santos se apiadaran, porque lo deseaba.

Pero eso no significaba que debía proponerle matrimonio.

No, de ninguna manera significaba eso.

Podía simplemente, decidió con su poco de malsano alivio, disfrutar de su compañía y dejar ese beso como un delicioso recuerdo.

Así pues, dejó allí sus zapatos, sus calcetines y su orgullo y siguió a Madelyn para meterse en el agua. Una disculpa sería apropiada y no se iba a sentir menos por ofrecérsela. Se le acercó cuando ella estaba con los pies en el agua mirando hacia el oeste.

Estaba llorando.

No llorando a sollozos fuertes, pero llorando. Se le acercó por detrás y le puso las manos en los hombros.

—Ay, no —dijo ella, hipando—, tú otra vez no.

Él la giró y la atrajo a sus brazos. Se imaginaba que ella se desmoronaría apoyada en él y sollozaría hasta enfermar, pero ella no hizo eso. Inspiró dos bocanadas de aire, le dio unas cuantas palmaditas en la espalda, luego se apartó y se pasó la manga por la cara.

—Gracias —dijo—, muy útil.

Él pensó si no estaría perdiendo sus dotes para tratar a las mujeres en general o si sólo sería ella la que estaba fuera del alcance de su pericia.

—No tienes por qué parar por mí —le dijo—. Llevo lana, se seca rápido.

—Estoy bien —dijo ella, asintiendo con gran entusiasmo—. De verdad. Ha sido un momentáneo desliz en... bueno, en algo. Pero ahora estoy bien.

—No pareces estar bien.

—Estoy bien —repitió ella.

—Pero...

Ella lo miró a los ojos.

—Escucha, si no me mantengo sólida ahora, me desmoronaré. Estoy poco fuerte, pero no totalmente desgastada.

Él se sorprendió con las manos sobre los hombros de ella. Y una vez que estaban ahí, no tenía ningún sentido no levantar una mano para meterle un mechón de pelo detrás de la oreja, ¿verdad?

Y una vez hecho eso, no tenía ningún sentido no inclinarse a besarle suavemente las lágrimas de un ojo y luego las del otro.

¿Verdad?

Se apartó y la miró. Ella lo miró un instante, luego cerró los ojos y bajó la cabeza. Él la atrajo a sus brazos, sin encontrar resistencia.

—No quiero desmoronarme —musitó ella.

—No te desmoronarás.

—Soy una mujer al borde del abismo.

—Yo te sujetaré del jersey para que no te caigas.

Ella hipó en una especie de media risa, y se apartó para mirarlo.

—No sé cómo tomarte. Ni siquiera sé si debería.

—Lo entiendo, absolutamente.

—¿Qué vamos a hacer, entonces?

Él le limpió más lágrimas con los pulgares.

—Vamos a caminar por esta playa hasta que te canses. Vamos a comer un buen almuerzo. Tú vas a mirar el mapa. Podríamos echar una siesta.

—No me refería a eso.

Él le cogió la mano.

—Lo sé. ¿Qué crees que deberíamos hacer?

Ella desvió la mirada.

—No lo sé. Hacer una lista, supongo.

Sólo tocarla ya empezaba a aturdirlo. Nunca había sentido nada igual en toda su vida. Era lo de Culloden otra vez, un débil eco de esa familiaridad, ese conocimiento, y muy perturbador, por cierto.

—¿Sabes? —dijo alegremente—, tengo una afinidad oculta por las listas. Las hago todo el tiempo.

Jamás había hecho una lista. Pero tenía que hacer lo que fuera por la causa, suponía.

Ella lo miró y sonrió.

—Mentiroso.

Ver esa sonrisa casi le quitó el aliento. Bueno, por lo menos eso le apartaba la mente del deseo de acariciarla. Le pasó la mano por su brazo y echó a andar por la playa.

—¿Cómo lo sabes?

—Es mi trabajo saber cuándo la gente perjura. Es algo en lo que jamás me equivoco. Pero no ha sido solamente porque no mentiste muy bien. Me imagino que no haces listas porque tus prioridades son muy claras.

Él arqueó una ceja.

—¿Y cuáles serían ésas?

—Coches rápidos. Buena comida. Nada de bebida.

Aterrador.

—Puede que tengas razón —concedió.

—Respecto a mujeres, no sé. —Se detuvo tan de repente que casi lo hizo pegar un salto—. No estarás casado, ¿verdad?

Él retrocedió. Fue sin querer, pero no había esperado esa pregunta.

—Ya no.

—¿Divorcio?

A él le extrañó que le costara tanto respirar.

—Eres implacable, ¿eh?

—Curiosa. El dolor se alivia si lo enfrentas y pasas por él rápido.

Él deseó sentarse.

—Me encantaría saber si tienes una idea de lo que hablas.

—Sí, pero en dosis pequeñas. Yo diría que el tuyo fue una dosis grande y una de la que no deseas hablar.

—Ella quería divorciarse —explicó él, con la mayor naturalidad que pudo—, pero murió antes.

—Comprendo —musitó ella.

—Estaba embarazada.

—Uy, Patrick —susurró ella.

Por todos los santos, ¿es que iba a echarse a llorar él? Enderezó los hombros.

—Ya pasó. Fue hace varios años.

—Pero todavía la echas de menos.

Él la miró sorprendido.

—Por todos los santos, no. No a ella.

—Comprendo.

Él sospechó que sí comprendía.

—Bueno, eso fue un desvío en la conversación.

—Sí, hablemos de otra cosa.

—¿De Bentley?

Ella lo miró con una leve sonrisa.

—Peleas sucio.

—Si supieras.

—Lo sé. Vives abandonándome a él.

—Elijo mis batallas.

—Me gustaría ver eso.

Él esperaba que nunca tuviera que verlo. Continuó caminando con ella sintiendo una insólita sensación de paz. Había hablado de Lisa y del bebé y seguía de pie. Tal vez ella tenía razón; enfrenta el dolor y pásalo era una práctica muchísimo mejor que temerle, no

hacerle caso, tratar de sortearlo. Su hermano encaraba lo desagradable, avanzaba derecho y pasaba por encima. Él había hecho eso
muchas veces en su vida, pero no esos últimos años. Había hecho de
todo, excepto mirar su aflicción.

Tal vez ya era hora de que lo hiciera.

«Cambia», le susurró el corazón.

Sí, un cambio. Cambio de ocupación, cambio de actitud, cambio
de su concepto de la vida.

Su corazón le susurró su aprobación.

Gruñó. Lo único que faltaba ahora era que ese maldito gaitero
fantasma tocara algo para celebrar la decisión. Soltó un largo suspiro
y repasó su repertorio en busca de una sonrisa.

—Vamos a trabajar en tu lista —propuso—. Sigue en pie mi oferta de hacerte de chófer.

—Podría aceptarla. En todo caso sólo sería por un par de días.
Supongo que eso no te estorbará el gobierno sobre tus siervos.

—Probablemente no.

—¿Cuánto me costará?

—¿Costará? ¿A una mujer que me asusta de muerte? Vamos,
milady, eso sería gratis.

Ella lo estaba mirando sorprendida.

—¿Te asusto?

—Me perturbas —corrigió él. Lo asaltaron visiones de ella estremeciéndose cuando tocó una lápida en Culloden—. Me perturbas.

Ella ladeó la cabeza.

—¿Sigue la oferta de atender a mi comodidad y necesidades?

—Gratis.

—Hecho, entonces.

Y así de fácil.

—Vamos a hacer esa lista —dijo ella.

Patrick despertó, miró el sol y comprendió que tendría que darse
muchísima prisa para llegar a su avión. Miró a Madelyn para decirle
eso y descubrió que estaba mudo.

Ella lo estaba mirando con una levísima sonrisa en la cara. Era
una sonrisa que le fue derecho al corazón. Se incorporó un poco y se
apoyó en un codo.

—¿Buena siesta?

—Al parecer te hizo bien.

—Tú también dormiste.

—No. Estuve estudiando diligentemente el mapa.

—Tal vez las listas te hacen un mal servicio. De esa manera desperdicias el simple día en la playa.

—Después de esto —dijo ella, mirando hacia el mar—, podría considerar la posibilidad de recurrir menos a listas. —Volvió a mirarlo—. Pero si lo hiciera, ¿cómo podría enumerar las cosas fabulosas de hoy? Fabulosa comida, fabuloso paisaje, tolerable compañía.

Él sonrió, acercándosele, y, sin pensarlo, la besó. Se apartó al instante, sorprendido de haberlo hecho. No había sido intencional.

Simplemente había sido condenadamente natural.

—Sigue con tus listas, Madelyn —dijo, tratando de sacar un tono tranquilo y alegre—. Yo te las romperé periódicamente.

—Claro —dijo ella asintiendo despreocupadamente.

Él se puso de rodillas y comenzó a recoger las cosas.

—Tenemos que irnos. Tengo que coger un avión.

—¿Eres piloto? —preguntó ella, sentándose.

—Nada tan fascinante. Voy a ir a hacer de niñero uno o dos días.

Terminó de recoger, se levantó y le tendió las dos manos para ayudarla a levantarse.

—No tienes aspecto de niñero.

—Y no me siento niñero tampoco, pero ahí tienes.

Ella lo ayudó a recoger, pero no hizo ninguna pregunta. Y bien que hacía. Él no tenía ninguna respuesta.

Condujo de vuelta a la posada con el mayor cuidado que se atrevió, para no inquietarla. Pero se le había hecho condenadamente tarde y tendría que arriesgarse a otra multa por velocidad para llegar a tiempo al aeropuerto.

Aparcó justo delante de la puerta de la posada. Por lo menos el Jaguar no estaba ahí, lo que era un buen presagio para esa noche de Madelyn.

—Estaré de vuelta pasado mañana —dijo—. Entonces seguiremos tu lista.

—De acuerdo —dijo ella tranquilamente—. Gracias por este maravilloso día.

Él no sabía si estrecharle la mano o besarla. Y ella se limitaba a mirarlo mientras él estaba ahí nervioso, titubeante.

Condenación, ¿cuándo fue la última vez que se había sentido así, titubeante?

—Volveré —prometió.

—Sí, claro.

Le dio una palmadita en el hombro y echó a correr hacia su coche.

Ella se quedó ahí, simplemente mirándolo.

Se atuvo al límite de velocidad por el pueblo y después durante una buena media hora, hasta que al fin hundió el pie en el acelerador y voló hacia Inverness.

Le había dado una palmadita en el hombro a una mujer cuando debería haberla estrechado en sus brazos y besado hasta dejarla sin resuello.

Por todos los santos, qué patético era. Por lo menos Jamie no había estado mirándolo.

Lástima que Madelyn sí.

Movió la cabeza y continuó conduciendo.

Capítulo 11

*M*adelyn yacía en la cama contemplando el cielo raso. No se deprimía fácilmente, no se desanimaba fácilmente. Rara vez se sentía insegura de sí misma, jamás sentía deseos de hacerse un ovillo y cubrirse la cabeza con las mantas.

Ah, qué cambio en un día.

¿Era eso el título de una canción? No quería saberlo. Igual el resto de la letra la hacía caer de cabeza en una mandria azul oscuro. Lo suyo era el turquesa. Deseaba que siguiera siéndolo.

El punto brillante en la oscuridad habían sido esos besos de Patrick. Fueran cuales fueran los defectos del hombre, sí que sabía usar la boca. Podría incluso no culparlo por no haberla usado para decirle a Bentley que se fuera al infierno. Era mucho mejor que la usara para cosas más constructivas.

Ahora bien, esa despedida, ese asunto de la palmadita en el hombro, bueno, eso era algo que tal vez debería examinar más detenidamente, pero no lograba ponerse a ello. Mejor pensar en los dedos de los pies enroscados dentro de sus Cole Haans y en los dedos de Patrick enredados en su pelo.

Se abanicó.

Hacer eso no le provocaba dolor en la rabadilla.

Sí le hacía doler la rabadilla mirar debajo de la cama, que fue justamente lo que hizo la tarde anterior después de que Patrick la depositara apresuradamente en el porche de Roddy.

Pensó distraídamente dónde habría escondido Bentley su violín. Por lo menos lo estaba pensando distraídamente. La noche pasada lo había pensado «frenéticamente». La expresión hueca de Bentley cuando enfrentó sus indignadas acusaciones sólo le habían dado más combustible para echar en el fuego de su absoluta furia.

No sentía pena por su pérdida pero la furia era tan intensa que incluso le daba miedo explorar sus profundidades.

A Bentley no le gustaba la música de violín, y por eso estaba tan segura de que él era el autor de esa vileza. Jamás le había gustado oírla tocar. La había disuadido de todos y cada uno de sus intentos de entrar en un conjunto musical. La verdad, era muy buena violinista. Había trabajado muchísimo en su arte, simplemente por el placer que le procuraba, y su trabajo había sido ampliamente recompensado por una extraordinaria habilidad. Siempre había sabido, sin embargo, que casarse con él significaría renunciar totalmente a esa parte dichosa de ella.

Eso debería haber sido una bandera roja.

De todos modos, Bentley se las había arreglado para librarse de su música. Se encontraba sin violín, sin dinero y sin ninguna manera de llegar a alguna parte puesto que su chófer se había marchado a hacer su trabajo de niñero.

Eso era otra cosa. ¿A quién le hacía de niñero?

Ese pensamiento puso en desenfrenada actividad a su imaginación. Igual era un escolta muy bien pagado. Igual había engendrado hijos por todo el Reino Unido y de tanto en tanto iba a atenderlos en lugar de pagarles los gastos de manutención.

Igual debería dejar de pensar y salir de la cama antes de que se convenciera a sí misma de no volver a dirigirle la palabra.

Suspirando, se sentó. Esto le resultó más fácil esa mañana. Aleluya, un rayo de sol en la oscuridad. Se bajó de la cama, con todo cuidado, eso sí. No tenía ningún sentido abusar de su suerte.

Para celebrarlo, se llevó al baño una falda amarilla sol demasiado corta y un jersey con una enorme mamá bordada en la delantera. Se tomó su tiempo en la ducha. Se tomó su tiempo en peinarse, y luego caminó hacia el comedor con toda la prisa de una mujer que va toda vestida para no ir a ninguna parte.

—Vamos —dijo Roddy cuando entró en el comedor—, si no es el cuadro mismo de un día de sol.

—Me siento así —sonrió ella—, a pesar de todo. Ahora bien —añadió frotándose las manos—. ¿Dónde está la cocina? Fregaré unos cuantos cacharros para compensar mi alojamiento y desayuno.

—Vamos, señorita Madelyn...

Ella levantó una mano.

—Roddy, sé que no cargó el precio en mi tarjeta.

—Podría haberlo cargado —dijo él, obstinado.

—Amigo mío, es usted horrorosamente malo para mentir. Y no puedo estar aquí gratis.

—Puede quedarme debiendo.

Se oyó un bufido procedente del corredor.

—Será mejor que se ponga a la cola, mi buen hombre. Le debe a todo el mundo.

Una rápida mirada le dijo que no había ningún instrumento cortante en la mesa de Roddy. Otra rápida mirada a él le dijo que él se había encargado de que no lo hubiera. Madelyn casi sonrió, pero su mirada era de furia cuando la volvió en dirección a Bentley.

—No le debo a todo el mundo —ladró.

Y no debía. Le había costado entregar su casa de condominio perdiendo lo que tenía pagado de la hipoteca, vender todos sus muebles y enseres para pagar sus tarjetas de crédito, y perder el contrato de alquiler-compra de su coche, pero no tenía deudas.

Bueno, aparte de ese astronómico saldo que le faltaba amortizar del préstamo para sus estudios, pero eso era muy distinto a deberle a toda la ciudad.

—Yo la dejaría fregar cacharros, viejo —continuó Bentley en tono burlón—. Es la mejor oportunidad que tiene de recuperar sus gastos en ella.

Roddy se irguió en toda su estatura.

—Pues ahí es donde diferimos usted y yo, porque yo no consideraría correcto poner a trabajar así a una dama para pagar una deuda causada por otro.

Bentley se quitó el mondadientes de la boca.

—Tranqui, chico. No era mi intención ofender. Y mientras estamos en esta simpática conversación, necesito alargar mi estancia aquí unas cuantas noches más.

—Bueno, eso sí que es una lástima —dijo Roddy—. No puedo alojarle. Esta noche me llegan otros huéspedes.

—Dígales que vayan a otra parte. Necesito la habitación.

A Roddy le bajaron las comisuras de la boca, horrorizado.

—No puedo.

—Entonces ponga a los huéspedes que llegan en el armario para las escobas. En todo caso, Madelyn no puede permitirse seguir aquí.

Madelyn observó que Roddy tenía dificultades para hablar. ¿Estaría sopesando los riesgos de arrojar a Bentley por la puerta contra la molestia de permitirle quedarse? Tal vez no se creía capaz del esfuerzo físico de arrojar al idiota por la puerta. Decidió que le convenía ayudarle a librarse de la pestilencia.

—Me ofrezco a sacarle yo sus maletas —dijo.

Bentley le dirigió una mirada que ella no logró descifrar del todo. ¿Advertencia? ¿Malevolencia? Después él se volvió hacia Roddy.

—Otra semana, si me hace el favor.

Roddy adelantó el mentón, que le tembló.

—No puedo hacer eso. Necesito desocupada su habitación a las once en punto.

—¿O? —preguntó Bentley afablemente.

—O me veré obligado a llamar a las autoridades.

Bentley emitió un bufido y miró a Madelyn.

—¿Nos vamos? Querrás hacer un poco de turismo hoy, puesto que mañana te sacarán fuera de una oreja.

Ella no iba a honrar eso con una respuesta. Claro que la fea verdad de no tener dónde ir ni dinero para moverse era un buen problema. El otro problema era esperar que volviera Patrick. ¿Y debía esperar? Él era muy amable, pero la verdad era que probablemente tenía cosas que hacer y ella no tenía dinero para pagar un hotel mientras él decidía si podía o no dejar de lado esas cosas en favor de ella.

Tal vez igual podía volverse a casa antes. En esos momentos no le parecía que tuviera alguna otra opción.

Pero ¿reconocer eso ante Bentley?

Jamás.

—Desayuno —le dijo Roddy—. Algo fortalecedor.

—¿Para qué? —preguntó Bentley—. ¿Para que pueda rondar como una delincuente por los alrededores de su casa cuando podría ver este nada interesante país con elegancia si quisiera ir a ponerse ropa menos vulgar?

—Cierra el pico, Bentley —dijo Madelyn.

Él se irguió.

—¿Qué has dicho? —preguntó en su tono más altivo.

—Silencio, abogado.

—Yo...

—Denegado. No nos interesa oír nada más de lo que tengas que decir. —Miró a Roddy—. Un desayuno sería fabuloso.

Sin mirar a Bentley, fue a sentarse a la mesa.

Comió con entusiasmo de todo lo que le puso Roddy delante. Y en algún momento durante la segunda ración de avena con leche, miró a Bentley por casualidad.

Y la expresión que vio en su cara le hizo bajar un escalofrío por la espalda.

Por primera vez en su vida, sintió miedo.

El miedo es un regalo, le dijo alguien una vez. Te dice cuando algo va mal. Hazle caso.

Pero claro, ése era Bentley. Era rico. Era astuto. Podía ser estúpidamente cruel, pero no malévolamente cruel. Había una diferencia.

—¿Qué? —preguntó, adoptando una posición defensiva.

—¿Qué? —preguntó él, sorprendido.

—¿Qué estás pensando?

—Que eres estúpidamente tozuda.

Ella negó con la cabeza.

—¿Y qué puede importarte lo que soy? No me deseas, ¿recuerdas?

—Puede que haya cambiado de opinión.

—Bentley —dijo ella, inclinándose sobre la mesa—, estás comprometido con otra. No puedes cambiar de novia como cambias de camisa.

Él la miró francamente perplejo.

—Además, es demasiado tarde —añadió ella.

La perplejidad desapareció al instante.

—¿El escocés?

—¿Quién?

—MacLeod, maldita sea. ¿Te vas a casar con él?

—Cielo santo, no.

—¿Entonces cuál es el problema? Yo estoy disponible y te deseo.

—No puedes tenerme. Me plantaste, ¿lo has olvidado? Hiciste cancelar mi tarjeta de crédito. Me robaste la habitación y estoy absolutamente segura que me robaste no sólo la maleta sino también el violín. Si crees que hay un copo de nieve de posibilidad en el infierno de que yo te acepte de vuelta, estás soñando.

—¿Aceptarme de vuelta? ¡Como si tuvieras elección!

—Tengo elección, y elijo que te vayas a la porra.

Él cogió el tenedor y movió el buen desayuno por el plato como si buscara algo comestible.

—Deja de hacerte la coqueta. Sólo estás... exasperando la situación.

Madelyn se levantó de la mesa.

—Me has hartado. Vete a la porra, Bentley. No quiero volver a verte. Y es «exacerbar», Bentley, —añadió cansinamente—, no «exasperar». Aunque ciertamente tú me haces esto último.

Fue a su habitación a coger el bolso y volvió al vestíbulo. Roddy salió del comedor.

—Tengo que ir a hacer un recado —le dijo en voz alta—, ¿le apetece venir?

Si eso significaba eludir a Bentley, iría a limpiar un granero a paladas con él. Asintió y lo siguió hasta su pequeño coche. Él guardó silencio hasta que estuvieron cerradas las puertas.

—Patty me llamó esta mañana con la orden de que usted cogiera su coche —dijo sonriendo—. Por lo menos tendrá algo de libertad por el día.

¿Había pasado por su cabeza algún pensamiento no amable hacia el hombre? Tonta, chica tonta.

—¿Tiene seguro?

—No le va a prestar su Bentley —dijo Roddy riendo—, sólo su pequeño utilitario. Creo que ni siquiera lo considera verdadero coche. También ha de ponerse usted cómoda en su casa, aunque no garantizó nada respecto al contenido de su refrigerador.

—Esto es terriblemente amable —dijo ella, más que un poco sorprendida.

—Es un buen muchacho. Ha tenido unos años difíciles. —La miró de reojo—. Le iría bien una mujer que lo valorara.

Ella apostaba que sí. Fue mirando por la ventana mientras seguían un camino de un carril que pasaba serpenteando por bosquecillos y prados. ¿Cómo sería tener eso de patio de atrás? No lograba entender que Bentley mirara su entorno y no se conmoviera por lo que veía. Tal vez porque no veía el interior de un balneario de cinco estrellas. Él se lo perdía.

Roddy tomó un camino de gravilla que serpenteaba por otro bosquecillo; pronto salió a una pradera bastante grande. En medio de la pradera se elevaba una casa muy parecida a un castillo pequeño. Detrás se elevaba un cerro bajo. El paisaje era pasmoso.

La casa era una ruina.

Madelyn tragó saliva.

—¿Ésta es?

—Sí —repuso Roddy—. Le hacen falta unas pocas reparaciones.

—Eso parece —dijo Madelyn, haciendo una honda inspiración—. Pero comprendo por qué vive aquí. Yo soportaría las paredes derrumbadas por la vista sola.

—Quédese ahí —dijo Roddy, bajándose. Dio la vuelta al coche a toda prisa y le abrió la puerta. Se la mantuvo abierta para que bajara—. Huela —añadió, sonriendo.

Ella se afirmó en la puerta y olió. Olía a tierra y a cielo, con una insinuación de verdura y brezo. Le sonrió a Roddy.

—Maravilloso.

—Me imaginé que le gustaría. ¿La espero o quiere curiosear un poco sola?

—¿A él no le importará?

—No. La llave del coche está en el coche, en el garaje. La casa está sin llave.

—¿No teme que alguien le robe algo?

—¿Qué hay para robar? Todos nos conocemos, así que no hay mercado para bienes en la región. Además —añadió, haciendo un guiño—, nadie se atrevería a enfrentar la ira de Patrick.

Ella se reservó el juicio en eso. Aún le faltaba ver la ira de Patrick.

—Además —continuó Roddy—, el joven Pat no es aficionado a acumular cosas aparte de caballos y coches.

—Y robar esos es un poco difícil.

—Sí. —Cerró la puerta—. Entonces me marcho y la dejo para que disfrute a placer. Puede subir al cerro de atrás, pero yo me mantendría alejado del bosque.

—¿Por qué?

Pareció que él deseaba decir algo, pero negó con la cabeza.

—La historia es demasiado larga. Está segura en esta pequeña pradera.

—Muy bien. Lo que sea. —Entonces paró en seco—. ¿Qué hay en el bosque?

Él abrió la boca para hablar y volvió a cerrarla. Volvió a abrirla y empezó a decir algo. Cerró la boca, miró disimuladamente alrededor y se le acercó un poco:

—Los árboles están llenos de la magia de las Highlands —susurró.

—Pues, seguro que me mantendré alejada de eso.

Él asintió satisfecho, subió a su coche de un salto y se alejó haciéndole una sonrisa alentadora. Madelyn esperó hasta que dejó de oír el ruido del coche y entonces se giró a mirar la casa de Patrick. Se hizo el silencio, sólo perturbado por el murmullo de la brisa en los árboles. Descendió sobre ella una paz que jamás había sentido antes, suave, refrescante, como una niebla, silenciando sus pensamientos.

¿Eso era lo que él tenía cada día?

No era de extrañar que pudiera desentenderse de Bentley. Ella también podría si ése fuera el hogar al que llegaba cada noche.

La brisa le apartó el pelo de la cara agitándoselo suavemente como en una especie de danza de las Highlands. Cerró los ojos. Si no hubiera sabido que no, habría jurado que oía el sonido de una gaita, tenuemente en la distancia.

Abrió los ojos. No era su imaginación. Dejó el bolso sobre el muro medio derruido del patio y se dirigió a la parte de atrás de la casa. El sonido venía de lo alto de la colina. Miró las siluetas de árboles y rocas, tratando de distinguir la figura de un músico.

No vio nada.

¿O sí? No logró saberlo.

Eso de ahí podría ser la silueta de un hombre.

Sintió la tentación de subir y mirar más de cerca, pero decidió que no por un par de motivos. Primero, no estaba vestida con ropa apropiada para una excursión, y el cerro de Patrick requería una buena caminata. Segundo, lo que fuera que estaba escuchando era magia, y sencillamente no deseaba estropearla.

Así pues, volvió a la parte delantera de la casa. Seguía oyéndose la gaita, incluso ahí. La puerta estaba sin llave, tal como decía el anuncio. La abrió y asomó la cabeza.

No había nada, no sólo no había personas, tampoco había muebles en su sala de estar. Sólo un enorme hogar y una o dos banquetas.

Entró y cerró la puerta. Normalmente le habría dado repeluz merodear por una casa vacía sin llave; pero allí, inexplicablemente, se sentía segura. En cierto modo sentía la presencia de Patrick. Se detuvo un momento ante la sala de estar y descendió la paz sobre ella.

Maravillosa.

Y también olía un poco a humo de pipa. Frunció el ceño. ¿Eh que Patrick no fumaba? Oliscó, pero el olor se fue desvaneciendo, incluso mientras oliscaba. Se encogió de hombros y continuó su camino, para explorar la casa. La exploración le llevó su tiempo, eso sí, porque no escaseaban las habitaciones, pero todas estaban tan vacías como la primera que había visto.

Y entonces entró en la que tenía que ser el dormitorio de Patrick. Éste contenía una cama, un arcón, un sillón destartalado y un armario que tenía que ser una antigüedad carísima. El armario se veía muy fuera de lugar entre todas las demás cosas, las que no pudo dejar de acercarse a tocar.

Y una vez tocadas no pudo dejar de abrir. La curiosidad mató al gato, le advirtió su sentido común. Bueno, ella no era un gato, se dijo. Puso la mano en la madera del armario.

Aumentó el volumen de la música de gaita. Le bajó un estremecimiento por el espinazo, más o menos igual que el que sintiera en Culloden; eso casi bastó para hacerla repensar su curiosidad.

Casi, no del todo. Hizo una inspiración profunda y, al acompañamiento de una especie de himno de batalla tocado por un gaitero invisible, abrió el armario.

La luz era tenue en la habitación, pero suficiente para su finalidad. El armario no estaba lleno. En realidad contenía muy pocas cosas.

Entre otras, una camisa de lino muy rústica que parecía cosida a mano.

Una manta de tartán, con los colores desvaídos, remendada en muchos lugares.

Y, Dios misericordioso, una espada.

Alargó la mano y tocó el frío acero de la empuñadura. La espada se cayó fuera del armario y quedó apoyada en ella, como algo vivo.

Soltó un chillido y saltó hacia atrás. La espada cayó sobre el suelo de piedra, tintineando. Miró alrededor, con la mano en el cuello. La habitación seguía vacía. Hizo varias respiraciones profundas y se agachó a recogerla.

La espada era más pesada de lo que había supuesto, y muy, muy, rústica. Pero la hoja estaba letalmente afilada. Se chupó el dedo que usó para comprobar el filo. Se sacó el dedo de la boca y contempló el corte que se había hecho. Buen Dios, si apenas había tocado el filo.

¿Una espada para representación del pasado?

Si era así, compadecía a los contrincantes de Patrick.

Colocó la espada en su lugar, le dio unas palmaditas a la empuñadura diciéndole «espadita linda, espadita buena», cerró la puerta, apoyó las manos en la madera y reflexionó sobre lo que acababa de ver.

Ropa y espada antiguas.

Raro.

Tendría que preguntárselo a Patrick después, si se atrevía. Por el momento, tenía cosas que hacer y ruedas para hacerlas. Pasó por la cocina, pero sólo encontró algunos restos cubiertos de moho en el refrigerador y un trozo de pan duro en la panera. Ah, bueno, ya comería mañana.

Salió al patio, pasó junto al establo y llegó al garaje. Encendió la luz y movió la cabeza. Ahí estaba su Range Rover, dos espacios desocupados y un coche pequeño pero de aspecto muy útil de un color algo así como naranja quemado.

No era de extrañar que eligiera el color negro.

Abrió la puerta del garaje correspondiente para salir retrocediendo, subió al Naranja Quemado y cogió las llaves que colgaban del retrovisor.

—¡Alto!

Casi se mojó las bragas. Levantó la vista y se encontró ante una potente luz de linterna.

—Mmm...

—Fuera del coche. Ahora mismo.

Bajó del coche y se encontró ante uno de los mejores de Escocia. Sonrió:

—Agente, ¿cómo está usted?

El agente, que se presentó enérgicamente como Fergusson, no se conmovió por su mejor sonrisa.

—Mucho mejor de lo que va a estar usted. Allanamiento de morada, intento de robo, borrachera y desorden —dijo, enumerando los delitos con los dedos.

Ella lo miró boquiabierta.

—¿Qué?

—Allanamiento de morada...

—Eso ya lo oí. Repita la otra parte.

Él la miró indignado.

—Suerte que me pasaron el dato. Ahora, camine pacíficamente.

—¿Me va a «arrestar»?

—Hasta la peor ladrona puede tener la cara bonita.

Ella no podía dar crédito a sus oídos.

—Conozco al dueño. Él me invitó a venir a coger su coche.

El policía no podría haber parecido más escéptico.

—No es que no ocurran cosas raras por aquí con todos esos MacLeod, pero conozco a Pat y conozco sus coches. Y no la conozco a usted.

Y eso, por lo visto, sería todo. Presentó batalla cuando descubrió que su bolso no estaba donde lo había dejado. Al parecer al agente Fergusson no le gustó nada que lo acusaran de robo. No tardó en encontrarse sentada en el asiento de atrás del coche policial, esposada y mascullando tacos.

—Le demandaré —amenazó.

Él aceleró, como si no la hubiera oído.

Joder.

Muy ciertamente ese lugar turístico no estaba en su lista.

Capítulo *12*

*P*atrick bajó la escalera del jet y echó a andar por el asfaltado, bostezando. Por fin había logrado meter al chico en el avión a casa alrededor de las 6 de la mañana, doce horas después de la que debía embarcarse. El muchacho no deseaba volver a casa.

En cuanto a él, estaba más que deseoso de estar en casa. Dormiría un par de horas para recuperar sueño, y después llamaría a Roddy para ver qué otro desastre habría caído sobre Madelyn. Había estado ausente dos días y medio. Podía haber ocurrido cualquier cosa.

Una parte de él preguntaba, con más ansiedad de la que quería reconocer, si ella habría decidido no esperarlo y se hubiera marchado ya a Estados Unidos. Se dijo que no importaría. Roddy tendría su dirección. Podría buscarla si estaba muy interesado.

Se negó a examinar ese grado de interés. Tenía buen corazón; ella estaba pasando unas vacaciones horrorosas. Era su deber de escocés encargarse de que ella se fuera con una buena impresión de su país.

Diligentemente evitó recordar los besos.

O la palmadita en el hombro, si era por eso.

Conal lo estaba esperando en el hangar.

—¿Y bien?

—Ten —dijo Patrick pasándole su informe. Dejó su bolsa de compras en el asfalto, se frotó la cara y bostezó largamente—. Nada interesante.

—¿Fue bien?

Patrick agitó la cabeza para despabilarse.

—Ningún arresto y todas las partes corporales intactas. Yo diría que fue un éxito.

—Estupendo. Te tengo otra cosa para mañana...

—No puedo —lo interrumpió Patrick negando con la cabeza.

—¿Por qué? —preguntó Conal, sorprendido.

Patrick casi se movió inquieto.

—Un deber hacia una huésped de Roddy. Está... mmm, bueno...

—¿Una mujer? —preguntó Conal, interesado.

—Sí.

—¿Es una modelo?

—Abogada, y no es nada serio.

La expresión de interés de Conal no se desvaneció.

—Me reservaré el juicio. Y no permitas que te convierta en un ermitaño otra vez, aunque supongo que debería sentirme feliz de que estés viendo a alguien. Me gustaría tener una conversación con ella, claro, sólo para ver si...

—Los santos la protejan, no —dijo Patrick, con vehemencia—. Creo que deseo ver un poco más de ella sin que tú la ahuyentes.

—Pues parece serio.

—No lo es. De todos modos no estoy disponible mañana.

—Supongo que Bobby puede encargarse de esto.

Bobby era perfectamente apto para el trabajo. Guapo, paciente y letal. Patrick siempre se sentía feliz de saber que Bobby estaba de su lado en una pelea.

—Lo hará bien —dijo.

Conal lo miró interrogante.

—¿Es temporal esto?

—¿Madelyn? Pues claro que es temp...

—No, no ella. Tu falta de entusiasmo por tu trabajo.

Patrick sonrió.

—Conal, amigo mío, piensas demasiado.

—Generalmente me pillas.

—Peor aún —dijo Patrick suspirando—. No, estoy tan entusiasmado como siempre en entregarme por entero a la causa.

—Mmm. De acuerdo. Ah, Roddy MacLeod ha estado intentando localizarte. Dijo algo sobre que no había visto a tu Madelyn desde que la dejó en tu casa.

—Maldita sea, Conal, ¿por qué no me lo dijiste inmediatamente? ¿Por qué no me llamaste? Por todos los santos, podría haberle ocurrido cualquier cosa. Podría haber entrado en el bosque y haberse perdido.

—Tu móvil, como siempre, estaba desconectado. Y no podía enviar un mensajero a buscarte, ¿verdad? Y no te lo dije inmed...

Patrick no escuchó el resto. Le sacó el móvil del bolsillo de la chaqueta y marcó.

—¿Roddy?

—Ah, Patty —dijo Roddy, con voz medio histérica—, no la encontramos por ninguna parte. No dejó el bolso, no dejó nada. No debería haberla dejado sola...

Patrick escuchó el resto de la parrafada sólo con medio oído. Madelyn había desaparecido sin dejar rastro. Puesto que él había experimentado eso de primera mano, las posibilidades de dónde podría haberse perdido Madelyn eran apabullantes.

—¿Está Taylor ahí?

—Se marchó hace dos días. Trasladó sus cosas a la posada de MacAfee, que echó a dos de sus alojados para darle habitación. Ahora estoy tratando de encontrar camas para ellos.

—No me sorprende. Bueno, estaré ahí todo lo rápido que la ley me lo permita.

—Más rápido aún —dijo Roddy—. Estoy muy preocupado.

Como estaba él.

Le pasó el teléfono a Conal.

—Gracias.

—¿Un problema?

—Sí. Podría llevar un tiempo solucionarlo.

—Vete entonces —le dijo Conal haciéndole un gesto de despedida—, y monta ese caballo blanco.

Patrick le agradeció con una breve sonrisa y echó a correr hacia el aparcamiento. Tiró su bolso en el maletero, salió del aeropuerto y voló hacia casa.

Cuando estaba a diez minutos de la posada de Roddy vio destellar luces detrás. Soltando una maldición, frenó y soltó otras más al ver al hombre que apareció en su ventanilla.

—Pero bueno, ¿qué tenemos aquí? —dijo el agente en tono burlón—. Exceso de velocidad, como siempre.

—Fergusson —dijo Patrick.

—Soy «agente» Fergusson para ti, MacLeod —dijo Hamish Fergusson.

—Entonces yo soy «milord» para ti —repuso Patrick. Tal vez había cierto placer en tener un título, por poco importante que fuera. Amenazaba con darle una pataleta de rabia a Fergusson cada vez que se lo recordaba—. ¿Qué deseas?

—Sólo que me dejes mirar tu permiso de conducir, «milord», para maravillarme de los puntos que has adquirido.

—Pues dame esos malditos puntos y acaba. Tengo cosas que hacer.

Hamish lo miró tranquilamente.

—Deberías darme las gracias.

—¿De qué? —bufó Patrick—. ¿Por molestarme continuamente?

—Cogí a alguien en tu propiedad.

—¿De veras? —Al parecer Taylor se había puesto osado.

—La ladrona iba a robarte uno de tus coches.

—¿Uno de mis... mujer? ¿Madelyn Phillips?

—Eso asegura ella —repuso Fergusson encogiéndose de hombros—. No llevaba identificación. Aseguró que le robaron también. «Mi bolso estaba sobre ese muro», dice. Eso es lo que dicen todos, digo yo. No había ninguna prueba de robo, y ésa es una verdad. Ninguna prueba de quién es tampoco, y a eso se debe que esté donde está.

Patrick dominó el deseo de poner en blanco los ojos.

—¿Y dónde sería eso?

—En prisión. Lleva dos días ahí.

Patrick casi no pudo creer lo que oía.

—Hamish, idiota. ¡Yo le dije que cogiera mi coche!

—Y tú no estabas aquí para verificar eso, ¿verdad? Andabas en una de tus estúpidas misiones secretas —añadió con un gruñido—. Además, el dato que me dieron era bueno.

—¿Quién llamó? ¿Otro americano? ¿Pomposo, altivo, un patán?

—¿Cómo lo sab...? —Hamish se borró la expresión de incredulidad—. Mis fuentes son secretas.

—Sí, bueno —gruñó Patrick—, eso es un consuelo—. Tendió la mano—. Devuélveme mi permiso. Y luego apártate de mi camino.

Media hora después, respetando con exactitud los límites de velocidad marcados, iba entrando en la pequeña comisaría de una sola celda, seguido de cerca por el buen Hamish Fergusson. Diez minutos y varios gritos después, tenía a Madelyn fuera de la celda y tiritando en la entrada. Clavó una mirada acerada en Fergusson.

—No hay justificación para una manta y sólo raciones de supervivencia. Deberías avergonzarte.

Hamish adelantó el mentón.

—Incluso el más vil de los ladrones puede tener...

—Más juicio que tú —gruñó Patrick—. Es abogada, imbécil. Cuando te demande yo seré su primer testigo.

—Fuera de aquí, MacLeod —gruñó Hamish.

—Soy «milord Patrick» para ti —dijo Patrick fríamente—. Olvidas tus modales.

—Lo que olvidaré será la llave de la celda cuando te meta dentro —replicó Hamish.

Madelyn decidió meter mano en el asunto.

—¿Podríamos irnos?

—Por supuesto.

Patrick se quitó la chaqueta y se la puso sobre los hombros. Después de una última mirada furiosa a Hamish, la condujo fuera de la comisaría, la instaló en el coche, dio la vuelta, subió y cerró las puertas. Entonces la miró.

—Tienes aspecto de necesitar unas vacaciones —le dijo en voz baja.

Dos grandes lágrimas le rodaron a ella por las mejillas.

—No soy una llorona —dijo, y se echó a llorar.

Patrick miró alrededor en busca de pañuelos de papel. Al no encontrar ninguno, soltó una maldición, bajó del coche, entró pisando fuerte en la comisaría y cogió la primera caja que vio.

—Eh, no puedes...

Patrick lo miró.

Hamish cerró bruscamente la boca.

Patrick volvió al coche y le pasó un puñado de pañuelos a Madelyn.

—Lo siento —dijo.

—No es culpa tuya —dijo ella, y continuó llorando.

Su hermano se habría sentido aterrado ante la perspectiva de consolar a una mujer llorando. Afortunadamente para Madelyn, él no era su hermano. Le acarició el pelo, le hizo sonidos tranquilizadores, la abrazó y la dejó que le empapara la camisa. Y cuando ella terminó de llorar y se apartó, le pasó otro puñado de pañuelos.

—Lo siento —dijo ella, sorbiendo por la nariz—. Esto ha sido sencillamente demasiado.

—Sí. Y parece que Taylor está detrás.

—Joder, ¿es que el tío no va a renunciar jamás? —dijo ella, pasándose la manga por los ojos—. Cualquiera diría que fui yo la que lo plantó.

—Cualquiera diría —convino él.

Él no diría tanto, pero conocía a la clase de hombre que era Taylor, un hombre capaz de destruir todo lo que poseía o codiciaba para que no lo tuviera otro. Un tipo de hombre muy, muy peligroso.

No el tipo de hombre que provoca sin estar preparado para hacer lo que sea necesario para acabar la batalla.

—¿Has dejado algo en la posada de Roddy? —le preguntó.

Ella negó con la cabeza.

—No tengo absolutamente nada. Ni dinero, ni ropa, ni pasaporte, ni violín, ni el billete de avión.

Patrick consideró la situación. Primero tenía que sacarla del ámbito de influencia de Taylor. Había exigido que se retiraran todos los cargos. Hamish quería pedir que se iniciara una investigación dentro de dos semanas, pero él estaba seguro de que otra visita a la comisaría anularía eso. Pero si Taylor sabía dónde estaba Madelyn, podría continuar hostigándola y molestándola.

Eso excluía su casa. Tampoco podía llevarla a la de Jamie; a Elizabeth no le hacía falta ningún tipo de preocupación estando tan cerca el nacimiento de su bebé.

Eso dejaba a su primo Ian y su mujer Jane. Tenían habitaciones de sobra, incluso con sus dos críos. E Ian, teniendo un pasado tan peculiar como el de él, sería muy capaz de mantener a Madelyn a salvo si se presentaba un peligro.

Puso el coche en marcha, retrocedió y luego partió rumbo a la salida del pueblo.

—Agáchate —dijo de pronto.

—¿Qué...?

—Bentley.

Madelyn se tiró al suelo sin vacilar. Luego gimió:

—Creo que me rompí algo.

Patrick pasó junto a él y lo miró con expresión de aburrimiento. Previsiblemente, Taylor empezó a gritar y a correr detrás del coche.

—Qué gilipollas —musitó al salir del pueblo y acelerar—. Todo despejado.

Madelyn gimió al volver a sentarse.

—Tírame en el contenedor de basuras del pueblo. Sería lo más amable que podrías hacer.

Patrick miró por el retrovisor. Nadie lo seguía. Buen presagio.

—Aun queda vida en ti, mujer. Procuraremos conservarla.

Ella se reclinó en el asiento.

—Gracias por el rescate. Tu agente Fergusson es muy porfiado.

—No me quiere.

Eso quedaba corto para la animosidad, seguro.

—¿Una antigua enemistad familiar?

—Sí, podríamos decir eso.

Lo que no se molestó en añadir fue la verdadera antigüedad de la enemistad, el tiempo exacto que llevaban peleándose los MacLeod y los Fergusson. No tenía ningún sentido darle detalles que ella no necesitaba y que probablemente no creería si se los daba.

—¿Entonces para qué molestarse conmigo? —preguntó ella, bostezando—. Uno diría que tendría que haberse sentido encantado de que yo estuviera allanando tu morada para robarte algo.

—Taylor tiene que haberle dicho algo a Hamish para que le valiera la pena tomarse el trabajo. Resolveremos el misterio con el tiempo, si te interesa. Si no, me encargaré de que esto pase. —La miró brevemente—. Estás libre de tu buen señor Taylor.

—Lo estaría si realmente pudiera librarme de él. Y hablando de librarse de gente perturbadora, ¿dónde me vas a poner a reposar?

—En casa de mi primo. Allí estarás segura.

Ella se quedó muy quieta. Tan quieta que su inmovilidad lo afectó aún cuando tenía la mente trabajando velozmente. La habría mirado si no hubiera ido conduciendo tan rápido.

—¿No te viene bien?

—La amabilidad de desconocidos —musitó ella.

—Yo no soy un desconocido.

—¿No? —preguntó ella con un pequeño temblor en la voz—. Casi no te conozco y estás dispuesto a dejar que moleste a tus parientes.

—Te dejaría molestarme a mí, pero no tengo nada en el refrigerador.

—No quise decir eso.

—Lo sé, y no molestarás. A Ian y Jane les encanta tener compañía, y estarás muy cómoda ahí un par de días. Después iremos a Londres y arreglaremos tus papeles.

—Ni sé ni empezar a darte las gracias. Ni siquiera sé por dónde comenzaría a pensarlo.

—Siempre hago esto por las mujeres que me perturban —dijo él alegremente—. Tres rescates por doncella en apuros.

—Creo que ya he usado dos.

—Haz valer tu tercero.

Ella suspiró.

—¿Y cuántas mujeres te han perturbado, milord?

Él aminoró la marcha, y espiró con la misma lentitud.

—Sólo tú.

Ella estuvo callada un buen rato.

—No logro decidir si he de sentirme halagada o aterrada —dijo finalmente.

Él detuvo el coche delante de la enorme casa señorial de Ian y se volvió a mirarla.

—Te aseguro que yo tampoco. —Alargó la mano para meterle un mechón detrás de la oreja—. Pensaremos en esto después. Por ahora, entra y siéntete en paz.

Ella titubeó.

—¿Saben que vengo?

—No, pero no te preocupes.

—Ay, Patrick —dijo ella, consternada—. Creo que no... no pienso...

—Sí que piensas. Demasiado.

Se bajó del coche, dio la vuelta y le abrió la puerta. Ella no se movió. Él se acuclilló a su lado.

—¿Madelyn?

Ella le cogió una mano.

—¿Podrías, por favor, darles la oportunidad de decir no? Simplemente no puedo molest...

—No será molestia, pero iré a preguntar si quieres.

—Quiero. Por favor.

—Iré, entonces.

Se inclinó a besarle el dorso de la mano y luego cerró suavemente la puerta.

E hizo todo lo posible por desentenderse del placer que le producía la idea de tenerla alojada en la casa de Ian y Jane unos cuantos días.

Dado que él también tenía una habitación en esa casa, donde acampaba periódicamente.

Se frotó la cara caminando hacia la puerta. Estaba claro que no había dormido lo suficiente esos dos últimos días.

Estaba a cinco pasos de la puerta cuando ésta se abrió y salió brincando un niñito.

—¡Tío Pat! —gritó el niño.

Era primo, no tío, pero nunca se molestaba en corregir el error. Cogió a Alexander en brazos, y se sometió alegremente a los besos, tirones de pelo y exploraciones en todos los bolsillos a los que el niño podía llegar. Llevó a su primito hasta la puerta y sonrió al ver a Ian, que había aparecido con su hijita de un año en brazos.

—Primo —dijo.

—Primo tú —contestó Ian—. ¿Qué te trae por aquí? ¿Una necesidad de desayuno?

—Siempre, y no es eso lo único que me trae. Tengo un pequeño problema. En realidad, tengo una amiga con un problema, no tan pequeño.

—¿Una amiga? ¿En femenino? —preguntó Ian agitando las cejas.

—Si puedes creerlo —repuso Patrick, irónico, dejando a Alexander deslizarse hasta el suelo.

—Los milagros no cesan —dijo Ian—. ¿Es esa muchacha que está ahí?

—Sí, está sin fondos y sin un lugar donde alojarse.

—El Hotel MacLeod está siempre abierto —dijo Ian sin vacilar. Pasó a Sarah a la otra cadera—. Tenemos habitaciones de sobra.

—Jamás decepcionas.

—Sí, soy un príncipe —dijo Ian riendo—. Trae a la pobre chica. Mi Jane estará feliz de tener compañía.

Patrick se giró y vio que Alexander se le había adelantado. Había abierto la puerta de Madelyn y la estaba mirando atentamente. Patrick dudó un momento y se volvió hacia Ian.

—Está en situación de graves problemas.

Ian arqueó una ceja y esperó.

—Su ex novio. Un tío vengativo que no la quiere, o tal vez sí. La hizo arrojar en la celda de Hamish Fergusson.

Ian se frotó el mentón, pensativo.

—Sería una lástima si nos viéramos obligados a matarlo. En defensa propia, lógicamente.

—¿A quién, a Hamish?

—A él también. No, me refería al ex novio de tu dama.

—No me tientes. Ya he tenido demasiados encontronazo con él para mi gusto. Y ella no es mi dama.

Ian lo miró escéptico.

—¿No? Estás intensamente solícito con ella para que no signifique nada para ti.

—Soy un alma galante. Doy hasta que me duele.

—Más vale no comentar eso —gruñó Ian—. ¿Cómo se llama, pues, esta pobre mujer que has decidido proteger y defender pero no te importa nada?

—No es que no me importe...

—Santos, Pat, dime cómo se llama la muchacha —dijo Ian, riéndose—, si puedes dejar de defender tu posición el tiempo suficiente para decírmelo.

—Madelyn —dijo Patrick secamente.

—Pues, trae a Madelyn, la que no es tu dama —dijo sonriendo. Besó a su hijita—. Vamos, Sarah, dejemos que tío Patty vaya a buscar a su dulce señora Madelyn. Viene a estar con nosotros un tiempo. —Miró a Patrick—. La haremos sentirse bien —dijo muy serio—. Y la mantendremos a salvo.

—Eso era lo que deseaba oír.

—Lo sospeché.

Patrick asintió y salió en dirección al coche. Madelyn estaría segura. Después elucubraría sobre por qué eso le preocupaba tanto. Por el momento, le bastaba con tenerla lejos de Bentley y estar los dos donde podrían descansar un poco.

Se apoyó en la puerta del coche y miró hacia dentro.

—Veo que has conocido a Alexander —dijo sonriendo.

Alexander, según quiso el destino, era un fabulador de proporciones épicas y le encantaba practicar su oficio con cualquier alma que quisiera escucharlo.

En la mayoría de sus cuentos aparecían Legos.

Madelyn tenía aspecto de estar tan abrumada como quedaba él después de oír las largas y complicadas aventuras de los bloques de plástico de los mecanos de Alexander.

—Sí —contestó ella, con aspecto de necesitar un rescate.

—¿No tienes hermanos menores? —le preguntó él, sonriendo.

—Soy la menor de dos.

—¿Nunca te tocó cuidar niños en tu pasado?

—A ninguno —repuso ella, en un tono que indicaba que eso había sido bueno—. Nunca hice de niñera; asistía a fiestas de la facultad con mis padres.

—Muy diferente de las aventuras de Alex.

—Absolutamente.

Él le revolvió el pelo a Alexander afectuosamente.

—Fuera de aquí, desalmado, deja respirar a la chica. —Puso a Alexander a un lado y le tendió la mano a Madelyn—. Ven conmigo. Te necesitan dentro.

Le cogió la mano y la puso de pie. Y una vez que ella estaba de pie no le vio ningún sentido a no atraerla a sus brazos. La abrazó estrechamente, cerró los ojos y se permitió el placer de sentir los brazos de ella alrededor de él.

—Estaremos aquí un tiempo —le susurró—. Estarás segura.

Ella se apartó para mirarlo.

—Esto es demasiado.

Él le sonrió.

—Es algo pequeño en el esquema más grande de las cosas. Entra y siéntete en paz. Pero claro, Alex también vive aquí. Puede que no tengas mucha paz mientras él esté despierto.

—Me parece un pequeño precio a pagar.

—Verás cómo te sientes diez minutos antes de que se vaya a acostar. —Le cogió la mano—. Entremos.

Ella asintió, enderezó con sumo cuidado los hombros y entró cojeando con él en la casa. Jane MacLeod, la mujer de Ian desde hacía cuatro años, estaba esperando en la sala de estar. Al instante le cogió la mano a Madelyn.

—Te ves agotadísima —le dijo amablemente—. ¿Qué quieres hacer primero, comer o dormir?

Madelyn la miró sorprendida.

—Eres norteamericana.

—De nacimiento y crianza.

—Pero vives aquí.

—Ian fue persuasivo. —La cogió del brazo—. Es un país fabuloso, pero los impuestos son horribles. ¿De dónde eres? ¿En qué trabajas? ¿Qué te ha traído a Escocia? ¿Cómo conociste a Pat?

Madelyn rió algo inquieta mientras desaparecía escalera arriba.

—Él estaba atropellando a unas ovejas...

—No atropellé a ninguna oveja —dijo Patrick—. Justamente por no atropellarlas mi Vanquish está ahora en Inverness recibiendo las amorosas atenciones de Douglas.

Al caer en la cuenta de que estaba hablando solo, suspiró y entró en la cocina.

Ian estaba ocupadísimo preparando el desayuno. Patrick cogió una silla y se sentó a la mesa.

—Esto es sólo un rescate —suspiró—, nada más. Ella necesitaba ayuda. Yo estaba a mano.

—Mmm —musitó Ian, no convencido.

—No ando en busca de esposa.

—No he dicho que anduvieras.

—No tenías por qué decirlo.

—Santos, Patrick —rió Ian—. Estás algo quisquilloso respecto a eso.

—Madelyn me pone nervioso.

—Comprendo por qué. Las mujeres hermosas me ponen tremendamente nervioso. Escasamente soporto vivir con Jane debido a eso.

—No es eso —insistió Patrick, ceñudo—. Esto no es lo que deseo en estos momentos.

—Entonces aléjate.

—Ella necesita mi ayuda.

Ian se volvió a mirarlo, con la cuchara en la mano.

—Qué corazón más romántico tienes, primo.

¿No le daría paz su maldito corazón? Ya era bastante molesto que lo fastidiara a él. Y ahora las almas que lo rodeaban se lo recordaban también.

—Soy un tonto.

—El amor nos pone tontos.

—A mí no —dijo Patrick—. No dos veces.

Ian se volvió hacia su brillante cocina Aga roja.

—El amor, si ha de soportarse, tiene que ser correspondido, Pat.

Patrick frunció los labios y se quedó mirando fijamente la mesa.

—Hablo demasiado —masculló.

—Soy discreto —dijo Ian, empezando a poner comida en los platos—. Por eso me dices cosas que no le dices a Jamie, por mucho que lo queramos los dos.

Ian tenía razón en eso, pensó Patrick. Además, si Jamie supiera la mitad de lo que sabía Ian de su pasado, se pasaría como mínimo un año en su biblioteca intentando desentrañar los horrores de su retorcido corazón.

Ian le puso un plato delante.

—Yo la observaré si quieres, y te diré mi opinión objetiva.

—Ah, sí, eso es lo que estaba esperando para decidirme.

—Podrías hacerlo peor. Yo estoy muy feliz casado.

—Y eso no se debe a ninguna virtud tuya. Jane tiene buen corazón y hace la vista gorda.

—Oí mi nombre —dijo Jane, entrando con los niños—. Si tenéis que hablar en la lengua nativa, hablad más lento para que yo os pueda entender.

Patrick la admiraba muchísimo. No sólo soportaba a su primo, amaba a las Highlands con una pasión comparable a la de Ian, y hablaba gaélico tan bien como ellos, a pesar de que ella dijera que no.

—¿Cómo está Madelyn?

—Agotada. ¿Qué le hiciste?

—La cansó con preguntas —dijo Ian juiciosamente.

—Simplemente la rescaté —gruñó Patrick.

—La encuentro simpática —comentó Jane.

—Lo es —corroboró Patrick—. Es muy simpática.

—Estaba pensando —dijo Ian—. ¿Por qué no te limitas a pasar unos días disfrutando de su compañía y dejas que la naturaleza siga su curso? Podrías descubrir que no te gusta nada.

—O podrías descubrir que la quieres muchísimo —añadió Jane.

Patrick sinceramente no sabía qué sería peor. Y no le hacía ninguna falta que su corazón le diera su opinión sobre el asunto. Ya sabía lo que le diría.

Era demasiado pronto.

«No es demasiado pronto», le susurró su corazón.

Centró la atención en la comida, tratando de enterrar sus pensamientos y esos condenados susurros debajo de la mayor cantidad posible de mantequilla y mermelada.

Capítulo 13

*M*adelyn se apoyó en el lavabo y se miró en el espejo. Había dormido casi veinticuatro horas y seguía sintiéndose como un zombie. El pelo mojado le colgaba alrededor de la cara cayéndole sobre los hombros. Se lo estiró y lo vio volver a enroscarse. Deseó tener la energía para alisárselo. Tal vez la tendría cuando le hubieran desaparecido las ojeras que le hacían parecer cráteres negros los ojos. ¿Cuánto tiempo tardaría eso? Problemente no le desaparecerían antes de que llegara a casa, y perdería posibles trabajos debido a su apariencia.

Demasiado estrés, demasiado poco sueño. No era raro que se viera tan horrorosa. Claro que dos días en la cárcel del pueblo no la habían favorecido mucho tampoco. Había soltado tantas amenazas de demanda que ya empezaba a parecerse a Bentley.

¿Y dónde estaría ese feo pedazo de cieno primordial? No lo sabía ni le importaba. Lo único que deseaba era no volver a verlo jamás.

La otra persona a la que le iría muy bien no volver a ver jamás era Hamish Fergusson. Si hubiera tenido que oírlo una sola vez más despotricar contra los MacLeod habría perdido la chaveta. ¿Qué problema tenía ese hombre? Así que el MacLeod que ella conocía mejor era guapo, rico y muy encantador. ¿Era ése un motivo para odiarlo a él y a sus parientes con tanta ferocidad? Ahora bien, si en todas sus diatribas le hubiera dado alguna información decente sobre Patrick y sus familiares, podría haber sido interesante, pero lo único que había hecho era quejarse de su dinero, de su apariencia y de sus coches rápidos.

En general, habían sido unos días muy dignos de olvidar.

Jamás en su vida se había sentido tan contenta al oír una voz amiga como cuando oyó a Patrick entrar ahí como un ángel vengador. Casi le había hecho valer la pena haber pasado por ese infierno.

Pero ¿qué podía hacer ahora? Se frotó los ojos y suspiró. Las cosas no estaban nada bien. A todos los efectos, estaba indigente, además de haber perdido su pasaporte y su billete de avión. Igual podría ser invisible, por lo que a identificación se refería. Sus opciones eran pocas y muy claras.

Tendría que sacar un nuevo pasaporte, y eso haría necesario llamar a algún familiar para que le enviara de la noche a la mañana algún tipo de documento de identificación. Y ese familiar no podía ser de ninguna manera su madre ni su padre. Tal vez Sunny aceptaría el trabajo de revisar los archivos guardados en el garaje de sus padres en busca de los papeles necesarios. Sunny exigiría un pago, sin duda, pero en éste no entraría ningún tipo de conjugación verbal, y ése era un precio que ella estaba dispuesta a pagar.

Tal vez también tendría que volver a Londres para hacer la renovación de su pasaporte, y quién podía saber cuánto llevaría eso, o cómo llegaría ahí. La embajada tenía que tener algún tipo de procedimiento de urgencia para renovar los pasaportes de inmediato, ¿no? Y la compañía aérea tenía que tener alguna especie de procedimiento caritativo para aquellas almas desafortunadas a las que les robaban el bolso, ¿no?

Una chica podía esperar.

Se lavó la cara y salió del baño en el pijama de franela colores arco iris de Jane MacLeod. Una vez en el dormitorio se sentó en la cama. Al menos eso ya le resultaba más fácil. Contempló la alegre habitación amarilla, sintiendo una gratitud inconmensurable por la amabilidad de desconocidos y una vergüenza mortal de tener que aprovecharse de ellos.

Aceptar ayuda no era su punto fuerte.

Entonces vio la enorme bolsa de compras que estaba justo a un lado de la puerta. De ella sobresalía un trozo de papel. Cerró los ojos un momento, para tragarse el orgullo. Más regalos de personas a las que no conocía. Se prometió devolverles el favor ayudando a alguna persona.

Pero eso no le hacía más fácil de aceptar la generosidad de Jane.

Bueno, la ropa usada de Jane tenía que quedarle mejor de talla que la de Miriam MacLeod. Se levantó, caminó hasta la bolsa, cogió el papel y leyó:

Madelyn:
Una o dos cosas para que vayas tirando. Creo que esto entra en necesidades básicas...

Patrick

Volvió a leer la nota, pero descubrió que seguía diciendo lo mismo. Arrastró la enorme bolsa hasta la cama. Tal vez Marks & Spencer quería decir realmente Marks & Spencer. Empezó a sacar ropas, ropas que de ninguna manera eran apropiadas para los tribunales, y de su talla, nada menos.

El hombre podía no estar dispuesto a enterrarle el puño en la nariz a Bentley, pero decididamente sabía comprar.

Un par de gruesos y preciosos jerseys, tres pares de tejanos, varias blusas camisero, un puñado de calcetines de lana, y una hermosa falda de tartán, larga hasta los tobillos. Había un pijama de franela verde lima y dos cajas de zapatos con el letrero «no sé si acerté el número», escrito en las tapas. De una caja salió un par de botas apropiadas para caminar por las Highlands. De la otra salió un par de zapatillas bambas, suavísimas, flexibles, y que le calzaban como un sueño.

Y en el fondo, metidas discretamente debajo de un vestido de pana, venían prendas de ropa interior envueltas en papel de seda.

Con la ropa interior apretada contra el pecho, se sentó en medio de su nuevo guardarropa y se echó a llorar. Si no se hubiera sentido tan patéticamente agradecida, habría llorado con más entusiasmo. Dado como estaba, lo único que pudo hacer fue continuar sentada dejando que sus ojos derramaran copiosas lágrimas. Eso sí era la última gota. ¿Cómo pagaría eso alguna vez? Y no era sólo el dinero, aunque no le costaba nada calcular mentalmente los precios escritos en los trozos arrancados de las etiquetas. Ni siquiera era la amabilidad de haberle procurado ropas decentes.

Era el hecho de regalarle prendas que le gustaron al instante y el trabajo, por pequeño que fuera, de elegir algo que a ella le gustaría.

Ni un gramo de tejido sintético a la vista.

Se pasó la manga por los ojos, se levantó y se sonó la nariz. Después volvió al lado de la cama a contemplar el festín de compras de Patrick. Bueno, podía ser pobre, pero se iba a ver fabulosa mientras le durara la pobreza.

Se puso unos tejanos y un jersey, y no se molestó en nada más fuera de pasarse los dedos por el pelo.

Se sentía maravillosamente.

Salió descalza de la alegre habitación de invitados amarilla de Jane y se dirigió a la escalera para bajar. Fregaría los platos. Eso sería un buen comienzo en corresponder las amabilidades de los MacLeod. Probablemente a Jane no le iría nada mal tener disponible una niñera. A Patrick tampoco le iría mal contar con una obrera de construcción, pero trabajaría en eso después. Por lo menos podría coger una escoba y un recogedor y dejar marcas de limpieza en su casa. Sabía ser servicial. Pero eso no le solucionaba el problema de dinero en efectivo que tenía por el momento.

No quería pensar que venir a Escocia había sido una mala idea.

Le estaba costando bastante llegar a otra conclusión.

Se detuvo a medio camino de la escalera. No tenía elección. Tendría que gorrearle dinero a sus padres. Tal vez podría hacer esa llamada por teléfono inmediatamente después de haber llamado a su hermana para que hiciera el trabajo pesado de encontrarle papeles de identificación.

Pero después. No iba a estropear su último buen día en Escocia con ninguna de esas llamadas. Podían esperar hasta la noche. Continuó bajando la escalera y se dejó guiar por sus oídos hacia el lugar donde había más ruido. Al parecer el desayuno estaba en pleno apogeo.

—Sara, cariño —estaba diciendo Jane, pacientemente—, los cereales van a la boca, no al suelo.

Madelyn entró y vio a la niñita arrojarle el desayuno a la cabeza a su madre. Jane estaba arrodillada a un lado de la silla alta de la niña, con la avena con leche chorreándole por la cara hasta la nariz. Levantó la vista al oírla entrar.

Madelyn no pudo evitarlo: se echó a reír.

Jane se limpió la cara con el dorso de la mano.

—Ah, sí, esto es histeria —concedió sombríamente—. Está haciendo experimentos con la gravedad.

—Eso veo —dijo Madelyn.

Jane pasó una esponja por el suelo, se levantó y miró a sus críos.

—Creo que está indicado un baño para los dos.

A Alexander no le gustó la idea y empezó a protestar en voz alta. Sarah aprovechó la oportunidad que le daba la distracción de su madre por las quejas de su hermano para arrojar todo el contenido de su plato de avena al suelo. Jane se quitó el reluciente pelo rojizo de la cara con la mano cubierta de avena con leche.

Daba la impresión de que los tres tendrían que bañarse.

—Yo me encargo de esto —dijo Madelyn quitándole la esponja de la mano—. Tú tienes las manos ocupadas.

—Gracias —dijo Jane, en un tono desproporcionadamente agradecido—. No tienes por qué...

—¿Estás bromeando? Esto es pan comido comparado con lo que tienes tú entre manos.

—No diré que no tienes razón. —Miró a su hijo—. Si no hay baño no hay Legos. No jugamos con las manos pegajosas.

Como Madelyn ya sabía, los Legos eran algo importantísimo en la familia MacLeod. Alexander dejó de protestar al instante. Miró a su madre con sus enormes ojos azules.

—Me gustan los Ledos —dijo muy serio.

—Claro que sí —contestó ella, soltando las correas que amarraban a Sarah a su silla alta—, y te gusta que estén limpios, así que vamos a ponernos igualmente limpios para que puedas jugar con ellos. Después que te bañes tal vez puedas enseñarle a Madelyn cómo funcionan.

Alexander miró a Madelyn, expectante.

—Estaré esperándote —se apresuró a prometer Madelyn.

Esperaba estar a la altura. ¿Podría ser tan terrible? Ya había oído una corta historia acerca de los bloques rojos encerrando a los azules y verdes en una fortaleza impenetrable. Estaba impaciente por saber qué inventaría él después.

—Arriba —dijo Jane, girando a Alexander e indicándole la dirección—. Gracias, Madelyn. Sírvete el desayuno tú misma.

Madelyn los observó salir y se detuvo un momento a considerar el hecho de que la idea de jugar con un niño de tres años no le parecía totalmente horrorosa. El niño era condenadamente listo, y supuso que no le arrojaría avena con leche en el pelo. Sarah, en cambio, era una incógnita. Tal vez haría bien en recogerse el pelo antes de que acabara el baño.

Limpió el suelo, la silla alta y la mesa. El fregado de los platos fue rápido. Estaba sirviéndose cereales calientes del cazo común cuando recordó que no había visto a Ian ni a Patrick esa mañana. ¿Estarían durmiendo todavía? Algo la hacía dudar, pero claro, no los conocía muy bien. Tal vez se habían pasado la mitad de la noche jugando con los Legos de Alexander mientras este dormía. Cosas más raras habían ocurrido.

Y entonces fue cuando se le ocurrió mirar por la ventana de la cocina, junto a la cual llevaba unos veinte minutos.

Se le cayó el plato de las manos.

Menos mal que era uno de los platos de plástico de los niños. Los cereales estaban en el fregadero, pero ¿qué importaba eso comparado con lo que estaba viendo ocurrir fuera?

Jane y Ian tenían un enorme patio atrás de la casa; tenían un jardín, tenían un columpio, tenían una terraza que sin duda estaría llena de muebles en verano pero ya estaba vacía en preparación para el invierno. También tenían una inmensa extensión de césped que se veía ideal para jugar al croquet, a la rayuela, e incluso para jugar un partido de fútbol cuando la familia es numerosa. Pero no era al fútbol que estaban jugando ese día.

Había ahí dos locos tirándose tajos con espadas.

Se quedó mirando boquiabierta la lucha a espadas entre Ian y Patrick. Jamás en su vida había visto algo igual, ni siquiera en películas. En las películas se notaba que era coreografiado. Sabía que era coreografiado, para que no se mataran los actores, si eran valientes, o los dobles especialistas, si eran muy hábiles. También usaban, suponía, espadas no afiladas.

Pero ella había tocado esa espada que usaba Patrick.

Todavía le dolía el dedo por esa heridita.

Dejó la cuchara en el fregadero y fue hasta la puerta de atrás; la abrió lo suficiente para asomarse un pelín.

Al principio la sobresaltó el ruido del choque de aceros, pero no tardó en acostumbrarse. No se oía mucha conversación, pero la poca que se oía era en gaélico. Ian dijo algo que hizo reír a Patrick, y luego los dos continuaron tirándose tajos como si tuvieran toda la intención de herirse.

¿Estaban locos de remate?

Con razón asustaban de muerte a Hamish Fergusson. A ella tampoco le gustaría liarse a pelear con ellos.

Debían de ser valiosísimos para su sociedad de reconstrucción del pasado.

«Ganado para robar... enemigos para matar...»

Las palabras de Moraig pasaron por la orilla de su memoria, pero sinceramente no lograba recordar que más había dicho la mujer. Algo acerca de que Patrick no podía hacer esas cosas hoy en día. Ya veía lo bueno que podría ser para eso, dada su forma de usar su espada.

Patrick le dio un empujón a Ian, se quitó la camisa y continuó luchando.

Madelyn se abanicó con la mano, disimuladamente.

No muy distraídamente pensó que ojalá acabaran de comenzar su ejercicio.

Continuó observándolos fascinada, aunque, con toda sinceridad, se pasaba más tiempo mirando a Patrick que a Ian, y no sólo porque se había quitado la camisa, sino también porque había estado sentada al lado de él en el coche la mañana anterior, había llorado sobre él mojándolo entero, y todo eso sin tener idea de lo que él era capaz de hacer.

Si Bentley estuviera viendo eso, se mojaría en los pantalones.

Y entonces ocurrió lo impensable.

Al dar un paso atrás, Patrick tropezó con una especie de vehículo de juguete de los niños y cayó de espaldas. Ella abrió la boca para gritarle un aviso y se quedó muda al ver que Ian ni siquiera pestañeaba; tampoco le ofreció ayuda. Simplemente aprovechó que su primo estaba tendido de espaldas para intentar enterrarle la espada.

Patrick rodó y se puso de pie de un salto, soltando una letanía que tenía que ser de tacos o maldiciones, tan rápido que ella no pudo seguirlas. Ian se limitó a reírse y continuó su implacable asalto.

Las cosas tomaron un giro feo.

Usaron la terraza, usaron el muro de piedra, incluso usaron trozos del muy resistente columpio de los niños; al parecer nada era muy sagrado tratándose de matarse entre ellos. Las palabrotas volaban, el sudor chorreaba (en ese momento ella se abanicó otro poco), y el ruido de los choques de las espadas era tan fuerte y tan feroz que casi tuvo que cerrar la puerta para no seguir oyéndolo.

Buen Dios, ¿quiénes eran esos tíos?

En el mismo instante decidió que estaba muy indicada una visita a Moraig.

—Ah, ¡gracias por lavar los platos!

Madelyn casi se cayó al suelo del sobresalto. Se giró hacia Jane, que se veía mucho más limpia que un rato antes, e hizo un débil gesto hacia el grandioso afuera.

—¿Has visto...? —Dejó inconclusa la pregunta; lógicamente Jane los había visto. Hizo una inspiración profunda—: ¿Dónde aprendieron eso?

Jane continuó sonriendo, pero repentinamente la sonrisa era una muy cuidada.

Automáticamente a Madelyn se le activó su radar de lenguaje corporal. Venía una media verdad; apostaría su carrera a eso. Fingió no ver que Jane se estaba retorciendo las manos.

—Ah, pues, por ahí y por aquí —contestó Jane—. Es como si les viniera de familia.

—¿Sí? Como aquello de las sociedades de reconstrucción del pasado y esas cosas, supongo.

—Exactamente —dijo Jane, asintiendo entusiasmada—. Los juegos de las Highlands, ese tipo de cosas. Ya sabes cómo son los niños con sus juguetes.

—Sí. Interesantes los juguetes.

—¿Y no lo son? ¿Me permites?

Madelyn se hizo a un lado para que Jane pudiera abrir del todo la puerta. Ésta les gritó algo en gaélico y al instante Ian y Patrick envainaron sus muy insólitos juguetes. A Madelyn le encantó la cadencia del idioma. La sorprendió que su madre no lo hubiera aprendido. Su padre sí lo sabía. Y en ese momento deseó haber pasado menos tiempo practicando las canciones de Escocia en su violín y más tiempo aprendiendo su lengua.

—No tenían por qué parar —dijo.

—Ah, bueno —dijo Jane, algo intranquila—, habían acabado de todos modos.

—Ah.

—Tengo que ir a ver a los niños. Sarah se mete en todo. ¿Quieres venir?

Lo que deseaba Madelyn era quedarse donde estaba para desvelar el misterio del ejercicio matutino de Patrick, pero era educada por encima de todo, de modo que siguió a Jane hasta la sala de estar. Se sentó en el suelo y estuvo examinando los Legos de Alexander hasta que vio pasar a Ian y a Patrick de camino a ducharse. Iban todo sonrisas.

Y sin espadas.

Algo se tramaba ahí, decididamente.

Y ella decididamente no era una que dejara sin resolver un buen misterio.

—Vuelvo enseguida —dijo Patrick dirigiéndose a la escalera.

—Muy bien —dijo ella, sonriéndole a Ian que pasó pisándole los talones a Patrick. Miró a Jane para distraerse.

—¿De dónde eres? —le preguntó tranquilamente—. Si no te importa que lo pregunte.

—De Indiana. ¿Y tú?

—De Seattle.

—Entonces tendría que gustarte Escocia. El clima es muy parecido.

—Me encanta. ¿Y cómo conociste a Ian?

—En Nueva York. Yo diseñaba trajes de novia y él... un día entró en el salón.

—¿Diseñabas trajes de novia? —repitió Madelyn, pasmada—. ¿Y sigues haciéndolo?

—Noo, me harté del color blanco. Ahora hago punto, vendo unas cuantas cosas en el pueblo, otras en Londres. Simplemente por meter la cuchara. Me concentro principalmente en los niños.

Madelyn no logró imaginarse cambiar una profesión como esa por el estímulo intelectual de dos niños pequeños. Ella necesitaba pensar, luchar, arreglar entuertos en los tribunales. Estaba segura de eso.

Al menos estaba bastante segura.

—Mamá —dijo Sarah abriendo espontáneamente los brazos para abrazar a su madre.

Trepó a la falda de Jane, se acurrucó bien, se metió el pulgar en la boca y procedió a suspirar, el suspiro de una niña absolutamente feliz.

De pronto Madelyn se sintió muy insegura de todo.

Tuvo que cerrar varias veces los ojos para mantener las lágrimas donde les correspondía estar. Santo cielo, pero ¿qué era eso? ¿Acaso su reloj biológico estaba dando la hora con toda la sutileza del Big Ben?

Patrick bajó corriendo la escalera; entró en la sala de estar, cogió a Alexander y lo lanzó al aire, al acompañamiento de risitas de placer. Dejó al niño en el suelo y miró a Madelyn.

—¿Dormiste bien?

—Como los muertos.

—Todo un cambio, después de los constantes refunfuños de Hamish Fergusson, sin duda —dijo él, dejándose caer en el sofá—. Vive quejándose. Malditos esos Fergusson, nunca me han caído bien. —Miró a Jane con una sonrisa traviesa—. Podría haber una excepción de vez en cuando.

—Muy amable —le dijo Jane—. Soy una Fergusson norteamericana —explicó a Madelyn—, y Pat nunca le ha perdonado a Ian que se haya metido en el banco de genes del enemigo.

—Falso —replicó Patrick—. Más bien me da envidia que se las haya arreglado para encontrar una joya en medio de la basura.

—Yo diría que eso es un cumplido —rió Jane—, pero no estoy muy segura. Además, sabes que Hamish y yo no podemos estar emparentados, ni remotamente.

—Te gusta creer eso —dijo Patrick sonriendo.

—Tengo que creerlo, aunque me aprovecho de nuestros antepasados comunes para librarme de las multas de velocidad. Hamish me tiene lástima porque me casé con uno de esos viles MacLeod.

—No lo dudo —bufó Patrick.

Madelyn los observaba embromándose, maravillada por la naturalidad con que lo hacían. En su familia no se hacían bromas. Bueno, la verdad, sus padres no se gastaban bromas. Sunny la embromaba a ella, y ella trataba de entender qué quería decir con lo que decía.

Un subproducto de las hierbas, tal vez. Sunny olía demasiadas cosas que la hacían sentirse muy feliz y satisfecha.

Ella estaba tentada de medicarse con unas cuantas cuando llegara a casa.

—Estás hermosa —dijo Patrick—. Ese jersey te sienta bien.

Madelyn comprendió que le hablaba a ella. Se pasó la mano por el jersey, algo cohibida.

—Sí, es precioso. No sé por dónde empezar a agradecerte.

—Uy, no —exclamó Jane riendo—, no le des ese tipo de rienda suelta. Te pondrá a quitar el barro de su establo si no tienes cuidado.

—O peor aún —dijo Ian entrando—, te hará a acompañarlo a cualquier cantidad de funciones sociales.

—No asisto a funciones sociales —dijo Patrick.

—Eso porque no tienes una mujer hermosa que te acompañe porque se siente culpable —replicó Ian, sentándose en el suelo cerca de Jane—. Aprovecha ahora.

—A Ian le gusta divagar —explicó Patrick a Madelyn—. Ahora en serio, ¿has pensado en tu lista? Tal vez deberíamos ir a ver unos cuantos lugares por aquí antes de irnos a Londres a ocuparnos de tu pasaporte.

¿Era que repentinamente se había puesto calurosa la sala o era la humillación que ardía en ella la que empezaba hacerle brotar sudor?

—Tiré mi lista —dijo—. Quizá debería volverme a casa ya.

—No, no, no es eso lo que deberías —dijo Jane—. Estás aquí. Lo que deberías hacer es ir ver esos lugares. Pat es un excelente guía turístico.

—Conoce muchísimos hechos históricos interesantes —añadió Ian afablemente—. Si logras soportar su lúgubre personalidad el tiempo suficiente para llegar a ellos. Y si logras que se quede callado acerca de las supuestas inexactitudes históricas que sueltan los guías turísticos.

Patrick miró a Ian indignado y le dijo en gaélico algo que no era un cumplido. Ian se rió y le hizo un guiño a Madelyn.

—Está de mal humor, tal como he dicho.

Patrick se levantó.

—Iré a buscar los mapas y haremos tu lista.

—No, de verdad —insistió Madelyn levantando una mano—. No podría. Todos habéis sido tan amables, y simplemente no debo moles...

—No es molestia —dijo Jane.

Madelyn hizo una honda inspiración.

—Si me permitís usar el teléfono, puedo pedir a mis padres que me envíen un giro...

Patrick le puso la mano en la cabeza un instante al pasar.

—Jane tiene bolígrafo y papel en alguna parte. Ella irá a buscar eso mientras yo voy a buscar los mapas.

Madelyn no supo si sería capaz de no echarse a llorar otra vez. La emoción era tan intensa que tuvo que cerrar los ojos fuertemente varias veces para dominarse. Jane se levantó y entró en la cocina. Ella ni siquiera pudo mirar a Ian.

—Es difícil, ¿verdad? —musitó Ian.

Ella lo miró.

—¿Qué? ¿Aceptar caridad?

Él sonrió. Ella entendió por qué Jane se había enamorado de él. Pobre Hamish Fergusson. Con razón les tenía envidia.

—Sí —dijo él simplemente—. Una vez tuve que hacerlo y casi me mató. Pero si te tranquiliza en algo, te diré que Patrick puede permitírselo. Y creo que él necesita pasar un tiempo contigo tanto como tú necesitas su ayuda.

—¿Por qué crees eso?

—¿Una mujer hermosa a la que no le importa su cuenta bancaria? ¿A qué muchacho no le viene bien eso?

—Sí que me importa su cuenta bancaria. No quiero diezmársela.

—No te preocupes —dijo Ian—. Sobrevivirá a cualquier mordisco que le pegues. Eres la dosis de felicidad que necesita.

—No podría, de verdad —dijo ella—. Ya ha hecho demasiado.

—Sí, y fíjate lo de buen humor que lo ha puesto eso. Fíjate en cómo sonríe, en lugar de estar enfurruñado.

Patrick le arrojó un cojín a Ian y se sentó en el suelo al lado de ella. Cogió el bolígrafo y el papel que le puso delante Jane al pasar, y la miró expectante.

—¿Y bien?

Madelyn hizo una inspiración profunda.

—No puedo, de verdad.

—Entonces yo te haré la lista.

—Pobre chica —musitó Ian, compasivo.

—El vivero de peces —dijo Patrick, golpeteándose el mentón, pensativo—. La refinería de petróleo. La planta de tratamiento de la basura.

—Ay, Patrick —rió Jane, sentándose en el suelo junto a su hijo—, elígele algo decente. Hay tantos lugares bellos aquí.

—Sí, exactamente lo que le he dicho —dijo Patrick—. ¿Quieres el bolígrafo? —preguntó a Madelyn.

Ella no sabía qué sería peor, si mirar a Patrick mientras hacía la lista o hacerla ella.

—No puedo —dijo, muy seria—. Mi vuelo a casa es el domingo. Tendría que ocuparme de...

—Haremos todo eso —le aseguró él—. A su tiempo. Por ahora, haz tu lista.

—Pero...

Él le tendió el bolígrafo.

Élla miró el bolígrafo.

Él le cogió la mano, le puso el bolígrafo entre los dedos y se los cerró alrededor. No le soltó la mano.

—Haz tu lista —le dijo dulcemente.

¿Y cómo iba a hacer una lista cuando no veía el papel por las lágrimas que se le agolpaban en los ojos?

—Supongo que valdría la pena aunque sólo sea un día —logró decir.

—Dos semanas —enmendó él.

Ella pestañeó. Eso le sirvió para despejarse de lágrimas los ojos.

—Patrick, de ninguna manera podría...

Él cogió el bolígrafo, suspirando.

—Claro que no sé dónde están los polígonos industriales.

—Pat, déjate de bromas —dijo Jane—. Madelyn, piensa en tus vacaciones soñadas. No es necesario que lo veas todo.

Ella titubeó. La mataría decir no, la mataría decir sí.

Patrick se le acercó más. Eso estuvo a punto de matarla también.

—Viejos y mohosos museos de trenes —comenzó él.

—A mí me encantan los trenes —protestó Ian.

Patrick lo fulminó con la mirada y se acercó otro poco a ella.

—Una mirada a novecientos años de instrumentos de labranza —le susurró—. Muy interesantes. Muy polvorientos. Muy afilados.

—Ay, buen Dios —exclamó Jane riendo—. Madelyn, no dejes que nos siga matando de sufrimiento.

Tal vez uno o dos días. Uno o dos días en la compañía de Patrick MacLeod, viendo Escocia a través de sus ojos.

Uno o dos días mirando los ojos de Patrick MacLeod.

¿Podía ser tan terrible?

Él se le acercó más aún.

—Ruinas. Montones de piedras mohosas cubiertas de historia. Escaleras derruidas, trozos de jardín llenos de malezas, monasterios llenos de fantasmas.

Madelyn se estremeció.

Y no fue por la idea de los fantasmas.

—Sí, id a las ruinas —aconsejó Ian—. Es mejor así, porque no habrá guías para ofender. Como he dicho, las inexactitudes históricas se le meten en la piel y no se muerde la lengua.

—No haré que nos echen —gruñó Patrick.

—No sería la primera vez —observó Ian—. Quedas prevenida —añadió, mirando a Madelyn.

Patrick la rodeó con un brazo.

—Mantendré la boca cerrada. Venga, elige uno o dos castillos para el día y nos pondremos en marcha. Te prometo que me comportaré. —La miró y le hizo un guiño—. La mayor parte del tiempo.

¿Un puñado de días sin hacer otra cosa que verlo tratando de comportarse? ¿Un puñado de días sola con él, mirando castillos, jardines y ruinas y esforzándose en no caer sin remedio en esos pozos esmeralda que tenía por ojos?

El cielo la amparara, estaba en dificultades.

Capítulo 14

*E*l señor don Bentley Douglas Taylor III se detuvo ante la puerta de un pub lastimosamente malo en medio de una aldea horrorosamente primitiva de esa inhóspita región rural de Escocia y pensó cómo diablos era posible que se hubiera dejado convencer de meterse en ese tipo de circunstancias.

Todo era culpa, como otro gran número de cosas, de Madelyn.

Entró, llegó hasta la barra y dio un fuerte puñetazo encima. El nativo tardó una inconmensurable cantidad de tiempo en atenderlo, y se negó a tomar nota de lo que quería servirse. Pero él tenía hambre y seguro que podrían abrir la cocina una hora antes. Buscó una mesa y se sentó en una cómoda, es decir, una ligeramente cómoda silla, a esperar.

Las cosas no estaban resultando como había programado. Su vida no llevaba el camino que había sido su deseo. ¡Maldito ese Richard Phillips! No se había portado en absoluto como él esperara. Estúpidos académicos. Vivían perpetuamente encerrados en sus torres de marfil, unos lugares tan desconectados de la realidad que él no entendía cómo se las arreglaban para alimentarse y vestirse.

Lógicamente, cuando él ocupara su asiento en esa torre de marfil, cambiarían mucho las cosas.

Tamborileó sobre la mesa. Conseguir entrar en esa torre, y lograr sentarse en el elevado trono del Decano de la Facultad de Derecho, era lo que le estaba resultando más difícil de lo que había previsto.

En su plan inicial entraba el entablar amistad con el decano Anderson, el favorito de todo el mundo para todo tipo de altos cargos y honores, y lograr eso haciéndose amigo del brillante lingüista Richard Phillips. Según rezaba el rumor, Phillips y el decano habían sido compañeros de habitación durante sus años de estudio en Harvard.

Y en cómo llegar a Phillips estaba justamente centrada su atención esa tarde del invierno pasado mientras repasaba distraídamente la lista del personal prometedor de DiLoretto, Delaney & Pugh. Fue entonces cuando le saltó a la vista el nombre Madelyn Phillips, la joven estrella ascendente de la empresa. Era bonita, era inteligente, y él no tardó en descubrir su parentesco con el susodicho Richard Phillips.

Conveniente, pensó en el momento.

La caza de Madelyn le resultó lastimosamente fácil, pero sus intentos de ponerse a buenas con el padre, no. Maldito el hombre por su obsesión por las palabras.

Las palabras no eran, como quiso el destino, su punto fuerte.

No le agradaba reconocer esa debilidad. Jamás le había enseñado a nadie el calendario «una palabra por día» que tenía escondido en el cajón con llave de su escritorio, ni los casetes que acechaban debajo del asiento delantero de su coche, los que le prometían que en un tiempo de nada sería capaz de emplear Palabras Largas con Seguridad.

No era tonto, nada de eso, sencillamente no tenía tiempo para trivialidades, ni para palabras de más de tres sílabas. ¿Y toda esa chorrada de idiomas extranjeros? Esos galimatías pertenecían al suelo extranjero del que procedían.

Por desgracia, a Richard Phillips no le impresionó ninguna de sus palabras (lo cual lo había hecho dudar de haber usado correctamente las largas), ni ninguno de sus trajes de seda italianos de 2.000 dólares. Lo había hecho todo, a excepción de enamorarse de Madelyn, para caerle bien a su padre.

Y todo una absoluta pérdida de tiempo.

Y una vez que se enteró de que Richard no era en absoluto tan íntimo amigo del decano (al parecer la amistad se enfrió en algún momento por causa de un misterioso problema de gramática latina), ¿qué sentido tenía continuar con esa hija suya tan repugnantemente organizada?

No logró encontrarle ningún sentido.

Y después que la plantó, la irritación por el desprecio de su padre hacia él comenzó a fastidiarlo tanto que hizo todas esas llamadas telefónicas, para vengarse del padre destruyendo económicamente a su hija.

Entonces fue cuando vio al decano y a Phillips almorzando juntos, riendo como los buenos amigos que eran, malditos los dos. Y eso lo dejó de vuelta en el punto de partida. Y al estar Madelyn indigente y vulnerable, volver con ella le había parecido la manera más fácil de obtener lo que quería. No había contado con que ella le opondría resistencia.

Pues otro motivo más para convencerlo de que no eran adecuados el uno para el otro.

No hay que preocuparse, se apresuró a decirse. No tenía para qué casarse con ella. Sencillamente podía mantener el compromiso con ella el tiempo que le llevara a su padre reconocer su inteligencia innata, hacerse amigo de él y presentarlo a toda prisa al decano Anderson.

Y entonces comenzaría en serio su ascenso por los peldaños de esa torre de marfil, y podría refregarle eso en la cara a su propio padre académico.

Claro que nada de eso ocurriría mientras no encontrara a la susodicha mujer. Ya había descubierto que no estaba donde la dejara, en esa primitiva celda de cárcel. Ese inútil de Hamish Fergusson no tenía la menor idea de dónde estaba, sólo sabía que se marchó de ahí con Patrick MacLeod.

Ya había ido a echar una mirada a la casa de MacLeod, pero no encontró nada.

También fue al castillo de James MacLeod, pero al asomarse por la pared del jardín no vio nada aparte de un hombre inmenso pegando saltos y haciendo giros blandiendo una espada. Eso lo hizo decidir en el acto que ése no era un hombre con el que deseara conversar, de modo que dio marcha atrás y comenzó a pensar si no sería una buena medida contratar a alguien para que encontrara a Madelyn.

Lo haría polvo hacer eso él.

Sí, eso era lo que debía hacer. Y cuando encontrara a Madelyn, la informaría de su decisión de aceptarla como novia. Convencerla no sería ningún problema. Ya le había demostrado lo que era capaz de hacerle a sus finanzas. Ya se le ocurrirían otras amenazas, fácilmente.

—¡La comida! —gritó.

Llegó su comida. No todo lo rápido que habría querido, pero llegó.

Buen Dios, ¿es que esa gente no sabía freír?

Agitó la cabeza y decidió que cuanto antes estuviera de vuelta en casa, más felices estarían él y su estómago. Por lo tanto, cuanto antes encontrara a Madelyn, tanto mejor.

Y esta vez ella sabría que más le valía no rechazarlo.

Capítulo 15

*M*adelyn levantó la cortina de la ventana de la habitación y miró fuera. La vista del campo que se extendía ante ella era absolutamente maravillosa; se entregó un momento a la envidia que le producía que Jane Fergusson pudiera llamar suya esa vista. ¿Cómo sería tener esa vista todos los días, tenerla ahí, esperando que ella saliera a disfrutarla cada mañana al despertar?

Suspiró. Bueno, esa vista era de ella, al menos otro día o algo así, puesto que tenía que esperar que llegaran sus pasaportes antiguos y su certificado de nacimiento enviados por su hermana.

La noche pasada había hecho esas llamadas telefónicas. Bueno, al menos una, porque cuando empezó a marcar el número de sus padres para pedirles dinero, Patrick le quitó el teléfono.

Necesidades y comodidades básicas, fue su explicación.

Ella insistió.

Él la distrajo enseñándole unos preciosos libros sobre castillos que estaban en la mesita de la sala.

Volvió a suspirar. Tendría que llamar a sus padres de todos modos. Tal vez después que decidiera cuál era la traducción correcta al latín de la frase «salir de las llamas para caer en las brasas».

Soltó la cortina, estuvo un momento acariciándose el jersey nuevo que llevaba gracias al exquisito gusto de Patrick MacLeod, y luego se dirigió a la puerta. A Jane le vendría bien una ayuda, de eso estaba segura. Ella podría estar uno o dos días ahí sin tener nada que hacer pero no lo haría sin por lo menos ofrecerse a hacer algún servicio a cambio.

Bajó la escalera y siguió los sonidos de dos niños jugando. Muy bien, o sea que Sarah estaba jugando y Alexander estaba tratando de impedirle que ampliara su campo de diversión cogiéndole los Legos, pero ¿quién podía discutir? La dicha de la familia se conservaba.

Los envidió a todos.

Jane levantó la vista desde su posición de árbitro entre los dos niños.

—Te has levantado temprano.

—Creo que por fin me he adaptado al cambio de hora.

De todos modos bostezó, sólo por principio.

—¿Cómo fue ayer?

Madelyn sonrió.

—Maravilloso, hasta que Patrick se las arregló para que nos echaran. No soporta bien a los tontos, ni a los guías turísticos británicos, ¿verdad?

Jane negó con la cabeza.

—Piensa que nadie nacido al sur de la muralla de Adriano, no, ni siquiera puedo decir eso. Piensa que nadie nacido al sur de Inverness debe dar charlas sobre las Highlands. Es posible que tenga razón.

—Lo hace muy enérgicamente.

—No puede evitarlo. Pero ¿lograste ver alguna otra cosa?

—Sí. Jardines, bosques, unas cuantas ruinas.

«La cara de Patrick todo el día», añadió para sus adentros. La verdad, ¿podían ser mejores unas vacaciones?

Jane comenzó a recoger los juguetes.

—¿Qué planes tienes para hoy? Los hombres fueron a Inverness a buscar el coche de Pat, así que no tienes ninguna prisa.

—Ese arreglo fue rápido.

—Al mecánico de Pat le gusta tenerlo contento. Siempre lo pone en el primer lugar de la cola.

Madelyn se estremeció.

—Por favor, no me digas que tiene que llevar sus coches al taller con mucha frecuencia. Creo que todavía me quedan algunos viajes con él.

—Por lo general sólo son puestas a punto —repuso Jane sonriendo—. Rara vez tiene otro tipo de problema. Se marcharon temprano, pero de todos modos tienes un par de horas de tiempo para matar.

Madelyn sonrió. Era la oportunidad perfecta para empezar a pagar en algo la amabilidad de la familia, fueran cuales fueren las protestas de Jane. La mujer estaba hasta el cuello de pañales, colada y juguetes de niños pequeños. Seguro que le sentaría bien tener un poco de tiempo libre, para arreglarse las uñas, leer un libro o darse un baño.

—De acuerdo, entonces —dijo, frotándose las manos—. Estoy de servicio para lo que sea que necesites. ¿Qué tipos de juegos les gusta a los niños?

—Ni hablar. Éstas son tus vacaciones, tienes que tomártelas. ¿Sabes?, podrías ir a la casa de Pat, si no te importa la caminata.

—Pero seguro que a ti te vendría bien una ayuda...

—Estoy muy bien. Ian se toma un descanso entre sesiones, así que tengo toda la ayuda que necesito.

—¿Sesiones?

—Da clases de esgrima —explicó Jane sin pestañear—. A tíos que trabajan de dobles o especialistas, o a tíos ricos que tienen tiempo en sus manos y egos a juego. Ah, y al ocasional actor que quiere poner realismo en su actuación.

—Interesante —dijo Madelyn, procurando sacar un tono despreocupado.

En realidad, no podía creer lo que estaba oyendo. ¿Ian enseñando esgrima? ¿De veras había personas que le pagaban para que les enseñara a usar espadas? ¿Los derrotaría lentamente o los humillaría al instante para que supieran en lo que se iban a meter?

—Debe de ser muy bueno para eso —comentó.

—Lo es —dijo Jane sonriendo—. Él te dirá lo bueno que es si se lo preguntas. Probablemente los hombres que entrena dirían lo mismo.

—¿Dónde lo aprendió, repito?

—Asunto de familia. Deberías ver a Jamie. Ian y Pat son buenos, pero Jamie es el maestro. Al menos todos le decimos que es el maestro. Se desvive por demostrarlo si alguien le dice otra cosa.

—Eso debe de ser divertido.

—«Aterrador» sería la palabra que usaría yo, pero eso sólo es mi opinión. Ahora ve a dar tu paseo. No lo lamentarás.

—Pero...

—Ve —insistió Jane apuntando hacia la puerta—. Sarah no te comas eso.

A Madelyn le fastidiaba tener que marcharse justo cuando Jane estaba distraída; interrogarla mientras estaba ocupada en impedir que la niñita se tragara juguetes pequeños era justamente la manera de conseguir algo. Asunto de familia, ¿eh? Bueno, ésa era una manera interesante de expresarlo. Archivó eso junto con otros trocitos de información que había ido adquiriendo. Ésa era una familia muy especial, decidió, con un tremendo volumen de secretos.

Qué increíblemente tentador intentar descubrirlos todos.

Tal vez ir a la casa de Patrick no era tan mala idea después de todo. Podría fisgonear, so capa de hacer limpieza.

—Creo que voy a ir, siempre que estés segura de que no necesitas ayuda.

—Estoy segura, pero espera un momento. Necesitarás un mapa. Podrías tomar el desayuno mientras yo te busco uno.

—¿Tan difícil es encontrarla desde aquí?

—No es que sea difícil de encontrar. Simplemente ocurre que, bueno, hay unos cuantos escollos...

—¿Toda esa magia de las Highlands? —preguntó Madelyn tranquilamente.

—¿Qué? —preguntó Jane, mirándola sorprendida.

—Roddy MacLeod me dijo que tuviera cuidado, que los bosques de aquí están llenos de la magia de las Highlands.

Jane se rió. Una risa nerviosa.

—Bueno, sí que tiene imaginación.

—Sí, ¿verdad?

—Ah, sí. El desayuno todavía está caliente.

Madelyn aceptó la indirecta. También aprovechó la oportunidad para tomar el desayuno. Cuando terminó, lavó los platos y volvió a la sala de estar. Jane le pasó un plano.

—Simplemente evita todos los lugares marcados con rojo.

—¿Y si no los evito?

Jane guardó silencio. Parecía estar dudando entre decirle la verdad u otra cosa que ella no logró discernir.

Al final, simplemente se encogió de hombros.

—Yo los evitaría.

El tono era serio. Madelyn decidió reservarse el juicio respecto a lo que significaban esas marcas rojas. Si Jane pensaba que debía evitar esos lugares, pues los evitaría.

Mientras no supiera más, claro; después los pisotearía con gran entusiasmo, y sin duda haría salir algo muy interesante.

—Tendré cuidado —prometió, cogiendo el plano y doblándolo—. ¿Cuánto tiempo crees que tengo?

—Por lo menos un par de horas. Pat va a perder su permiso de conducir si no conduce más lento, así que lo más seguro es que hoy tenga cuidado. Y se marcharon temprano, pero no tan temprano. Ah, espera un momento. —Entró en la cocina y volvió con un teléfono móvil—. Lleva esto. Mi número está almacenado. Llámame si te quedas atascada por ahí y yo iré a buscarte.

—Gracias —dijo Madelyn, cogiendo el móvil—. Procuraré no perderme.

—Eso haría yo.

Otra vez ese tono serio. Madelyn reprimió un estremecimiento.

—De acuerdo. Volveré.

Se despidió de los niños con unas palmaditas, agradeció a Jane el préstamo de su chaqueta y salió de la casa antes de tener la posibilidad de pensar otro poco en el plano que llevaba en la mano o en lo que podría significar.

Se detuvo un momento en el pórtico a hacer una inspiración profunda para saborear el aire frío y la ausencia de gases de tubos de escape. La vida era muy buena, a pesar de que no tenía nada aparte de la ropa que llevaba puesta, bueno, más el resto que tenía en la habitación, y un teléfono prestado en el bolsillo. ¿De veras necesitaba algo más para sobrevivir?

Pues sí que necesitaba, pero no se iba a poner a pensar en eso en ese momento. Abrió el plano y tuvo que hacer un esfuerzo para concentrarse en lo que veía. Muchísimos puntos rojos, pero el camino que serpenteaba por entre ellos era muy claro. También lo tenía muy claro antes en su vida real, como si hubiera caminado por ahí muchas veces.

O aclarado con el fin de que una persona no se perdiera.

Se atuvo al camino y a disfrutar del paisaje. Y el paisaje era absolutamente pasmoso. Los árboles de hoja caduca que había todavía lucían los colores del otoño, pero la mayor parte de los árboles que formaban el bosque eran de hoja perenne. Le recordaban muchísimo su tierra, pero ésta era mucho más primitiva, como si el tiempo sencillamente se hubiera olvidado de ese trozo de tierra. El tiempo y los promotores inmobiliarios, claro.

Tardó cuarenta y cinco minutos en llegar a la casa de Patrick. El trayecto no había estado exento de momentos espeluznantes. Entrar en el bosque que separaba la pradera de Patrick de la de Ian la había puesto súper nerviosa. Había seguido ese borroso camino con la atención puesta religiosamente en donde ponía los pies, sólo por la remota posibilidad de que esas marcas rojas significaran algo feo.

Pero cuando salió a la luz, lo que había de luz, que no era mucha porque al parecer los cielos azules ya se habían marchado para pasar el resto del año en otra parte, pudo volver a respirar y relajarse. Bajó la pequeña pendiente hasta la casa de Patrick.

Miró atentamente alrededor. No había ningún policía pétreo, no había ningún Bentley con designios malignos sobre su persona, ninguna criatura extraña salía saltando de los puntos rojos para hacerle la vida desgraciada. Listo entonces.

Dio unas vueltas por el patio. Fue recogiendo una que otra piedra aquí y allá, las que podía levantar, y las fue poniendo en los lugares que les correspondía. Después de colocar una piedra particularmente pesada, retrocedió para contemplar los desperfectos. Hacer ese trabajo llevaría semanas, con músculos mucho más capaces que los de ella.

Acabó la contemplación y miró hacia la casa. La puerta era un trozo de madera rústica que parecía tener siglos de antigüedad. ¿Cuántas personas habrían golpeado esa puerta? ¿Qué vestirían, qué comerían, en qué se sentarían cuando las hacían pasar a la primera sala?

Con suerte, habría más cosas que las que había en esos momentos, pensó cuando iba entrando en la casa. Patrick debería comprar algunos muebles. ¿Cuánto tiempo llevaba sentándose en esa raquítica banqueta delante del hogar? Eso era algo a lo que hasta la Cenicienta habría puesto objeciones.

Tal vez a la cocina le hacía falta una limpieza. Encendió la luz y miró dentro. Patrick tenía una cocina que recordaba la cocina de Ian, pero no era nueva. Había armarios desgastados, un enorme fregadero, como el de una enorme granja, y un refrigerador pequeño.

Atravesó el suelo de piedra y lo abrió.

No había nada dentro.

O bien Patrick era bueno para pulirse los restos, o no comía ahí con frecuencia. Cerró la puerta. En el mesón estaba el mismo trozo de pan mohoso. Lo dejó en paz; tal vez él estaba haciendo algún experimento científico.

Retrocedió y paseó la vista por ese dominio culinario. No tenía nada de bonito. No tenía nada de la calidez de la cocina de Jane. Tal vez simplemente le faltaba una familia que le diera calor.

Bueno, eso y comida, una mesa y algunos platos.

Tuvo una momentánea visión de una familia reunida ahí, los niños riendo, los dos progenitores contemplando a sus críos con ternura y afecto.

Ella era uno de esos progenitores.

Patrick era el otro.

—Vamos, por favor —exclamó, poniendo en blanco los ojos.

De verdad, tenía que ponerse firme con sus desenfrenadas hormonas. Se dio media vuelta y salió de ahí, no fuera que se volviera loca del todo.

Casi sin darse cuenta se encontró en la entrada del dormitorio de Patrick. Accionó el interruptor, que encendió una bombilla desnuda colgada del techo, y miró hacia el armario.

¿Espada o no espada?

Sólo había una manera de saberlo.

Abrió el armario y miró dentro.

No estaba la espada.

Eso no la sorprendió. Probablemente estaba escondida junto con la de Ian en la casa de Ian. Alargó la mano y tocó esa manta de tartán de apariencia tan antigua.

Comenzó a sonar una gaita en la distancia.

Retrocedió de un salto, cerró la puerta del armario y se frotó los brazos.

—De acuerdo, esto es demasiado espeluznante —dijo en voz alta, a nadie en particular.

Sin duda era lo que se merecía, por meter la nariz donde no debía.

Salió del dormitorio y se dirigió a la puerta de atrás.

La música de gaita venía de la cima del cerro. Atravesó el inmenso patio, pasó con sumo cuidado al otro lado del muro bajo y ya había echado a andar colina arriba cuando recordó que primero debía revisar el estado de su rabadilla y mirar su posición en el plano.

Una mirada al plano le dijo que el cerro de Patrick estaba agradablemente libre de marcas rojas, y un cuidadoso meneo le dijo que su cola estaba en bastante buen estado. Aguzó el oído un momento. Continuaba la música. Bueno, quienquiera fuera el gaitero, más le valía prepararse para que lo echaran del cerro. A Patrick no lo haría nada feliz la presencia de intrusos.

Consiguió llegar a la cima con sólo unos pocos gruñidos. Aumentó el volumen de la música. Se detuvo y metió las manos en los bolsillos de la chaqueta. Hacía frío y soplaba una brisa. Tal vez era una tontería haber subido. Después de todo, ¿a quién le importaba que alguien tocara la gaita en el cerro de Patrick? Cuando era niña había un tío que tocaba música en un solar cercano a su casa, y jamás sintió la necesidad de impedírselo.

Se frotó los ojos. Cuando terminó de frotárselos, lo vio. Estaba a unos treinta metros, y tocaba con una tranquilidad total, al parecer sin importarle que ella lo estuviera mirando o que pudiera estar de intruso en una propiedad privada.

¿De dónde había salido, tan rápido?

Observándolo, notó otra cosa.

La falda de tartán no se agitaba con la brisa.

Pensó un momento en eso, sin dejar de mirar y escuchar. La melodía parecía ser una especie de lamento.

Acabó la melodía.

El hombre la miró, le hizo una profunda reverencia y sonrió.

Justo antes de desaparecer.

Notó que se le caía la mandíbula. Eso lo sabía porque muchas veces se había quedado dormida en clase en la facultad y no había nada igual a la sensación de la mandíbula bajando y estar demasiado agotada para subirla.

—Espeluznante, ¿no?

Soltó un chillido pensando socorro asesinato, bueno, sin decir las palabras, pero fue un chillido digno de una heroína de película de terror clase B. Se giró, deseando tener algún tipo de arma, y entonces se encontró ante el mismísimo joven Él, de pie ahí, mirándola sorprendido.

—Perdona, no era mi intención asustarte.

—Tú... tú... tú...

—Creí que me habías oído subir —dijo Patrick. Sonrió—: De verdad. Pero eso ha sido muy impresionante.

Al parecer ella no era capaz de formar palabras, así que renunció a intentarlo. Indicó hacia atrás por encima del hombro.

—Sí, toca muy bien, ¿verdad?

—Ga-ga-ga —logró decir ella.

—Gaita —convino él—. Es muy difícil tocarla bien.

—Ahh...

—Le caes bien, supongo. Nunca lo he visto tocar para ninguna otra persona. Pero claro, ya lo oíste en Culloden, ¿verdad?

Ella cerró la boca y asintió.

—Es un fantasma, me temo.

—No creo en...

—¿Después de lo que acabas de ver?

—No —hizo una inspiración profunda— creo en fantasmas.

Aunque en ese momento no se sentía muy segura de sí misma. De hecho, no se sentía segura de nada.

Patrick estaba ahí, lo único sólido y real en un mundo lleno de cosas que no habría imaginado nunca. Tuvo que hacer un esfuerzo para no abrir los brazos y aferrarse a él, para afirmarse hasta que dejara de girar todo lo que la rodeaba.

Pensándolo bien, eso era una idea estupenda. Se lanzó hacia él con entusiasmo.

Él la cogió en sus brazos sin emitir ni el más leve gruñido de protesta.

La rodeó con los brazos, unos brazos seguros, fuertes, que parecían dejar fuera todas las cosas que no lograba explicar, todos los giros idiomáticos que no lograba traducir, todas las cosas verdaderamente espantosas que le habían ocurrido esas casi dos semanas.

Él le quitó el pasador que le sujetaba la coleta y empezó a peinarla con los dedos. ¿Serían tales su fuerza y energía para continuar con esa actividad todo el día ahí donde estaban?, pensó ella.

Pero no le llevó mucho tiempo comprender que si bien él podía estar bien para el día, ella no. Sentía un poco mejor la rabadilla, pero no perfecta. Tal vez ese chillido le había hecho más daño que el que había imaginado. Suspirando, se apartó para mirarlo.

—¿Magia de las Highlands? —preguntó.

—Sí, me parece que sí.

Ella miró hacia atrás, al lugar donde acababa de ver algo que no podía creer que había visto, y volvió a mirarlo a él.

—Esto no está en mi lista.

—No lo dudo —rió él.

«Tampoco tú», estuvo a punto de decir, pero no lo dijo.

—Iba a sugerir que fuéramos a dar un paseo en coche —dijo Patrick—, pero los lugares donde pensaba llevarte no están mucho más libres de fantasmas que mi cerro.

—¿Y qué lugares fantasmales tenías en mente?

—El lago Ness.

—Los monstruos son buenos —dijo ella asintiendo.

—Podemos continuar por el litoral interior, si quieres. Es un trayecto muy hermoso.

—¿Es posible que la única música que oigamos sea la del reproductor de cedé de tu coche?

—Podemos esperarlo.

—Entonces me va bien. Vamos.

Nuevamente miró hacia atrás, sólo para asegurarse de que no hubiera ninguna reaparición de ese producto de su imaginación. No había nada misterioso en el cerro. Cuando se volvió, se encontró con la mano de Patrick tendida hacia ella.

Inexplicablemente, la vista de su mano la atrapó de una manera de lo más inesperada.

En la proximidad de su corazón.

—¿Vamos? —le dijo él sonriendo.

Por primera vez en su vida, ella entregó su corazón.

Y no le dolió tanto como había pensado que podría dolerle.

Así que puso la mano en la de Patrick.

Comenzó a sonar la gaita en la distancia.

—Alguien lo aprueba —dijo Patrick, irónico—. Es posible que no nos siga. —La ayudó a bajar con todo cuidado—. Te gustará el paseo. Es precioso. Hay muchas vistas interesantes. Probablemente algo ya está en tu lista.

Su lista, sí, su lista. Tendría que ponerse a hacerla inmediatamente. Eso le apartaría la mente de la increíble sensación de algo ya visto que sentía con sólo tenerle cogida la mano a Patrick MacLeod.

Cerró los ojos un momento.

Escocia estaba llena de muchísimas cosas que no había esperado.

Capítulo 16

*P*atrick cambió un pelín su posición en el asiento y sonrió de placer. Posiblemente era deplorable amar a un coche, pero si alguna vez había existido un coche para amar ése era su Vanquish. De hermosas líneas, veloz, construido para el conductor que le gustaba conducir. ¿Podía alguien no comprender que le tuviera tanto cariño a esa bestia?

Lo dejó volar por la carretera. Jamás protestaba ante ningún giro, fuera cual fuera la velocidad. Era una verdadera maravilla, y se sentía profundamente agradecido, como se sentía siempre que iba detrás del volante, por ir conduciendo y no cabalgando. Sobre todo en otoño, cuando el frío se mete en los huesos de un hombre y lo hace desear un hogar con el fuego encendido y una bebida caliente.

Y un coche le procuraba el lujo de llevar acompañante y no tener que gritarle por encima del hombro para poder conversar. Miró a su acompañante. Ella iba aferrada a la puerta con la mano izquierda y estaba escribiendo algo en un papel con la derecha. Tenía los nudillos previsiblemente blancos.

Aminoró la velocidad sin siquiera soltar un suspiro. Igual ella podría disfrutar de las vistas de una manera más relajada. Los santos sabían, él podía soportar eso.

Madelyn dejó de escribir y miró por la ventanilla.

—Es precioso —dijo, haciendo un gesto hacia el lago—. No sé cómo la gente puede soportar vivir aquí.

—¿Por qué dices eso? —preguntó él sonriendo.

—Estoy segura de que no hacen nada. Yo no haría nada. Me pasaría todo mi tiempo mirando por la ventana.

—¿No crees que con el tiempo te acostumbrarías a la vista?

—Jamás.

Ella continuó mirando por la ventanilla un buen rato. De tanto en tanto él la miraba por el rabillo del ojo.

Y de tanto en tanto veía caer lágrimas por las comisuras de sus ojos.

¿Qué la afligiría?, pensaba. Le cogía la mano cuando se lo permitía el volante. Incluso dejó pasar la oportunidad de adelantar a varios coches que podría haber adelantado para no soltarle la mano para cambiar la marcha. Viajar así le daba tiempo para considerar qué podría estar pasando por la cabeza de Madelyn.

¿Estaría preocupada por su falta de trabajo? Esa mañana le había sonsacado esa historia durante el trayecto a Inverness. Lo hizo desear encontrar la manera de hacerle lo mismo a Bentley Douglas Taylor III. Tendría que ocuparse de eso en algún momento.

¿Podría estar preocupada por sus papeles? Pensó en esa posibilidad uno o dos momentos y la descartó. La hermana le iba a enviar los documentos de identificación necesarios y no tendría ningún problema en obtener un nuevo pasaporte.

El dinero era otra historia. Él le había dicho que se ocuparía de sus necesidades. Ella se sentía incómoda con eso, no era difícil verlo, pero no le iba a permitir llamar a sus padres cuando él podía cuidar de ella unos cuantos días. Fácilmente podía cuidar de ella más de unos cuantos días si ella se lo permitía.

¿Sería algo totalmente distinto? ¿Sería posible que ya lo estuviera echando en falta a él?

Bufó burlón para sus adentros. Por todos los santos, vaya ego que tenía. Lo más probable era que ella estuviera sufriendo de un acceso de alergia.

Madelyn exhaló un largo suspiro, se limpió disimuladamente las lágrimas y juntó las manos en la falda.

—¿Venías mucho aquí cuando eras crío?

Ah, una distracción para desviarlo de sus ridículos pensamientos. La cogió al vuelo, entusiasmado.

—No. No hacía ningún viaje, si puedes creerlo. Éramos pobres y nuestros vecinos eran... no amistosos.

—¿Qué, estabais cercados? ¿No había caminos que salieran de vuestra propiedad sin pasar por la de vuestros vecinos?

«¿Hacia dónde? ¿Hacia más clanes no amistosos?», pensó él. Sonrió.

—Las Highlands son un lugar interesante —dijo.

—Vivo oyendo eso, y tengo muchísima curiosidad acerca de varias cosas. Y puesto que eres mi guía turístico, guía el recorrido. Dímelo todo acerca de Escocia y comienza contigo y tus años de infancia y adolescencia.

Él cambió de marcha, adelantó volando a una caravana y volvió a ponerse en su carril.

—Bueno, había mucha pobreza, hambre, y pies y manos fríos. Inviernos muy fríos, para congelarse, veranos fríos y lluviosos.

—¿Y tú?

—Yo tenía frío y me llovía también.

Ella se echó a reír.

—Vamos, Patrick. He visto el castillo de tu hermano, de acuerdo que fue una visión muy breve, pero sé que no podéis haber sido tan pobres.

—Te sorprendería.

—Sorpréndeme, entonces. Suelta los detalles.

¿Qué podía hacer? ¿Decirle todo acerca de su niñez y juventud y luego ver cómo ella lo miraba como si creyera que estaba loco de remate? O peor aún, ¿que era un alucinado, y tal vez peligroso?

—Tengo una lista de preguntas, por si te sirve.

—¿Preguntas?

—Preguntas para ti, acerca de ti —dijo ella, agitando el papel—. No prevariques. Lo sabré si mientes. ¿Empezamos?

—¿Puedo pararte?

Ella dio unos golpecitos en el papel.

—¿Dónde naciste?

Ésa era fácil.

—En el castillo de mi padre.

—¿Cuándo?

—Hace treinta y cinco años —«y un poco más», añadió en silencio.

—Mmm —dijo ella, golpeando el papel con el bolígrafo—. Una mentirijilla. ¿Quieres aferrarte a tu juventud o hay otro motivo?

—Continúa, muchacha pendenciera.

—¿Lo peor que hiciste de adolescente?

—Por los santos, mujer —exclamó él, ligeramente alarmado—, no me líes.

—No te preocupes —rió ella—, no te pido que hables de ningún remordimiento, pecados pasados ni errores colosales que quisieras esconder debajo de una inmensa piedra para que nadie los descubra jamás.

Él disminuyó la marcha para pasar por un pueblo con su tráfico acompañante. Aprovechó la oportunidad para mirarla.

—¿Tú tienes algún remordimiento?

—Ninguno.

Él sonrió y volvió a mirar el camino.

—Creo que esa respuesta salió demasiado rápido.

—No me toca a mí dar respuestas.

—Estaré encantado de contestar cualquier cosa que preguntes, después que tú divulgues algún remordimiento o algún error colosal.

Ella suspiró.

—Bueno, sí que tengo uno. Lamento no haber madurado lo bastante pronto para comprender que lo que deseaba hacer no tenía nada que ver con aceptar el plan que tenían mis padres para mí ni con rebelarme contra ese plan. Habría practicado más y llegado a ser violinista.

—Pero no es demasiado tarde para eso, ¿verdad? No estás lo que se dice geriátrica.

—Tengo treinta. Estoy demasiado vieja para comenzar algo nuevo.

—No. No es demasiado tarde para cambiar.

«Cambio», susurró repentinamente su corazón. «Sí, cambio».

Ella estuvo en silencio un rato y luego asintió.

—Es tentador.

—Lo son los sueños.

—De acuerdo, ahora tú —dijo ella, cambiando de posición para mirarlo.

Él se pasó una mano por la pierna. No había motivos para estar nervioso, pero se sentía nervioso. Lo prefería con mucho cuando era él quien hacía las preguntas.

—Remordimientos —dijo al fin—. Ojalá no hubiera atormentado tanto a mi hermano cuando era más joven.

—¿Eras un niño malo?

Él negó con la cabeza.

—Temerario. Y Jamie era un alma muy seria y con muchas responsabilidades que le cayeron encima a una edad temprana. Yo lo atormentaba cuando debería haber estado a su lado, apoyándolo, ofreciéndole ayuda. Y lamento haberme ido de casa sin decir nada. Creo que sufrió muchísimo cuando me fui.

Y con decir «sufrió», pensó, quedaba muy corto.

—¿Nunca volviste a casa?

—Una vez. Una vez antes de que Lisa fuera a tener el bebé.

—¿Y después?

—Habían pasado unos años cuando volví a verlo.

—¿No hay teléfono en su castillo?

Patrick sonrió.

—En ese tiempo no, no había. Y daba la impresión de que estuviéramos a millones de kilómetros de distancia.

—Mmmm —musitó ella, pensativa—. Interesante.

—Y el siguiente pesar —se apresuró a decir él para cambiar el tema; si seguían con eso ella podría hacerle preguntas que él no sabría responder— es haberme casado con Lisa.

—Bromeas.

—No —dijo él, negando con la cabeza—. Su tío me dijo que no me casara con ella, pero yo no le hice caso. —Le sonrió—. Como he dicho, era temerario y pagado de mí mismo. Me atenía a mis propias opiniones.

—¿No eres así ahora?

—Ya no soy tan temerario.

Ella se rió.

—Apostaría. Jane dice que estás a punto de que te quiten el permiso de conducir.

—Conducir rápido es por el placer de la velocidad. Temeridad es otra cosa.

—De acuerdo, te concederé eso. El tercer remordimiento.

—Haber sido grosero contigo en Culloden.

Ella estuvo callada tanto rato que él tuvo que mirarla. Vio que tenía la cara roja como un tomate.

—¿Tanto te conmueve mi disculpa?

—No oíste lo que te dije, ¿verdad?

—No —repuso él, negando con la cabeza.

—Menos mal. Continuemos.

—No —dijo él sonriendo—, esto es mucho más interesante. ¿Me dijiste algo grosero?

—Terriblemente, así que pasemos de eso —dijo ella, tachando varias cosas de su lista—. Ahora volvamos a mis preguntas. Naciste, creciste tiritando de frío y deseas no haberle dado tanto la lata a tu hermano. ¿Donde aprendiste a usar una espada?

Ya le extrañaba a él que no hubiera salido ésa.

—Me enseñó mi padre.

—¿Así de simple? ¿Como aprender a amarrarte los zapatos? ¿Un buen día se levantó y dijo «Muy bien, Patrick, hoy vamos a aprender a usar una espada medieval. Pon atención porque si no te cortaré tu cabecita»?

—Sí, algo así.

Ella lo miró un buen rato en silencio. Él podría haber empezado a moverse nervioso, pero no lo hizo.

—Has pasado por alto detalles esenciales. Hay algo en toda tu familia que no me encaja.

Él arqueó una ceja.

—Podría ser que todos nos portamos así en las Highlands.

—Posiblemente. Posiblemente. Te concedo eso.

Alabados sean los santos. No era capaz de inventar algo decente para explicar por qué su familia se portaba como se portaba. Y si le decía toda la verdad, ella no le creería.

Pero claro, igual le creía.

En ese momento no sabía decidir qué sería peor.

Se sentía más desconcertado y aturdido que nunca en toda su vida, reconoció con absoluta resignación. Y todo por causa de la mujer que acababa de distraerse de su lista al ver un castillo situado a la orilla del lago.

—¡Mira eso, por favor! —exclamó ella—. ¡Ahí! ¿Podemos parar? Apuesto que hay montones de escaleras.

—¿Escaleras?

—Escaleras —repitió ella, reverente—. Millones de pies subiendo y bajando por ella. Muy interesante. ¿Podemos entrar ahí? ¿Te fastidia?

Él le sonrió.

—No me fastidia. Estoy impaciente por subir y bajar escaleras contigo. Pararemos donde quieras.

—Gracias.

—Es un placer para mí, de verdad.

—¿Y no le dirás nada al guía turístico?

—Ni una palabra.

Ella pareció enormemente aliviada.

—De verdad, me gustaría recorrer un castillo entero sin ver la salida prematuramente.

—Mis disculpas —dijo él humildemente—. No pude evitarlo. Ese hombre de ayer no era capaz de distinguir entre su manta de tartán y unas sábanas Ralph Lauren.

Y puesto que Lisa siempre había insistido en tener sábanas Ralph Lauren, importadas de Estados Unidos, nada menos, sabía de qué hablaba.

—Igual no tienen ningún guía aquí —dijo ella esperanzada.

Él se rió.

—Si lo tienen, te prometo que no diré nada.

—Gracias —dijo ella, poniendo la mano sobre la de él.

Le bajó un escalofrío por el espinazo, y él tenía sus dudas de que fuera por el frío.

De pronto Madelyn se friccionó los brazos.

—¿Tiene calefacción este aparato?

Él la conectó.

—Te lo dije. Las Highlands, el frío. Van juntos todo el tiempo.

—A mí me pareció que ya no estábamos en las Highlands.

—De todos modos hace frío. Veamos si encontramos un sitio para tomar té. Buscaremos algo caliente para tomar. El frío no tendrá posibilidades contra eso.

—Ajá —dijo ella asintiendo, pero no parecía convencida.

Tampoco lo estaba él.

Lo que fuera que había entre ellos había pasado más allá de lo que podía resolverse con algo caliente de una tetera.

Pasados cinco horas, tres castillos, un incontable número de peldaños, la reserva de dos habitaciones en un hotel con desayuno, y varios tentempiés, Patrick estaba en lo alto del muro de un castillo con vistas a una bahía del litoral interior de Argyll. Habían subido y bajado un número de escaleras suficiente para contentar a Madelyn, encontrado un buen libro guía que le gustó incluso a él y contemplado una puesta de sol que les encantó a los dos. Miró a Madelyn y sonrió ante el placer que vio en su cara.

—Estás feliz.

—Necesito subir y bajar escaleras —dijo ella.

—¿Tienes hambre?

—¿Nunca piensas en otra cosa tú?

—Estoy compensando el hambre que pasé en mi juventud.

—Entonces claro que iré a comer contigo. Déjame mirar el mar una vez más. —Miró un momento y suspiró—. Esto es sencillamente precioso.

—Sí.

Ella le sonrió.

—Ésta fue una magnífica idea. Gracias.

Él la miró, la vio estremecerse y la rodeó con el brazo.

—No, gracias a ti, Madelyn —dijo—. He disfrutado muchísimo todo el día.

Ella sonrió débilmente.

—¿No somos un cuadro de cortesía?

Él lo pensó. ¿Cortesía? Bueno, sí, posiblemente. Aunque preguntarle cortésmente si le importaría que volviera a besarla no era exactamente lo que tenía en la cabeza. Lo que deseaba era estrecharla en sus brazos y besarla hasta que los dos estuvieran sin resuello. Lo había hecho antes con un ligero éxito.

Arqueó una ceja.

Ella se rió de él.

—Muchacha pendenciera —masculló.

Le pasó la mano por debajo del pelo, la atrajo hacia él y procedió a besarla hasta que tuvo que levantar una mano para sostenerse en el muro, no fueran a caer los dos de cabeza en el patio interior del castillo.

A Madelyn no pareció importarle.

A él tampoco, pero estaba empezando a pensar si no tendría que sentarse pronto. Ella era embriagadora y él comenzaba a sentirse ligeramente mareado.

—¡Hora de cerrar! —gritó una voz.

Patrick casi se cayó por el parapeto. Levantó la cabeza y miró a Madelyn.

—¿Tú oíste algo?

—No era un fantasma —dijo ella, jadeante—. No, ahí está. Nos está haciendo señas.

—Malditos cuidadores —masculló él.

—Podría ser un guía turístico escocés —aventuró ella.

—Ja, un verdadero escocés no nos habría interrumpido. —Le cogió la mano y echó a andar tirando de ella—. Casi nos hizo caer del muro con su grito. Peligroso.

—Mucho —concedió ella.

Gruñó otro poco al pasar por el lado del guardia con las llaves, pero no tuvo ninguna dificultad para sonreírle a Madelyn cuando iban caminando hacia el aparcamiento. La sensación de su mano en la de él era una de las más maravillosas que había experimentado desde hacía mucho tiempo. Ya casi se estaba acostumbrando a esa sensación sobrenatural que lo recorría cuando la tocaba.

Su teléfono móvil estaba sonando cuando llegaron al coche. Consideró la posibilidad de no coger la llamada, pero podía ser Jamie para anunciarle el nacimiento de su bebé. Escuchó el mensaje y suspiró.

—¿Malas noticias?

—Un trabajo en Londres.

—¿Y?

—Tendríamos que volar mañana.

—Yo podría obtener mi pasaporte —dijo ella—. Y podría ver si puedo conseguir que me den otro billete de avión a cambio del que me robaron.

—Podrías —dijo él al cabo de un momento—, pero eso no significa que tengas que usarlo inmediatamente.

—Mi billete es para el domingo.

—Cámbialo —soltó él antes de poder pensarlo mejor.

Sintió la mirada de ella. La miró a los ojos y pensó si no sería que la luz crepuscular revelaba cosas que él no deseaba que se le revelaran, cosas que no sabía si deseaba sentir. Y aún en el caso de que deseara sentir esas cosas, no sabía si sería capaz de soportar sentirlas.

Por todos los santos, estaba hecho un asco.

—No sé si puedo —dijo ella—. Cambiarlo.

Él esperó.

—Y no es que no lo desee —añadió ella.

Él hizo una respiración profunda.

—Mañana nos preocuparemos de eso. Mi vuelo sale mañana a primera hora de la tarde. Tenemos tiempo para una cena decente, para desayunar y para una vuelta rápida a Inverness.

—A mí me va bien.

Y más tiempo con ella a él le iba bien. Puso en marcha el coche y condujo hacia un restaurante, inexplicablemente en paz.

Unos cuantos días más con ella.

¿Qué daño podía hacerle eso?

Capítulo *17*

M adelyn entró en el avión, tomó el asiento al que la condujo Patrick y pensó cómo sería viajar con ese tipo de lujo periódicamente. No era algo a lo que debería acostumbrarse jamás. Su astronómica deuda con el préstamo de estudios le garantizaba ocupar un asiento en clase turista, es decir, si podía permitirse volar alguna vez, cuando ya estuviera muy madura.

Así pues, se sentó en un sillón de piel extraordinariamente cómodo, aceptó una bebida prevuelo de zumo de naranja ofrecido por una azafata muy bella, y luego vio a dicha azafata mirar a Patrick con la misma reverencia con que habría mirado a un dios griego que había bajado del Olimpo a vivir unos pocos días con los mortales.

La mujer, tuvo que reconocer Madelyn, tenía su punto de razón.

Patrick se había sentado al frente de ella al otro lado del pasillo, dejándola sentada frente a Conal Grant. El lado negativo era el examen al que sospechaba la sometería Conal. El lado positivo era la vista que tenía de la cara excepcionalmente hermosa de Patrick. Mientras miraba disimuladamente esa cara, tal como miraría una mujer muerta de sed un misterioso elixir de origen desconocido, se preguntaba por qué se había resistido tanto a dejar que él cuidara de ella unos pocos días.

Qué, ¿es que estaba majareta?

«Cámbialo», le había dicho él respecto al billete de avión.

Sería una idiota si no lo cambiaba. Al fin y al cabo, ¿qué la esperaba en casa aparte de la realidad? Su búsqueda de trabajo bien podía esperar uno o dos días también.

Por lo menos tenía otra cosa en qué pensar. Había tenido una regalía la noche pasada al dormir en una cómoda habitación de hotel pagada por un guapo escocés de las Highlands que antes la había besado hasta dejarla sin sentido en el terrado de un castillo.

Por qué pensaba en gratificaciones relacionadas con el trabajo y no en otras con más sabor era algo en lo que tendría que pensar detenidamente después.

Había decidido que cuando volviera a Seattle se lanzaría de cabeza a solicitar trabajo en Wentworth & Co. A Bentley lo mortificaría infinitamente verla subir sin esfuerzo a la cima de esa escalera competitiva, y a Barry Wentworth, «el Barracuda», le produciría un inmenso placer refregarle eso en la cara a Bentley con la mayor frecuencia posible. Era buena abogada, tenía un impresionante currículum. Su despido de DD&P había sido algo personal, y no había ningún abogado de esos bufetes que no supiera eso. Le iría bien. Le iría mejor que bien. Volvería a comprar en Ann Taylor y trotaría feliz a los tribunales a aplastar a los fiscales bajo sus muy caros tacones. Sonaba bien.

Al menos le parecía que sonaba bien.

Además, ¿qué otra cosa podía hacer? ¿Esperar que un cierto señor escocés se enamorara de ella y la llevara a su castillo? Había visto su castillo y era un desastre.

El hombre era otra historia muy distinta, eso sí, pero eso era algo en lo que también tendría que pensar después.

El avión salió de su discreto hangar sin letrero y ella hizo una inspiración profunda. Volar no era su actividad favorita. Miró a Conal Grant y por la mente le pasó la idea de si ese vuelo podría ser menos que agradable por motivos distintos a la turbulencia. Conal era un hombre mayor, distinguido, de pelo cano. No tenía la menor apariencia de agente secreto. Si pasara por su lado en la calle ella sólo pensaría que era un próspero hombre de negocios.

Le sonrió tímidamente.

Él le correspondió la sonrisa, pero sólo una sonrisa educada, y ahí era donde ella veía la dificultad.

Estaba claro que él se sentía muy protector con Patrick, pero eso no tenía por qué afectarla a ella, ¿verdad? Sólo iba a hacer un trayecto en su avión, y ya está. No tenía por qué causarle buena impresión, no tenía por qué tratar de caerle bien, no tenía que ganar ningún punto. Estuvo tentada de sacar los documentos que le había enviado Sunny, de un día a otro, y ponerse a mirarlos para no tener que mirar al buen señor Grant.

Pero claro, ¿qué le importaba? Y mientras estaba sentada ahí, observada atentamente, y sin importarle, se le ocurrió pensar si ponerse en posición de ser examinada por cualquier hombre en traje elegante era algo que deseaba volver hacer alguna vez. Miró por la ventanilla, ligeramente horrorizada por esa idea. ¿Cómo sería no volver a ponerse jamás un par de medias de nailon? ¿No volver a hacerse nunca más su moño de abogada imponente? ¿No volver a entrar jamás en una sala de juntas, en la que al instante de entrar tenía que levantar todas sus defensas o, peor aún, sus ofensas, sólo para participar en una reunión con hombres que automáticamente la juzgaban con diferente rasero sólo porque era mujer?

Sería el cielo, eso sería.

No, comprendió muy de repente, sería el infierno, porque fuera cual fuera el otro trabajo que hiciera, seguiría teniendo sobre sus hombros la carga del préstamo, esa increíble deuda de seis cifras. Tejer cestos, o cualquier otro tipo de trabajo poco estresante, podría ser agradable, pero no la iba a sacar de su deuda. Daba toda la impresión de que al llegar a casa tendría que volver al trabajo penoso.

Pero dudaba, pensó fugazmente, que alguna vez volviera a entrar en una sala de juntas de la misma manera.

No tenía ningún sentido no practicar en ese momento. Se pasó las manos por sus muy cómodos tejanos y sonrió a Conal de un modo distinto, con una sonrisa que le decía que le importaba un bledo lo que él pensara de ella.

Él arqueó una ceja, aceptando el reto.

Y entonces comenzó el interrogatorio.

—Así, pues, señorita Phillips...

—Madelyn.

—Madelyn —concedió él—. Tengo entendido que tus vacaciones no han estado exentas de dificultades.

—Así es la vida —repuso ella encogiéndose de hombros.

—Muy oportuno que Patrick estuviera ahí para echarte una mano.

Madelyn tuvo que valorar el hecho de que Conal fuera directo a la yugular.

—Ha sido muy amable —convino—. Y no me ha resultado fácil aceptar su ayuda.

—¿No?

—No estoy acostumbrada a estar en la posición de necesitar ayuda.

—¿No?

La sorprendía un tanto encontrarse en esa especie de asador. Al fin y al cabo ella no era una que se ruborizara cada vez que pasaba junto al asiento de Patrick, no, no como esa rubia cuyas piernas le llegaban hasta las orejas y cuyo escote probablemente había conmovido hasta las lágrimas a hombres inferiores. Por lo visto el avión ya se había estabilizado lo bastante para que la única azafata de vuelo pasara junto al asiento de Patrick a cada rato.

Patrick continuaba aparentemente inmutable.

Descubrió que él le caía bien por eso.

Bastante bien.

—... trabajo?

Ahí iba esa palabra otra vez. Madelyn desvió sus errabundos ojos de las botas de Patrick, negras, por supuesto, y centró la atención en el empleador de él.

—¿Trabajo? —repitió.

—Supongo que trabajas —dijo Conal—. ¿Qué tipo de trabajo haces?

—Soy abogada.

—¿Buena?

—Muy buena.

—¿Dónde trabajas?

—Estoy sin trabajo en estos momentos. No tendré ningún problema en encontrar uno cuando vuelva a Estados Unidos.

—¿Te despidieron de tu último empleo?

—Sí.

—Mmm —musitó él, como queriendo reservarse la opinión—, qué interesante. ¿Por mal desempeño o por otro motivo?

—Otro motivo.

Él esperó.

Ella también.

Él habría sido mal jugador de póquer. O torturador de castillo. El hombre tenía que tener una provisión inagotable de paciencia porque daba la impresión de no tener ninguna prisa en pasar a otra pregunta. Ella miró a Patrick.

Patrick tenía los codos apoyados en los brazos del asiento y los dedos tocándose por las puntas sobre la boca.

Ella notó que estaba haciendo esfuerzos para no reírse; le brillaban los ojos de diversión.

—Nunca lo había visto así —dijo él—. Parece que cree que me distraes de mi trabajo.

—Eso no es culpa mía, ¿verdad?

—No —dijo Patrick, negando con la cabeza—. Deja de atormentarla —dijo a Conal.

—Estoy satisfaciendo mi curiosidad —dijo Conal mansamente—. Permíteme mis pequeños gustos, chico. —Volvió a mirar a Madelyn—. ¿Y bien?

—Mi ex novio, que es uno de los socios del bufete en que trabajaba, me hizo despedir. Me siguió a Escocia, me robó todas mis pertenencias, entre ellas mi documento de identidad y mi billete de avión, y me hizo meter en la cárcel. Patrick tuvo la amabilidad de sacarme de la cárcel, de vestirme y de llevarme de turismo, esto último pese a mis protestas. ¿Satisfecho?

Por la cara de Conal cruzó una ligerísima sonrisa.

—A distancia de tiro.

—De acuerdo, continuemos —dijo Madelyn, frotándose las manos, expectante—. No voy tras su dinero. Puedo ganarme el mío para sobrevivir bastante bien. No voy tras su casa, es una ruina. No voy tras él personalmente... —El recuerdo de Culloden la asaltó tan de repente y con una sensación de «ya visto» tan avasalladora que le brotaron lágrimas de los ojos—. Es decir... mmm... —se le cortó la voz.

¿Que no lo deseaba personalmente? Demonios, ¡qué mentirosa!

Conal se aclaró la garganta.

—¿Podríamos beber algo, Hailey? —preguntó.

Patrick se levantó, cruzó el pasillo, le desabrochó el cinturón de seguridad y la puso de pie.

—Ahora me toca a mí tenerla —dijo mientras la llevaba a sentarla frente a él. La sentó, se arrodilló a abrocharle el cinturón y luego la miró—. Este asiento está más fresco.

Ella cayó en la cuenta, horrorizada, que las lágrimas le estaban corriendo por las mejillas.

—¿Hay lavabo?

—Allí delante —dijo él.

Ella pidió disculpas, evitó chocar con Hailey y logró entrar de cabeza en el baño antes de echarse a llorar.

¿Hormonas?

¿Amor?

No lo sabía y, francamente, no le importaba. Metió la cara entre las manos y lloró hasta casi sentir náuseas. La sensación de descenso la hizo finalmente recuperar el juicio. Mojó una toalla de papel y trató de reparar el daño hecho, aunque no había manera de reparar una cara enrojecida y unos ojos hinchados.

Estaba hecha un asco.

Tal vez enamorarse de un guapo señor escocés le hacía eso a una chica.

Sonó un discreto golpe en la puerta.

—¿Señorita Phillips? Vamos a comenzar el descenso.

—Voy —contestó Madelyn.

Hizo una inspiración profunda y temblorosa y abrió la puerta.

Hailey estaba guardando cosas en el pasillo. La miró comprensiva y volvió a su trabajo. Madelyn hizo otra respiración profunda, se puso su cara feliz y fue a sentarse frente a Patrick. Se abrochó el cinturón y se atrevió a mirarlo. Él parecía preocupado.

—¿Todo bien?

—Nunca mejor.

—Mentirosa —dijo él sonriendo—. Vuelve a intentarlo.

Ella suspiró.

—Me siento abrumada. Insegura.

—Perturbada.

—Exactamente.

—Ya somos dos.

A ella le llevó un momento darse cuenta de que él había dicho eso en francés. Lo miró sorprendida.

—¿Dónde aprendiste eso?

—En la universidad —contestó Conal.

Ella miró a Patrick con los ojos entornados.

—Le dijiste a Bentley que estudiaste en casa.

—Y así fue. Por un tiempo.

—Patrick tiende a omitir los detalles —dijo Conal, irónico—. ¿Supongo que no te ha dicho que es la clase superior de cinturón...

—Conal —advirtió Patrick.

—... negro? —terminó Conal sin vacilar—. ¿Ni que habla varios idiomas?

—Ni que hago malabarismo con tres huevos, crudos —añadió Patrick—. Conal, viejo, cállate antes de que empiece a ruborizarme.

Madelyn miró a Patrick.

—No —contestó—, no me ha dicho nada de eso. Es enfurecedoramente renuente a divulgar detalles importantes. No he logrado que diga nada interesante sobre su infancia y adolescencia. Sólo que era pobre, temerario y pasaba frío la mayor parte del tiempo.

—Eso es exacto —dijo Patrick.

—Pero incompleto.

—Los detalles exactos son aburridos —dijo Patrick—. Ah, mira, ahí está Londres. Vamos a aterrizar pronto. —Miró a Conal—. Tal vez deberíamos ocuparnos de nuestro asunto. ¿Me facilitarás algún detalle sobre lo que voy a hacer, o debo adivinar?

Conal cogió un maletín y lo abrió. Sacó una carpeta y se la pasó a Patrick. Madelyn se asomó a la ventanilla a mirar la vista de abajo. Ya no estaba sorbiendo por la nariz, y eso lo consideraba buena señal. Sus ojos volverían a la normalidad, suponía. Pero ¿su corazón?

Patrick estiró las piernas, puso sus botas alrededor de uno de los pies de ella y las dejó ahí. Ella se miró los pies y luego lo miró a él. Él la miró con la cabeza algo inclinada, le hizo una sonrisa de complicidad y volvió la atención a sus papeles.

Ella se cogió las manos en la falda. Estaba demasiado cerca de perderse en el exuberante bosque que era el corazón de Patrick MacLeod. No era un lugar en el que estuviera segura de querer vagar.

Vamos, ¿a quién quería engañar? Ya estaba ahí.

Y la salida era un avión en Heathrow.

Un avión que estaba empezando a desear no tener que tomar jamás.

Su vida de vuelta en Estados Unidos comenzaba a antojársele cada vez menos atractiva. Volver a ese mundo de competir con un millón de gente se le hacía más horroroso por momentos. Tratar de agarrarse y subir por la escalera profesional de Barracuda le parecía tan entusiasmante como limpiar jaulas de ratas el resto de su vida.

Desgraciadamente, no había ninguna garantía de que Patrick tuviera sentimientos por ella.

Él comenzó a rozarle la pantorrilla con la punta de su bota.

Pero claro, tal vez debería reservarse la opinión durante un tiempo, pensó ella.

El avión comenzó la maniobra de aterrizaje, Patrick terminó su lectura y Hailey se sentó y se abrochó el cinturón de seguridad. Madelyn miró hacia Conal y vio que él la estaba mirando. Había desaparecido su expresión evaluadora. En su lugar había una expresión que ella no logró identificar, pero era decididamente mucho más amistosa.

—¿Alguna última pregunta? —graznó.

Él sonrió.

—Ninguna. Has aprobado el examen.

—¿Por qué? ¿Porque me fui a llorar a su lavabo?

Él se rió.

—No, mi muchacha, no por eso. Porque tienes un corazón tierno.

—Pues no. Soy una profesional fría, calculadora, cuyo único objetivo en su vida es hacer caer de rodillas a los miembros machistas del bufete en que trabajaba.

O al menos creía que ése era su objetivo.

Cuando el avión se detuvo, Patrick le devolvió a Conal sus papeles, le cogió la mano a Madelyn y la llevó fuera, a la lluvia. Cogió el pequeño equipaje de los dos y la miró.

—Dejaremos al viejo en la puerta. No voy a cargar su equipaje también.

Conal le cogió la mano y la pasó bajo su brazo.

—El joven Patrick sobrevivirá —dijo—. Busquémonos un lugar para comer.

Ella aceptó resignada. Sin duda estaba condenada a estar con hombres que necesitaban comer a menudo. Bueno, por lo menos esos dos pagaban la comida. Eso era un cambio muy agradable respecto a Bentley.

Dedicó a éste un breve pensamiento. ¿Seguiría en el Reino Unido o se habría vuelto ya a Estados Unidos a hacerle estragos a otra pobre chica desprevenida con estrellas en los ojos y ninguna neurona en la cabeza? Por lo menos ella había aprendido la lección. Sería mucho más juiciosa la próxima vez.

¿Estaba siendo juiciosa esta vez?

Eso esperaba. Era difícil saberlo estando en el medio.

Patrick se detuvo en la puerta el tiempo suficiente para entregarle su bolsa a Conal, echarse al hombro el de él y el de Madelyn y cogerle la mano a ella.

—Comida —dijo—, alojamiento, y luego tal vez una atracción turística o dos antes de que se haga tarde. Después tendré que salir a echar una mirada a los alrededores, esta noche, pero primero te dejaré segura en el hotel.

Ella cerró los ojos un momento para saborear la sensación de su mano alrededor de la de ella y el placer de caminar a su lado y sentirse como si hubiera algo que los conectaba. Tal vez debería empezar a registrar esos tipos de momentos para tener algo que recordar cuando estuviera en su tierra, trabajando en casos y deseando estar ahí en ese lugar, cogida de la mano de ese hombre.

—¿Te encuentras bien? —le preguntó él.

—Muy bien —se apresuró a asentir ella—. Perfectamente.

Era mentira, pero tal vez había ocasiones en que mentirse a sí misma era la única manera de no desmoronarse. Tendría que enfrentar la verdad de su corazón.

Pero después, cuando estuviera sola.

Por el momento, estaría cogida de la mano de Patrick MacLeod y lo disfrutaría.

Ya había pasado un buen rato cuando finalmente iniciaron el regreso al pequeño pero por lo visto muy buen hotel que había elegido Patrick cerca del Buckingham Palace. Habían cenado, se habían despedido de Conal e iban caminando por el parque pasando por delante de la modesta casa de la reina. En ese corto tiempo ella había decidido que prefería con mucho las tierras poco pobladas de Escocia al bullicio y ajetreo de Londres. Era imposible calcular el número de personas que habían vivido en Londres desde la época de su fundación. El solo hecho de caminar por esos mismos lugares por los que sin duda habían caminado cientos de miles de personas antes que ella le producía dolor de cabeza.

Él le apretó la mano.

—¿Qué te parece Londres?

Ella se estremeció.

—Demasiado. Infunde miedo. Desde que llegamos he visto algunas personas muy temibles, y eso que sólo hemos estado aquí unas horas.

—Y estamos en una ciudad bastante libre de maleantes —dijo él sonriendo—. Es segura. Hay muy pocos asaltos.

O eso creía él, al parecer.

Un momento iban caminando apaciblemente por el parque, cogidos de la mano, hurtando el cuerpo a las gotas que caían de las hojas, y al siguiente estaban rodeados por cuatro hombres de origen indeterminado pero finalidad clara.

—El dinero, las llaves, la chaqueta —dijo uno—. En ese orden.

Madelyn observó a Patrick sacar las llaves. No eran las de su coche, ella lo sabía porque lo vio guardarlas en el avión. Él se las arrojó al jefe.

—Estaban más cerca de la superficie —dijo tranquilamente—. ¿Qué dijiste que querías a continuación, compañero?

—El dinero —contestó el mismo hombre—. Todo. El monedero de la señora también.

—No tiene monedero —dijo Patrick—. Lo creas o no, se lo robaron la semana pasada.

Dos de los hombres se rieron.

El sonido era bastante poco amistoso, en su conjunto.

—No lo creo —dijo uno, acercándose a ellos—. Creo que lo comprobaré por mí mismo.

Madelyn se vio arrojada con bastante fuerza sobre la hierba, y cuando cayó en la cuenta de que había sido Patrick el que la empujó, dos de los hombres ya estaban inconscientes en el suelo. Absolutamente atónita vio a Patrick acabar con el número tres, con un par de movimientos, una palmada y una patada que lo dejó gimiendo en el sendero también. Entonces Patrick miró al jefe.

—¿Llevas pistola? —le preguntó cortésmente.

El hombre lo maldijo concienzudamente y metió la mano en su chaqueta.

Al parecer eso le bastó a Patrick. Antes de que el hombre pudiera sacar el arma que llevaba, Patrick lo había dejado despatarrado en el suelo. Se arrodilló, le dobló el brazo hacia atrás y le quitó de los dedos aparentemente adormecidos un puñal de aspecto feo.

—Creo que no —dijo Patrick, tirando el puñal al suelo. Le dobló más el brazo hacia atrás y hacia arriba. Se oyó un crujido fuerte, el hombre gritó y luego cayó pacíficamente sobre la cara. Patrick se quitó el polvo de las manos y fue a levantarla a ella.

—Vámonos —le dijo amablemente—. Rápido, antes de que aparezcan los polis y nos veamos obligados a pasar la noche en la comisaría contestando sus interminables preguntas.

Madelyn estaba total y absolutamente estupefacta, muda. Estaba con un hombre que había dejado incapacitados a cuatro hombres sin el menor esfuerzo. Continuó sin habla mientras salían del parque trotando, caminaban por la calle y entraban por la puerta del hotel. Patrick la llevó por la escalera y se detuvo delante de su habitación.

—¿Tienes pensado algo para mañana? —le preguntó.

Ella lo miró boquiabierta.

—Acabo de verte dejar inconscientes a cuatro hombres de tu tamaño, ¿y me preguntas qué quiero ir a ver mañana?

—Sí.

—Eres... —No sabía qué decirle—. No puedo creerte.

—¿Es eso un elogio o una condena? —le preguntó él, sin ninguna inflexión en la voz.

Ella lo miró en silencio un momento, analizando sus palabras y tratando de descubrir qué había dejado sin decir. ¿Estaría acostumbrado a que lo condenaran por lo que acababa de hacer? ¿A su hermano le disgustaba eso? ¿Su mujer lo había desaprobado por eso?

¿Importaba lo que pensaran cualquiera de ellos?

Decidió que no. Ella tenía sus propias opiniones y tal vez sería mejor que él las oyera inmediatamente. Lo miró muy seria:

—Si yo fuera una persona importante, no sadría de casa sin ti para protegerme.

Él sonrió, una curva irónica en sus labios absolutamente encantadora.

—Eres una persona importante, y estoy a tu disposición siempre que me necesites.

—Gracias al cielo.

Él se rió suavemente. Le cogió la llave, abrió la puerta y luego le hizo una ligera venia.

—La habitación de milady espera —dijo. Le apretó la mano, titubeó y luego retrocedió un poco para dejarla pasar—. Estoy en la habitación de al lado si me necesitas.

—Gracias.

Él no se movió.

Ella tampoco se movió. No sabía qué requería ese momento, un momento así, en que vas a darle las buenas noches a un hombre que acaba de salvarte de un asalto o algo peor, pero estaba bastante segura de que no era un apretón de manos.

Lo rodeó con los brazos, lo abrazó fuertemente y se empinó para besarlo.

—Eres increíble —le susurró—. Gracias.

Él se aclaró la garganta.

—No fue nada.

—Fue mucho, y estoy muy agradecida. —Continuó un momento en sus brazos y luego se apartó de mala gana—. Me imagino que deberíamos dar por acabada la noche.

—Hay mucho para ver mañana —convino él.

Ella asintió, entró en la habitación, volvió a mirarlo, sonrió y cerró la puerta.

Entonces se giró y apoyó la espalda en la puerta.

Patrick se veía perfectamente civilizado con sus tejanos desgastados, sus finos jersey de lana y chaqueta negra de cuero, pero esa noche ella había visto de cerca un lado de él que le había insinuado su espada. Había en él un lado muy incivilizado, muy peligroso, muy incontrolable, y le extrañaba que sólo ella lo viera. Compadecía a los hombres a los que se les ocurriera fastidiarlo.

Pensó si no debería tener cierta cautela con él, pero al instante desechó el pensamiento. No había habido ni un solo momento en que se hubiera sentido otra cosa que segura con él.

Y segura debido a él.

«Enemigos para matar...»

Esas palabras sonaban al tipo de cosas que habría hecho una persona hacía cientos de años en las Highlands, a algo que se hacía en épocas en que la gente no era tan civilizada.

Agitó la cabeza, se apartó de la puerta y fue a sacar su cepillo de dientes y el pijama de franela de Jane que seguía usando. Había estado a punto de sufrir un asalto en el parque, y Patrick la había protegido.

¿Por qué no le hizo lo mismo a Bentley?, pensó.

Tal vez consideró que no valía la pena tomarse esa molestia con Bentley.

A ella no le quedó más remedio que estar de acuerdo.

Capítulo 18

*P*atrick pasó una exorbitante cantidad de dinero a la cajera, cogió las entradas y su folleto guía y siguió a Madelyn por el puente hacia la Torre de Londres. Había estado allí unas dos veces, afortunadamente nunca en calidad de prisionero, y jamás dejaba de sorprenderlo la multitud de gente que entraba en ese lugar tan antiguo. O tal vez lo que lo sorprendía era la contradicción de que tantos seres humanos vagaran por ahí con seres más antiguos, del otro mundo.

Hablando de fantasmas...

Madelyn miró el folleto.

—Guau, las joyas de la Corona —exclamó entusiasmada—. Qué guay. Vamos.

Patrick se abstuvo de hacer comentarios. Ya había visto las joyas de la Corona y lo consternaba verlas. Ciertamente Isabel no era su reina y el hecho de que tuviera tantas piedras inútiles metidas en vitrinas más inútiles aún, cuando su país se estaba ahogando en la pobreza, lo irritaba sobremanera.

—Sí, muy guay —concedió sombríamente.

Madelyn se rió de él.

—Ahora me vas a decir que querrías que Robert el Bruce no sólo hubiera liberado Escocia sino que se hubiera apoderado de Inglaterra también.

—No, de ninguna manera —dijo él travieso—. Inglaterra puede ser muy suya. Sólo deseo que mi país esté libre de la tiranía...

—Patrick, por favor, no nos hagas expulsar otra vez. Por lo menos espera a que yo haya visto algunas cosas. Las joyas de la Corona, la mazmorra, el lugar donde Enrique hizo decapitar a Ana Bolena.

—Haré lo posible —suspiró él.

—Eso, inténtalo —dijo ella, cogiéndole la mano y tirando de él—. El día avanza.

Él pensó si no debería plantarse con más frecuencia. Encontraba un algo insanamente agradable en que ella lo llevara a rastras. Ya casi se había acostumbrado a la sensación de la mano de ella en la suya, lo cual debería amilanarlo.

El hecho de que no lo amilanara debería asustarlo de muerte.

No lo asustaba, y eso era peor aún.

Tal vez eso era otra de la larga lista de cosas que había hecho que sencillamente no lograba explicarse. Lo de esa mañana, por ejemplo.

Mientras ella estaba en la embajada poniendo en regla sus documentos, él había ido a sacarle un pasaje de vuelta abierto. Eso de suyo no era digno de nota. Pero que él hubiera pagado una importante cantidad de libras esterlinas por el privilegio sí lo era.

Que ella pensara que la compañía aérea era altruista, a él no le importaba.

Simplemente no estaba preparado para que ella se volviera a casa todavía.

Quedaban muchas cosas por ver, se apresuró a decirse. Y el hecho de que él tenía que trabajar un par de días, le quitaría tiempo a ella de sus vacaciones. Y no permitiera Dios que él fuera algo menos que el anfitrión más galante posible. Era lo correcto procurar que ella volviera a su país con un buen sentimiento por su tiempo pasado en Escocia.

Sí, era eso.

Además, ella tendría bastante en qué pensar cuando volviera a casa y tuviera que ver lo que quedaba de su vida.

Eso lo sabía porque ella había contestado su lista de preguntas durante la espera en la embajada. Suponía que le había preguntado sobre las cosas aburridas, donde nació, qué edad tenía, cuántos hermanos tenía.

Se había enterado de todo acerca de sus padres, de sus veranos pasados en un país diferente cada año, de su hermana con la casa que se parecía muchísimo a la de Moraig.

Pero lo que no le preguntó fueron las cosas sobre las que más curiosidad sentía: cuándo la besaron por primera vez, si deseaba tener hijos, si era el tipo de chica que se acostaría con él y luego lo abandonaría y le rompería el corazón. El que ella no hubiera parecido inclinada a ahorrarle el gasto de otra habitación le daba que pensar. Rara vez había traído a alguien a Londres con él, pero el par de ocasiones en que lo había hecho, se había ahorrado ese gasto.

Curioso, pero en esos momentos deseaba no habérselo ahorrado.

—¿Estás soñando despierto?

Miró la hermosa cara de la mujer que se las había arreglado para entrar en serio en su corazón y deseó no haber hecho varias cosas en su pasado.

—¿Qué te pasa? —le preguntó ella, su cara iluminada por una leve sonrisa—. ¿Pensando pensamientos traidores?

—No —repuso él, medio riendo—. En realidad, estaba pensando en la abstinencia sexual.

Ella paró en seco.

—¿Y de dónde demonios salió eso? ¿De Enrique VIII?

—Algo así. —Negó con la cabeza—. Simplemente estaba pensando si es posible.

—Difícil, pero posible. Ahora vamos. La cola para entrar en el castillo es casi inexistente.

—Espera —dijo él, tratando de detenerla—, ¿qué has querido decir con «difícil»? ¿Cómo lo sabes?

—¿Cómo crees que lo sé? Vamos, Patrick, estoy viendo peldaños.

—No puedes decirlo en serio.

Ella lo miró.

Pues sí que lo decía en serio.

Patrick la siguió, porque no había otra cosa que hacer.

Evidentemente ésa debería haber sido una de sus preguntas. Pero claro, ¿a qué fin habría servido? ¿A dejarlo mudo de sorpresa?

Continuó caminando tras ella, pensativo. Continuó pensativo durante la visita de la Torre, durante una aterradora exposición de instrumentos de tortura y durante la obligada y muy irritante visión de las joyas de la Corona.

—Estás refunfuñando —le dijo Madelyn, enterrándole el codo en las costillas mientras avanzaban en la cola de espectadores boquiabiertos.

—Hago lo que puedo —repuso él.

—Menos mal que vuestra Piedra de Scone* ya no está en Westminster —dijo ella, irónica—. Tiemblo al pensar en lo que habrías hecho.

—La habría admirado desde cierta distancia —dijo él virtuosamente.

—Seguro —dijo ella, soltando un bufido—. ¿No era vuestra esa piedra?

—Sí.

—¿Y acaso Inglaterra no se la robó, la metió debajo de un asiento y desde entonces coronaron a todos los reyes y reinas encima de ella?

—Eso dice el cuento.

Afortunadamente, en ese momento ya habían terminado de mirar las joyas de la Corona. Salió al húmedo aire de comienzos de octubre e hizo una larga inspiración. Ah, libertad.

—Te veo horrorosamente tranquilo —dijo ella, desconfiada—. ¿No te fastidia que ellos se hayan alzado con una importante piedra vuestra?

Él la miró sonriendo.

—Con qué facilidad usas el «ellos». Cuando empieces a usar el «nosotros» con la misma facilidad te creeré una verdadera escocesa.

—En realidad, mi bisabuela era una Mackenzie, así que soy escocesa en parte, y has cambiado el tema. ¿Qué hay de esa piedra nuestra?

—Está de vuelta en Escocia, donde le corresponde estar —dijo él, engreído.

* Piedra de Scone, también llamada Piedra del Destino, *Lia Fail*, en gaélico. Según la leyenda, es la piedra en que apoyó la cabeza Jacob en Betel cuando tuvo la visión de la escalera por la que subían y bajaban ángeles; después de muchos traslados por diversos países, llegó a Escocia, alrededor del 840 d.C. y la instalaron en el monasterio de Scone. Allí, históricamente, la pusieron debajo del asiento donde se coronaba a los reyes escoceses. En 1296, Eduardo I de Inglaterra invadió Escocia y se llevó la piedra a Londres, junto con otros tesoros. En 1307 hizo construir en la abadía de Westminster un trono especial para que la piedra encajara debajo. Éste sería un símbolo de que los reyes de Inglaterra serían coronados como reyes de Escocia también. *(N. de la T.)*

—Qué tranquilo dices eso ahora.

—Te aseguro que no lo decía tan tranquilo cuando estaba cautiva en la abadía de Westminster —reconoció él, sonriendo—. Venga, vámonos para ver Westminster también. Allí haré algunos gruñidos para complacerte.

Ella se rió, le cogió la mano y echó a caminar con él hacia la abadía.

Allí miraron las tumbas, se maravillaron ante las almas famosas enterradas ahí, y luego se detuvieron ante el lugar donde antes había estado la Piedra de Scone.

Cada uno se reservó sus pensamientos, pero intercambiaban miradas significativas entre ellos. Y por primera vez en años, o tal vez más que años, Patrick se sintió como si tuviera una persona amiga. No un hermano, no un primo, no una amante, sino una amiga.

Claro que la idea de la amante no estaba alejada de su mente, pero al parecer ella era virgen, y él no sabía muy bien si deseaba sacarla de ese estado, aun cuando presumía de que tal vez sí podría hacerlo.

Salieron con caras serias. Madelyn se echó a reír cuando iban caminando por la hierba delante de la abadía.

—Piensas demasiado fuerte.

—Falso.

Ella le sonrió.

—Eres un purista.

—Soy un escocés. Les tenemos cariño a nuestros tesoros nacionales.

—Entonces deberíamos contarte como uno de ellos. Estoy ligeramente sorprendida de que estas atracciones turísticas sigan en pie después de ese orgullo nacional que irradias. ¿Tienes hambre ya?

—Un hambre canina. Vamos a Harrods y comamos algo. Después te dejaré sola para que hagas compras mientras yo voy a ocuparme de mi trabajo.

—¿Compras? Tienes que estar bromeando.

—Tenemos entradas para ir al teatro esta noche. ¿Vas a ir con tejanos?

Ella lo miró ceñuda.

—Patrick, no puedes ir y comprarme ropa cada vez que se te antoja. Estás elevando tanto la cuenta que me va a llevar meses pagarte.

—No me vas a pagar. Considéralo como si yo eligiera decorarte a ti en lugar de mi casa.

—Yo necesito ropa menos que tú muebles.

—Pero es mucho más gratificante gastar mi dinero en ti. Te he abierto una cuenta ahí. Simplemente compra lo que quieras.

—Ja. No tienes idea de cuánto podría gastar en una tarde.

—Y tú no tienes idea de cuánto tengo en el banco. No puedes gastar más que eso.

—¿Has estado en Harrods últimamente?

—¿Has estado tú?

Ella lo miró, y de pronto se echó a reír.

—No, pero he oído rumores. Patrick, sencillamente no puedo gastar tu dinero así.

—Entonces yo lo gastaré por ti.

—De acuerdo —suspiró ella—, renuncio. Yo gastaré menos que tú. Me imagino que tendrás que comprarte algo tú también.

—Eso ya está hecho. Elegí mi traje cuando volvía a buscarte.

Ella movió la cabeza.

—Tú y el teléfono tenéis una relación que no entiendo.

—Conal tampoco, porque Londres es él único lugar en que contesto mi móvil. En casa vive tratando de llamarme. —Le cogió la mano—. Cojamos un taxi. Creo que necesito algo fortalecedor.

Tres horas después, Patrick entraba en el centro comercial más turístico de Londres habiendo realizado ya su buen poco de cosas. Claro que ninguna estaba relacionada con su trabajo, pero eso no lo reconocería jamás.

Había encontrado un violín, uno bueno, si podía fiarse de la palabra de un famoso violero, lo había comprado y enviado a dejar al hotel. Había hablado con Conal, con el fin de dejar en claro los detalles para llevar a Madelyn de vuelta a Escocia y volver él a Londres para su corto trabajo de niñero y luego volver a casa y estar libre dos semanas.

También había logrado que su ex tío político le prestara el Lear para hacer viajes ajenos al trabajo durante esas dos semanas. Madelyn debía visitar Edimburgo, y él de todos modos prefería hacer el viaje en avión que no el largo trayecto por la autopista llena de camiones. Podrían ir a Irlanda, si ella quería, o a Amsterdam o a París. En Inglaterra había otros lugares para ver también. Alexander, el hermano de Elizabeth, con su mujer Margaret, habían restaurado no hacía mucho un castillo medieval que a Madelyn podría interesarle ver. Había mucho que hacer y poco tiempo para hacerlo. Las alas le daban la libertad que ansiaba. Con el avión de Conal a su disposición, tenía a toda Europa en las puntas de los dedos.

Claro que el hecho de que podría haberse comprado un Lear para él sin que le doliera era algo en lo que no pensaba muy a menudo. Conal disfrutó muchísimo interrogándolo acerca de adónde pensaba ir, y él disfrutó otro tanto haciendo todo lo posible para no darle ningún detalle.

Una reacción insana, sin duda, pero ahí estaba.

Entró en Harrods, miró su reloj y se dirigió al lugar donde habían quedado de encontrarse. Madelyn estaba ahí esperando, con el aspecto de estar algo preocupada. Tenía el pelo todo revuelto, el jersey un poco torcido y la cara sonrojada.

No había sido una buena tarde de compras, supuso.

Pero estaba, no pudo dejar de reconocer, sencillamente hermosa. Se quedó un puñado de momentos en medio del incesante ir y venir de compradores, contemplándola, sin moverse. Sí, era muy bella.

No sólo bella, sino también divertida, independiente y resuelta.

Y lo estaba esperando a él.

Ella se giró, lo vio y por su cara pasó una sonrisa de alivio mezclado con felicidad.

Eso casi lo mató.

Echó a andar hacia ella. Ella también avanzó por entre la muchedumbre de compradores para encontrarse con él a medio camino.

—Es de locos este lugar —dijo, pasándose la manga por la frente—. Debería haber venido con pantalones cortos y camiseta de manga corta. Hay demasiada gente aquí.

—Por eso llamo antes —dijo él asintiendo. Le miró la bolsa—. ¿Un vestido?

—Un vestido y zapatos. ¿Qué querías? ¿Un guardarropa completo?

—Admiro tu moderación, pero hice enviar maletas al hotel para los dos, y la mía está llena.

—¿Cosas negras?

—Me compré un par de tejanos azules y una camisa roja, sólo por ti. Venga —añadió cogiendo la bolsa con una mano y la mano de ella con la otra—. Aprovéchate de mí.

—No quiero.

Él gruñó y la tiró de la mano llevándola detrás de él.

—Muchacha tozuda —dijo en voz baja.

Muchacha tozuda, pasmosa, maravillosa.

Una hora después iba en un taxi de camino al hotel con una Madelyn Phillips muy fastidiada. Ella lo había mirado furiosa un largo rato, hasta que al final cedió, y luego declaró que él era el culpable de que le doliera la cabeza por tener que fruncir tanto el ceño.

—Con un vestido bastaba.

—Di «Gracias, Patrick».

—Gracias, Patrick, hombre desesperante. ¿Alguna vez alguien logra salirse con la suya estando contigo?

—Siempre. Soy muy tratable.

—Sí, seguro. —Le sonrió—. Gracias. Has sido muy generoso.

—De nada.

—No necesitaba más zapatos.

—Necesitas de todo. Te robaron la maleta, ¿no lo recuerdas? Sin duda Miriam está ansiosa de que le devuelvas sus antigüedades, aunque espero que te permita quedarte con ese conjunto verde lima. Me gusta mucho ése.

—Bueno, una chica puede soñar.

—Sí, y un chico también —sonrió él. Le cogió la mano—. Ahora nos vamos a cambiar, cenaremos y de ahí nos iremos al teatro. Tal vez no nos asalten esta noche.

—Eso no me preocupa —dijo ella, mirándolo muy seria—: No sabes lo agradable que es sentirse segura.

Y puesto que esos dos días pasados su corazón se había sentido más seguro de lo que se había sentido en años, él tuvo que estar de acuerdo.

Desde el lujoso sillón de piel de Conal Grant, Patrick iba contemplando la región de los lagos que pasaba por debajo y maravillándose del cambio que había experimentado su vida esos últimos días. Un corazón más liviano, una tripa más llena y una actitud más alegre. Miró al motivo de dos de esas tres cosas, que iba sentada al frente. Estaba durmiendo y él aprovechó la oportunidad para simplemente mirarla.

Curioso cómo había empezado ese pasar el tiempo con ella prometiéndose que disfrutaría de su compañía y nada más. De ninguna manera había entrado en sus planes que se involucrara su corazón.

Aplastó la ligera sensación de pánico que le produjo ese pensamiento. Así que estaba involucrado su corazón. Eso no significaba que tuviera que estar permanentemente involucrado.

Aunque decir eso hablaba muchísimo acerca de él, ¿no?

Cerró los ojos y movió la cabeza. Tal vez haría bien en dedicar una o dos horas a hojear un buen puñado de libros en la biblioteca de Jamie. Era posible que ahí encontrara algo que lo ayudara a desenmarañar su lastimoso ser.

No, no necesitaba ningún libro. Lo que necesitaba era tiempo. Tiempo para ver de qué era capaz su corazón. Tiempo para ver qué sentía Madelyn. Tiempo para ver qué podría resultar de entrelazar sus corazones.

Abrió los ojos. Ella lo estaba mirando. Le sonrió.

—¿Dormiste bien?

Ella se cubrió la boca para ocultar un bostezo.

—Es como si no pudiera estar despierta. Cualquiera diría que no duermo por la noche, pero duermo. —Se estremeció—. Supongo que es para recuperarme, ¿sabes?, del esfuerzo de comprar tanta cosa. Es agotador.

Él le apretó el pie con los de él. Le encantaba eso, estar sentado con el pie de ella acunado entre los de él, encontrar alguna manera de tocarla aunque no estuviera sentado al lado de ella.

Por los santos, sí que estaba en dificultades.

—Y me vi obligada a continuar en pie un buen rato después que llegamos del teatro, acariciando ese violín que encontré sobre mi cama.

Él se encogió de hombros, y sonrió levemente.

—Es increíble lo que dejan en las almohadas en los hoteles hoy en día. Tengo entendido que en el pasado sólo eran chocolates.

—Eres absolutamente desesperante.

—Hago lo que puedo.

—Haces demasiado. —Se le desvaneció la sonrisa—. Patrick, ¿cómo podré pagarte alguna vez? Y no son sólo las cosas. Es tu tiempo. Has hecho demasiado.

—No tienes por qué pagarme.

—Podrías ir a verme a Seattle.

Él la miró en silencio un momento o dos. Por algún extraño motivo, la idea lo aterraba. Pero cuánto más la miraba, menos poder tenía esa ridícula emoción sobre él. Sonrió. Fue una sonrisa débil, pero sonrisa.

—Podría —dijo.

—No sería difícil. Simplemente te subes en un avión.

—Parece bastante fácil.

—Lo es. Compras tu pasaje, haces tu maleta y te subes en el avión. Puedo prometerte un trozo del suelo de la sala de estar de mis padres. Los haremos hablar en francés. Te gustará.

Patrick encontró en él la fuerza para sonreír de verdad.

—Creo que me gustaría muchísimo.

—Estupendo. Así me siento menos mal por molestar.

No era una molestia. De hecho, él deseaba que ella lo molestara un poco más, durante más tiempo.

El avión comenzó el descenso. Él pensó si a Jamie le importaría tener invitados para la cena. Trató de no pensar en lo que significaría eso, que él llevara a una mujer a cenar en la casa de su hermano.

Algo que no había hecho jamás con ninguna mujer.

Jamás.

Mientras el avión descendía le pidió a Madelyn que repasara otra de sus listas; después recogió el equipaje y echó a andar con ella hacia su coche. Le suplicó que fuera indulgente con él y pasaran a almorzar en Inverness. Supuso que ella tal vez ya se estaba acostumbrando a eso, porque sólo sonrió y le advirtió que muy pronto ya no cabría dentro de todas sus ropas caras si él no la llevaba a menos restaurantes. Pero puesto que ella siempre pedía los platos menos abundantes del menú, él dudaba de que le quedara pequeña la ropa muy pronto.

Después de un almuerzo pasable, él le cogió la mano y recorrieron la calle de vuelta al aparcamiento. Que él le cogiera la mano con tanta despreocupación debería perturbarlo tremendamente, pensó.

Y que no lo perturbara, era casi igual de perturbador.

Le sonrió.

Ella le correspondió la sonrisa.

Continuaron caminando y de pronto él notó que se le erizaba el vello de la nuca. Se detuvo a mirar alrededor, pero no vio nada fuera de lo normal.

—¿Qué pasa?

—Nada —repuso él, negando con la cabeza—. No he dormido lo suficiente, supongo.

—Demasiado chocolate en el postre.

—Sí —rió él—, podría ser eso. Es venenoso ese chocolate.

—Sí, pero qué fabuloso.

Él asintió y continuó su camino. Pero no pudo quitarse de encima la sensación de que lo estaban observando.

Probablemente era Bentley, que les seguía los pasos. Si sólo ese idiota les siguiera los pasos en un lugar más discreto donde él pudiera encargarse adecuadamente de él.

Desechó su intranquilidad. No podía hacer nada por ahora. Se encargaría de cualquier maldad que pudiera estar tramando Bentley cuando llegara el momento.

Capítulo *19*

*B*entley Douglas Taylor III, hijo de académicos y aspirante a deidad de la Facultad de Derecho, estaba en medio del gentío que pululaba por las calles de Inverness, mirando a Patrick MacLeod caminando con Madelyn por la acera. Cogidos de la mano, nada menos. Los había visto bajar de ese carísimo Learjet, también cogidos de la mano.

¿Se estaría acostando con él?, pensó.

Que ella hiciera eso cuando siempre se había negado a hacerlo con él lo irritaba intensamente, pero ya la haría pagar después. Tendría tiempo de sobra para ocuparse de eso una vez que MacLeod ya no pudiera estorbar.

Y tenía la manera perfecta para lograr eso.

No había perdido el tiempo esos dos días pasados. Primero había averiguado quién era el dueño del avión que usaba MacLeod. Y mientras estaba en esa pequeña investigación, se enteró también de que Conal Grant tenía un cuñado, Gilbert MacGhee, el que tenía una hija muerta.

Asesinada, se rumoreaba.

Por nada menos que su marido, Patrick MacLeod.

Él había escuchado fascinado todos esos cotilleos. Asesinato, violencia, crímenes horrendos fraguados por la noche.

Tres de sus favoritos.

Por suerte para ese pobre Gilbert MacGhee, que había perdido a alguien en las viles manos de Patrick, él era un excelente fiscal, y era capaz de sacar de la nada hechos, documentos, pruebas y otros ítems pertinentes.

MacLeod pagaría.

Y luego pagaría Madelyn.

Contemplando a MacLeod y a Madelyn caminando por la calle, sonrió satisfecho para sus adentros.

—Disfrutad de la paz y quietud —masculló—. No os va a durar mucho.

Capítulo 20

*M*adelyn se puso unos tejanos, el jersey que más abrigaba, los calcetines y las botas y luego la chaqueta de Jane. Bajó a la planta baja y encontró una nota sobre la mesa en que decía que se sintiera en su casa. Al parecer, Jane, Ian y los niños habían ido a la ciudad y volverían dentro de un par de horas. Patrick se había vuelto a Londres en algún momento durante la noche a acabar su trabajo de niñero.

Y ahí estaba ella, toda sola, sin nadie con quien hablar.

Sintió la tentación de pasar el día en casa explorando las posibilidades de ese exquisito violín que le comprara Patrick en Londres; y qué demonio lo había poseído para hacer eso, pensó, pero tenía preguntas que simplemente le estaban haciendo un agujero en el cerebro. Preguntas acerca de Patrick, y que a Patrick no le entusiasmaba contestar.

Preguntas que ella sabía exactamente quién contestaría.

Metió la mano en el bolsillo para asegurarse de que tenía el plano, no porque le tuviera miedo a las marcas rojas, no, sino porque quería ser capaz de hacer el camino de vuelta. Después se preparó un rápido pero substancioso desayuno de avena con leche. Necesitaría sus fuerzas. Tenía la sensación de que ése sería un día extraordinario.

Cogió la llave que le había dejado Jane y cerró la puerta. Bien que todos dejaran sus puertas abiertas y se fiaran de los fantasmas para que se las vigilaran, pero ella era una huésped y no estaba familiarizada con el sistema de alarma espectral. Tendría que contentarse con echar llave a la puerta.

Le llevó casi una hora llegar a su destino, y para entonces ya estaba acalorada, cansada y deseando haber aprendido a cabalgar en ese campamento de Exploradoras, para haber podido aprovechar el bien surtido establo de Ian.

Se metió las manos en los bolsillos y echó a andar por el conocido sendero bajo los aleros del bosque. Ahí, delante de ella, seguía la humilde casita inclinada hacia un lado y cubierta por todo tipo de musgos, hierbas y otras cosas que crecían en el bosque. Salía luz por los vidrios de esas ventanas que tenían que tener siglos de antigüedad. Oteó los alrededores por si veía algún tipo de trasgo hechicero, pero no vio ninguno. Le sonó en la cabeza la advertencia de Roddy, pero la desechó resueltamente. Toda la existencia de Moraig olía a magia de las Highlands, y puesto que ella deseaba ahondar un poco en ella, no tenía ningún sentido tratar de evitarla.

La puerta se abrió cuando se iba acercando.

Al parecer, Moraig la esperaba.

—Buenos días, madre —dijo en gaélico.

Moraig se rió encantada.

De acuerdo, así que era más un cacareo que una risa. Madelyn estaba decidida a mantenerse racional. A pesar del entorno y de sus cabellos blancos revueltos, como si estuvieran a punto de emprender el vuelo, Moraig «no» era una bruja.

—¿Eso es todo lo que sabes? —le preguntó Moraig.

—Hasta ahora.

—Deberías aprender más. Te serviría bien.

¿Cómo? ¿Para impresionar a su padre? ¿Permitiéndole oír las conversaciones entre Patrick e Ian? ¿Consiguiéndole mejor atención en el pub del pueblo? Tentadoras esas tres cosas, pero tal vez no dignas del esfuerzo al final.

—Todo a su tiempo, hija mía. Todo a su tiempo —dijo Moraig—. Pasa. Siéntate. Hay mucho que hablar.

Bingo, pensó Madelyn. A eso había venido. Se imaginaba que Moraig podía saber tanto como cualquier otro y, más importante aún, podía estar más inclinada que otros a contarlo todo. Patrick tendía a darle unas pocas respuestas vagas y luego la distraía con más compras. Estaba acumulando un fabuloso guardarropa pero no muchos datos fidedignos.

Entró de un salto en la casa de Moraig y fue a acomodarse en una banqueta cerca del fuego. Aceptó encantada una taza de infusión y no hizo ninguna pregunta sobre su origen ni sobre el contenido de la olla que colgaba sobre el fuego.

Tal vez era el almuerzo.

Moraig hizo una última removida al guiso y fue a sentarse en una banqueta al frente de ella.

—Así que has venido para una charlita, ¿eh? —le dijo con una astuta sonrisa.

—Sí —contestó Madelyn prontamente—. Y lo que sea posible de ese asuntito.

Moraig se frotó las nudosas manos.

—¿Qué es, pues, lo que querrías saber, muchacha?

—Más de lo que me dijo la otra vez. Yo estaba tan aturdida que no presté atención. Usted trató de decirme unas cuantas cosas sobre Patrick... —guardó silencio, significativamente.

—Sí.

—Cosas que tal vez yo debería saber.

—Sí, eso también.

Madelyn trató de aparentar la mayor despreocupación posible.

—Algo sobre robo de ganado y enemigos. Creo que el dolor de la rabadilla me distraía, y no oí varios detalles importantes que usted dijo en esa conversación.

—Niña, tienes un pico de oro digno de cualquier bardo de un señor, pero eso no te servirá aquí.

Madelyn esperó. En vista de que Moraig no empezó de inmediato a ponerla al tanto de esos detalles, pensó qué debía hacer para sonsacarle respuestas a la anciana. ¿Bailar zapateado? ¿Ofrecerse a cortarle leña? Esperó durante unos incómodos momentos, y luego decidió sacarse la espina de una vez.

—¿Entonces qué me serviría aquí? —preguntó.

—La sinceridad.

Madelyn sonrió, valorando a una digna contrincante.

—Simplemente siento curiosidad.

—¿Y qué motiva tu curiosidad, muchacha?

Madelyn hizo una honda inspiración.

—Estoy empezando a tomarle afecto.

Vamos, ¿a quién quería engañar? Ya estaba hasta las rodillas en un río de sentimientos románticos de lo más ridículos por él, sin un flotador a la vista.

Estaba en dificultades. Hizo otra inspiración profunda.

—No sé qué siente él, por supuesto, y tal vez eso no importa, de todos modos. Tengo mi vida en casa, y tengo que volver allí a tratar de resucit...

—Tu vida ahí esperará.

Pero su paciencia y cordura tal vez no, pensó Madelyn. Por un instante deseó haber venido con algún regalo, como un bolso Godiva o Kate Spade. Seguro que Moraig necesitaba algo para recoger sus hierbas. ¿Prada haría morrales para llevar hierbas? Demasiado tarde para pensar en eso.

—Moraig —dijo, inclinándose un poco hacia ella—, necesito saber algunas cosas, de verdad.

—¿Y qué harías con las respuestas, si las tuvieras, hija?

Madelyn abrió la boca para soltar alguna respuesta trivial, pero se detuvo a pensar. Si supiera detalles sobre la vida de Patrick, ¿qué haría con ellos? Miró a la anciana:

—Bueno, no los usaría para obtener dinero.

—Mmm —musitó Moraig.

—Soy discreta.

—¿Sí?

—Totalmente.

Moraig pareció considerar eso un momento. Después la miró interrogante:

—¿Puedes aprender a amarlo?

Madelyn hizo una inspiración profunda.

—Sí.

—¿Lo amas ya?

Madelyn cerró los ojos y volvió a abrirlos.

—Creo que sí. Puede que sí. Sí.

Bueno, esa muy resuelta respuesta pareció bastar a Moraig.

—Muy bien, entonces —dijo la vieja bruja, inclinándose hacia ella con expresión de complicidad—. No puedo decírtelo todo, verás. Algunas cosas le corresponde a Patty decirlas, si te las quiere confiar.

—Sí, claro.

—Hazme tus preguntas y si puedo te las contestaré.

¿Preguntas? Vamos, eso era su especialidad.

—¿Cuándo nació?

Moraig no pestañeó.

—En 1285.

Madelyn sí pestañeó.

—¿Eh?

—Me has oído.

Oído sí, pero no creído.

—Pero eso hace muchos siglos. Siglos —repitió—. No es posible.

—¿No?

—No —dijo ella firmemente. Mejor pasar de esa ridícula respuesta cuanto antes—. ¿Dónde nació?

—Ahí en el castillo. Su mamá murió cuando él era pequeño. Eso le rompió el corazón a su padre y durante muchos años jamás pasó una mujer por el umbral de ese castillo.

—Interesante.

—Interesantes son esos dos hermanos, el joven Pat y su hermano Jamie.

Eso había dicho antes.

—¿Y cuándo nació su hermano?

Moraig se encogió de hombros.

—Antes que Pat diría yo, ¿verdad? No sé mucho de lord Jamie, salvo que viene con frecuencia y me trae todo lo que necesito sin que yo se lo pida. —Sonrió—. Cree que soy una bruja.

Madelyn tuvo la sensación de que tenía mucho en común con lord Jamie.

Pero era posible que hubiera granos de verdad en las fantasiosas respuestas de Moraig. Le seguiría el juego un rato para ver hacia dónde iban las cosas.

—Pues..., si Patrick nació en 1275...

—Ochenta y cinco.

—Mil doscientos ochenta y cinco, como dice —y apenas pudo decirlo sin añadir un muy escéptico «Vaaale» a continuación de la fecha—, ¿cómo llegó hasta ahora? ¿O ha vivido todo ese tiempo?

—Llegó por la puerta del tiempo.

—¿La puerta del tiempo?

—Sí.

Madelyn no pudo evitarlo, se le escapó un «Vaale», antes de poder reprimirlo.

—¿Dónde está esa puerta del tiempo?

—Hay muchas por aquí. No sé cuál fue la suya.

Madelyn tuvo una fugaz visión de los puntos rojos del plano de Janc, pero intentó desecharla.

Pero claro, ¿qué otra cosa podían indicar esos puntos? ¿Zumaque venenoso? ¿Ortigas?

Consideró esas posibilidades un momento y luego desechó el pensamiento. Tenía otras cosas en qué concentrarse. Centró la atención en el problema que tenía a mano.

—¿Dónde aprendió Patrick a luchar con espada y esas cosas?

Moraig la miró como si hubiera sobrevalorado en exceso su inteligencia.

—¿Dónde crees, hija?

Madelyn tuvo que hacer otra inspiración profunda para poder decir las palabras:

—¿En el pasado?

—Pues claro.

—O sea que —dijo al cabo de un momento— quiere decir que Patrick se crió en la Edad Media, aprendió todo tipo de lucha a espada y luego pasó por la puerta del tiempo al presente, donde ahora vive entre hombres modernos.

—No.

—¿No? —preguntó Madelyn, ceñuda.

—No llegó al presente.

—¿No?

—No, llegó hace siete, no, hace ocho años. Tal vez nueve. —Moraig sonrió—. Me falla la memoria.

Madelyn sospechó que la memoria no era lo único que le fallaba.

—Pero el resto —insistió—, las otras cosas...

Moraig se limitó a sonreír.

—No son importantes —concedió Madelyn—. Y la puerta del tiempo, ¿dónde estaba?

—Oculta.

De acuerdo, o sea que Moraig era más lista de lo que había creído. Frunció el ceño. No sabía muy bien qué había esperado oír, pero no era eso. Había supuesto que oiría decir que Patrick pertenecía a una sociedad secreta de espadachines, a un grupo ultrafanático de tíos ricos con más músculos que cabeza, o a una de esas sociedades de reconstrucción del pasado que tal vez habían llevado las cosas demasiado lejos y establecido un centro permanente en las regiones más despobladas de Escocia.

Pero ¿que Patrick fuera un hombre de clan medieval viviendo en el siglo XXI, vistiendo tejanos y conduciendo un coche deportivo?

Era absurdo.

—Mira a su hermano —le aconsejó Moraig—. Fíjate en su primo Ian. Observa a los amigos que entran por las puertas del castillo del señor—. Lo verás.

Madelyn estaba segura de que vería algo, pero no sería a un grupo de tíos en camiseta de manga corta diciendo: «Bésame, soy medieval».

—Lo haré —dijo.

—¿Almuerzo? —ofreció Moraig.

—Encantada, si después puedo lavar los platos.

Eso pareció consolidar el trato. Moraig le sirvió un guiso muy delicioso y después Madelyn lavó los platos con agua del riachuelo calentada al fuego. Dudosa, olió unas cuantas hierbas mientras guardaba las cosas y no pudo resistirse a echar una o dos miradas en los rincones oscuros.

Ningún trasgo.

Ningún elfo.

Ninguna hada que avalara la verdad de la fantasiosa historia de Moraig.

—Gracias por el almuerzo —dijo amablemente—. Ha sido un placer.

Moraig cacareó, le cogió las manos y les dio unas palmaditas.

—Lo verás, hija. Verás si no. Lo verás al final.

Madelyn asintió como si le creyera y se apresuró a escapar, no fuera que tuviera que oír más extrañas divagaciones a una mujer que evidentemente había estado en contacto con demasiados ramos de lavanda.

Se alejó a pasos enérgicos, se giró a agitar la mano una vez y luego continuó a un paso que pronto se convirtió en trote.

Y eso era algo, pensó, tomando en cuenta que llevaba botas para excursión.

Corrió hasta que ya no podía respirar; entonces se detuvo al darse cuenta de que igual parecía una estúpida. ¿Qué había esperado de Moraig en realidad? Haz una pregunta loca y obtendrás una respuesta loca.

Continuó al paso bajo los aleros del bosque, escuchando los latidos de su corazón y el crujido de ramitas bajo sus pies. Los sonidos daban la impresión de que muchos pies fueran pisando junto a ella.

Exactamente.

De repente se detuvo.

Paró el sonido de los pasos.

No tan de repente.

Repitió la parada una o dos veces más y el resultado fue el mismo.

Miró alrededor pero no vio nada. Eso no significaba que no hubiera alguien por ahí. Crujió una ramita a la izquierda. El corazón le saltó hasta la garganta. Estaba sola en bosque con un psicóp...

La gaita, la bendita gaita, comenzó a sonar tan cerca que lanzó un grito. El gaitero apareció a unos nueve metros delante de ella, le hizo un gesto de asentimiento, se giró y echó a caminar.

Muy bien, eso lo podía soportar, sobre todo si la alternativa eran unos pasos muy corpóreos, muy temibles, siguiéndola. Aunque fuera un aparecido, por lo menos el gaitero era una entidad conocida. Echó a correr detrás de él.

Y no consiguió darle alcance, dicha sea la verdad.

La sensación de ser observada ya había desaparecido cuando llegó a la casa de Patrick. Se detuvo un momento, agachada, con las manos sobre los muslos, e inspiró grandes bocanadas de aire. O bien tenía que hacer más ejercicio o dejar de correr al aire fresco del otoño. Necesitaba aire contaminado. Todo ese aire puro le hacía daño a sus pulmones.

Cuando pudo se enderezó y entonces vio a su gaitero saltar sobre el muro de piedra. Tocaba plácidamente. No se le agitaba la falda con la brisa que le revolvía el pelo a ella. Su música no iba y venía con esa misma brisa.

Alarmada, cayó en la cuenta de que se estaba acostumbrando a que un fantasma le diera serenatas.

Estuvo un buen rato en medio de las ruinas del jardín de Patrick, y de pronto comenzó a sentir desasosiego. La casa de Patrick estaba hecha un desastre, cierto, pero la sola idea de entrar a limpiarla la horrorizaba. Necesitaba estar fuera, al aire libre.

Donde pudiera ver si se acercaba alguien, si se daba esa circunstancia.

Sacó del bolsillo el móvil de Jane, lo conectó y lo dejó encima del muro. Miró alrededor tratando de decidir por dónde empezar. Todo el lugar necesitaba una cita con una pala mecánica, pero en eso ella no podía hacer nada. Lo mínimo que podía hacer era limpiar de piedras un trozo a mano.

Se agachó y comenzó el trabajo.

Muy pronto estaba tan acalorada que se quitó la chaqueta y fue a dejarla sobre el muro. No había alcanzado a dar tres o cuatro pasos cuando se detuvo en seco, vacilante.

Había hombres en faldas de tartán de pie sobre los muros de piedra, a todo lo largo, dándole la espalda.

Como si estuvieran vigilando, protegiéndola.

El gaitero estaba sentado en el muro, mirándola, sosteniendo su gaita y moviendo la pierna despreocupadamente. Ella lo miró también, boquiabierta.

—¿Me están protegiendo? —le preguntó, antes de pensarlo dos veces.

Él asintió.

—¿Eres un espíritu?

Él se limitó a sonreír, y luego de un salto se puso nuevamente de pie sobre el muro y adoptó la postura para tocar. Muy pronto ella estaba disfrutando de un recital de melodías que podían pasar por música para trabajar en el jardín.

Deseó pellizcarse para asegurarse de que estaba despierta, pero sabía que estaba despierta, por lo que no había ninguna necesidad de una tortura autoinfligida.

En lugar de pellizcarse, reflexionó sobre las circunstancias de su desastrosa vida.

Estaba recogiendo piedras en un jardín que en realidad necesitaba una pala mecánica, vestida con ropa comprada para ella, desde la ropa interior para fuera, por un señor escocés al que una bruja lo creía nacido en la Edad Media. Y acababa de hablarle a un aparecido que estaba tocando la gaita mientras estaba rodeada por otros aparecidos que al parecer habían tomado tanto interés en ella que deseaban protegerla.

Si todo eso tenía algún significado más profundo, no sabía si deseaba saber cuál era.

Se arremangó y reanudó el trabajo.

Trabajó hasta que le temblaban los brazos y no deseaba otra cosa que echar una siesta. Ya se había acostumbrado a la música y a ver a los highlandeses, los que, por cierto, no parecían highlandeses modernos, de pie sobre los muros medio derruidos del patio de Patrick, con las espadas desenvainadas, a las que la semipenumbra de la tarde daba un brillo opaco.

¿Misterioso?

Mucho.

Paseó la vista por el jardín. Los resultados de su trabajo no eran exactamente fabulosos, pero había un trozo claramente limpio de piedras. ¿Qué podría crecer ahí? Tal vez el mismo tipo de plantas que crecían en Seattle, aunque al parecer en Escocia hacía más frío. Maldijo a Bentley. Ésas eran las cosas que ya sabría si hubiera podido atenerse a su itinerario y visitar todos esos jardines.

En lugar de eso estaba pasando unas vacaciones, todos los gastos pagados, con un hombre que mascullaba disgustado por los detalles históricos. Había comido en la casa de una bruja y vivía para contarlo. Estaba protegida por highlandeses fantasmales y disfrutando de una serenata dada por un gaitero de la misma clase.

No era un mal trueque.

Se giró para entrar en la casa de Patrick a lavarse las manos, y detuvo el giro a la mitad al ver al joven Él en persona, sentado sobre el muro de piedra, cerca de la puerta del patio, moviendo despreocupadamente una pierna y mirándola en silencio.

Se le ensanchó el corazón.

Dicho simplemente, era hermoso. Hermoso y letal, y en su cara tenía una expresión que decía que estaba contento de verla. Su señor escocés de tejanos y botas negros que había querido que ella cambiara la fecha de su billete de avión para prolongar su estancia ahí.

Trató de no ver demasiado en eso.

No lo consiguió.

Así pues, se acercó a él.

—Has vuelto pronto.

—Fue un trabajo rápido.

—Tu vigilado debe de haberse cansado.

—Perdió el conocimiento —repuso Patrick sonriendo—. Me pareció que lo más juicioso era enviarlo antes a casa.

—Muy amable.

—Sí, eso pensé yo. —Miró hacia los muros—. ¿Son amigos tuyos?

Ella siguió su mirada.

—En realidad, iba a preguntarte si son amigos tuyos.

—Nunca los había visto en mi vida. Pero son muchachos fornidos ésos. —La miró a ella—. ¿Ocurrió algo?

—Iba caminando por el bosque y tuve la impresión de que alguien me seguía. Corrí hasta aquí.

Él se inclinó y le cogió la mano.

—Lamento no haber estado aquí.

Ella se abanicó con la otra mano. Hacía calor. Estaba acalorada por todo ese trabajo de levantar piedras. El calor no tenía nada que ver con él. No tenía nada que ver con su hermosa cara, su boca perfecta, sus increíbles ojos verdes. No tenía nada que ver con que él le estuviera friccionando la mano con la yema del pulgar.

No tenía nada que ver con que él la estuviera mirando como si pensara que besarla podía ser una buena actividad para la tarde.

—¿Que no estabas aquí? —logró decir, sintiéndose absolutamente incapaz de desviar los ojos de su boca—. No pasa nada. Tenía a la guardia aquí.

—¿Ahora crees en los fantasmas?

—No —contestó ella sonriendo—. Sigo escéptica.

Él se rió. Madelyn lo miró y sonrió. Era, sin el menor género de duda, el hombre más pasmoso que había conocido.

Y la miraba como si ella le gustara.

Muchísimo.

—Yo diría que ya no queda lugar a dudas —dijo él, irónico.

—Tal vez no. —Miró hacia los hombres y pegó un salto—. Aquí vienen, tratando de asustarme de muerte.

Patrick, quiso la suerte, hizo entonces algo práctico para esconderse, sobre todo cuando ella de un tirón lo bajó del muro y se puso entre él y dicho muro. No era una cobarde; simplemente era prudente. No tenía ningún sentido involucrarse demasiado en ese asunto paranormal.

Contempló a los highlandeses acercarse uno a uno, detenerse ante ella y Patrick, inclinarse ante cada uno y luego darse media vuelta y alejarse. Cada uno fue desapareciendo detrás del otro lado de la casa.

Era algo tan surreal, que simplemente no pudo decidirse a creer lo que veía. Pero claro, el hecho de que sus guardias pasaran a través del muro de piedra y no saltaran por encima, era algo para pensarlo.

Y luego estaba la vestimenta. Las faldas parecían ser unas mantas enormes pasadas por los hombros y ceñidas a la cintura con cinturón. Si a eso se añadían las enormes espadas de dos manos que llevaban colgando, o bien a la espalda o al costado, se tenía la receta de algo muy increíble.

A no ser que uno estuviera ahí mirando, claro.

Y hablando de mirar, también estaba Patrick para mirarlo. Lo miró, trayendo a la mente las palabras de Moraig.

¿1285? ¿Un hombre de clan medieval? ¿Un viajero por el tiempo?

Emitió un bufido. Vaaale.

Él le pasó la chaqueta de Jane.

—Estaba pensando que tal vez te gustaría ir a la casa de Jamie esta noche. Siempre tiene algo en el fuego.

Ella asintió al instante. Otra manera más de verificar las palabras de Moraig.

Más tiempo para pasar con ese hombre que no podía sacarse de la cabeza ni del corazón.

—Me encantaría ir —dijo.

—Estupendo. —Le cogió la mano—. ¿Nos vamos, entonces? Dejé el coche en casa de Ian.

—No me molesta la caminata.

De pronto él se detuvo, la giró hacia él, le pasó la mano por debajo del pelo y la miró sonriendo.

Había unas cuantas cosas que no le molestaban, tuvo que conceder ella.

Cuando él interrumpió el beso para respirar, y eso fue cuando ya hacía un rato le habían cedido las piernas y sólo estaba de pie porque le estaba haciendo agujeros en los hombros con los dedos, decidió que besarlo estaba en el primer lugar de su lista de cosas que no le molestaban en absoluto.

—¿Vamos?

—Creo que todavía soy capaz de caminar.

Él se rió, le cogió la mano y se la apretó.

—Haré lo que pueda para mantenerte erguida.

—Fantástico.

¿O era fantástica la sensación de su mano alrededor de la de ella? ¿O era fantástico algo que se usaría en una frase como «Qué fantástico el atado de estupideces que estuve escuchando esta mañana»?

Difícil decirlo.

Lo que sí sabía era que se sentía más feliz de lo que debiera caminando junto a él. DiLoretto, Delaney y Pugh le parecían muy, muy lejos. Seattle le parecía igual de lejos.

Agradablemente lejos.

—Espero que te guste mi familia —dijo él, sonriéndole—. Son un grupo interesante.

¿Un grupo «medieval» interesante?, deseó preguntar ella, pero dejó de lado la pregunta. Era ridículo. La idea era ridícula. Era su familia y deseaba que ella la conociera.

Trató de no ver nada en eso. Era una cena, ya está.

La magia de Culloden pasó susurrando por su alma otra vez, en una fugaz insinuación que no era nada más que una tenue fragancia en el aire.

De acuerdo, tal vez era algo más que una simple cena. Tal vez había muchísimo más que eso. El tiempo lo diría.

Y con su billete de avión sin fecha y nada urgente para volver a casa, el tiempo estaba de su parte.

Capítulo 21

*P*atrick detuvo el coche delante del castillo, desconectó el motor y miró a Madelyn. Ella estaba mirando el castillo asombrada.

—Guau —exclamó, al parecer casi sin aliento.

—Es sólo un castillo —dijo él sonriendo.

—Sí, pero viven personas aquí. Tú viviste aquí.

—Sí, es cierto, pero a mí me parece bastante corriente.

—Vale —dijo ella, irónica—. Y este cohete negro en que estamos sentados es sólo un paso de progreso respecto a un cortacésped.

—Te concedo un punto en eso. —Sonriendo abrió la puerta—. Espera, iré a abrirte.

Dio la vuelta y le abrió la puerta. La ayudó a bajar y la afirmó al trastabillar ella. Y una vez que tenía las manos en sus brazos, no había ningún motivo para soltarla, ¿verdad?

Ninguno que se le ocurriera.

Mientras le levantaba la cara y la besaba, pensó si alguna vez le sería posible dejar de besarla.

¿Sería posible ponerla en un avión de vuelta a casa?

No soportaba la idea.

Levantó la cabeza y la miró, maravillándose de los cambios que veía en ella. Ya no llevaba el pelo atirantado en ese moño como la vio la primera vez; llevaba el pelo suelto, cayéndole en desmandados rizos alrededor de los hombros y la espalda. Los tejanos y los jerseys le sentaban a la perfección, como también la piel libre de potingues de maquillaje. Seguía siendo esa americana de cara blanca y lozana, pero ahora tenía un algo indómito de las Highlands.

Estaba absolutamente perdido, reconoció intranquilo.

Su corazón le musitó su aprobación.

—¿Hay alguien en casa? —preguntó ella, sonriendo.

Él pestañeó y movió la cabeza.

—Perdona. Te estaba mirando.

—Ah.

—Sí, ah —sonrió él—. Y he de decir que es la mejor vista de todas las atracciones que he tenido el placer de ver estos días pasados.

Ella pestañeó. Tal vez se ruborizó un poco.

—Bueno —dijo finalmente.

—Por todos los santos —rió él—, ¿tan tacaño soy con los cumplidos, entonces?

—No es eso...

Él le cogió la cara entre las manos y la miró muy serio.

—¿Entonces qué, Madelyn? ¿Qué es, entonces?

Ella cerró los ojos.

—Simplemente que...

Él esperó.

—Simplemente que...

—¡Ah, ha venido Pat!

Ella se apartó de un salto como si la hubieran mordido. En cuanto a él, se sorprendió tanto que casi se cayó encima de ella. Levantó la vista, miró furioso a Ian, que estaba en la puerta sonriendo como el idiota que era, y luego miró a Madelyn a los ojos.

—Lo mataré después.

—Yo te ayudaré.

—Jamie tiene una vista preciosa desde el terrado.

—Y yo tengo una chaqueta.

Él se echó a reír.

—Entonces nos reuniremos ahí después, después de que yo haya destripado a varios de mis parientes.

—Buen plan.

Le cogió la mano y la condujo al interior de la casa de su hermano. Tranquilamente.

Como si no fuera la ocasión monumental que era en realidad.

La casa estaba llena de familiares. Jamie y sus dos muchachos estaban recibiendo en audiencia, comunicando, a cualquiera y todo el que quisiera escuchar, la buena noticia del nacimiento de una pequeña que estaba descansando arriba. Ian y Jane estaban ahí con sus hijos. Alex, el hermano de Elizabeth, y su mujer Margaret, estaban ahí con sus hijos. Los únicos tontos que estaban solteros eran él, el hermano menor de Elizabeth, Zachary, y un amigo de la familia, Joshua Sedgwick, ministril de Jamie por oficio.

Tanta familia.

Por primera vez en años deseó formar parte de ellos con una familia propia.

Una familia formada tal vez con la mujer que iba caminando a su lado.

Le sonrió.

Ella lo estaba mirando con ese mismo tipo de sonrisa.

Deseó sentirse aterrado por eso, pero lo único que se le ocurrió pensar fue en lo maravillosamente bien que se sentía.

Su corazón le susurró palabras de aliento. Él no se molestó en contradecirlo.

—¿Y quién es ella? —tronó Jamie.

Patrick se sintió desgarrado entre el deseo de poner en blanco los ojos y el de aplastar a su hermano. Jamie sabía condenadamente bien quién era. Él no se lo había dicho, de hecho había tenido la suerte de no poner sus ojos sobre su hermano desde hacía días, pero estaba seguro de que Jamie lo sabía de todos modos.

—Es Madelyn Phillips —dijo—. Madelyn, él es mi hermano Jamie. No lo llames milord. Tiende a subírsele a la cabeza toda esa deferencia.

Jamie dedicó su sonrisa más señorial a Madelyn.

—Venga a sentarse, milady. Estamos felices de tenerla aquí.

—Gracias, milord —dijo ella.

Patrick puso los ojos en blanco al ver la simpatía inmediata que le tomaba su hermano a Madelyn. Él fue el receptor de una mirada muy significativa que le decía muy claro lo que Jamie pensaba que debería estar haciendo con ella.

Emitió un gruñido. Ya llegaría a eso si su maldita familia le permitía tener la paz para hacerlo.

Sí, se encargaría de eso.

Y, por primera vez, ese pensamiento no lo aterró.

—Patrick, Elizabeth te invita a ir a verla cuando tengas oportunidad —dijo Jamie—. Quiere enseñarte la niña.

—Iré ahora mismo —dijo él, y miró a Madelyn—. Acaba de tener su bebé hace un par de días. ¿Te importa...?

—Ve —repuso ella sonriendo—. Yo me quedaré aquí a ver si logro obtener algunas respuestas de tu hermano en cuanto a cómo fue criarse en un castillo.

Él asintió, dirigió a Jamie una mirada de advertencia que éste recibió con una tranquila expresión de absoluta desobediencia, y se dirigió a la escalera para subir al dormitorio de Elizabeth, dejando a Madelyn al cuidado de Jamie. Sólo podía imaginarse qué le diría su hermano.

Mejor no saberlo, probablemente.

Al llegar a la habitación de Elizabeth, golpeó la puerta.

—Adelante.

Asomó la cabeza.

—¿Estás decente?

Ella emitió un bufido y se sentó con todo cuidado en la cama.

—No fastidies. Ven a ver a esta hermosa niña.

Él entró, cerró la puerta, fue a atizar el fuego del hogar y después fue a arrodillarse junto a la cama. Miró a la pequeña.

—Es preciosa. No se parece en nada a Jamie, está claro.

Elizabeth se rió.

—Sí que se parece, pero estoy de acuerdo contigo. Es preciosa.

Él le acarició la mejilla a la nena.

—¿Largo el parto?

—Despiadadamente breve. Parece que cada vez es más corto.

—Tal vez es bueno, entonces, que te quedes en casa. Igual darías a luz a los pobrecillos en el coche, con Jamie arrancándose los cabellos, si intentarais llegar al hospital.

—El cielo nos ampare —dijo ella, estremeciéndose. Levantó al bebé y lo puso en los brazos de él—. Coge a tu dulce sobrina y dímelo todo acerca de esa chica que estás viendo.

—No la he estado «viendo» —protestó Patrick, pero cogió a su sobrina. Le miró la cara y sintió derretirse su corazón—. Oh, Elizabeth, es una preciosidad. —Sintió arder los ojos—. Una beldad.

Elizabeth le puso la mano en el brazo.

—No es demasiado tarde, Pat. Tienes treinta y cinco, no setenta y cinco.

Él no tuvo el valor para discutirle.

—Sí, lo sé.

—¿Qué me dices de tu Madelyn?

—Es una buena mujer.

—Y...

Él la miró muy serio.

—Tiene cosas en Estados Unidos, a las que tiene que volver.

—¿Sí?

Él espiró y trató de sonreír.

—Sí. Al menos ella cree que sí. Si estaría o no interesada en vivir en los despoblados de Escocia es algo que no hemos hablado.

—Tal vez deberíais. Si te gusta.

—Empiezas a hablar muy parecido a tu marido.

—Llevo bastante tiempo casada con él. Él tiende a contagiar a las personas, como bien lo sabes.

—Sí.

Patrick volvió a mirar a la nenita que tenía en brazos y se permitió pensar en serio en la posibilidad. ¿Le interesaría a Madelyn renunciar a su vida en Estados Unidos? ¿Sería posible que la tentara la idea de estar en casa criando hijos de él?

¿Sería posible que él pusiera esa ruinosa casa en condiciones para albergar a una familia alguna vez en el próximo milenio?

—¿Qué nombre le habéis puesto? —le preguntó a Elizabeth.

—Patricia —repuso ella sonriendo.

—No —rió él.

—Bueno, no podíamos ponerle Patrick. Patricia era lo más cercano posible.

—Me siento halagado. —Besó suavemente en la frente a la pequeña y la devolvió a su madre—. ¿Necesitas algo?

—Compañía. Ven a hablar conmigo cuando tengas algunos minutos esta semana.

—¿Y cena?

—Joshua me va a traer algo dentro de un momento. Ve a cuidar de tu dama.

—Te gustaría.

—Dame uno o dos días para volver a estar en pie, y entonces me gustará conocerla. —Movió la cabeza con una sonrisa irónica—. La mujer que le ha robado el corazón a Patrick MacLeod debe de ser una fuera de serie.

¿Para qué negarlo? Sonrió débilmente.

—Lo es.

Se inclinó a besar nuevamente al bebé, luego a Elizabeth por añadidura, y se apresuró a salir de la habitación, no fuera a ponerse a soltar más admisiones que no sabía si estaba totalmente preparado para decir.

Bajó corriendo la escalera que había bajado la mayor parte de su vida y al llegar abajo se detuvo a contemplar el cuadro que tenía ante él en la sala grande.

La elevada mesa estaba dispuesta tal como siempre, la silla de Jamie en la cabecera y el resto de los asientos a cada lado. En ellas estaban sentados familiares y amigos, comiendo y bebiendo como habían hecho incontables veces en el pasado. Pero había una diferencia.

Y esa diferencia era la adición de una tal Madelyn Phillips. Estaba sentada a la izquierda de Jamie, delante del hogar, riendo como si realmente lo estuviera pasando bien.

Y él sintió moverse algo en su interior, algo que en otro tiempo estaba duro. Su pobre corazón, probablemente. Ahora lo sentía blando, todo plumoso. O tal vez había estado blando todo ese tiempo, blando desde Culloden, cuando por primera vez comenzó a atormentarlo con cosas que deseaba pero no había estado dispuesto a alargar la mano para coger.

Cosas que podría tener con esa mujer.

Entró en la sala para no seguir pensando más en eso. Le habían reservado un lugar al lado de Madelyn y lo ocupó sin vacilar. Miró a su hermano.

—¿Patricia?

—Sí —suspiró Jamie—. Es más fácil que Patrickita, supongo.

—Me siento honrado, hermano.

—Sí bueno, la muchachita necesitará un padrino. Bien podrías ser tú.

—Me abrumas con halagos —rió Patrick—. Eso es lo que hace —explicó a Madelyn—. Condena con débiles elogios.

—Interesante táctica —dijo Madelyn. Luego miró a Jamie—. Tiene un castillo maravilloso aquí, milord. ¿Siempre ha estado en tan buena forma o ha tenido que hacerle mucha restauración?

Patrick dejó esa pregunta a su hermano y centró la atención en la comida. Comía con absoluta resolución, escuchando con medio oído el interrogatorio a que estaba sometiendo Madelyn a su hermano. Sonreía al oír las evasivas y rotundas mentiras de Jamie y luego miraba disimuladamente a Madelyn para observarla mientras trataba de destrozar a su hermano.

¿Sabía mucho de historia Jamie? ¿Qué opinaba de las espadas y la esgrima? ¿Había alguna verdad en los rumores sobre la magia de las Highlands en el bosque cercano?

Jamie contestaba con una evasiva; Madelyn insistía.

Patrick miró primero a su primo Ian y luego a Joshua, el ministril de Jamie. Los dos estaban tratando de no sonreír. Después miró a su cuñada Margaret y vio que ésta estaba observando fascinada el interrogatorio.

¿Qué diría Madelyn si por la mañana la llevaba a un lado y le daba todas las respuestas que Jamie no le había dado?, pensó. ¿Le creería o lo miraría como si creyera que había perdido la chaveta?

Su reacción podría ser la única respuesta que necesitaba.

Esperaba que fuera una reacción con la que él pudiera vivir.

Se enderezó y le cogió la mano. Ella lo miró, le sonrió y volvió a mirar a su hermano.

Sí, se lo diría. Y si ella lo aceptaba, incluso si estaba dispuesta a pensar en aceptarlo, él pensaría en otras cosas.

Posponer otro tiempo más el billete de avión, para empezar.

Terminó su comida con el corazón muy liviano.

Y entonces comenzaron los golpes en la puerta.

Jamie levantó la vista, enfadado.

—¿Quién se atreve a esta hora, tan tarde?

—¿Quién puede saberlo? —dijo Zachary—. ¿Hay más nabos en ese plato? Estoy dando vuelta una hoja en mis hábitos de comer.

—Sabia decisión —dijo Jane, pasándole la fuente de verduras.

—Sí, pero quizá debería haber empezado con algo menos sano, por ejemplo con Twinkies con poca grasa, o algo así. Estas verduras son casi demasiado para mí.

—Como esos golpes —dijo Jamie, irritado—. Zach, ve a ver la puerta.

—Siempre en la puerta —suspiró Zach—. Algún día voy a abrirla y encontrar algo interesante.

—Una doncella que te limpie la habitación, por ejemplo —dijo su hermano Alex.

—No, una mujer hermosa —replicó Zach, levantándose y arrastrando los pies hacia la puerta—. Una que ha oído hablar de mí y me desea por mi inmensa pericia arquitectónica.

—Sigue soñando —dijo Alex burlón.

Patrick bebió un poco de vino y miró a Madelyn. Ella lo estaba mirando pensativa.

—¿Sí? —le preguntó.

—Sólo estaba pensando.

—¿Pensamientos agradables?

Ella sonrió.

—Pensamientos agradables. Interesantes, agradables. —Hizo un gesto hacia la puerta—. ¿En qué trabaja Zachary?

—Es arquitecto. Él diseñó la casa de Ian. Rabia por poner sus garras en la mía también.

—Es bueno —dijo ella, con expresión ligeramente sorprendida—. ¿Trabaja en restauración, entonces?

—Lo fascinan todas las cosas medievales —repuso Patrick, irónico—. Hay mucho campo para su trabajo aquí en Escocia.

—Seguro —dijo ella. Se le acercó más y susurró—: ¿Y tu hermano? ¿En qué trabaja? ¿O sólo hace lo del señor?

Él se encogió de hombros.

—Atiende la tierra. Se ocupa de sus inquilinos.

—¿Eso es todo?

—Invierte. Viaja. Los viajes le ocupan muchísimo tiempo.

Eso era decir poco, y algo en lo que Elizabeth tendría algo que decir, pero era la verdad.

—Me encantaría oírlo hablar de sus viajes.

—Y a Jamie le encantaría parlotear sobre ellos durante horas, ruborizado por tu halago, si se lo pidieras. Tal vez después de la cena, si quieres. Después —dijo, haciendo una pausa para mirarla—, después tal vez deberíamos hablar...

Lo interrumpieron.

Fue una interrupción que, como sin duda decidiría después, le cambiaría el curso de su vida.

La puerta se estrelló en la pared. Zachary logró evitar que lo aplastara, aunque sólo por un pelo.

Entró Gilbert MacGhee a largas zancadas.

—¿Dónde está el asesino?

Patrick no se movió. Estaba tan sorprendido, tuvo que reconocer, al ver entrar así a su ex suegro en la casa de su hermano, que lo único que pudo hacer fue apoyarse en el respaldo de la silla y esperar que se desarrollaran los acontecimientos.

Jamie se levantó, con una expresión que parecía cincelada en granito.

—¿Qué deseas?

—Justicia —contestó Gilbert.

—Se hizo justicia —dijo Jamie fríamente.

—¿Y qué puedes saber tú de eso? ¿Has perdido una hija? ¿Has visto apagarse la luz de tu vida por los crueles actos de un asesino?

Patrick hizo un gesto de dolor al detectar la pena en la voz de Gilbert. Fuera cual fuera la verdad, había verdad en el dolor de ese hombre.

—Lo quiero colgado —dijo Gilbert, con el pecho agitado. Apuntó a Patrick—. ¡Quiero que lo ahorquen por lo que hizo!

Alex se levantó y fue a ponerse detrás de la silla de Patrick.

—Es posible que no sepas todos los hechos.

—Mi hija está muerta —escupió Gilbert—. ¿Qué otro hecho necesito?

—Creo que la investigación fue muy exhaustiva —dijo Alex calmadamente.

—Se callaron hechos —insistió Gilbert—. No se dijo cómo él me la robó.

«Ni que se casó conmigo para escapar de ti», añadió Patrick en silencio.

—La sobornó con ropas y viajes mientras trabajaba para mi maldito cuñado.

«Fallo mío —pensó Patrick—. La ropa se la compraba para demostrarle que valía y podía competir con tu dinero.» Lo cual no pudo hacer, lógicamente, en vida de ella. Fue después de su muerte que él entró en posesión de su herencia.

—Era desdichada —continuó Gilbert—, más desdichada con cada día que pasaba.

Eso Patrick no se lo podía discutir.

—Todo fue culpa de él —dijo Gilbert estirando el brazo y apuntándolo con el dedo—. La vi antes de que él se la llevara en un viaje. Estaba tan cerca del término de su embarazo que un hombre con juicio no la hubiera llevado de viaje. La vi. Vi su sufrimiento. Sé la causa.

Patrick miró a su ex suegro. Él también sabía del sufrimiento de Lisa, mucho mejor que su padre. Su amante había roto con ella por última vez. Él se la llevó de viaje para impedirle que se suicidara delante del piso del cabrón en Glasgow.

—Debería haber estado en el hospital —continuó Gilbert.

Patrick no habría podido estar más de acuerdo.

—Trató de matarla —dijo Gilbert con voz ronca—, con sus brebajes de hierbas.

«Falso», pensó Patrick. Le había dado hierbas, eso no lo podía negar. Algo para hacerla vomitar todos los somníferos que había tomado, pero ya era demasiado tarde. Le dio otra cosa también para tratar de reanimarla. Había llamado a los paramédicos, sí, pero usó sus propios métodos hasta que éstos llegaron.

Después de encontrarla medio muerta en la cama.

—¡Mató a su propio hijo! —gritó Gilbert—. ¡A su hijo! ¿Qué clase de hombre hace eso?

«Falso también», pensó Patrick, suspirando. ¿No se había burlado bastante ella con eso? «No es tu hijo, es de Robert», le decía, «¿qué tal te sienta eso?».

Pero a Robert no le había gustado la idea de ser padre; cuando se enteró de que Lisa estaba embarazada, no quiso seguir teniéndola de amante. Él la había visto esos nueve meses tratando de volver con Robert.

Mal asunto.

Gilbert se inclinó sobre la mesa con tanta rapidez que Jane tuvo que agacharse en la silla para evitar que la aplastara.

—Te cogeré —dijo él a Patrick—. Verás si no.

—No si antes te matamos —dijo Ian, levantándose.

Gilbert clavó una mirada despectiva en Madelyn.

—¿Qué se siente, querida mía, al acostarse con un asesino?

Patrick también se levantó.

—Sal de la casa de mi hermano.

—Te mataré yo mismo.

—No si nosotros te matamos primero —gruñó Ian.

—¡Tócame y te demandaré! —exclamó Gilbert.

Patrick dio la vuelta a la mesa, cogió a Gilbert por el brazo y lo condujo a la puerta.

—Lamentarás el día en que pusiste los ojos en ella —dijo Gilbert, con el pecho agitado.

—No hay un solo día en que no lo lamente —contestó Patrick cansinamente.

Gilbert lo miró una última vez con odio asesino, bajó la escalinata y fue a sentarse en el asiento del pasajero de un Jaguar.

El Jaguar de Bentley Douglas III.

Maravilloso.

Patrick se dio media vuelta y se encontró ante los hombres de su familia: Jamie, Ian, Alex, Zachary y Joshua, todos en hilera frente a él.

Jamás en su vida había sentido tanta gratitud por algo.

Miró hacia la mesa.

La cara de Madelyn estaba blanca como un papel.

La miró durante unos momentos, sin oír las palabras en su defensa que exclamaban Jamie, Alex ni Zachary. Lo único que podía ver era a Madelyn. Lo único que podía pensar era en el sufrimiento que le produciría a ella su pasado.

Toda una vida con Gilbert MacGhee acosándolo.

Toda una vida con Gilbert MacGhee persiguiéndolo.

¿Podía hacerle eso a ella? ¿Podía hacerle eso a los hijos que podría tener con ella?

Tomó una decisión.

La única que podía tomar.

Hizo una inclinación hacia los hombres de su familia, caminó hasta la mesa y sonrió tristemente a las damas.

—Es de esperar que eso no haya sido el postre. ¿Me disculpáis por favor?

No esperó respuesta. No miró a Madelyn. Se limitó a girar sobre sus talones y dirigirse a la escalera para subir a la biblioteca de Jamie.

Una vez allí cogió el teléfono y marcó un número.

—¿Sí?

—¿Está disponible ese trabajo todavía?

—Para ti, siempre.

—Allí estaré. Hazme un favor, resérvale asiento a Madelyn en el vuelo de mañana por la noche. En primera clase.

Hubo un largo silencio.

—Patrick, ¿estás seguro?

Patrick hizo una honda inspiración. No estaba seguro de nada.

—Sí —dijo—. Estoy seguro.

Colgó. Se quedó ahí unos cuantos minutos, en silencio. No. No estaba seguro de nada. Pero la decisión estaba tomada. No tenía ningún sentido echarse atrás.

Además, nunca habría sido posible entre ellos. Quería una escocesa para que le calentara la cama, no a una refugiada de un colegio de señoritas como había sido Lisa, ni a una abogada yanqui de traje negro como era Madelyn.

Madelyn estaría bien.

Él también. Se iría a casa, se encerraría ahí y esperaría a que Gilbert desatara la furia del infierno sobre él.

Algo que Madelyn no necesitaba ver.

Se giró para salir y se encontró a su hermano de pie en la puerta de la biblioteca, de brazos cruzados y la expresión sombría.

Patrick le soltó una maldición.

—¿No tienes nada mejor que hacer que oír conversaciones ajenas?

Jamie se encogió de hombros.

—No —dijo.

Patrick hizo un gesto hacia el teléfono.

—Necesito trabajar.

—Necesitas huir más bien.

—¿Puedes culparme?

—Ah, sí —dijo Jamie plácidamente.

—No sabes nada de mi vida.

Jamie se irguió. La expresión de su cara podría haber amedrentado a Patrick, pero ya era un hombre adulto y había superado eso.

Además, ya hacía tiempo que habían tapado con tierra la mazmorra del castillo.

—Y tú no sabes nada de la mía —dijo Jamie—. He matado, en defensa y por rabia. ¿Crees que no llevo la mancha de eso en mis manos?

—Pero...

—Perdiste a Lisa por su estupidez, no por la tuya.

—¿Cómo lo sabes? ¿Cómo sabes que no fui yo el que le dio lo que acabó con su vida y con la de mi hijo?

—Si es que era tu hijo.

—¿Has acabado? —le preguntó Patrick—. ¿Acabado con el asunto del que no sabes nada?

Jamie se hizo a un lado.

—Vete, entonces. Vete y arruina tu vida.

—No haré eso —dijo Patrick con un bufido—. Madelyn fue una distracción. Algo para pasar el tiempo. Nunca pensé en ella en serio.

Jamie guardó silencio. Eso ya era algo, pero Patrick supuso que no duraría mucho. Bueno, duraría hasta que Jamie hubiera sacado varios de sus malditos libros y echado una mirada. Seguro que no veía la hora de descubrir qué tipo de dolencia emocional diagnosticaría a su hermano menor.

Se detuvo en lo alto de la escalera. Era lo mejor que podía hacer. Lo más considerado. Lo mejor para ella.

No podía arrastrarla por el cenagal de su vida.

No podía.

Enderezó los hombros y bajó la escalera, con la mente firme y su finalidad decidida.

Capítulo 22

*M*adelyn colocó el último jersey, cerró la cremallera de la maleta y la llevó hasta la puerta. Estaba sorprendentemente pesada. Pero claro, Patrick le había comprado ropa durante la pasada semana y media.

«La sobornaba con ropas y viajes...»

¿Para qué, para que Lisa se casara con él? Madelyn negó con la cabeza. Había muchas cosas que sencillamente no encajaban. Podía imaginarse a una mujer haciendo muchas cosas con Patrick por pareja, pero tener que ser sobornada para pasar un tiempo con él, o enamorarse de él, no era una de ellas.

Posiblemente Gilbert MacGhee tenía una opinión muy inflada acerca de los atractivos de su hija.

Expulsó esos pensamientos de la cabeza. Ya no era asunto de ella. De eso estaba convencida. Se convenció en el instante en que Patrick volvió a entrar en la sala grande esa noche. Vio el cambio en él desde el otro lado de la sala.

Cuando a la vuelta a casa de Ian él le dijo que volaría a Londres al día siguiente, no se sorprendió.

Cuando después él le dijo que le había encontrado un estupendo asiento en un vuelo de esa noche, se sintió aún menos sorprendida.

No menos destrozada, pero sí menos sorprendida.

Sólo podía imaginarse sus motivos, sobre todo después de enterarse de que Gilbert había ido ahí en el coche de Bentley. Esa información le llegó a través del hermano menor de Elizabeth, Zachary, que prácticamente estaba echando espuma por la boca en contra de Gilbert. Patrick tenía que estar deseoso de librarse de Bentley. Y puesto que ella estaba conectada con Bentley, probablemente estaba deseoso de librarse de ella también.

Aunque por todo lo que sabía, había mucho más en el asunto. Tal vez Patrick había decidido simplemente que no deseaba otra relación. Tal vez había decidido que no deseaba una relación con ella. La había soltado como a una patata caliente. Tal vez actuaba conforme a su tipo.

Eso no explicaba el modo como la había tratado esos dos últimos días, pero tal vez eso fue por error de él.

Cerró los ojos un momento. Qué glorioso error había sido.

Suspiró. Después sacaría conclusiones. Por el momento, tenía que pasar el día.

¿Sería posible salir a hacer una última caminata antes de marcharse?

Se puso la chaqueta de Jane sobre el jersey grueso y la falda larga y bajó a ver qué podría robar de los armarios sin que se despertara la familia y le estropeara los planes. Bajó de puntillas la escalera y se encontró con que la luz de la cocina ya estaba encendida. Hizo una honda inspiración, enderezó los hombros y entró en la luz.

Ian estaba junto a la cocina removiendo algo en un cazo, pensativo. Levantó la vista cuando ella entró.

—Es temprano —dijo—. ¿No podías dormir?

—Me marcho hoy —logró decir ella.

—¿Tan pronto? —preguntó él, sorprendido.

—Patrick tiene un trabajo. Pensó que sería más fácil llevarme al aeropuerto cuando vaya a Londres hoy que esperar a otra ocasión.

—Comprendo.

—Estoy lista para irme —dijo ella alegremente—. Sólo se puede ser turista mientras no decae. El entusiasmo y todo eso. De verdad necesito volver a casa cuanto antes.

Él se le acercó con un trapo de cocina y se lo pasó.

—Te lagrimean los ojos.

—Es la alergia.

—Eso pensé.

Ella se limpió los ojos y le devolvió el trapo con una radiante sonrisa. Al menos esperaba que hubiera sido radiante. La notó algo triste y forzada.

—Tengo que irme. Una última caminata.

—Ten cuidado.

—¿Qué hay ahí aparte de mucho brezo y el ocasional fantasma?

—Cierto —sonrió él.

—A no ser que haya otra cosa que quisieras divulgar.

—Has estado hablando con Moraig.

—Sí.

—Es fantasiosa.

—Eso diría yo. —Lo miró. ¿Del siglo XIII? Vale. Ian se veía perfectamente moderno—. Me encanta, pero es totalmente fantasiosa. No naciste en la Edad Media, ¿verdad?

—¿Tengo cara de haber nacido en la Edad Media?

—Eso no es una respuesta.

—A mí me lo pareció —dijo él sonriendo. Le puso un panecillo en la mano—. Ten cuidado.

—¿Qué es lo peor que podría ocurrirme? —preguntó ella alegremente—. ¿Encontrarme en otro siglo?

No lo creía. No.

Espadas y lucha a espada aparte.

—Vuelve pronto.

Ella asintió y salió de la casa antes de hacer aún más el ridículo. Cerró la puerta y consiguió caminar por la mayor parte de la propiedad de Ian sin sollozar. Se detuvo bajo el alero del bosque, se cubrió la cara con las manos y se echó a llorar en serio.

Fue una sesión de llanto muy mojada.

Seguía sollozando cuando decidió que tal vez le haría bien continuar caminando. El cielo estaba recién iluminándose. Patrick no tenía planes para marcharse antes del mediodía. Casi podía ir a la casa de Moraig y volver a esa hora. Mejor eso que quedarse en casa con Ian tratando de mantener una conversación educada.

Pensar en eso bastó para impulsarla a caminar.

Caminó a toda prisa por el camino que había seguido el día anterior. En realidad, el sendero hacia la casa de Patrick ya le resultaba muy familiar. Se detuvo a mirar su patio de atrás.

No estaba el gaitero.

No estaban los guardias fantasmas.

O sea que todos la habían abandonado. No debería sorprenderla, supuso. Tal vez simplemente no estaba hecha para ese tipo de vida.

Necesitaba trabajar. Necesitaba tiendas donde comprar dulces y bebidas estimulantes. Necesitaba tiendas para comprar chocolates, cerca de su trabajo, para ir a pie. Necesitaba clientes.

El asunto de los clientes, tuvo que reconocer, podría ser algo que tendría que mirar de otra manera. Tal vez era hora de que comenzara a trabajar para personas que realmente necesitaran sus servicios, y no para ejecutivos ricos, mimados, que eran demasiado perezosos para acatar las leyes.

Muy de repente se encontró dentro del bosque.

Y fue entonces cuando, inexplicablemente, se sorprendió creyendo en esa magia de las Highlands de la que le hablara Roddy.

Se detuvo. El bosque pareció detenerse con ella, como esperando a que ella tomara una u otra decisión.

Continuar adelante o salir de ahí.

Después de una respiración profunda, continuó adelante. El silencio que la rodeaba era especialmente amilanador. Caminó lentamente, con la falda larga recogida para que no se le mojara. Comenzó a sentirse un poco desconectada, algo parecido a los efectos del desfase horario, pero mucho peor. Sintió la tentación de sentarse a descansar, y ésta se le fue intensificando por momentos. De hecho, la tentación era casi avasalladora.

Se detuvo, se cubrió los ojos y se los frotó. A lo mejor era realmente una alergia. Pero sentía otra cosa más, una especie de olor que ya comenzaba a ponerle los nervios de punta.

Se quedó paralizada.

Colonia Eternal Riches.

Se giró bruscamente. Ahí estaba Bentley; la expresión de su cara no era una agradable. Se dio una buena sacudida y se puso a la defensiva.

—¿Qué quieres?

—A ti —repuso él secamente.

—Olvídalo. Tuviste tu oportunidad y la cagaste.

Él avanzó un paso hacia ella, amenazador.

—Yo no «cago» las cosas. Y no tengo la menor intención de cagar ésta. Ahora, ven aquí. Vamos a volver a Estados Unidos, nos casaremos y entonces llegaré a ser lo que debo ser.

Ella captó algo que no le había oído antes. O él no lo había dicho, o ella no había puesto suficiente atención.

—¿Qué es lo que debes ser?

—Decano de la Facultad de Derecho del Pacífico Norte.

Ella agitó la cabeza.

—¿Y qué tiene que ver eso conmigo?

—¿Tan estúpida eres? —ladró él—. ¿Tu padre? ¿El decano Anderson? ¿Buenos amigos? ¿Es que tengo que explicarte todas las matrices de cada situación?

—«Los matices», Bentley, no «las matrices». Y no, no tienes que explicármelo. Entiendo lo que quieres decir. Lo que no entiendo es por qué quieres casarte conmigo para hacerte amigo del decano Anderson. Haz tus amigos sin mí.

—No.

—¿No?

Él se le acercó otro poco.

—No quiero ser su amigo —dijo en voz baja—. Quiero reemplazarlo.

Su tono al decirlo le produjo un escalofrío en la espalda. Lo miró bajo una nueva luz. No era un memo. Ni siquiera era un mentiroso compulsivo.

Estaba loco.

Sacó el teléfono de Jane del bolsillo. Lo abrió y trató de pulsar en el directorio hasta encontrar el número de Jane sin apartar la vista de él.

Bentley le hizo caer el teléfono de una palmada.

—Colabora o lo lamentarás.

Ella retrocedió.

—¿Qué me vas a hacer? —preguntó, temblorosa—. ¿Matarme? Eso sí que te granjeará las simpatías de mi padre.

—Se impresionará cuando sepa que maté a tu asesino. Al hombre que te persiguió por el bosque, al que yo cogí y maté. Por desgracia, él te dio alcance primero.

—Bromeas.

—¿Sí? He conocido a muchos asesinos durante mi larga y distinguida carrera. Sé la manera de evitar que me cojan.

—¡Estás majareta!

—¡Te he dicho que no me hables así! —gritó él, abalanzándose hacia ella.

Madelyn se dio media vuelta y echó a correr.

Durante un buen rato sintió sus pasos pisándole los talones. Apartaba las ramas de los árboles y luego las soltaba para que le dieran en la cara. Él maldecía. La maldecía a ella, maldecía a su padre, maldecía al decano Anderson. Buen Dios, ¿es que nadie del bufete tenía idea del tipo de psicópata que tenían en su nómina?

Corrió todo lo rápido que le permitían las piernas, y de pronto comenzó a caer en la cuenta de algo: cuanto más rápido corría más lejanos sonaban los gritos de Bentley. Tal vez sus arterias de Teflón no eran tan resistentes después de todo.

Los gritos de él se fueron haciendo más y más débiles, hasta que lo único que oía eran los crujidos de las ramitas y hojas bajo sus pies.

Continuó corriendo hasta que sólo había silencio detrás de ella. Pero no podía parar. Se reanudaron los gritos y siguió corriendo hasta que comprendió algo muy inquietante: los gritos continuaban, pero venían de otra dirección.

De delante de ella.

Salió del bosque y entró en algo que sólo se podía describir como una batalla a pequeña escala.

Una batalla medieval a pequeña escala.

Se detuvo boquiabierta. ¿Habría entrado en una escena del rodaje de una película? ¿Habría topado con un auténtico grupo de reconstrucción del pasado? ¿Con un grupo de patanes que habían renunciado a sus trabajos de oficina para volver a la naturaleza? Guiándose por el grado de limpieza y baño que lograba captar desde donde estaba, comprendió que la última teoría tenía las mejores trazas de ser la cierta.

Retrocedió.

Y chocó con alguien que la cogió del pelo y lanzó un grito de triunfo.

Paró la lucha, no debido a su aparición, sino porque al parecer todos los contrincantes estaban muertos.

Y al parecer, ella era el premio de consuelo.

Todos los hombres, es decir todos a excepción del que la tenía cogida del pelo, se giraron a mirarla. Los gritos fueron reemplazados por gruñidos de irritación y conjeturas.

Un hombre, el jefe, a juzgar por su postura y el modo como los demás se apartaban para dejarle paso, la miró de arriba abajo de un modo muy poco amistoso y desconfiado. Le dijo algo a ella. Ella no logró entender ni una sílaba.

Probó a decir algo ella:

—¿MacLeod? —preguntó.

Él hombre frunció el ceño, como si no le entendiera.

Volvió a probar, imitando la cadencia con que Moraig decía su nombre:

—¿MacLeod?

La expresión del hombre se ensombreció considerablemente. Ladró algo al hombre que la tenía sujeta y ella no entendió nada.

Pero entendió el movimiento de la mano. Calculó que se podía traducir como algo parecido a: «Deja al demonio inconsciente para que podamos atarlo y examinarlo después con un exorcista».

O algo similar.

Santo cielo, ¿dónde estaba?

En realidad, no sintió el golpe.

Pero antes de que se apagara la luz de su conciencia tuvo el conocimiento para desear que su cabeza continuara unida a las vértebras en funciones.

Entonces perdió el conocimiento.

Capítulo 23

*P*atrick entró con paso enérgico en la cocina y fue derecho a buscarse desayuno. Se había quedado dormido y eso lo fastidiaba. Había tenido unos sueños inquietantes, y eso también lo fastidiaba. Ya había tomado su decisión. Eso de soñar con pérdida y una angustiosa búsqueda de algo que no lograba encontrar, y la desesperación que acompañaba eso, no, no era algo en lo que deseara tener parte. No tenía nada que ver con Madelyn. No tenía nada que ver con sus sentimientos por Madelyn. Era consecuencia de acidez de estómago combinada con el estrés producido por Gilbert. Cuando despertara Madelyn, la ayudaría a hacer su maleta, la llevaría a Londres, la pondría en el avión, y acabaría la historia.

No podía hacer otra cosa.

Miró alrededor. No había nadie en la cocina. Ningún familiar. El desayuno estaba frío. Fue a abrir la puerta y miró hacia el garaje. Los dos coches estaban ahí. Fue a la puerta de atrás y se asomó.

—¿Me buscabas?

Casi se golpeó la cabeza en el marco de la puerta al girar la cabeza tan rápido. Se friccionó el lugar que casi se golpeó, y miró furioso a su primo.

—En realidad no, pero me servirás. ¿Dónde está Madelyn?

—Salió a dar un paseo. —Ian lo miró sin expresión—. Brusco el fin de sus vacaciones, ¿no te parece?

—Ya es hora de que se vaya.

—MacGhee está loco, Pat. Desaparecerá, con el tiempo.

Patrick se giró a enfrentarlo.

—¿Y cómo ocurrirá eso, Ian? ¿Caerá en un agujero del suelo y desaparecerá?

Ian estuvo callado un momento.

—Podría ocurrir —dijo al fin con una muy leve sonrisa.

Patrick soltó un bufido.

—Podría —insistió Ian—. Tú lo sabes. Los dos lo sabemos.

—Eso está muy lejos en el pasado.

—Tal vez debería estar más en el presente para ti —dijo Ian.

—¿Y cómo le sentaría eso a nuestro buen Hamish Fergusson? Querría mi cabeza.

—¿Qué podría probar? ¿Que empujaste a Gilbert sobre un determinado trozo de tierra y él retrocedió en el tiempo y cayó en el siglo XVII? ¿En la Edad Media?

Patrick le dio la espalda.

—No estoy para oír eso hoy —dijo, deseando enterrarse los dedos en los oídos—. Hoy no. Tengo que encontrarla, llevarla a Londres y dejarla a sus propios asuntos.

—¿Y qué si su asunto es contigo?

Patrick se desentendió de esa pregunta y se aplicó a investigar el armario de Ian. Cayó en sus manos un paquete de galletas rancias que ni siquiera Alexander toleraría. Se encogió de hombros, abrió más el paquete y comenzó a comer.

—¿Alguna otra pregunta? —dijo, mirando a Ian.

—La pregunta sigue en pie.

—No quiero contestarla. ¿Algún otro consejo? ¿Algún otro argumento para hacerme cambiar de decisión respecto a ella?

Ian se apoyó en el mesón.

—No creo que el asunto se trate de hacerte cambiar tu decisión respecto a ella, ¿verdad?

—Por todos los santos —exclamó Patrick, arrugando la nariz—, has estado metido en el estudio de Jamie.

—¿Y convertirme en pasto para sus experimentos? —repuso Ian sonriendo—. Estás de broma. —Se cruzó de brazos—. ¿Qué harías si no hubiera un Gilbert para hacerte la vida un infierno?

«Casarme con Madelyn». Las palabras estuvieron en la punta de su lengua, pero consiguió tragárselas. Desechó el pensamiento.

—Ya he tomado mi decisión.

—Eso veo —suspiró Ian—. Muy bien, entonces. ¿Irás a buscarla o le darás un tiempo más de paz?

Patrick lo pensó. La idea de sentarse a esperarla fue más de lo que podía soportar.

—Iré a mi casa —decidió—, a apilar unas cuantas piedras. A continuar el trabajo de Madelyn en el jardín.

Oyó el ruido de pies pequeños bajando la escalera. Ah, no, la familia no. No aguantó la idea de tener que hablar con ellos esa mañana. Jane no diría nada, pero pensaría que él era un tonto.

—Será mejor que me vaya.

—Cobarde.

Miró furioso a su primo.

—Te haría pagar eso, pero no tengo el tiempo.

Se giró para salir.

—¿Pat?

Se volvió de mala gana y esperó.

—Eres un MacLeod. Y los MacLeod no huimos.

—Ian, no puedo matarlo.

—Hay maneras de arruinar a un hombre sin matarlo.

—¿Y eso me haría mejor que él?

—Te devolvería a tu amor.

El pensamiento de Madelyn pasó fugazmente susurrando por su alma, como una suave brisa, una brisa llena de primavera.

—No es mi amor —mintió.

Giró sobre sus talones y salió a toda prisa, para no tener que enfrentar más cosas desagradables. Sacó su chaqueta del armario, salió de la casa y echó a caminar a toda prisa hacia su casa. Cuando llegó ahí, ya se había quitado la chaqueta y se sentía más acalorado de lo que era explicable.

Se detuvo en la puerta de entrada al jardín y contempló el desastre. Un desastre, a excepción del buen trozo que limpiara Madelyn el día anterior. En realidad daba la impresión de que algo podría crecer ahí muy bien, si se cuidaba.

Trató de no pensar en la relación que tenía esa observación con su vida.

Se arremangó y se puso al trabajo. Y, tal como debería haber supuesto, al instante comenzó a llover.

Trabajó hasta que estaba totalmente empapado, entonces se dio por vencido y entró en la casa. Llamó a Ian, se enteró de que Madelyn aún no volvía a la casa, y entró en su sala de estar a contemplar la posibilidad de encender el fuego en el hogar. Le quedaban un par de horas hasta que tuvieran que ponerse en marcha.

Pero claro, igual le llevaba un par de horas encender el maldito fuego.

Puso un tronco, lo encendió y vio que la leña humeaba como un árbol verde. Se sentó en una banqueta y contempló, lo mejor que pudo a través de la densa humareda, las débiles llamitas.

Tal vez fue el humo lo que durante un rato le impidió fijarse en que no estaba solo.

Se enderezó y miró boquiabierto la visión que había aparecido junto a él.

Había un sillón donde hacía un momento no había ninguno. El sillón era, según el criterio más moderno, muy austero. Pero tomando en cuenta la ausencia de muebles en la sala, comprendió que el sillón de respaldo alto, del siglo XVII, tenía que ser muy lujoso. ¿Y qué decir del caballero muy bien vestido repachingado ahí, apoyado en un enorme cojín exquisitamente bordado? Lujosamente aprovisionado también.

Patrick continuó boquiabierto.

—Cierra la boca, tontito —gruñó el anciano. Volvió a ponerse la pipa en la boca y empezó a masticarla.

Patrick cerró la boca bruscamente y trató de normalizar la respiración. No era que no hubiera visto uno o dos aparecidos en su vida. Su sobrina, sobrina que ocupaba un lugar semejante al de Roddy en el complicado árbol genealógico, tenía toda una tropa de espectros a sus órdenes. También estaba ese gaitero fantasma que por lo visto sentía predilección por su cerro de atrás. Pero esos fantasmas se aparecían o bien en la casa de Iolanthe o en el cerro de atrás de su casa.

No en su sala de estar.

Miró fijamente al fantasma, que no sólo había traído sus muebles sino también a su ayuda de cámara. Éste dejó una bandeja de plata con un decantador y una copa en la mesita que estaba junto al sillón de su amo.

—¿Quién es usted? —preguntó—. Si puedo preguntarlo.

—Archibald —contestó el fantasma.

—El Triste —añadió el ayuda de cámara.

—Tengo mis motivos para eso —dijo Archibald, bastante triste, y miró a Patrick—. Primer lord de Benmore.

Patrick no podía dar crédito a sus oídos.

—Bueno —dijo—, qué bien.

Archibald le clavó una mirada dura.

—Sí, estaría bien si pudieras ver claro tu camino acerca de tu deber de continuar el linaje, ahora que tienes mi título y todo.

—¿Continuar el linaje? —repitió Patrick.

—¿Para qué si no estaría yo aquí?

—Ah, claro —logró decir Patrick.

—Ahora bien, ponte a ello, hombre, y rápido. ¿Dónde está la muchacha, por cierto?

—¿La muchacha?

—La de las colonias. Te vas a casar con ella, ¿no?

—Bueno —dijo Patrick, titubeante—. En realidad, no. Le dije que la enviaría de vuelta esta noche.

—¡No! —exclamó Archibald, con expresión horrorizada—. ¿Para qué habrías de hacer algo tan idiota?

—Tengo unos cuantos problemas person...

Archibald lo interrumpió con unos cuantos juramentos. Bastante ingeniosos, dicha sea la verdad.

—¡El linaje, muchacho! —bramó—. ¡Tienes un deber para con el linaje!

A Patrick no le gustó la idea de aplastar las esperanzas del hombre, pero tenía que hacerlo.

—Soy un MacLeod —dijo, en tono de disculpa—. No tengo nada que ver con su linaje.

—Vaya, tontito idiota, ¿es que nunca has echado una mirada hacia arriba en tu árbol de familia, o mejor dicho hacia abajo, en tu caso?

Patrick abrió la boca para preguntarle cómo sabía tanto acerca de él, pero no tuvo la oportunidad.

—Mi encantadora mamá era una MacLeod, casada con un inglés, ¿no lo sabes? El asunto comenzó con dificultades, gracias a unos parientes políticos pesados, pero resultó ser todo un matrimonio por amor. Por lo tanto, como ves, mi linaje es tu linaje. Y te vale más que te ocupes de continuarlo.

—Y harás algo para reparar el desastre en que está convertida mi casa —dijo una voz autoritaria que habría aterrado hasta al más incondicional de los criados.

Archibald se hundió en su sillón y empezó a dar enérgicas caladas en su pipa.

Absolutamente atónito, Patrick vio aparecer a una mujer ataviada con el vestido más lleno de volantes, joyas y encajes que había visto en su vida. Sólo su peinado se elevaba su buen metro. Ella hizo un chasquido con los dedos en dirección al ayuda de cámara.

—Un sillón.

El hombre se apresuró a poner uno; el sillón estaba a rebosar de cojines bordados.

Patrick se puso de pie; le pareció que eso era lo apropiado.

La mujer se sentó y le indicó que se sentara con un imperioso movimiento de la mano.

Patrick se sentó en su banqueta, sintiéndose un criado.

—Mi señora —masculló Archibald—. Dorcas.

Dorcas clavó en Patrick una mirada acerada:

—He estado esperando —dijo, en un tono que daba a entender que llevaba demasiado tiempo esperando— que te encargaras de restaurar mi casa.

—Eh...

—Usa el oro enterrado en el jardín, por el amor de Dios —dijo ella, exasperada—. Debajo del montón de abono vegetal. Si hubieras tenido un mínimo de interés en restaurar el jardín, ya lo habrías encontrado. Y con tu afinidad con las plantas —añadió disgustada—, es imperdonable.

—Pero sus descendientes... —comenzó Patrick, esperanzado.

—Unos idiotas. Ninguno tenía buena mano para las plantas. —Lo miró con los ojos entornados—. Ve a buscar a la señorita Phillips, cásate con ella y luego ponte a la tarea de restaurar mi casa. —Levantó las faldas del suelo con expresión de suma repugnancia—. Me está cansando vivir en un establo.

—Vale más que le hagas caso —dijo Archibald, dirigiendo a Patrick una mirada significativa—. Y que lo hagas pronto, si eres juicioso.

Patrick miró a Dorcas. Estuvo a punto de preguntarle si pensaba quedarse, pero comprendió que estaría terriblemente mal preguntar eso, dado que estaba muy seguro de saber ya la respuesta, así que hizo una inclinación de la cabeza, deferente.

—Sí, claro —dijo—. Remodelar, sí. Lo haré tan pronto como pueda. Comenzaré con esta sala.

—La chica, Patrick —dijo Dorcas enérgicamente—. Ve a buscar a la chica.

—Bueno...

Ella se levantó.

—Supondré que lo harás de inmediato. Y tú —dijo mirando a Archibald—, no te quedes sentado ahí fumando todo el día.

Después de una última e inequívoca mirada a Patrick, desapareció.

Archibald exhaló un suspiro y se levantó. Después miró a Patrick:

—Mejor que hagas lo que te ha dicho, muchacho. Va en tu beneficio.

—¡Archibald! —gritó la imperiosa voz fantasmal.

Archibald suspiró y desapareció.

El ayuda de cámara cogió la bandeja de plata y desapareció, junto con los muebles y arreos de su amo.

Patrick continuó sentado, mirando su sala de estar ya vacía. Sacudió la cabeza y de repente la sintió despejada, como si acabara de despertar de un profundo sueño. Y el sueño que acababa de tener, por muy nítido que hubiera sido, pareció irse desvaneciendo con cada latido del corazón.

¿Oro debajo del montón de compost? ¿Un fantasma pensando en remodelación? ¿Y el otro preocupado por la posteridad?

Ridículo.

Tan ridículo como estar sentado en una habitación fría con un fuego que hacía rato había renunciado a los fantasmas, por así decirlo. Miró el reloj. Tendrían que ponerse en marcha dentro de una hora para llegar al avión. Tendría que encontrar a Madelyn y ponerse en marcha.

Llamó a Ian. Todavía no volvía Madelyn. Pasó por él una leve sensación de molestia, pero la dejó marchar rápidamente. No se había portado bien con ella. Tal vez se merecía que ella se portara un poco mal con él.

O igual simplemente se trataba del deseo de ella de ver una última vez la belleza de su tierra, y verla sin que le metieran prisas.

Y entonces se le ocurrió otra cosa.

¿Y si se había perdido?

¿Verdaderamente perdido?

Salió de la casa, montó en Negro y sin vacilar puso rumbo al bosque. Mientras cabalgaba comprendió que si no encontraba pronto a Madelyn, habría gastado 4.000 libras en un vuelo de ida en primera clase sin ningún motivo.

A no ser que lograra convencerse de que en realidad no deseaba ponerla en ese avión.

De momento estaba comenzando a tener serias dudas acerca de sus dudas.

Desmontó en la orilla del bosque y miró alrededor. Pasado un rato vio las huellas. Huellas de neumáticos. Luego unas de pies con botas, internándose en el bosque.

El coche, luego las pisadas del conductor, si las apariencias no engañaban.

Siguió esas pisadas. Se detenían varias veces, se juntaban con, o seguían a, otras de botas más pequeñas.

Las de Madelyn.

Las conocía. Él había comprado esas botas.

Continuó siguiendo las dos huellas, sintiendo aumentar su inquietud con cada paso. Las pisadas se detenían. Había muchas marcas de las mismas pisadas en un trozo.

Y ahí estaba el teléfono móvil de Jane, inútil, tirado en el suelo.

Cerró los ojos un instante, luego recogió el móvil y se lo metió en el bolsillo. Las pisadas pequeñas indicaban que los pies iban corriendo. Las seguían. Continuó hasta que las pisadas más grandes se detenían y retrocedían.

Las pequeñas continuaban. Continuó siguiéndolas.

Y de pronto desaparecieron.

Patrick se detuvo. El corazón le cayó al suelo y lo invadió la sensación de desastre total. Continuó varios minutos ahí, intentando decidir qué hacer.

No podía hacer nada. No en ese momento.

Giró sobre sus talones y desanduvo el camino. Se detuvo en el lugar donde las pisadas de Madelyn se encontraban con las otras. Las otras pertenecían a Bentley, suponía. Pero ¿qué había ocurrido? ¿La había encontrado Bentley desprevenida? ¿Por eso ella huyó? ¿O simplemente lo divisó y trató de desaparecer sin que él la viera?

¿Y desapareció más de lo que fuera su intención?

Se quedó varios minutos ahí, pensando, hasta que se dio cuenta de que no estaba solo.

Se agachó, aparentando que iba a acomodarse una bota. Quien fuera el que lo estaba observando tenía una mala opinión de él, porque al instante salió de su escondite y se abalanzó sobre él. Patrick tuvo el tiempo para comprobar que, efectivamente, era Bentley Douglas Taylor III, comprender lo que pensaba hacer el imbécil (golpearlo con un pequeño tronco), rodar hacia un lado y conectar un pie con su plexo solar, y todo esto antes de que Bentley se enterara de lo que ocurría. Patrick se levantó y contempló al ex novio de Madelyn tumbado en el suelo.

—Interesante elección de arma —comentó.

—Dejé mi pistola en casa —resolló Bentley.

Se incorporó y volvió a blandir el palo.

Patrick retrocedió calmadamente.

—¿Dónde está Madelyn? —le preguntó.

—Que me cuelguen si lo sé.

—¿Estabas esperando que volviera?

—Sí. ¿Alguna otra pregunta antes de que te mate?

—Por supuesto —respondió Patrick amablemente. No era su particular intención dejar lo más en ridículo posible a Bentley, pero la tentación era avasalladora; la desechó tratando de gastar la menor energía posible—. ¿Fuiste tú el que removió la olla de MacGhee?

—Pues claro. Era una oportunidad demasiado buena para desaprovecharla.

—¿Cómo lo descubriste?

—Soy un abogado condenadamente bueno. Hice investigaciones. Por si un palurdo como tú no lo sabe, significa que fisgoneé por ahí hasta excavar un buen poco de tierra.

—Entiendo el concepto, gracias. Ahora le vas a decir que abandonas el caso.

—Ni hablar.

—¿Por qué no? ¿Qué te importa?

Bentley sacó una navaja.

—Me caes mal.

—Tú me caes mal a mí también, pero eso no es motivo para irritarme.

—Te acostaste con Madelyn, idiota. ¿Eso no es motivo suficiente para ti?

A Patrick le estaba costando un poco entender la lógica de Bentley, pero supuso que había profundidades en el imbécil que no le convenía sondear.

—La hiciste despedir del trabajo —dijo al fin—. Siendo así, no me parece que deba importarte si me acuesto o no con ella.

Bentley le arrojó la navaja. Patrick se hizo a un lado y la navaja pasó volando por su lado, sin rozarlo.

—Me gusta ser el primero —gruñó Bentley—. Eso no es algo que tú puedas entender, dados todos los hombres que tal vez tuvo tu hermana antes que tú.

Patrick se le acercó un paso.

—Como vivo diciéndote, no tengo hermana —dijo y le enterró el puño en la cara.

Bentley cayó al suelo y empezó a chillar.

—¡Pleito! ¡Pleito! ¡Pleito!

Patrick tuvo la tentación de alejarse y dejarlo ahí tirado, pero ya había recibido demasiados insultos de ese. Ya era hora de animarlo a tal vez meterse en un avión y volver a casa.

Claro que eso no resolvía el problema de qué haría Madelyn con Bentley una vez que estuviera de vuelta en Estados Unidos, pero eso lo resolvería después, cuando no estuviera concentrado en la tarea que tenía entre manos.

Tal vez sencillamente se ocuparía de que ella no regresara jamás a Estados Unidos.

Suponiendo que lograra encontrarla para ocuparse de eso.

No podía ni empezar a pensar en la posibilidad de que no pudiera hacerlo.

Capítulo 24

Madelyn se despertó, con todos los músculos doloridos y la mente hecha una espesa niebla de desdicha. Demonios, ¿qué había comido? Ni siquiera esa compota dulce de su madre, comida en cantidades y directamente del cazo le producía una resaca de esas proporciones. Se estiró para desperezarse.

Y descubrió que no podía.

Abrió los ojos. Y el horror se hizo real.

Estaba en una jaula.

Una jaula situada sobre un áspero suelo de piedra, un suelo de piedra que tenía toda la apariencia, y el tacto, de ser de la Edad Media.

Atónita, miró alrededor a través de los barrotes.

Estaba mirando la sala grande de un castillo. Se parecía a la sala grande del castillo de James MacLeod, sólo que ésta no estaba tan ordenadita y limpia, ni bien construida. Ardía un fuego en una especie de hogar situado en el medio de la sala y, lógicamente, su jaula estaba en el lugar más alejado de su calor. Alrededor del hogar había unas mesas raquíticas y negras de suciedad y unos taburetes igualmente raquíticos y sucios, como vagabundos tratando de calentarse alrededor de un fuego encendido dentro de un cubo de basura metálico.

Más aterradores aún eran los ocupantes de esas mesas y taburetes: desaseados, despeinados...

Ininteligibles.

Contempló boquiabierta a los hombres sentados a esas mesas, y a los que iban de aquí allá por la sala, y cayó en la cuenta de que no entendía ni una maldita sílaba de lo que decían.

Demonios, ¿dónde estaba?

Eso era llevar la reconstrucción del pasado a un nivel exagerado, a un nivel absolutamente innecesario.

¿Y de qué iba eso que ella estaba metida en una jaula? Miró los barrotes de arriba, los barrotes de los lados y los hierros que sujetaban la jaula al suelo. Todo eso parecía revelar que el asunto iba en serio. Trató de estirar las piernas.

La jaula era demasiado pequeña.

Y fue entonces cuando vio que tenía los pies descalzos.

También había desaparecido su chaqueta.

Se examinó rápidamente el resto. Todo lo demás parecía estar intacto. Tal vez eso era un resquicio de esperanza.

Eso no le compensaba el estar atrapada en un espacio tan pequeño. Colocó las manos en los barrotes que tenía delante y trató de mover la jaula. Era sólida, a pesar del ruido que hacía.

Demasiado ruido, comprendió tardíamente. Uno de los hombres la miró, dio un empujón al hombre que tenía al lado y le ladró algo que pareció una orden. El hombre se levantó y caminó hacia ella.

No tenía el aspecto de ser una persona feliz.

Él le arrojó el contenido de su plato por entre los barrotes. Una especie de sopa caliente le quemó la cara. Rápidamente se pasó la manga del jersey por los ojos y lo miró sorprendida.

—¿De qué va...?

Cerró la boca. El hombre se estaba levantando la falda.

Y luego empezó a orinar sobre ella.

Ella chilló y retrocedió, pero no había lugar para retroceder.

—¡Para, idiota! —gritó.

Antes de que ella pudiera pestañear, él tenía un puñal en la mano. A ella no le cupo el menor género de duda de que él lo habría usado si el hombre que lo envió allí no le hubiera ladrado otra orden. El hombre la miró furioso, la escupió y fue a ocupar su lugar en la desvencijada mesa.

Sentada ahí en ese frío suelo, apestando a una especie de sopa asquerosa y a otra cosa más, Madelyn descubrió que estaba tan horrorizada que ni siquiera podía llorar.

¿Dónde demonios estaba?

Tal vez ésa era la palabra clave.

Demonio, infierno.

Sólo podía continuar mirando, muda, su entorno, su prisión, y esperar que su mente asimilara lo que le estaba ocurriendo. Mientras hacía eso, volvieron a su mente algunos retazos de conversaciones.

«¿Cuándo nació?»

«Los árboles están llenos de la magia de las Highlands.»

«¿Tengo cara de haber nacido en la Edad Media?»

«Simplemente evita todos los lugares marcados con rojo.»

Deseó haber prestado más atención. No le había parecido posible que esas cosas oídas pudieran significar algo. Las había encontrado demasiado fantasiosas, demasiado mágicas.

Demasiado ridículas para tomarlas en serio.

Irreales.

Por desgracia, lo que estaba experimentando era muy real.

Pasó fugazmente por su cabeza la idea de que igual estaba metida en una pesadilla particularmente intensa. O tal vez estaba en coma y eso era lo que le ocurría a la pobre gente que no podía despertar. Sí, eso era. Estaba en coma, y los medicamentos que le inyectaban para mantenerla viva le producían esa horrorosa pesadilla. Sólo eso podía ser el motivo de la horrible y absolutamente imposible situación en que se encontraba.

Cerró los ojos y se ordenó despertar. Se ordenó sentir una cama debajo y agujas en los brazos, oír los pitidos de los monitores y el zumbido de los aparatos a los que la tenían conectada.

Pero lo único que consiguió fue sentir el olor a una especie de carne podrida. Ah, y ese encantador olor a mierda que tan segura había estado de no volver a oler jamás después de ese campamento de Exploradoras.

Pero en ese momento el olor a mierda salía de ella.

Abrió los ojos. Se los frotó. No, seguía ahí. Algo así como una alucinación, directamente delante, al lado, a todo alrededor. Ante eso le dieron ganas de gritar. Ya pasaba de llorar o de desear haber hecho las cosas de otra manera.

Como haber hecho caso a Moraig.

Como haberse atenido al plano de Jane.

Como haber seguir el consejo de su padre de quedarse en su país y buscar trabajo en lugar de viajar por Escocia.

Pero no, sin hacer caso, ella se precipitó a saltar, segura de sí misma, como siempre, y aterrizó, también como siempre, en un desastre creado por ella misma.

Y pensando en esas cosas, de repente cayó en la cuenta de que necesitaba orinar. ¿Le darían permiso un minuto para ir al lavabo?

Pasó un hombre por su lado, la escupió y continuó su camino.

Tal vez no.

Así las cosas, continuó sentada en el frío suelo de piedra, encogida dentro de una jaula tan pequeña que no podía estirar las piernas ni sentarse con la espalda totalmente derecha, y dejó correr las lágrimas por sus mejillas. Metió los pies debajo de la falda para tenerlos abrigados.

Después de todo, le habían robado las botas.

Miró el entorno pensando si no estaría mejor si la hubieran golpeado algo más fuerte con lo que fuera que la arrojó en la inconsciencia.

Fue pasando el tiempo.

Un periodo de tiempo eterno, horroroso, que pasaba con la atroz lentitud de un gusano atravesando un trozo particularmente espeso de una selva.

Se dio cuenta de que había pasado el tiempo sólo porque la cena parecía estar llegando a su fin. Arrojaron unos trozos de comida a los perros. Unas cuantas mujeres iban de aquí allá, o bien sirviendo bebidas, recogiendo platos de madera o soportando agarrones.

Fue entonces cuando comenzó a sentir pánico.

Estaba encerrada en una jaula en la que no podía ni arrodillarse derecha ni tumbarse. Y al parecer no había manera de mover los muy útiles barrotes ni las barras de aspecto recio que los unían. Empezó a sacudir los barrotes de todos modos.

Nadie la miró.

Comenzó a respirar agitado.

—¡Eh! —resolló—. Alguien que... me saque...

Nadie la miró.

—¡Eh! —volvió a gritar, y se apresuró a inspirar—. ¡Oiga!

El jefe hizo un gesto al hombre que había ido a visitarla antes. El hombre se levantó, desenvainó la espada, una espada muy afilada, muy de aspecto medieval, y echó a andar hacia ella.

Tardíamente deseó haber mantenido cerrada la boca. No le cabía duda de que el hombre intentaba matarla o sacarla de la jaula para violarla. El odio que veía en su cara era algo que no había visto jamás. Hacía parecer frustración de un niño pequeño la peor expresión de Bentley.

Al instante dejó de gritar.

El jefe llamó al hombre. Éste soltó una maldición, pero se detuvo a escuchar. Por desgracia, la orden que recibió no fue que volviera a sentarse, porque continuó caminando hacia ella.

Ella cerró los ojos y rezó.

El golpe de la espada sobre el metal de la jaula la asustó tanto que chilló.

Eso pareció satisfacerlo.

Le soltó varias cosas, palabras y escupitajos, golpeó varias veces sobre la jaula, a modo de orangután, y luego volvió a la mesa, al compás de los ruidos de aprobación de sus amiguetes.

Así pues, se quedó quieta, con las rodillas levantadas hasta el pecho, los pies desnudos tocando el suelo, y trató de concentrarse en algo que no fuera la fetidez que asaltaba a su nariz.

Sus opciones eran inexistentes. Era apuesta segura que no iba a salir de ahí sin alguna ayuda, y no daba la impresión de que fuera a obtener algún tipo de ayuda muy pronto. Por todo lo que sabía, moriría ahí donde estaba, perdida en un lugar desconocido, en una situación tan alejada de cualquier realidad que podría haber imaginado que casi no se la podía imaginar.

Cerró los ojos para por lo menos no tener que mirar lo que la rodeaba. Más difícil le resultó desentenderse del suelo frío, pero lo intentó de todos modos.

El cielo la amparara, sí que estaba en el infierno.

El sol estaba saliendo. Eso lo supo Madelyn, no porque pudiera ver el sol sino porque el infierno empezaba a despertar. Mejor dicho, las personas que vivían en el infierno estaban empezando a despertar. Deseó que despertaran y salieran de una vez por todas de su pesadilla y volvieran al caldero de bruja de donde habían brotado. Pero el día Tres, el infierno y sus habitantes continuaban ahí en sus actividades junto con ella.

Miró a las mujeres que habían empezado a poner la mesa. Una cosa tan normal. Qué más daba que la noche pasada ella hubiera visto caer al suelo a una de esas mujeres por un golpe del jefe del clan. La mujer se veía muy contenta de estar donde estaba y al parecer no daba ninguna importancia al trato que recibía. Ella había comenzado a no darle importancia tampoco. Durante cada una de las cenas que se había visto obligada a mirar esos tres días pasados había visto ocurrir ese mismo tipo de cosas a diversas almas al cuidado del señor.

El infierno era un lugar violento, sin duda.

Había llegado a la conclusión de que el jefe era el señor por varios motivos. Para empezar, sabía que se encontraba en medio de un clan escocés; las espadas y mantas-faldas de tartán revelaban eso. Y puesto que el hombre de edad madura que lucía una cicatriz en la cara era el que daba las órdenes y nadie parecía atreverse a fastidiarlo, decidió que ése tenía que ser el señor.

Retiró el último motivo. Había un hombre que sí se veía inclinado a fastidiarlo de tanto en tanto. Posiblemente era el hermano del señor. Se parecían muchísimo, y por lo visto el señor toleraba bastante bien las intromisiones del otro.

A ella no le caía nada bien el hermano. Parecía especialmente interesado en atormentarla. Le gustaba pincharla con palos, arrojarle cosas indescriptibles desde la mesa y por último, aunque no menos importante, usarla a modo de váter móvil.

Un verdadero príncipe.

Una de las mujeres de servicio se acercó a verter algo en el cuenco que ella tenía a los pies. Madelyn no lo bebió inmediatamente. ¿Quién sabía si le darían algo más? Eso, lógicamente, tenía que ponderarlo en relación a la posibilidad de que uno de los hombres le arrojara restos de la mesa.

Difícil decisión.

Nadie la había preparado para eso en la Facultad de Derecho de Harvard.

Cogió el cuenco y sorbió cautelosamente. Era agua, no otro tipo de substancia extraña.

Estaba fabulosa.

Se movió hacia el rincón más limpio de la jaula y se puso a contemplar su situación. La verdad era que no había mucho para contemplar. Estaba en una jaula de unos 90 x 120 centímetros, sin baño, cama ni cocina. Las cosas no eran una monada.

Distraídamente pensó cuánto tiempo tardarían en paralizársele los músculos en la posición en que se encontraban. Los dos primeros días había tenido calambres. En ese momento estaba tan dolorida que casi había llegado al punto de poder desentenderse del dolor. Si obtenía la libertad, nunca jamás volvería a quejarse del poco espacio entre los asientos de un vehículo de transporte. Noo, se gloriaría de la libertad para levantarse e ir a ponerse a la cola para entrar en un diminuto baño de avión.

Y no que fuera a volar en el futuro próximo.

A no ser que se muriera y fuera a reunirse con los huéspedes celestiales.

Tenía la impresión de que podría mantenerse viva un buen tiempo donde estaba, lo cual no era buen presagio de que tuviera alas y un arpa muy pronto.

Los hombres se estaban despertando. Ésa era la parte que no disfrutaba nada. Se preparó para el mismo tipo de trato que había recibido antes. Cada uno se acercaría a su jaula, le diría algo, le arrojaría algo y luego se retiraría a sus actividades o deberes del día. Todos le decían lo mismo, y ella ya había logrado repetirlo. La primera vez que se lo repitió a uno, el hombre se rió y se lo repitió con una sugerente sonrisa lasciva.

Ella no volvió a repetir las palabras.

En voz alta, claro. Una de las palabras era MacLeod. Había elucubrado sobre el significado de la otra palabra. Sospechaba que no era elogiosa, y que podría tener algo que ver o bien con la elección de ocupación o con una perra. Fuera cual fuera su significado, no era bueno.

Lo cual la llevó a creer que no estaba en una fortaleza MacLeod.

Y dada la frecuencia con que oía aquí y allá la palabra Fergusson, comenzaba a calcular que se encontraba en una fortaleza Fergusson.

Empezó a albergar sentimientos nada amables hacia Hamish Fergusson, menos amables aún que antes. Con razón a todos los MacLeod les caían mal los Fergusson. Pero claro, igual se debía a esa animosidad que ella estaba donde estaba.

El día fue pasando, ella sentada observando las actividades, y tratando de encontrarle algún sentido a su situación. Era lo mismo que había estado haciendo los tres días pasados. No se le hacía más fácil ni le encontraba ningún sentido, pero una cosa sí había cambiado.

Le resultaba fácil creer que Patrick MacLeod podría haber nacido en 1285.

Pero ¿qué podía hacer? Suplicar que la liberaran era inútil. Negociar era imposible, puesto que no tenía nada de valor aparte de sí misma, y no creía, ni aún si hubiera estado dispuesta a entregarse repetidamente a cincuenta hombres, que ellos estuvieran interesados en lo que tenía para ofrecer.

Y eso la dejaba donde estaba, perdida en el tiempo, perdida sin amigos, muy, muy sola en medio de una multitud.

En el infierno.

Capítulo 25

*P*atrick se acomodó la espada colgada a la espalda, la vaina sujeta a una correa en bandolera, comprobó que la escarcela con su alijo de remedios estaba bien amarrada debajo de la falda, luego se plantó en ese determinado lugar del bosque y se ordenó ir al lugar exacto donde había ido Madelyn.

El viento que soplaba sobre los árboles no varió. El frío del aire no cambió. La flora y la fauna que lo rodeaban no cambiaron.

Las cosas no iban bien hasta ese momento.

Tal vez todavía estaba disfrutando demasiado de los acontecimientos del día anterior.

Se imaginaba que Bentley seguía en cama, cuidándose magulladuras que jamás saldrían a la superficie y de bofetadas que le dolían pero no se notaban. Jamás en su vida había disfrutado tanto de un encuentro. Tal vez lo habría disfrutado más si hubiera podido hacerle verdadero daño, pero estaba en el siglo XXI, al fin y al cabo, y en este no se torturaba a un rival antes de matarlo de la manera más dolorosa posible.

Casi deseaba poder llevarse a Bentley con él a la Edad Media, donde podría hacer pagar adecuadamente al cabrón todas las cosas que había hecho para hacer sufrir a Madelyn, y para hacerlo sufrir a él, poniendo en movimiento a Gilbert MacGhee.

Continuó inmóvil.

Pasó el tiempo.

No cambió nada.

No sabía si se sentía agitado o cansado. A pesar de todo el tiempo que pasaba vigilante para cuidar de los chicos en su trabajo, no era uno que esperara de buena gana, y mucho menos cuando sólo los santos sabían qué le habría ocurrido ya a Madelyn.

Miró el reloj. Había transcurrido una hora.

Entonces volvió a mirar su reloj y se dio una palmada en la frente. Probablemente eso era la causa del retraso. Se lo quitó, lo metió en la escarcela de debajo de la falda para que no se viera, y reanudó la espera.

Al caer la noche ya estaba cansado, nervioso y muerto de hambre. No se atrevía a dejar su puesto, pero sabía que quedarse no le serviría absolutamente de nada. Echó a andar por el bosque en dirección a la pradera, hacia el castillo de su hermano. Si alguien podía saber qué estaba haciendo mal, ése era Jamie.

Es decir, dada la propensión de Jamie a viajar por el tiempo.

Después de todo, era Jamie el que había descubierto casi todos los puntos marcados con una X en el mapa MacLeod. Grecia antigua, la primera cruzada, la inquisición y, el favorito de Jamie, las Barbados del siglo XVII. El mapa de Ian tenía puntos rojos y ningún nombre, pero era igual. Él no tenía ningún mapa. Suponía que era pura suerte que no hubiera retrocedido en el tiempo cayendo en algún lugar insalubre y muy desagradable.

O eso, o lo había salvado su absoluta renuencia a creer que funcionaban las puertas de la tierra de Jamie.

En el poder del bosque, en eso sí creía. Lo había aprovechado él. Pero ¿los otros lugares?

Demasiado fantasiosos.

Demasiado ridículos.

Demasiada parte del pasado que se había esforzado denodadamente en matar y enterrar cuando conoció a Lisa. De ninguna manera habría creído ella que entre la fecha de su nacimiento y la que él le había dado había casi 700 años. Había veces en que él mismo no se lo creía.

Salió del bosque y vio las luces encendidas en el castillo de Jamie. Siempre lo tranquilizaba un tanto ver el castillo de Jamie en su reencarnación moderna. Se detuvo un momento simplemente a contemplar su vista.

Suspiró. Decir que había olvidado sus raíces era una mentira. Creía en ellas cada vez que se metía en la ducha y se veía las cicatrices de batalla que llevaba en el cuerpo. Creía en ellas cada vez que su primer impulso ante el peligro era levantar el brazo para coger su espada. Creía cada vez que miraba a su hermano y recordaba el momento en que juró dar la vida en lealtad a su nuevo señor, después de la muerte de su padre.

Tal vez lo primero que debería haberle dicho a Madelyn cuando la conoció era: «Hola, soy Patrick MacLeod, hombre de clan medieval. Mi espada está al servicio de milady».

No volvería a cometer ese error. Le diría la verdad.

Si lograba encontrarla.

Y luego le diría otras cuantas cosas, comenzando y terminando con cómo no podía imaginarse que pudiera soportar la idea de una vida sin ella.

Cuando entró en el patio del castillo no podía dejar de angustiarse por el destino de ella: violación, asesinato, palizas. Sólo los santos sabían qué había soportado ya. El asesinato sería lo más benigno de todo, probablemente.

Alex, el hermano de Elizabeth, lo estaba esperando fuera, en la escalinata de entrada. Patrick se detuvo desganadamente ante su cuñado.

—No hubo suerte —dijo Alex, y no era una pregunta.

—No.

—¿Lo estarás haciendo mal?

—¿Hay una manera correcta?

—Bueno —dijo Alex, después de pensarlo un momento—, ése es el problema, ¿no?

Alex había tenido sus experiencias en viajar por el tiempo, cortesía del paisaje mágico de Jamie. Esto le había conseguido una esposa, pero eso no llegó fácil, sin unas cuantas pruebas tremendas. Tomándolo todo en cuenta, pensó Patrick, Alex había salido mejor parado que él en el juego de viajar por el tiempo. Pero claro, esos nueve años pasados no habían sido un total desperdicio. Se había encontrado en un mundo completamente extraño y se había adaptado bien, aprendiendo los usos modernos hasta dominarlos.

Había encontrado también una mujer a la que podría amar.

—Casi perdiste a Margaret —dijo a Alex.

—¿Me recuerdas eso para sentirte mejor tú? —le preguntó Alex sonriendo gravemente.

Patrick negó con la cabeza.

—Es por desesperación.

—Eso, hermano, lo comprendo. —Hizo un gesto hacia el interior del castillo—. Jamie ha estado todo el día celebrando un consejo de guerra, esperando que volvieras.

—¿Creía que no lo conseguiría? —preguntó Patrick asombrado.

—Cree —repuso Alex, haciéndole un guiño—, que tienes problemas emocionales que te impiden utilizar el poder de las puertas del tiempo.

—Qué montaña de basura.

—No digas que no te lo advertí —rió Alex—. Vamos, quiero presenciar los fuegos artificiales.

—Vete a la porra —masculló.

Eso sólo le ganó otra risa. Pero agradeció el intento de alegrarlo. No le serviría de nada aterrarse delante de su familia. Alex comprendía eso. Jamie intentaría provocarlo, con el fin de estudiarlo.

Había veces en que su hermano amenazaba con volverlo loco.

Pero siguió a Alex al interior.

Había varios viajeros del tiempo sentados alrededor de la mesa de la sala grande. En realidad, salvo Jane, no había un alma ahí que no hubiera usado las puertas del tiempo de la tierra de Jamie en una u otra ocasión. Todos tenían bastante experiencia con la práctica.

La mujer de Jamie, Elizabeth, por ejemplo, que estaba sentada en un cómodo y bien tapizado sillón. Una vez se encontró arrojada en la Escocia medieval, en la tierra de Jamie nada menos, y la metieron en la mazmorra del castillo.

Jamie continuaba pagando eso.

Después había acompañado a Jamie en varios viajes por el tiempo. Ya no lo hacía, por causa de los críos, pero sabía qué esperar, basándose en sus experiencias.

Luego estaba Margaret, la mujer de Alex, que en su tiempo fuera una dama medieval rica y noble, y que renunció al pasado para avanzar en el tiempo y entrar en una época que no era la suya. Al frente de Margaret estaba sentado Joshua de Sedgwick, el ministril medieval de Jamie. Al lado de Joshua estaba Ian, el que consiguió avanzar en el tiempo y llegó al salón para novias en que trabajaba su señora esposa. Había varias otras almas, no presentes allí, que habían encontrado la tierra de Jamie sensible a sus ruegos. De hecho, Jane era la única que no había usado nunca las puertas del tiempo de la tierra de Jamie.

Posiblemente ése era el motivo de que su mapa tuviera puntos rojos repartidos por todas partes y que ella cuidara religiosamente de no pasar por encima de ninguno.

Ah, y luego estaba Zachary, el otro hermano de Elizabeth, que retrocediera en el tiempo para rescatar a Jamie, que había retrocedido en el tiempo... Bueno, sí que era complicado. Era tan complicado, en realidad, eso de los viajes y la irrealidad de todo, que él no dejaba de intentar olvidar que existía ese asunto.

Claro que olvidarlo tenía sus ciertas dificultades, puesto que su hermano continuaba investigando todos los recovecos de su tierra, asomándose por aquí, pasando en puntillas por allá. Cuando le preguntaban que hacía para ganarse la vida, Jamie siempre decía que era un historiador de escritorio.

Ja. Si alguien supiera la historia que veía desde perspectivas mucho más cercanas que la de un escritorio.

Pero lo más curioso de todo, era que él, Patrick, era el pionero en los viajes por el tiempo en ese grupo. Ay, si se hubiera quedado en casa...

Se detuvo.

No, había valido la pena.

Para ellos, si no para él. Para él también, si lograba encontrar a Madelyn.

Hizo una respiración profunda y se presentó en la sala. La mesa estaba cubierta de libros, platos, copas y papeles con anotaciones. Realmente parecía un consejo de algo.

—¿No lo lograste? —preguntó Jamie, innecesariamente—. Sí, bueno, hemos estado investigando un poco. Siéntate y escucha.

Patrick se sentó y escuchó. Estaban hablando del lugar donde se sabía que había estado por última vez Madelyn, y tratando de adivinar su trayectoria y destino. Miró a Alex y la mirada que recibió de éste era de lástima; él la aceptó por lo que valía.

También aceptó un plato de algo caliente que le ofreció Jane, que le apretó brevemente el hombro y luego volvió a sentarse y acunar a la pequeña Sarah en su regazo.

Se dedicó a comer y a dejar pasar la conversación por encima de él. No podía intervenir, no tenía nada que ofrecer. Tenía la cabeza llena de visiones horrendas: guerra, matanza, violación. Podría haberle ocurrido cualquier cosa a Madelyn. No hablaba el idioma, no tenía idea dónde se había metido. Vestía ropa moderna, por el amor de Dios. Si eso no tenía por consecuencia que la descuartizaran, no sabía qué.

Y eso suponiendo que se encontrara en las garras de un antepasado MacLeod tolerante.

Pero ¿en las de un enemigo?

Se estremecía de sólo pensarlo.

Por eso comía y se obligaba a no pensar. Contestaba las preguntas que le hacían, preguntas de las que no sabía las respuestas, por ejemplo cómo reaccionaría Madelyn a una coacción extrema, cómo soportaría una tortura, si el viaje a la locura sería corto o largo.

Preguntas que él escasamente podía encarar sin encogerse.

Después dejaron de pedirle opiniones. La reunión fue decayendo. Ian se llevó a Jane y a sus hijos a casa para que se acostaran. Margaret cogió los suyos y los llevó arriba para acostarlos en una habitación de invitados. Elizabeth había desaparecido hacía rato con la pequeña Patricia. Los muchachos de Jamie, que habían estado sentados a su lado tratando de parecer tan fieros e imponentes como su padre, se habían quedado dormidos sobre ese padre. Incluso Zachary había sucumbido al sueño garantizado a un hombre que ha comido demasiado pocas verduras. Joshua casi lo sacó de su silla de un empujón.

—Estás roncando —le dijo el ministril.

Zachary se frotó los ojos, se levantó y subió a buscar su cama.

Se abrió y se cerró la puerta principal. Entró Ian, se sentó y se llenó la copa.

—¿Se ha tomado alguna decisión mientras yo no estaba? —preguntó.

Nadie dijo nada. Patrick miró a los hombres de su familia y sintió su preocupación, aunque fuera tácita. No ofrecían ninguna solución, porque no había ninguna fácil. Continuaron en silencio un buen rato.

Alex fue el primero en romper el silencio:

—¿Qué vais a hacer con MacGhee? —preguntó—. Me parece que tiene cierta responsabilidad en precipitar esta situación.

—Deberíamos matarlo —dijo Ian firmemente.

Jamie lo hizo callar con un gesto del entrecejo y miró a Patrick.

—Sí, ése es un asunto importante.

—¿Qué tiene que ver eso con esto? —preguntó Patrick—. Es Madelyn la que está perdida. Es en ella que debemos pensar.

—Lo otro debe resolverse —insistió Jamie.

—¿Qué queréis que haga yo?

—Matarlo —repitió Ian.

—Calla, Ian —dijo Patrick, dándole la espalda a esa tentadora idea—. No importa que yo no haya matado a Lisa. —Paseó la vista por la mesa—. Estaba medio muerta cuando la encontré.

—Eso lo sabemos —suspiró Ian—. Por los santos, Pat, eso lo sabemos.

—Deberías decirle eso a Gilbert —dijo Jamie.

—Lo sabe.

—Pero no sabe por qué se puso en ese estado —dijo Jamie—. Dile eso. Dile lo que callaste en la pesquisa judicial.

—¿Con qué fin? —preguntó Patrick—. ¿Saber que su promiscua hija me ponía los cuernos le va a hacer brotar afecto por mí en su pecho? Pensará que yo fallaba en algo, que yo la llevé a buscar otro hombre.

—No es ningún tonto —dijo Alex—. Simplemente está obsesionado por encontrar un chivo expiatorio. No tiene ningún sentido intentar apaciguarlo —añadió, mirando a Jamie—. Le irá detrás a Pat hasta que uno de ellos esté muerto.

—Dile el nombre de su amante —aconsejó Ian—. Deja que ese muchacho aguante lo más recio de la furia de Gilbert. O —añadió— mátalo. Eso sería más fácil.

Patrick miró al cielo poniendo los ojos en blanco.

—Ponte en el presente, Ian. No puedo matarlo, por mucho que pudiera gustarme hacerlo.

Jamie frunció los labios.

—Por entretenida que sea la idea de matar a Gilbert, no es una que nos reporte ningún beneficio.

—Entonces volvamos al verdadero problema. Encontrar a Madelyn.

—Todo es parte de la trama de la misma tela —dijo Jamie—. Los actos de Gilbert, la huida de Madelyn, su evidente viaje por el bosque. Tu incapacidad para seguirla. —Parecía preparado para empezar un sermón—. Hay un motivo que impide a Patrick doblegar la puerta a su gusto, y debemos descubrirlo.

Patrick soltó un bufido, pero Jamie no se iba a desalentar por esa expresión de disgusto tan moderada.

—Si la encuentras, ¿qué harás con ella? —le preguntó.

—Rescatarla, imbécil. ¿Qué creías?

—¿Con qué fin? —insistió Jamie—. ¿La amas? ¿Has buscado tus motivos en tu corazón?

—¿Debo tener motivos? ¿No es suficiente desear evitarle su buen poco de sufrimiento a la pobre muchacha?

Jamie parecía estar muy deseoso de frotarse el mentón de la manera que solía reservar para el pensamiento profundo. Por suerte, Patrick se libró de eso gracias a que los dos niños dormidos le tenían ocupados los brazos a su padre.

—Las puertas del tiempo son volubles a veces —declaró Jamie—. Alex puede dar fe de eso.

—Muy cierto —corroboró Alex—. La primera vez, cuando intenté volver a casa dejando allá a Margaret, no pude. Posiblemente porque todavía me quedaba algo que hacer por ella allí.

—Sí, como enamorarte de ella —dijo Jamie—. El amor es algo muy poderoso.

Patrick no daba crédito a sus oídos. Estaba claro que su hermano, cuyos únicos amores en otro tiempo eran una espada bien afilada y unas cuantas historias de matanza y destrucción puestas en música de modo muy masculino, había perdido la chaveta.

—¿Qué demonios tiene que ver el amor con nada de esto? —preguntó—. Tengo que ocuparme de llevar a cabo una tarea, no buscar pasto para una balada.

—Tus motivos tienen que ser puros —insistió Jamie—. Si no, jamás llegarás a ella.

—¿Quieres decir que tengo que enamorarme de ella para lograr que el bosque haga su magia para mí y me permita ir a rescatarla? —preguntó Patrick, exasperado.

—Yo diría que el enamoramiento ya ha ocurrido —terció Ian sonriendo.

—Cierra el pico, Ian —gruñó Patrick.

Alex soltó una risita mezclada con un bufido.

—Has puesto el dedo en la llaga, Ian —dijo.

Patrick lo miró furioso y después miró a su hermano, retándolo a añadir algo más a las tonterías que ya se habían dicho.

Jamie se frotó el mentón en el pelo oscuro de su hijo Ian.

Al parecer esto dio resultados parecidos al de su acostumbrado gesto para ayudarse a pensar.

—Esto se merece pensarlo más —dijo.

—No se merece nada —dijo Patrick—. Le tengo afecto a Madelyn, pero a eso no se le puede llamar amor.

Lo dijo con energía.

Como si de veras lo creyera.

Pero le sonó hueco, incluso a sus oídos.

—Mmm —musitó Jamie, volviendo a frotar el mentón en la cabeza de su hijo.

Alex se levantó y se desperezó.

—Enfréntalo, Patrick. Te será más fácil si lo haces.

Ian también se levantó.

—Es una buena chica, Pat. Será una buena madre para tus hijos.

—Es abogada.

—Uy, uy —rió Alex—, hablando mal de mi profesión. ¿Sabes, Patrick?, podría ser peor.

Ian le dio un golpe bastante fuerte en el brazo a Patrick al pasar por su lado.

—No seas idiota —le dijo afectuosamente—. Fíjate por donde pisas cuando vuelvas a casa, si vas a ir a dormir con nosotros.

Patrick los miró a los dos enfurruñado, hizo callar a Joshua, que había abierto la boca para decir algo antes de subir a su habitación, y luego miró a Jamie por encima de la mesa:

—¿Y tú? ¿No tienes nada más que decir? ¿Ningún otro consejo con qué aporrearme?

Jamie estuvo en silencio varios minutos, tantos que Patrick empezó a calcular que su hermano estaba pensando seriamente su pregunta y no iba a soltar la primera tontería que le pasara por su vacía cabeza.

—Creo —dijo Jamie al fin—, que sólo tú puedes decidir qué se esconde en las profundidades de tu corazón.

—Gracias...

—Pero también pienso —continuó Jamie, implacable—, que deberías dejar de castigarte por la estupidez de Lisa.

Patrick apretó los dientes.

—Gilbert...

—Encontrará su desagradable fin con el tiempo —dijo Jamie—. Es posible que venga a vagar tantas veces por mi tierra que de repente se encuentre en un lugar que no le guste nada. No le hagas caso.

—Más fácil decirlo que hacerlo. Tú no metiste en tu vida a una esposa que venía acompañada por él.

—¿Puedes cambiar el pasado?

—Es condenadamente tentador.

Jamie se levantó, se acomodó a sus hijos en los brazos y dirigió a Patrick una mirada que le decía que iría a poner a los niños en la cama y después se iría a su cuarto de pensar y allí haría más conjeturas sobre el lastimoso estado de su corazón.

—Piensa en lo que te he dicho —le dijo.

Dicho eso, salió de la sala y antes de empezar a subir la escalera se giró a mirarlo significativamente.

Patrick lo observó hasta que desapareció por la escalera y después soltó un bufido. Jamie sería más feliz si se pasara menos tiempo preocupándose de los males de los demás y más preocupándose de los suyos propios.

Después de poner más leña en el fuego del hogar, salió de la casa, fue al establo a buscar su caballo y montó, pero no se dirigió a la casa de Ian sino a la humilde cabaña de la orilla del bosque. Se veía una débil luz por la ventana. Amarró su caballo y caminó hacia la puerta.

Moraig la abrió antes de que él golpeara. Lo miró de arriba abajo.

—Cosas del futuro —dijo sucintamente—. Tienes que librarte de ellas.

—Tengo unos remedios...

Ella le dirigió una mirada de extraordinaria decepción.

—¿Qué necesidad tienes de medicamentos modernos? Hay hierbas en abundancia para que las uses. Hazlas servir, que para eso están. Deja esas cosas aquí. Aquí estarán seguras hasta que vuelvas.

Él suspiró, entró en la cabaña y echó sobre la mesa todo lo que llevaba en la escarcela debajo de la falda.

—Pero el chocolate me lo quedaré —dijo ella sonriendo de oreja a oreja, enseñando todos los huecos de los dientes que le faltaban—. Ay, muchacho, ya conoces mi debilidad.

Él sonrió y luego se acostó acurrucado en el suelo, tal como hiciera esa primera noche, cuando encontró cobijo junto a su hogar.

—Gracias —susurró.

—Lo intentarás mañana —dijo ella.

—Sí.

—Y pasado mañana, si es necesario.

Y pasado pasado mañana también. Continuaría intentándolo hasta conseguirlo. Y tal vez en algún momento entraría en su corazón la esperanza de que lo conseguiría.

Sólo podía rogar que entonces no fuera demasiado tarde.

Capítulo 26

*B*entley Douglas Taylor III iba entrando en el bosque a toda prisa, soltando tacos en voz alta. Tenía que haber sido MacLeod el que le saboteó el coche otra vez. Pero esta vez se le pasó la mano. El maldito aparato hizo un ruido horrendo y luego empezó a echar humo. Buscarse otro coche de prestado le había gastado muchísima energía mental. MacLeod le pagaría esa.

Ah, y también lo haría pagar esa paliza de menor cuantía que le arreara. Volvió a soltar otros tacos para sentirse mejor. Le había costado un mundo salir de la cama al día siguiente, aunque eso no lo reconocería jamás ante nadie, lógicamente.

Había dedicado muchísimo tiempo a reflexionar esas tres semanas pasadas, mientras acampaba en el bosque observando algo que no lograba entender, por mucho que lo intentara.

MacLeod. Vestido con falda. Ahí de pie en el bosque. Simplemente de pie, sin hacer nada.

¿Un extraño rito escocés de la fertilidad?

¿Un hombre tratando de conectar con su niño interior?

¿Estaría esperando que reapareciera Madelyn por entre los árboles?

Fuera como fuera, la espera de MacLeod había sido absolutamente en vano. Eso lo sabía porque él había estado esperando también todo ese tiempo, con los mismos insatisfactorios resultados.

Era desconcertante esa situación. Ya se había quedado perplejo tres semanas atrás cuando justo en el momento en que por fin le iba dando alcance a Madelyn, ella desapareció sin dejar el menor rastro. Cosas como esas ocurrían en el Triángulo de las Bermudas (eso lo sabía porque además de sus cintas de vocabulario poseía toda una biblioteca con material sobre los OVNI), pero no en Gran Bretaña. Y si Madelyn seguía por ahí, ¿por qué MacLeod se pasaba casi todo el tiempo en ese lugar, con esa vestimenta de cuento de hadas, aparentemente esperando que ocurriera algo?

¿Quién podía saberlo?

Era una de las cosas más curiosas que había visto en toda su vida. De hecho, lo había perturbado tanto que estuvo a punto de que lo sorprendiera. En realidad, no estaba muy seguro de que MacLeod no supiera que él estaba ahí. De lo que sí estaba seguro era de que no deseaba que lo supiera. Seguía dolorido a causa de ese breve encuentro.

Si hubiera tenido una pistola, la habría usado.

O tal vez no. Sin duda podría haberse conseguido una, por las buenas o por las malas. Pero la tentación no había sido tan grande. Era mucho más interesante ver a MacLeod aterrarse y elucubrar acerca de qué se aterraba.

Había revisado las listas de pasajeros de todo el mes en dos compañías aéreas importantes (era útil tener amigos con antecedentes criminales que le debían favores), pero en ninguna aparecía el nombre de Madelyn. Seguía en Escocia. Lo más probable era que no estuviera holgazaneando en un vertedero de basuras, puesto que MacLeod rondaba el lugar donde se la vio por última vez con una religiosidad rayana en la obsesión.

Como para figurárselo.

Pero ¿qué lo obsesionaba?

¿Quién podía saberlo?

Cuando Bentley llegó a su escondite habitual sólo alcanzó a tener un breve atisbo de la falda y MacLeod desapareció.

Maldición.

Caminó por el bosque aplicando sus rudimentarios conocimientos de rastreo para seguir las huellas de pisadas que pudieran haber quedado.

No encontró ninguna.

MacLeod había desaparecido.

Después de maldecir efusivamente, decidió que era hora de hacer otra visita al pub. Tal vez encontraría allí al chico al que la otra vez le pagó para que espiara a Madelyn y a MacLeod. El chico le había soltado un rollo con todo tipo de detalles de cosas que a él no le interesaron.

Rumores de magia.

Cuentos de viajes por el tiempo.

Sí, obviamente estaba indicada una breve visita al pub.

Se metió las manos en los bolsillos y se puso en camino, dejando ahí su tumbona y el enorme montón de basura proveniente de sus tentempiés.

Capítulo 27

*L*a muerte tenía que ser algo muy apacible, sin duda.

Madelyn hizo otra marca en uno de los barrotes más oxidados de su jaula. Era la marca número veinticinco. Veinticinco días llevaba sentada en su prisión. Veinticinco días que no había podido estirar las piernas, no había podido sentarse con la espalda derecha, ni había tomado una sola comida decente.

Lo más probable era que 25 días fuera un periodo corto de penurias, considerando cuánto tiempo podría estar ahí. En la Escocia medieval encerraban a nobles en jaulas, ¿no? Estaba segura de haber leído que a una pariente de Robert el Bruce la tuvieron encerrada en una jaula en el patio de un castillo. Lo que no recordaba era cuánto tiempo tuvieron encerrada ahí a la mujer.

Igual podrían haber sido años.

Por lo menos ella estaba bajo techo y no fuera a la intemperie. Eso era un plus. Pero claro, si hubiera estado al aire libre en el patio, la lluvia podría haberle producido una neumonía. Eso lo encontraba estupendamente atractivo en esos momentos. Podría haber tosido hasta morirse.

No bonito, pero eficaz.

Por desgracia, ¿quién podía saber cuánto podría durar una mujer en el frío interior de un castillo medieval, sobreviviendo de ratas y agua asquerosamente sucia hasta expirar?

Demasiado tiempo, probablemente.

Bueno, por lo menos estaba intacta.

La mayor parte de su persona, intacta.

Era posible que el dedo índice le sanara finalmente. El día Cuatro había cometido el error de intentar recoger las horquillas que habían caído fuera de la jaula. El hermano de Fergusson la sorprendió y le quebró el dedo con la empuñadura de la espada.

La verdad, no recordaba el resto del día Cuatro ni el día Cinco. Eso ocurría, suponía, cuando uno está inconsciente por el dolor.

Se miró el dedo. Se lo había vendado lo mejor que pudo, pero cualquiera sabía lo que quedaría de él cuando estuviera bien curado. Por suerte era el de la mano del arco. Eso no era la mejor situación, claro, pero podría haber sido peor. No había sufrido ninguna otra fractura, ninguna tortura, ninguna paliza.

A diferencia del hombre que estaba encadenado a la pared a su lado.

Por lo visto ése era el lugar favorito de Fergusson para tener a sus prisioneros. Tenía mazmorra, pero al parecer no le divertía limitarse a arrojar ahí a sus prisioneros. Y no era que no la usara; sí que la usaba, pero para meter a los escoceses comunes y corrientes que lo fastidiaban. Ella había visto ocurrir eso a un par de personas del propio castillo. Pero era a los MacLeod que cogía a los que invitaba a la vista de arriba.

Suerte para ella.

Mala suerte para el gaitero que estaba sentado a su lado encadenado.

Tocaba bien. Eso lo sabía por dos motivos. Uno, el día que lo capturaron le permitieron, o lo obligaron, según el punto de vista, a tocar varias horas para el señor. Y él tocó varias de las melodías que ella le había oído tocar antes.

¿O era después?

Difícil determinar eso.

Eso era justamente lo más misterioso que le había tocado ver en su vida. También lo más penoso. Lo escuchó tocar y luego vio cómo le fueron quebrando los dedos, uno cada día, hasta que ya no le quedaba ningún dedo sin quebrar. En cuanto a si volvería a tocar o no, sólo se podía conjeturar.

Es decir, durante su vida.

Ella sabía que volvería a tocar en un instrumento que no era de este mundo, y esto lo sabía porque Robert el gaitero no era otro que el fantasma que le había dado serenatas con tanta frecuencia en 2003.

Pero mirarle las manos la hacía sentirse extraordinariamente contenta de que el Fergusson no supiera nada de su insignificante habilidad para tocar el violín.

Todo eso Robert se lo tomaba con filosofía. Le hacían eso porque era un MacLeod, le explicó, allí sentado a su lado encadenado, con ocho de sus diez dedos quebrados. Eso fue durante la semana Dos. Ella le había contado que en realidad no era una MacLeod, que sólo estaba enamorada de uno. Y había podido decirle eso porque él se pasaba la mayor parte del tiempo enseñándole gaélico. Podía agradecerles a sus padres su facilidad para los idiomas, porque sólo le había llevado tres semanas tener una excelente comprensión de la gramática y una enorme cantidad de vocabulario. ¿Quién sabía qué grado de perfección en el idioma podría tener después de varios años de cautividad?

También se había enterado del año en que estaba: 1382. Eso parecía increíble, pero también lo era el hecho de ser una mujer civilizada encerrada en una jaula.

Y luego se había acostumbrado. Se había acostumbrado al desastroso estado de su preciosa falda; se había acostumbrado a la pérdida de la hermosa chaqueta de Jane y de sus calcetines y botas. También se había habituado a cómo la llamaban los hombres cada vez que pasaban cerca de ella.

Puta MacLeod.

De acuerdo, no le daban un nombre peor. Por lo menos sólo la llamaban así, y no se iba a convertir en una puta Fergusson. Gracias al cielo por esos pequeños favores.

En realidad había sido toda una educación. Al no tener ninguna otra cosa que hacer, se pasaba el tiempo asimilando todos los matices, todas las maldiciones, todas las historias que escuchaba. Si hubiera tenido una mínima esperanza de que la rescataran, no se habría tomado la molestia. Pero no tenía la menor esperanza de rescate, con un gaitero lisiado a su lado y un castillo lleno de hombres que odiaban a la persona que creían que era ella. Era esa posibilidad de pasar a ser una prostituta Fergusson lo que le mantenía la boca cerrada respecto a su verdadera identidad. El gaitero Robert había manifestado su acuerdo con ella:

—A ti podrían liberarte, pero no te gustaría —le dijo—. A mí, me torturarán y luego me matarán.

—Yo creía que reverenciaban a los gaiteros.

Él se rió.

—Estamos en tierra Fergusson. El mundo como lo conocemos deja de existir en la frontera.

Le tenía muchísima simpatía a Robert. Deseaba haberlo conocido mejor como aparecido. Pero claro, igual tendrían un largo y agradable tiempo juntos para charlar ahí prisioneros.

Se apoyó en los barrotes de la jaula a contemplar la vida. Intentaba ser positiva. Mientras estuviera metida en la jaula, la vida sólo podía avanzar desde donde estaba. Claro que era posible que nunca volviera a caminar. Estaba bastante segura de que se le estaban soldando las articulaciones de las piernas en la posición dobladas. Por lo menos sería fácil enterrarla: no tendrían que cortarle las piernas para meterla en un ataúd pequeño, si se tomaban la molestia de meterla en un ataúd.

Y no era que se hubiera pasado toda su estancia en la jaula de lord Fergusson pensando en la muerte. Eso sólo había sido durante los primeros días.

Desde el día Seis al día Doce, había deseado volver a casa y aniquilar totalmente a todos los tíos malos que se le cruzaran por el camino, y eso porque había llegado a odiar apasionadamente al lord Fergusson. Fantaseaba con aplastar bajo sus tacones a los malhechores y a los miembros masculinos del bufete donde trabajara. Deseaba libertad y una espada afilada para enterrarla entre las costillas de Fergusson.

Fue durante ese periodo cuando empezó a tomar contacto con su lado más negro.

Las fantasías de infligir todo tipo de torturas insólitas y dolorosas a sus enemigos dieron luego paso a una reconsideración más concienzuda de sus prioridades. Es muy fácil poner la propia vida en perspectiva cuando todo lo demás está sujeto a pura conjetura.

¿Trabajo? ¿Quién lo necesitaba? Tal como estaban las cosas, ya había demasiados abogados en el mundo. Su diploma de Harvard sería un estupendo envoltorio para el juego de pluma y lápiz que le regalaran en DD&P por su excelente trabajo (la mejor puntuación en la historia de la firma) cuando lo donara a la organización benéfica local.

¿Su guardarropa? Conservaría lo que le regalara Patrick y lo haría servir hasta que necesitara ropa para el verano, entonces o bien le pediría la ropa vieja a Sunny o se compraría algo en la tienda de ropa barata y oportunidades.

«Sunny». Ah, era la idea de no volver a ver nunca más a su hermana lo que realmente la abatía. Sus padres se pondrían tristes, sí, pero lo superarían y volverían a su cruzada por conservar el latín vivito y coleando. Para Sunny, en cambio, la pena sería terrible; igual arrojaba su karma al viento y mataba todas las plantas que cultivaba en su casa.

¿Y Patrick? Bueno, como siempre, el jurado seguía deliberando sobre él. ¿Quién podía saber lo que habría ocurrido si ella hubiera cogido el avión con él aquel día? ¿Habría cambiado de decisión en el último momento? ¿Le habría declarado su amor eterno ahí en la terminal del aeropuerto? ¿Le habría suplicado que se quedara y le hiciera la vida completa?

¿Se habría teñido rosa el pelo y puesto un tutú a juego?

Todas esas conjeturas llegaron a su fin en algún momento después del día Diecisiete. Entonces fue cuando comenzó a pensar en otras cosas. Una casa. Un jardín. Otras cosas que crecen con tierno cuidado, como hijos, por ejemplo.

Hijos que no tendría nunca.

Pero eso no le impidió fantasear. No sólo se había imaginado la casa, también la había amueblado, con el buen gusto del estilo clásico de los artesanos adventistas. Decoró cada habitación, desde el suelo al cielo raso. Claro que en algún momento cayó en la cuenta de que la casa que estaba decorando no se parecía en lo más mínimo al desmantelado castillo de Patrick MacLeod.

Eso la preocupó.

Se puso a pensar cómo se veía el estilo clásico adventista en una casa que tenía que parecerse a un castillo.

En ese punto consideró la posibilidad de decorarlo con antigüedades.

Y cuando ya lo había considerado todo para el interior del castillo de Patrick, y lo tenía amueblado y decorado a satisfacción, pasó la atención al jardín. Esa parte le resultó más fácil que el interior de la casa porque ya había metido las manos en esa tierra. Rosales, enredaderas de glicina y madreselva, arbustos y rododendros. La lista se fue alargando y plantó cada cosa con mucho esmero. También le diseñó y plantó una muy estupenda huerta, porque suponía que en invierno a él no le gustaría comer nada que no hubiera guardado o envasado él. Qué sentido tiene comprar productos de origen incierto cuando se pueden cultivar en casa sabiendo exactamente qué tipo de pesticidas se usan.

Sunny usaba cerveza para las babosas.

¿Tendrían babosas en Escocia?

Tenía la seguridad de que sí tenían todo tipo de cerveza. No sabía si las babosas se sentían atraídas por el whisky, pero estaba más segura aún de que en Escocia producían todo tipo de whisky. ¿Al principio lo producirían sólo para beberlo o para tener sus jardines libres de pestes?

Difícil saberlo.

Fue en algún momento durante su elucubración sobre las babosas cuando comenzó a temer por su cordura.

Así pues, al día siguiente no hizo otra cosa que escuchar, tratar de no fijarse en los pocos restos que le daban para comer, y no pensar mucho en nada.

Pero el pensar en nada la llevó a pensamientos sobre la muerte, y en ésos estaba sumida en ese momento; mirando las marcas que había hecho en los barrotes oxidados y rogando no tener que hacer tantas que tuviera que borrar las primeras.

«Por favor, que la muerte llegue primero, y que sea rápida.»

No tenía ninguna esperanza de escapar.

Ninguna, aparte de esa dulce liberación.

Se dio una buena sacudida. Demonios, pero ¿qué estaba haciendo? ¿Renunciar? ¿Dejarse derrotar por comidas horrendas y agua asquerosa? No era una MacLeod, pero era una Phillips, y ése era buen linaje británico, ¿no? Había una MacKenzie posada en su árbol familiar también, lo cual podría valer algo. Tenía aguante y sin duda podía aprovecharlo. Podía estar encorvada, pero seguía viva. Y mientras hay vida hay esperanza.

Esperanza de qué, no lo sabía.

¿De que todo un pelotón del clan MacLeod entrara corriendo por esa puerta a rescatar a su gaitero y la rescataran a ella también junto con él?

Podría ocurrir.

Lord Fergusson podría morir atragantado con un hueso y entonces su hermano asumiría el mando, el hermano que la llamaba puta
con más odio que el resto de los hombres.

Eso también podría ocurrir.

También podría ser que ella enflaqueciera hasta el punto de
poder pasar por entre los barrotes, pero tal vez eso llevaría tiempo. Y
no era que no tuviera tiempo en las manos. Sí que podía esperar.
Vaya si no se sorprendería Bentley al verla sin carne en los huesos.

Nooo, seguiría encontrándola excesivamente gorda. Ése era un
hombre capaz de llamar al cielo rojo y a la hierba morada con tal de
llevar la contraria.

Lástima que no lo hubiera chupado también la puerta del tiempo, junto con ella. Podrían hacerle bien unos cuantos humillantes
años en una jaula. Era muy tentador desear eso, pero sabía que era
inútil. Él continuaría medrando, continuaría abriéndose camino
hacia el éxito con mentiras, continuaría con su empeño de reemplazar al decano Anderson.

Lo más probable era que lo fastidiara de muerte que ella hubiera
estudiado en Harvard, triunfado en Harvard, obtenido unas notas
con las que él sólo podía soñar.

¿Y dónde estaban ahora?

Ella en una jaula y él conduciendo un Jaguar.

En cierto modo, era comprensible.

Dedicó unas cuantas horas a contemplar esa ironía. Él iba deslizándose por ahí sobre finos asientos de piel corintia; ella se deslizaba
por una capa de mierda. Él tenía espacio para las piernas; ella no
tenía ninguno. Él iba conduciendo ahuyentando a los peatones; ella
ahuyentaba a toda alma sensata con sólo su fetidez. Él había mentido, engañado y probablemente robado para subir a la cima; ella
había sido honrada, trabajadora y frugal para bajar al fondo.

De acuerdo, tan frugal no había sido. Tal vez iba a lamentar ese
guardarropa de ejecutiva hasta el fin de sus días. Si hubiera sido frugal habría tenido dinero extra para reemplazar la ropa que le robara
Bentley, no habría tenido que depender de la caridad de Patrick y no
estaría sentada en esa jaula, setecientos años en el pasado, pensando
por qué demonios ella estaba ahí mientras su ex novio estaba sentado
en la falda del lujo, tratando a todo el mundo como a basura.

Ese pensamiento fue casi más de lo que podía soportar.

Por lo tanto, echó una cabezada. Jamás dormía de verdad. Cada vez que lo intentaba durante el día, una u otra alma caritativa parecía considerar su deber ir a despertarla de forma desagradable. Por lo menos no la pinchaban con sus espadas. Agradecía esos pequeños favores.

Así pues, cerró los ojos un momento y trató de ponerse una expresión que diera a entender que simplemente estaba pensando en su sufrimiento y no tratando de echar una pequeña siesta.

Y la maravilló que todavía fuera capaz de mantener una actitud tan animosa.

Debería estar sacándose los ojos llorando.

Pero eso atraía la atención hacia ella también, y atraer la atención hacia ella era algo que había aprendido a evitar a toda costa.

De todos modos le brotaron lágrimas y le corrieron por la cara.

Supo que había dormido sólo porque despertó, y despertó sola, milagro de milagros. Miró hacia el lado para ver a Robert. Éste estaba sentado con la espalda apoyada en la pared, en postura muy despreocupada, pero con los ojos muy alertas. Ella había aprendido a juzgar el ambiente del castillo sólo por la expresión de sus ojos.

Ocurría algo.

Miró hacia el centro de la sala para juzgar por sí misma qué podría ser ese algo.

Bueno, lo que ocurría era que tenían un invitado para la cena. Observó con interés. Jamás había visto a ningún invitado en las cenas. Pensó si los Fergusson harían poner la porcelana buena.

Bueno, al parecer no sacaron la porcelana buena, pero sí pusieron un par de mesas más retiradas del fuego, lo suficiente para dar espacio al invitado y al hermano del señor la oportunidad de hacer un poco de ejercicio ligero antes de cenar. Resultaba que dicho hermano era el más fiero de los luchadores del clan; eso ella lo sabía porque era él quien tendía a golpearle la jaula más fuerte con la espada para despertarla.

Miró con tenue interés al recién llegado. Estaba tan lejos que resultaba difícil discernir sus detalles precisos. Su manta-falda estaba menos andrajosa y más limpia que la de todos los moradores del castillo, llevaba el pelo bastante más corto y no llevaba barba. Tal vez en el lugar de donde venía se afeitaban más de una vez cada diez años.

Bueno, fueran cuales fueren sus hábitos de aseo y cuidado personal, el hombre sabía usar una espada. La blandió bastante bien contra el hermano del señor, sucumbiendo apenas un pelín al impresionante ataque del otro y después de tanto rato que ella ya estaba aburrida. Era la hora de la cena y no veía las horas de ver qué tipo de comida recibiría. ¿Cabezas de ratas? ¿Cartílagos? ¿Huesos roídos? Difícil saberlo, y no digno de conjeturas.

El señor le dio una palmada en la espalda al recién llegado y lo llevó por el lado de la mesa principal.

—Ven —tronó—. Ven a ver a la puta de mi enemigo. Como McKinnon, te gustará la vista.

Madelyn no se molestó en levantar la vista. Al Fergusson no le gustaba, así que no lo hizo. Mantuvo los ojos bajos y no levantó la mano para limpiarse la cara cuando él le orinó encima. Eso lo haría después, cuando él no estuviera mirando.

—No habla mucho —dijo el Fergusson—. Parece que no es una puta muy inteligente.

—Interesante —fue el comentario.

Al oír esa voz Madelyn tuvo que apretar las manos aferradas a la falda para no levantar la vista sorprendida.

—¿Y ves al gaitero? Ése ya no volverá a tocar el acompañamiento para la batalla, ¿eh?

—Bien hecho —fue el elogio—. Tu justicia es rápida y terrible. Seguro que los MacLeod lo pensarán muchas veces antes de levantar una espada en vuestra contra.

—Eso diría yo —rió el señor—. Eso diría yo. Ahora vamos, amigo McKinnon, para que me des noticias de tu clan.

Ella no se atrevió a mirar. Las lágrimas que le caían de los ojos se mezclaban con el otro líquido que le mojaba la cara, por lo que no había ningún peligro de que el Fergusson o sus hombres notaran algo desfavorable.

Se apoyó en los barrotes y lloró.

El recién llegado era Patrick.

Había venido a por ella.

Capítulo 28

*P*atrick estaba sentado a la mesa al lado de Simon Fergusson, haciendo ímprobos esfuerzos para escucharlo con embobada y aduladora atención. La adulación no se le daba bien, pero le habría besado el lastimoso culo al cabrón si eso le conseguía que el Fergusson lo considerara amigo y no enemigo. Por lo menos durante el tiempo que necesitara para hacer lo que había venido a hacer. Lo cual, por desgracia, no incluía labrarle un complicado dibujo en la carne al hombre con un cuchillo romo antes de cortarle la cabeza.

Eso era algo para esperar, decidió mientras escuchaba con una falsa sonrisa de admiración en la cara.

Esa esperanza lo ayudaba a refrenarse de mirar por encima del hombro para ver qué le estaba ocurriendo a la mujer que amaba.

Ni siquiera se atrevió a cerrar un instante los ojos para elevar una breve oración de acción de gracias. Era nada menos que un milagro que hubiera encontrado a Madelyn, nada menos que el mismo tipo de milagro que hubiera logrado que el bosque trabajara para él. Después de tres semanas de espera, había empezado a pensar que igual el bosque lo dejaba encerrado en el futuro eternamente.

Esa espera le había dado demasiadas horas para imaginarse qué podría haberle ocurrido a Madelyn, demasiadas horas para examinar los sentimientos de su corazón, demasiadas horas para determinar qué había ido mal en el curso de su relación con ella. Había comenzado a suponer que nunca tendría la oportunidad de corregirlo.

Pero pese a todos los factores en contra, ahí estaba, sentado a la mesa de Simon Fergusson, a sólo tres metros de una mujer que, si no hubiera reconocido un trozo de la tela de su falda bajo la capa de suciedad, tal vez no hubiera reconocido en ella a la que amaba.

No había podido mirarla a los ojos. Tuvo miedo, no fuera que ella dijera su nombre o diera alguna otra señal de que lo reconocía. Así pues, simplemente escuchó y manifestó su admiración por la pericia de Fergusson en apresar y enjaular a la mujer.

Sentía la potente tentación de meter al hijo de puta en esa jaula él mismo antes de que acabara el cuento.

Pero eso vendría después. En esos momentos, le incumbía no poner mala cara al beber ese asqueroso vino y comer esa repugnante carne. Por todos los santos, llevaba demasiado tiempo fuera de la Edad Media. Ni siquiera en la mesa de su padre era tan mala la comida.

—La carne está buena —dijo Fergusson, eligiendo otro trozo de esa buena carne—. ¿Así de buenas son las cosas en el castillo McKinnon?

Patrick negó con la cabeza, su supuesta cabeza McKinnon, pesaroso.

—Los tiempos están malos y la cocinera de mi primo es inepta.

El Fergusson gruñó.

—Le regalaré algo de mi despensa. No lo mejor, por supuesto, pero algo sabroso de todos modos. En símbolo de nuestra alianza.

—Te lo agradecerá.

—Eso diría yo. —Le empujó más bebida—. Toma. Cuéntame otra vez qué hicieron esos malditos MacLeod que tanto enfureció a tu primo.

Patrick lo complació. Se repitió una última vez que en ese momento él era un McKinnon, que sus enemigos eran los MacLeod, y que había ido ahí a asegurarse la ayuda de Simon Fergusson para hacerlos pagar el robo de los mejores animales del ganado de McKinnon. Lo cual, desde el punto de vista medieval, significaba unos animales que aún se sostenían en sus patas y tenían sobre sus huesos un poco de carne imaginada, pero ¿quién era él para objetar? Esos malditos MacLeod se habían alzado con los pobres animales y los McKinnon estaban resueltos a pasar por alto la ligera desconfianza entre ellos y el clan Fergusson para echar a su enemigo común el clan MacLeod.

Afortunadamente, el manejo de la complejidad de esas relaciones, y los inmensos egos, era algo que no había olvidado. Tal vez todos esos años de halagar a su hermano no habían sido en balde. Así pues, mientras su pico de oro daba alas a una historia digna de una canción, su mente trabajaba acelerada.

Casi cuatro semanas. Madelyn llevaba casi cuatro semanas encerrada en esa jaula. Si no se le había escapado la mente, la capacidad de mantenerse en pie sin duda sí. Pero por lo menos la había encontrado. Tal vez eso ya era milagro suficiente para ellos.

Por qué el bosque había tardado tanto en hacer su magia, aún no lo entendía. Tal vez el obstáculo que se lo impedía fuera la presencia de Bentley, reclinado en su tumbona, masticando cosas crujientes y aplastando latas de gaseosa y cerveza a cada rato. Estropearle el Jaguar había sido el motivo de su éxito, de eso estaba seguro.

Entonces sintió que el bosque se movía, ligerísimamente, como un terremoto de enormes proporciones que sólo duró una fracción de segundo, un instante tan corto que él tuvo que convencerse de que no se lo había imaginado. Salió del bosque y se dirigió a su castillo ancestral, y lo vio en su correcto estado medieval. Y al llegar se encontró con un tremendo alboroto causado por la escapada de un tal Thomas McKinnon y el supuesto secuestro de Duncan MacLeod.

Thomas era, como si dijéramos, el marido de una sobrina suya. Y fue gracias a una larga conversación telefónica con dicho Thomas, mientras éste estaba sentado tranquilamente en la seguridad de su casa de Maine, que él logró enterarse de todos los detalles de ese determinado marco de tiempo.

Y no era que hubiera sabido a qué tiempo iba a llegar, lógicamente. Ése era el truco del bosque. A diferencia de los otros puntos marcados con X en la tierra de Jamie, al parecer el bosque no tenía en mente ningún destino previsible. Te enviaba donde debías ir y allí tenías que arreglártelas lo mejor que pudieras.

A no ser que fueras en busca de una persona que había retrocedido en el tiempo. Entonces el bosque te enviaba tras ella, si tenías suerte.

Él había tenido suerte, y lo sabía.

Lo difícil sería volver a casa, pero en eso pensaría después.

Así pues, sin conocer de antemano su determinado destino, se había preparado lo mejor posible. Parte de esa preparación consistió en informarse concienzudamente de todas las situaciones políticas que pudo. Le fue condenadamente útil haberle preguntado a Thomas todos los detalles posibles, porque eso le sirvió para salvarse de que lo arrojaran en la mazmorra del castillo de Malcolm MacLeod. Le echó la culpa a los Fergusson de la captura de Duncan. Puesto que Simon Fergusson había lanzado a sus hombres sobre un grupo de hombres MacLeod en misión de reconocimiento no hacía un mes, Malcolm MacLeod se mostró más que dispuesto a creerle cualquier cosa que él le dijera.

Cuando se presentó como un primo ausente desde hacía mucho tiempo, y luego prometió ir a rescatar al gaitero que capturaron poco después del ataque, Malcolm estaba fuera de sí de dicha, feliz por no tener que ir él a hacerlo, probablemente, pero él no se iba a quejar por eso, ¿verdad? Se armó con el conocimiento de Malcolm acerca de los usos y costumbres de Simon Fergusson y luego salió a internarse en la puesta de sol. Sólo le llevó una pequeña cantidad de creatividad llegar a sentarse seguro a la mesa del Fergusson.

Bueno, tan seguro como cualquiera de los que estaban sentados a esa mesa, claro.

Eso no duraría mucho. Mientras él parloteaba, los MacLeod estaban preparando un ataque. Cuando eso se descubriera, él liberaría al gaitero, liberaría a Madelyn y saldría cabalgando como el demonio en busca de seguridad. Cabalgaría gracias a un semental de MacLeod que corría como el viento.

—Pareces un MacLeod —dijo el Fergusson de repente—. Reconocería esos malditos ojos verdes en cualquier parte.

—Sí —dijo el hombre que estaba sentado al otro lado de Simon—. Condenadamente raros esos ojos verdes.

—Cállate, Neil —dijo Simon agitando la mano—. Lo estoy mirando yo.

Neil, el que Patrick supuso que era hermano de Simon, por el parecido, se quedó callado.

Interesante.

Patrick inclinó la cabeza tratando de parecer muy avergonzado.

—Soy un bastardo —mintió tranquilamente—. Hijo de violación, como quiso el destino.

—¿Por qué tu madre no te ahogó después de parirte?

Simon le dio una bofetada en la boca a su hermano con el dorso de la mano y luego miró a Patrick.

—¿Por qué el señor no la mató antes que te pariera? —le preguntó.

Patrick logró por un pelo no atragantarse con el vino. Por los santos, ¿quién era peor? ¿Neil el tonto o Simon el despiadado?

—Fue su error —consiguió decir—. Tal vez fue por venganza. Un hijo criado para odiar es una herramienta poderosa.

Neil gruñó, pero apartó el cuerpo cuando Simon volvió a levantar la mano. Simon examinó atentamente a Patrick un momento o dos.

—Supongo —dijo al fin—. ¿Y odias?

—Intensamente.

Simon hizo rayas en la mesa con la punta de su cuchillo.

—¿A quién en particular?

—A Malcolm MacLeod.

—¿Tu padre? —le preguntó Simon, mirándolo.

—Era muy joven en ese tiempo.

Simon se rió.

—Sí, bueno, era todo un errabundo, o eso he oído. —Asintió, satisfecho—. ¿No quiso reconocerte?

—Peor aún. Mató a mi madre.

—No me extraña —gruñó Simon—. Así que tienes buen motivo para odiarlo.

—¿Me puedes culpar por eso?

Simon se rascó el cuello con el filo de su cuchillo.

—No.

—Me vengaré también —añadió Patrick. El Fergusson entendería bien eso—. Con la ayuda del señor más astuto de las Highlands, veré vengada a mi madre, de una u otra manera. —«Y a ti te veré muerto por lo que le has hecho a mi mujer.»

Al parecer el sentimiento, si no a quién iba dirigido en silencio, sonó lo bastante cierto para acallar las últimas dudas de Fergusson. Patrick recibió una cordial palmada en la espalda, más vino en su copa y el ofrecimiento de una bonita muchacha (según el gusto de Fergusson no de él) para que le calentara la manta esa noche.

Patrick aceptó el vino y declinó la oferta de la muchacha. Y cuando soltó un largo y complicado cuento sobre su táctica de atenerse a la abstinencia antes de una incursión, el Fergusson juró que la probaría él.

—Pero no esta noche —añadió con una sonrisa lasciva—. Descansa, amigo mío. Mañana tramaremos otro poco.

Los moradores del castillo comenzaron a instalarse para la noche una vez que el señor eligió a su compañera de cama y se la llevó arriba para acostarse con ella tan concienzudamente que era una maravilla que alguien consiguiera oír a otro deseándole las buenas noches.

Claro que eso ocurrió después de que un puñado de muchachos se hubiera entretenido acumulando malos tratos sobre los prisioneros. El gaitero los maldijo y trató de esquivar el cuerpo a sus golpes, pero sus cadenas no le permitían mucho movimiento. Madelyn no reaccionó, pero no se encogió cuando la pincharon con palos.

Patrick tomó nota de cada uno de los que se divirtieron maltratándola. También tomó nota del llavero. Esas llaves las necesitaría después.

Se tumbó cerca de la puerta con su espada al lado. La furia que lo consumía ardía en llamaradas.

No durmió.

Ya faltaba poco para que comenzara a clarear el día cuando un centinela irrumpió en la sala.

—¡Ataque! —gritó.

Patrick se puso de pie de un salto.

—¡Id a buscar al señor! —gritó.

Por los todos los santos, eso había llegado antes de lo que se había atrevido a esperar. La verdad, lo sorprendía que hubieran venido. La devoción de Malcolm por su gaitero no le había parecido tan profunda.

—Van a saquear el castillo —resolló el pobre centinela.

—¿Quiénes? —preguntó alguien.

—Los MacLeod —logró contestar el centinela—. Malditos hijos de puta.

—¿Estás seguro? —preguntó Patrick.

Hizo todo un espectáculo de su preocupación, en especial cuando vio a Fergusson bajando la escalera tambaleante. Demasiada bebida, pensó. Eso lo perdería algún día.

—¿Quiénes? —preguntó Simon en tono serio, colgándose la espada al cinto.

—MacLeod —repuso Patrick, tratando de dar la impresión de que apenas podía contener su entusiasmo—. Déjame dirigir. Nunca he tenido el placer... siendo un hijo bastardo y todo...

Simón lo miró con sus ojos legañosos y negó con la cabeza:

—Vendrás, pero dirigir es mi derecho —dijo, y comenzó a ladrar órdenes.

—Pero...

La mirada del Fergusson, legañosa y todo, fue formidable:

—Te mantendrás atrás. Iain, Neil, venid. Vamos a pasar a espada a esos cobardes sin dilación.

Patrick hizo otro espectáculo con sus preparativos. La noche anterior ya había hecho una demostración de lo que sabía hacer, pero intencionadamente no había mostrado todo. De modo que continuó con la estratagema, demorándose en preparar su equipo antes de salir hacia el establo. Los Fergusson ya casi echaban espuma por la boca, tan impacientes estaban por enterrar sus espadas en carne MacLeod.

Patrick trató de quitarse de la cabeza esa posibilidad para él. Montó su caballo, se retrasó un poco más y luego se quedó atrás cuando las tropas salieron del castillo, sus gritos para helar la sangre resonando en el aire de la hora anterior a la aurora.

—Mi puñal —dijo consternado a uno de los que podían escucharlo.

Giró el caballo y lo puso cautelosamente rumbo al castillo.

Nadie le hizo caso, a excepción de Neil, que lo maldijo concienzudamente por ser tan idiota.

Perfecto.

A los pocos minutos llegó al castillo, desmontó y entró en la sala a toda prisa. Allí había cinco hombres, además del llavero. Se dirigió a este último.

—Suelta a los prisioneros.

El hombre lo miró atentamente con los ojos entrecerrados.

—¿Por qué?

—Porque si no lo haces te abriré la tripa y te estrangularé con tus entrañas.

El hombre lo miró boquiabierto, como si no pudiera creer lo que acababa de salir por su boca. Patrick cogió al idiota por la delantera de la manta y alargó la mano hacia las llaves.

El llavero gritó pidiendo ayuda. Patrick le enterró el puñal en el vientre, mientras caía le sacó la llaves de entre los dedos, y se giró a enfrentar a los otros cinco, los que estaba seguro se abalanzarían sobre él.

Pues sí.

Desenvainó la espada y despachó a tres rápidamente y a uno no tan rápido. A este último, que parecía no desear que lo mataran, lo envió de un empujón hasta el otro lado la sala para poder tirar las llaves al gaitero.

—¡Libérate tú y libera a la mujer! —gritó.

No esperó a ver lo que ocurría. El último Fergusson que quedaba en pie se abalanzó sobre él con la espada desnuda. Patrick lo miró furioso.

—No tengo tiempo para esto —dijo, retrocediendo un paso—. Vete.

—¿Estás loco? —gritó el otro—. ¿Quién diablos eres? ¿Un MacLeod?

—Nunca se sabe —dijo Patrick.

Paró los tajos moderadamente expertos, recibió uno o dos rasguños y puso fin a la vida del hombre atravesándole el vientre con la espada. El hombre del clan Fergusson cayó al suelo y se quedó totalmente inmóvil.

Patrick sacó su espada del vientre del hombre, la envainó y saltó por encima de la mesa hacia el lugar donde estaban los prisioneros. El gaitero estaba tratando de usar la pesada llave sin éxito. Estaba débil por la cautividad, sin duda. Patrick le quitó la llave y lo liberó. Después se arrodilló y rápidamente abrió la jaula de Madelyn. La sacó y la cogió en brazos. No pesaba nada.

—Gracias —susurró ella.

Estaba a medio camino por la sala cuando cayó en la cuenta de que ella había dicho eso en gaélico. Lo dejó como un misterio para resolver después. Por el momento, tenía que ponerse a salvo con ella.

Se giró hacia la puerta.

Y entonces se quedó inmóvil.

Dejó deslizar a Madelyn hasta el suelo. El gaitero la sujetó y la ayudó a sentarse en el suelo. Patrick desenvainó su espada y miró a Neil Fergusson.

—¡Lo sabía! —gritó Neil triunfalmente—. Sabía que no podías estar diciendo la verdad.

—Te felicito. Ahora, hazte a un lado.

—Maldito hijo de puta —escupió Neil Fergusson—. No pondrás el pie fuera de mi castillo.

—Es el castillo de tu hermano, idiota, y es mi mujer la que tu hermano tenía enjaulada ahí.

—La puta MacLeod —tronó Neil.

—Es una MacKenzie, pero la haré una MacLeod cuanto antes. Y te haré lamentar todo lo que has hecho para hacerle daño. Ahora mueres tú o muero yo. ¿Decidimos quién?

—No seré yo —dijo Neil.

Y eso fue lo último que dijo durante un rato. Patrick calculó que el asunto no le llevaría más de tres o cuatro minutos, pero si cada minuto significaba que podían descubrirlos, cuatro minutos eran demasiado tiempo.

No mató a Neil. Lo hirió, le rompió la nariz, le arreó unos vigorosos golpes en las bolas y luego lo dejó inconsciente con unas bien aplicadas presiones en un par de puntos vitales, pero lo dejó vivo.

Por qué, no lo sabía.

Tal vez no tenía ningún sentido dejar al Fergusson con otra alma más para vengar.

Envainó la espada, cogió a Madelyn en brazos y salió corriendo por la puerta. El gaitero lo siguió en silencio.

Su robusto caballo MacLeod estaba donde lo había dejado. Allí se detuvo y echó su primera buena mirada al gaitero.

Se le erizó el vello de la nuca. El hombre parecía no darle ninguna importancia a verlo, al menos no se veía sorprendido ni manifestaba ninguna impresión. Pero claro, no lo estaba mirando después de haberlo conocido más de seiscientos años después en el futuro, en forma de fantasma.

—Gracias por el rescate —le dijo el gaitero sonriendo—. Robert MacLeod, en deuda contigo.

—Patrick MacLeod, y ojalá hubiera llegado antes —dijo Patrick.

Iba a añadir alguna otra cosa expresiva, pero cometió el error de mirarle las manos.

Ningún dedo estaba en el ángulo correcto en la mano del hombre.

Por los santos, sí que eran concienzudos los Fergusson. Hizo una respiración profunda.

—Lamento lo de tus manos.

El gaitero se encogió de hombros.

—Ya he tocado bastante para una vida.

—Volverás a tocar —le dijo Patrick. «Dentro de muchos años», añadió en silencio. Entonces se le ocurrió—. Yo podría componerte los dedos, si quieres. Hay hierbas que podrían reparar bien las fracturas, si logro encontrarlas.

Robert lo miró como un hombre que no se atreve a esperar.

—Ahora no —dijo bravamente—. Después, tal vez. —Ladeó la cabeza y sonrió—: Sí que pareces un MacLeod. Y de ninguna manera te mueves como un humilde bastardo.

—Es una larga historia —dijo Patrick—. Vamos a buscar un caballo para ti...

Robert negó con la cabeza.

—Estaré más seguro sobre mis dos pies. —Le puso la mano en la cabeza a Madelyn—. Hasta luego, mi señora. Estoy seguro de que volveremos a encontrarnos.

—Gracias, Robert —dijo ella con la voz temblorosa—. Gracias, de todo corazón.

Robert se volvió hacia Patrick.

—Hay una cabaña, al norte del castillo, si deseas esconderte.

Patrick arqueó una ceja.

—Sí, la conozco.

—Está embrujada, dicen. Siempre abandonada. Y ya conoces a estos Fergusson. Son unos supersticiosos. Dudo que hagan incursiones por ahí.

Patrick asintió. Incluso en su tiempo se rumoreaba que la cabaña que sería la casa de Moraig siglos después estaba embrujada, que la habitaban todo tipo de duendes, fantasmas y viles criaturas del bosque. Era perfecta para sus propósitos.

Subió a Madelyn al caballo. Cuando él montó también, Robert ya iba saliendo por las puertas del patio como una sombra. A Patrick le preocupaba dejar al hombre sin caballo, pero era posible que no le ocurriera nada. Cogió las riendas y apoyó a Madelyn en él.

—Esto te va a doler.

—Simplemente vámonos —tosió ella.

Él puso en marcha el caballo. El animal cruzó de un salto el patio y no bien llevaban diez metros fuera de las puertas del patio del castillo ya iba a galope tendido. Debería haber sido un caballo de carreras. Era tentador llevárselo con él a casa y ver qué potrillos podría engendrar.

Suponiendo que llegara a casa con Madelyn y un caballo.

Pero eso no era algo para pensar en ese momento.

Viró hacia el este, alejándose del castillo y alejándose también de sus propias tierras ancestrales. Después volvería, cuando el lugar ya estuviera bien a salvo de batallas. Conocía muy bien los límites del clan y podría evitar cualquier encuentro desagradable.

Se inclinó sobre Madelyn para impedir con su cuerpo que la azotara el viento, pero principalmente para ofrecerle una cierta protección. Algo que debería haber continuado ofreciéndole en el pasado. En el futuro.

Maldición, cuando fuera que debiera haberle ofrecido protección, debería habérsela ofrecido bien.

Continuó a todo galope, deseando que su montura se lo perdonara después, y se obligó a rechazar toda reflexión acerca de su situación. Él había tomado sus decisiones, Madelyn había tomado las suyas, y el bosque se había encargado de los dos a su manera. Se encontraban en el pasado y eso era lo único que importaba. Sabía sobrevivir bastante bien, aun cuando hacía casi diez años que no tenía la necesidad de hacerlo.

Centró la atención en el entorno, en observar el campo, en escrutar el terreno, por si hubiera posibles enemigos.

Fue transcurriendo la mañana. Pasadas dos horas llevaba al paso a su caballo por su propia tierra. Sintió la espalda recorrida por un escalofrío al verla, vacía, sin siquiera un asomo de ningún tipo de vivienda.

Siguió un sendero inexistente por el bosque de Moraig. Sólo cabía esperar que no se trasladaran a un siglo en el que no estaban preparados para vivir, al pasar por algún insignificante trozo de tierra musgosa. La sola idea de ser transportados a mediados del siglo XVIII le producía repelús. Ya tenía problemas en esos momentos con el señor difícil que estaba al mando del castillo a finales del siglo XIV.

Tiró de las riendas. Ahí al frente, en lo que todavía era profundidad del bosque, se alzaba algo que podía tomarse por una cabaña. Suspiró, aliviado.

—Ya casi hemos llegado —dijo a Madelyn.

Ella asintió. O tal vez negó con la cabeza. Era difícil saberlo. Ella se aferró al brazo con que la sujetaba y no dijo nada.

Él cerró los ojos un momento, inundado de una gratitud inconmensurable por haberla encontrado.

Una gratitud desesperada, profunda, absoluta.

Nunca más volvería a dejarla.

Capítulo 29

Madelyn recuperó el conocimiento y sólo entonces cayó en la cuenta de que había estado inconsciente. Hacía tiempo que había dejado de preocuparse de lo que iba a hacer mientras dormía. ¿A quién le importaba? No iba a intentar impresionar a su público. Fue despertando lentamente, pero continuó totalmente inmóvil. Se le había convertido en hábito eso de quedarse inmóvil, por si acaso estirarse alertara a los habitantes del castillo de que estaba despierta.

¿Y qué sentido tenía intentar estirarse, por lo demás? Sus pies sólo encontrarían metal duro, inflexible. No, mejor continuar inmóvil, así continuaría inadvertida. En realidad eso ya no le costaba mucho, puesto que hacía tiempo que sus músculos habían dejado de contraerse. El dolor también había desaparecido. Posiblemente sus nervios ya habían renunciado a decirle que llevaba demasiado tiempo doblada en la posición fetal.

Además, el movimiento revelaba que estaba despierta, y eso atraía atención sobre ella, y estaba absolutamente harta de toda la atención que había estado recibiendo. No, quedarse inmóvil era lo mejor que podía hacer.

Pero mientras estaba acurrucada ahí, con las rodillas tocando el mentón, comenzaron a disiparse las telarañas de su cerebro y notó que varias cosas eran muy diferentes a lo que ya se le había hecho normal durante esos veinticinco días pasados.

El suelo no era el mismo. En lugar de piedra dura debajo había algo blando. ¿Tierra? Con sumo cuidado extendió el índice y rascó. Tierra, no mugre asquerosa. Tierra, no piedra debajo de la mugre.

Hizo una lenta inspiración. El olor del entorno también había cambiado. Olía a tierra, a lluvia y a otras cosas que podrían parecerse a algo bastante agradable si lograra pasar de su propia fetidez. Y no había corrientes de aire. Eso la sorprendió tanto que abrió los ojos para ver por qué.

Lo primero que vio, lo primero en que recayó su lastimosa mirada, fue un hombre sentado con la espalda apoyada en la pared de una especie de cabaña pequeña.

Patrick MacLeod.

Con aspecto de sentirse muy cómodo en su atuendo de highlandés medieval.

Cerró los ojos y se echó a llorar. No podía parar. Era como si las casi cuatro semanas de sufrimiento la hubieran derrotado, llenado su vaso a rebosar y ahora se estuviera derramando como las cataratas del Niágara.

—Ay, Madelyn —dijo él.

Más que oírlo lo sintió caminar por la pequeña habitación. Él se tendió detrás de ella. Y entonces sintió sus brazos alrededor, sus brazos fuertes y seguros, que le prometían salvarla de todos los hombres espeluznantes que acechaban fuera. Sintió su mano buscando la de ella, y luego la sintió cerrarse alrededor.

Alrededor de su dedo quebrado.

No sabía si seguía quebrado. Lo que sí sabía era que le dolía horrorosamente, y lloró de dolor sin poder contenerse.

Patrick se incorporó y se inclinó sobre ella.

—¿Qué? ¿Qué te pasa?

—El dedo —lloriqueó ella, roncamente—. Creo que está quebrado.

—¿Quién te lo quebró?

—Neil.

Él le apoyó suavemente la mano en el suelo, volvió a instalarse detrás de ella y la atrajo hacia él.

—Después te lo arreglaré. Ahora apoya la cabeza, cariño, y siéntete en paz.

Ella lloró hasta que se cansó y no pudo continuar. Y cuando ya sólo estaba sorbiendo por la nariz, dejó acudir los recuerdos.

Oír la voz de Patrick cuando estaba sentada en su jaula. Verlo sentado a la mesa con los Fergusson. Verlo matar a seis hombres y hacerle la vida un infierno a otro. Luego estaba la cabalgada, esa horrenda cabalgada en que lo único que había logrado hacer era aferrarse a las crines del caballo, aferrarse al brazo de él, y rogar con todas sus fuerzas que no se cayera del caballo o, peor aún, no quedara destrozada en mil pedazos al continuar ahí.

No recordaba el final de la cabalgada. Supuso que el final había sido llegar ahí, a esa cabaña de muy humilde origen y sin muebles.

Ahí, con un hombre que la tenía abrazada como si no tuviera la menor intención de soltarla jamás.

Cerró los ojos. Tenía que ser una alucinación. Demasiada comida incomible, demasiada poca agua. Se le había ido la mente, y con ella su sentido común. Hizo una inspiración profunda y luego tosió. Abrió la boca para hablar pero le salió un sonido áspero. Tragó saliva, para mojarse la garganta, o al menos lo intentó, y volvió a intentarlo.

—Gracias —graznó.

—Traté de venir antes —dijo él simplemente. Le pasó la mano por el pelo asquerosamente sucio, pero al parecer no lo notó—. Lo siento, Madelyn.

Ella trató de negar con la cabeza, pero los músculos chillaron una doliente protesta, así que se quedó inmóvil.

—No pasa nada.

No pudo decir más. Lo que deseaba era llorar otro poco, pero no tenía energía para llorar. Lo que deseaba era dormir, pero no tenía el valor para dormir. Demasiadas pesadillas estaban al acecho, esperando para saltar sobre ella y dejarla nuevamente atrapada en una jaula en que no cabía ni un perro. Cerró los ojos, pero se obligó a continuar lúcida.

—¿Qué pasa con los Fergusson que me querían entre rejas? —logró preguntar.

—Malditos hijos de puta —dijo él en voz baja.

—¿Dónde estamos?

—En Escocia.

—Muy gracioso —gruñó ella.

Él continuó el suave movimiento de su mano.

—En la casa de Moraig. O lo que será la casa de Moraig en el futuro.

—¿Y el año?

Él estuvo en silencio unos minutos.

—¿Ya lo sabes?

—Entiendo que es por allí por finales del siglo XIV. Alrededor de 1382.

—Correcto.

—Podrías habérmelo dicho.

—Pensé que no me creerías. —Guardó silencio un momento—. Lo lamento.

—Ja —dijo ella, y se le escapó un gemido de dolor por el vigoroso movimiento—. Moraig me lo dijo. Debería haber puesto más atención.

—Es un poco difícil de tragar.

—Y que lo digas.

Le miró la mano que le cubría la sana de ella. No parecía una mano medieval. Pero claro, ¿qué sabía de eso ella? Como si hubiera tenido la tranquilidad y el tiempo libre para examinar alguna de las manos con que había tenido contacto esas semanas. Muy tímidamente dobló los dedos hacia los de él.

—¿De verdad pensaste que no te creería?

Él entrelazó los dedos con los de ella.

—Sí.

—¿Qué te importaba que yo te creyera o no?

—Importaba.

Ella no supo cómo interpretar eso, así que decidió no interpretar nada. Tal vez él se lo había dicho a otras personas y éstas lo habían creído loco. Tal vez nunca se lo había dicho a nadie y ella tenía cara de ser digna de confianza. Los tal vez podían continuar eternamente, y lo más probable era que nunca diera con la respuesta correcta. No tenía ningún sentido tratar de entenderlo, y mucho menos en su actual estado de sufrimiento.

Deseó decir algo animoso, alegre, algo del estilo «Bueno, estamos en la Edad Media, ¿qué te parece si salimos a ver algunas cosas que aún se están construyendo?», pero no pudo. Ya tenía que esforzarse en respirar a través de su hediondez.

Y no era que hubiera tenido que hacer mucho esfuerzo antes. Pero una cosa es apestar cuando el lugar donde estás huele igual de mal, y otra muy distinta apestar delante del hombre al que has intentado impresionar de muchas y diversas maneras.

—Apesto —declaró.

—Yo he olido peor.

—No me lo creo.

—Pues sí. Estoy seguro de que he apestado más.

Ella casi logró sacar una sonrisa.

—Demuéstramelo. Dame ejemplos. Comienza por tu primer mal olor y continúa con los demás.

Él se rió. El sonido de su risa fue como el de una lluvia después de una sequía. Madelyn cerró los ojos y se dejó empapar el alma. Si él podía reírse, ahí, en ese lugar, con una mujer en sus brazos que igual podría haber pasado un mes dentro de una cloaca, tal vez había esperanza.

Y necesitaba angustiosamente una esperanza. Pensó si alguna vez podría olvidar lo que le había ocurrido. Luego pensó si alguna vez podría olvidar cuando vio a Patrick, con una enorme espada en la mano y una expresión en los ojos que tendría que haber impulsado a correr en dirección contraria a cualquiera que tuviera un mínimo de sensatez, matar a los hombres en la sala grande del castillo de Fergusson. Jamás se había imaginado que sentiría otra cosa que aborrecimiento por algo así, pero claro, ésos eran los hombres que se reían mientras torturaban a Robert el gaitero. Eran hombres que habían disfrutado muchísimo haciéndole la vida un infierno. Y una vez que empezó a entender lo que decían, comprendió que el único motivo de que no la hubieran violado era que la consideraban demasiado inferior a ellos.

Por el momento.

¿Quién sabía lo que habría ocurrido al final? Sospechaba que si no hubiera acabado en violación, cuando el señor se cansara de tener que alimentarla y albergarla, habría sido una muerte muy horrorosa.

Cayó en la cuenta de que estaba resollando, con la respiración sibilante. Patrick le estaba acariciando el pelo y musitándole sonidos consoladores. Tranquilizó la respiración con un enorme esfuerzo.

—Estaba pensando —logró decir.

—Sí, me lo imaginé.

—No eres mal espadachín.

De repente él se rió y ella se sintió como si el mundo hubiera temblado debido a eso.

—Gracias, mi señora.

—Me gustaría no tener que volver a verte hacer ese trabajo en el castillo Fergusson.

—Haré lo posible por evitarlo, por los dos.

Le acarició la parte exterior del pulgar con el pulgar de él. Tenía la mano caliente. La de ella estaba tan fría que casi le dolió que se la calentara.

—Aprendiste mi lengua —dijo él.

—Muchas maldiciones. Muy poco tiempo —dijo ella alegremente—. ¿Quieres que te impresione con lo que aprendí?

—Si quieres.

Lo insultó con varias de las palabrotas que había aprendido, lo sintió ahogar una exclamación de sorpresa y luego tuvo que ahogar una exclamación ella al intentar reírse.

—Por los santos —logró decir él.

—Quería apartar la mente del lugar donde estaba —explicó ella.

La verdad era que se había concentrado tanto en aprender que ya soñaba en gaélico. Su padre se sentiría orgulloso. Vagamente pensó si tendría la oportunidad de decírselo o si pasaría el resto de su vida en la Edad Media.

¿Qué más iba a ocurrir? ¿Volverían a casa? ¿Patrick la iba a llevar con él a casa? ¿O se iba a quedar con ella en el pasado? ¿La llevaría a un lugar seguro y simplemente la dejaría ahí?

Cerró los ojos para reprimir las lágrimas.

No debía pensar tanto. Sus pensamientos eran duros, implacables, como bofetadas en el alma.

—Madelyn —susurró él, apretándole la mano—. Madelyn, por favor...

Ella empezó a tener dificultad para respirar.

¿Había algún lugar seguro?

Lo siguiente de que tuvo conciencia fue que estaba sollozando. Era atroz. Sus músculos protestaban con cada respiración, el aire le entraba como si tuviera púas, el cuerpo se le movía convulsivamente como por voluntad propia. Retiró la mano de la de Patrick para taparse la boca, no fuera que en todo el campo la oyeran llorar como si estuviera mal de la cabeza.

Patrick le puso la boca en el oído y le susurró palabras de consuelo. Ella reconoció la mayoría de las palabras, pero otras muchas no. Debería haber aprendido unas cuantas palabras bonitas.

Lloró hasta que no pudo seguir llorando. Entonces comenzó a hipar, lo cual era peor que llorar. Hasta que también se acabó el hipo. Se quedó quieta en sus brazos, simplemente con la respiración algo resollante.

—Perdona —logró decir.

—No, soy yo el que tiene que pedir perdón —dijo él—. Por muchas cosas. —La acomodó mejor entre sus brazos, estrechándola más—. Descansa, Madelyn. Yo velaré por tu seguridad. —Se incorporó un poco, alargó la mano para coger la espada y la colocó en el suelo delante de ella—. Yo te tendré segura —dijo en voz baja, reclinándose nuevamente y atrayéndola más.

Madelyn miró la espada, con su brillo opaco a la tenue luz del día. En el asunto de su cuerpo, le creía absolutamente.

¿En el asunto de su corazón?

No soportaba pensarlo.

Madelyn despertó y se encontró abrigada por primera vez en casi un mes. Fue tal el placer que no se atrevió a moverse, no fuera a romper el hechizo si se movía. Así que mantuvo cerrados los ojos y saboreó la sensación.

Patrick se movió, se incorporó apoyado en un codo y le apartó el pelo de la cara.

—¿Cómo te sientes? —le preguntó en voz baja.

—Maravillosamente.

—Mentirosa. —Se sentó—. Necesitamos agua. Ha habido un riachuelo cerca de aquí en diveros periodos a lo largo de los siglos. Tengo que ir a buscarlo antes de que oscurezca del todo.

—¿De veras estamos en la casa de Moraig?

—Sí. Como era.

Pensar en Moraig le recordó todo lo que le dijera la anciana. Le había dicho la verdad. Todo lo que le dijo era cierto. Miró a Patrick y le resultó casi imposible asimilar que era un hombre que había nacido hacía siglos en el pasado, que se había criado en un tiempo de espadas y matanzas.

Pero ¿cómo podía negarlo?

¿Por qué no lo había visto antes? Había estado ciega, obsesionada por otras cosas, como ver castillos y enterarse de su historia, cuando todo el tiempo había ido caminando junto a un trozo de historia, y sin saberlo.

Debería haberse dado cuenta. Era su trabajo fijarse en cosas que los demás no ven, desenterrar los hechos, descubrir los detalles que las personas investigadas no desean que sean descubiertos.

Sí, debería haberlo visto. Por refinado y culto que fuera, había algo elementalmente tosco bajo esa finura. En su hermano era más pronunciada, sin duda, esa braveza, pero seguía siendo cierta bajo la superficie de Patrick.

—¿Estarás bien? ¿O querrías salir también?

Ella hizo una respiración profunda.

—Creo que todavía no puedo moverme.

—Me daré prisa, entonces. Agua, y luego buscaré algo para aliviarte el dolor.

Ella asintió y lo observó coger su espada y salir de la cabaña. Volvió a mirarla una vez más, con una sonrisa tranquilizadora, luego cerró la puerta, y la dejó sola.

Descubrió que eso no le gustaba nada. Con gran esfuerzo consiguió incorporarse hasta quedar sentada.

Eso sÓlo casi la mató.

Deseaba acercarse a la pared para apoyar la espalda en ella, pero era incapaz de moverse. Así pues, continuó sentada donde estaba, en el medio de la habitación, y lloriqueó lo más silenciosamente que pudo. Tenía serias dudas de que alguna vez volviera a caminar como persona normal.

Patrick tardó una eternidad en volver. Al menos a ella le pareció una eternidad, y cuando volvió, el ruido que hizo en la puerta la sobresaltó tanto que chilló asustada. Él abrió la puerta y asomó la cabeza.

—Soy yo.

Ella bajó la cabeza y gimió. Al parecer, no era capaz de hacer otra cosa. Suponía que finalmente se le acabarían las lágrimas. No le quedaba tanta agua en el organismo para desperdiciarla en lujos como llorar.

Patrick se arrodilló junto a ella.

—El riachuelo sigue ahí. —Había hecho una taza con la corteza de un árbol—. Esto es lo mejor que pude hacer. Haré todos los viajes que necesites. Bebe lento.

Ella lo intentó. Una buena cantidad de agua acabó en el pecho, sobre la ropa, pero supuso que eso no podía ser otra cosa que bueno.

—¿Más?

—Por favor.

Él desapareció y cuando volvió venía con un puñado de hierbas también. La ayudó a beber y luego la miró un momento en silencio.

—¿Necesitas también...?

—¿Hacer pis? No, gracias, todavía no.

—Me lo dirás.

—Sí.

Él se sentó y empezó a clasificar sus hierbas. Ella lo observó interesada.

—¿La cena?

Él negó con la cabeza, sonriendo.

—Son hierbas medicinales, si puedes creerlo.

—Eres muy ingenioso.

—Sí, ése soy yo —gruñó él—. Éstas son buenas para todo tipo de dolencias. Te haré un emplasto con ellas dentro de un minuto. Pero primero déjame ver si puedo aliviarte un poco.

La ayudó a tenderse de espaldas, después se sentó y le puso suavemente los pies sobre su falda.

Madelyn se estremeció. De acuerdo, podía soltarla como una patata caliente después de que le hubiera friccionado los pies unos cuantos años. Cerró los ojos. El masaje era suave, pero de todos modos muy doloroso.

—Me robaron las botas —dijo.

—Me lo suponía.

—Y los calcetines. Y la chaqueta de Jane.

—¿Alguna otra cosa?

Ante esa manera de decirlo, con tanta naturalidad, se le abrieron los ojos como por voluntad propia.

—¿Qué quieres decir?

—¿Te hicieron daño?

El frío que detectó en su voz le produjo un escalofrío. Sospechó que podría sentir lástima de quién le hubiera hecho daño. Tal vez esos Fergusson que él mató recibieron poco castigo. Sospechaba que un violador lo tendría muchísimo peor. Sonrió débilmente.

—¿Aparte de lo evidente?

—Le exige muy poco a un MacLeod ejecutar su buena cantidad de venganza en un Fergusson —dijo él tranquilamente—. Puedo volver. De tanto en tanto salen del castillo. Lo dejan solo. Sin protección.

—Creo que ya has ejecutado bastante venganza.

—Eso fue... por daños colaterales —dijo él en inglés. Después añadió en su lengua materna—: Se merecían lo que recibieron. Ahora bien, ¿hay alguna otra cosa que deba hacerles pagar?

Ella lo miró fijamente, pensando si no estaría viendo por primera vez al hombre que él había sido una buena parte de su vida, al hombre de clan medieval que siempre llevaba enterrado debajo de sus tejanos y jerseys de cachemira negros.

Se sentía fascinada y muy perturbada al mismo tiempo.

—Cualquier cosa —repitió él.

—Patrick, me llamaban puta MacLeod. No me llamaban puta Fergusson. Irónico, ¿no?

—Sí, mucho —dijo él, sarcástico.

Ella cerró los ojos y trató de disfrutar de la sensación de sus manos en los pies. No era difícil.

—Créeme. Yo estaba muy por debajo de ellos para merecer violación. Sólo me usaban de orinal. Y todo eso ya pasó, de todos modos. Háblame de tu pasado. Me interesa muchísimo.

Él titubeó.

—Podrías considerarlo ficción.

—Joder, Patrick, acabo de pasar un mes en una jaula. Aprendí gaélico para evitar volverme loca. He llegado a conocer demasiado bien los hábitos de movimientos de vientre de un señor escocés medieval, su asqueroso sentido del humor y su odio para todo el que lleva el apellido MacLeod. O estamos en el siglo XIV o todos los que nos rodean están engañados y todos estamos metidos en el mismo engaño. ¿Qué probabilidades hay de eso? Vamos, cuéntame tu historia. O me la cuentas o me pasas tu espada para estimularte pinchándote con ella.

—No podrías levantarla.

—¿Quieres poner eso a prueba?

Él bajó los ojos. Ella sintió sus manos increíblemente suaves en sus pies cuando comenzó.

—Te contaré la historia —dijo él, sonriendo.

—Por fin. ¿Te importa que cierre los ojos? Te escucho. No te creerías que esté cansada con todo lo que he descansado, pero igual estoy cansada.

—Lo comprendo.

—Y continúa hablando en gaélico. Necesito esa práctica.

—Como desee mi señora.

Ella asintió y cerró los ojos. Su intención era escuchar, de verdad. Pero descubrió que incluso antes de que él comenzara a hablar, la sensación de sus manos en sus pies era demasiado para que su débil voluntad continuara lúcida. Se sintió descender en una bendita inconsciencia y fue impotente para resistirse.

Tal vez debería haberla preocupado encontrarse en una ruinosa choza con un hombre que, si bien verdaderamente fuerte, no podría contra todo un clan de furiosos Fergusson. Pero pese a eso, se sentía segura.

Y en el momento le parecía que eso duraría eternamente.

Abrió los ojos un pelín y miró a Patrick, sólo para asegurarse de que no se lo estaba imaginando. Él la estaba mirando con una expresión que le llevó un buen rato identificar.

¿Cariño? No.

¿Alivio? No, eso tampoco.

Era algo mucho más intenso, algo que le aceleró el pulso y le elevó la temperatura.

La estaba mirando como si pudiera amarla.

Sonrió débilmente y se apresuró a cerrar los ojos, no fuera a ver otra cosa que tuviera que interpretar.

Por el momento, se sentía segura.

Eso era suficiente.

Capítulo 30

*P*atrick estaba sentado con la espalda apoyada en la pared de la cabaña que sólo era una cabaña por los pelos, mirando a la mujer acurrucada delante de él. Tenía sus pies en sus manos, esos pobres, sucios y agrietados pies. Necesitaría algo más que el calor de su cuerpo para calentar su cuerpo maltratado. Lo que necesitaba era encender una pequeña fogata, pero eso era justamente lo que no se atrevía a hacer. Podía hacer frente a muchos, pero todo un clan Fergusson podría derrotarlo incluso a él.

Pero claro, con la fama que parecía tener su escondite, tal vez podría considerar la posibilidad de encender fuego.

Tal vez por la mañana. Esa noche se tomaría el tiempo para comprobar si había algún alma valiente a la que no asustaba la fama de la cabaña. Si no había ninguno que se atreviera a enfrentar a los duendes y fantasmas, se arriesgaría a hacer algo para que Madelyn se calentara. Igual podría tener la suerte de encontrar leña lo bastante seca para que el humo pasara en su mayor parte inadvertido. Y tendría que encontrar algo mejor para sostener el agua que dos trozos de corteza unidos con las manos.

Y aún tenía que ocuparse de su caballo. Era muchísimo más difícil, decidió, irónicamente, acomodar un caballo que aparcar un coche en un garaje. Y tendrían que comer algo decente, cuanto antes mejor. Él había comido todo tipo de carne en su juventud, muchas veces sin siquiera pasarla por el fuego, pero no sabía si Madelyn podría arreglárselas. Podían comer raíces, hierbas y corteza de árbol si era necesario. Con suerte, ella recuperaría pronto sus fuerzas y podrían ponerse en camino.

Aunque en realidad no tenía idea de cuánto tiempo le llevaría recuperarse. Él había estado una o dos veces en una mazmorra, pero nunca más de un par de días. Estaba francamente sorprendido de que Madelyn pudiera sentarse, dado todo lo que había experimentado.

Así pues, una vez que ella estuviera recuperada, harían el intento. No quería pensar en lo que podría ocurrir si eso no resultaba.

Eso era claramente una posibilidad. Después de todo, el portal del bosque no era una puerta de hierro que pudiera moverse aquí y allá a la orden de un hombre. Antes de comenzar su familia, Jamie y Elizabeth se habían encontrado bien atascados varios meses esperando que un trozo de tierra particularmente terco los llevara de vuelta a su casa en el siglo XX.

Bueno, en cuanto a él, eso era algo para preocuparse en el futuro. Con suerte, las cosas irían según el plan. Madelyn despertaría, comenzaría a recuperarse y emprenderían el viaje dentro de unos días.

Pero por el momento, tenía su larga lista de tareas de qué ocuparse. Se frotó la cara. Por los santos, qué embrollo había armado. Debería haberle dicho a Gilbert que se fuera al infierno. Debería haber cogido a Madelyn en sus brazos, haberla besado hasta dejarla sin sentido y decirle que estaba muy seguro de que creía que podrían pasar el resto de sus vidas juntos muy felices, y que si deseaba continuar su carrera en Estados Unidos, bueno, no sabía qué le habría dicho respecto a eso, pero por lo menos debería haber estado dispuesto a hablarlo.

Igual habría ocurrido un milagro y ella habría estado feliz de quedarse en Escocia.

Ahora, daba la impresión de que podría no tener opción. Pensó cómo le sentaría a ella la Escocia medieval.

Cambió de posición, y rozó con la pierna la espada que tenía al lado en el suelo. Contempló su espada. No era que no hubiera entrenado periódicamente. Suponía que eso lo hacía en parte porque era una buena manera de mantener en forma pasable su cuerpo.

También era, tenía que reconocer, un vínculo con su pasado, el que no estaba dispuesto a olvidar.

Puso la mano sobre la fría empuñadura. Qué extraño encontrarse a siglos de la vida que conocía, a siglos de sus comodidades de velocidad y vuelos. Era casi tan impresionante como cuando salió de su tiempo y entró en el futuro.

Sólo que esta vez el cambio le parecía más drástico.

Y no era que no hubiera experimentado unas cuantas veces antes ese viaje por el tiempo. Una vez para volver al castillo de su padre a darle noticias a su hermano. Otra vez para rescatar a Jamie, y aquel que hizo después de que muriera Lisa. Pero desde entonces no lo había vuelto a hacer. En realidad una parte de él había comenzado a preguntarse si su pasado no habría sido otra cosa que un sueño, un sueño fantasioso, imposible, cuya claridad se iba desvaneciendo con cada año que pasaba.

Y cuando se casó con Lisa ya había hecho de todo, a excepción de una lobotomía, para librarse de sus recuerdos. En todo caso, ella no había deseado saber nada de eso. Mirando en retrospectiva, le costaba creer que se hubiera casado con ella habiendo hecho solamente un tímido intento de decirle la verdad; y cuando lo hizo, ella lo interrumpió diciéndole que comprendía lo rústico que se sentiría un chico de lo profundo de las Highlands en presencia de una joven educada en un colegio de señoritas de Suiza, así que por favor no volviera a tocar el tema.

Y él no volvió a tocarlo.

A excepción de aquella vez que probó el portal del bosque para ver a su hermano una última vez; entonces le dijo a Lisa que había ido a su casa a ocuparse de unos asuntos. Ella no le preguntó qué tipo de asuntos ni le interesó saber si sus padres estaban vivos o muertos, y jamás le hizo ninguna pregunta acerca de su hermano. Y él, idiota que era, continuó con ella, no, hizo más que continuar, entusiastamente dejó atrás su pasado y se convirtió en el animal más domesticado posible para agradar a la mujer que amaba.

Le vinieron a la memoria las palabras de Ian: «El amor, si ha de soportarse, tiene que ser correspondido».

Sí, había bastante verdad en ellas. Lisa jamás lo amó. Lo deseaba sí, la fascinaba su ordinariez (palabra de ella), pero jamás lo amó. Aunque eso jamás le impidió utilizarlo cuando le convenía.

«El bebé no es tuyo, pero igual lo reconocerás, ¿verdad?»

De eso nunca había habido la menor duda. Aunque el bebé hubiera sido de Robert Campbell o de cualquiera de los otros con los que ella se acostaba a espaldas de él y de Robert, lo habría reconocido, y con mucho gusto. Y lo habría amado, de una manera como nunca la había amado a ella.

¿Había amado a Lisa alguna vez? Deseado, sí. Deseado su aprobación, sin duda. Pero ¿amado? Había creído que sí en ese tiempo.

Ahora sabía que no.

Lo otro que sabía ahora era que no se fiaba de ella; nunca le tuvo verdadera confianza. Nunca se fió lo bastante de ella para decirle la verdad lisa y llana acerca de su pasado. Ella no tenía las manos fuertes, resistentes, para sostener lo que él necesitaba decirle.

Ahora bien, el tío de Lisa era una persona totalmente diferente. Él le había contado una buena parte de su historia a Conal después de la muerte de Lisa, durante su última borrachera, cuando bebió hasta quedar en un estado de estupor. Entonces le vació una buena parte de su corazón, le contó un buen número de sus secretos, y no lamentó nada de eso mientras sostenía la cabeza sobre el váter vomitando la mayor parte del whisky que había bebido.

Porque Conal le creyó.

¿Qué habría hecho Madelyn con la misma historia? ¿Sin haber visto lo que había visto?

Sospechaba que podría haberle creído también.

Con lo cual llegaba al final del círculo, sentado con la espalda apoyada en la madera de una pared ligeramente estable, mirando a la mujer que dormía en el suelo delante de él y pensando en la mejor manera de protegerla teniendo a su disposición sólo su espada y su ingenio.

Y preguntándose por qué no se había permitido contemplar la posibilidad de enamorarse verdaderamente de ella.

Desesperadamente.

Sin ninguna reserva.

Le pareció que su corazón hacía una inspiración profunda y luego manifestaba su acuerdo exhalando un suspiro.

La observó ociosamente, como podría un hombre contemplar un inmenso tesoro que está seguro que seguirá siendo de él si deja de mirarlo un instante. ¿Era posible que ésa fuera la misma mujer a la que por primera vez miró bien en el campo de Culloden? Le parecía que hacía siglos de eso. Pensó entonces a qué se podrían atribuir esos sentimientos que ella despertara en él.

¿Al destino?

¿A una incomprensible trama de los hilos del tiempo?

Y luego estaba Robert el gaitero. Éste tenía que saber, en el futuro, del regreso de ellos al pasado; seguro que su memoria de espíritu abarcaba todo eso. ¿Habría estado esperando siglos para que ellos aparecieran en el escenario mortal, sólo para poder darles serenatas? ¿Para poder subir sobre el muro del patio de su casa y tocarle música a Madelyn mientras trabajaba en el jardín? ¿Para poder tocar para él mientras hablaba consigo mismo acerca de qué podía hacer respecto a una cierta mujer de las colonias?

Todo era posible, supuso, pero nada de eso importaba. Se había encontrado con Madelyn, había llegado a conocerla, llegado a amarla y a punto estuvo de perderla.

Por su propia cobardía, exactamente.

Bueno, nunca más. Podía desentenderse de MacGhee. Al fin y al cabo, la mayoría de las personas cuya opinión le importaba sabían la verdad. Las demás podían irse al diablo y llevarse a Gilbert con ellas. Así que la vida sería desagradable de tanto en tanto. Madelyn podría soportar eso, ¿verdad?

Querría soportarlo, ¿o no?

La idea de tener que arriesgarse a preguntárselo le produjo unas ligeras náuseas.

Movió la cabeza. ¿Era capaz de enfrentar un castillo lleno de highlandeses furiosos, pero no era capaz de hacer frente a la mujer que amaba con una sencilla pregunta acerca de su aguante en lo que a él se refería?

De pronto ella se movió, despertó y abrió los ojos lentamente. Lo miró y pasó por su cara una expresión de alivio.

—Estaba soñando —musitó.

—Eso pasará —le prometió él.

—Eso espero —dijo ella. Cerró los ojos y se estremeció—. Eso espero.

Él alisó una esquina de su falda sobre sus pies, para calentárselos.

—Tengo que ir a ver a nuestro caballo. Y a buscar agua y encontrar alimento, si es posible. Todavía hay raíces y bayas por aquí, me imagino, si puedes tragar eso.

—Me parece perfecto. Cualquier cosa es mejor que la comida de Fergusson.

—Eso diría yo —sonrió él—. Y si en algo te tranquiliza el ánimo, la comida de Fergusson es la peor que he comido en mi vida.

Ella torció el gesto.

—Prefiero no pensar en eso —dijo, tratando de sentarse.

Él se inclinó a ayudarla a sentarse y apoyar la espalda en una parte firme de la pared de madera. Le reordenó los pliegues de la falda y se acuclilló delante de ella. Sacó el puñal de la bota y se la pasó.

—Escóndelo en tu falda. Si entra alguien, espera a que esté cerca y entiérraselo con todas tus fuerzas en el vientre. Hacia arriba, hacia el corazón es mejor, porque así se mueren más rápido.

—Apuesto a que eso no lo aprendiste en una clase de judo.

—No, eso fue lo primero que me enseñó mi padre.

—Qué vida.

—Tenía sus bellezas también.

—Me lo imagino. —Suspiró—. Ninguna interrupción. Ninguna de las molestias modernas.

—Ni agua corriente —dijo él, sarcástico—. Pero veré qué puedo hacer por ti. —Pensó un momento—. No sé si te convendrá lavarte. El agua del riachuelo es muy fría, y el fuego que me atrevería a encender no te calentaría lo debido.

—Es tu nariz, no la mía —repuso ella bravamente.

—Y mi nariz te encuentra tan fragante como rosas —dijo él. Le cogió la mano y se la besó suavemente—. Volveré cuánto antes, es de esperar que con algo para comer. Y hierbas para tu dedo, si quieres. Ten tu puñal a mano y, por favor, no lo uses en mí.

Ella asintió, como si se sintiera muy segura de sí misma. O lo habría parecido si no le hubieran temblado tanto las manos. Él fingió no darse cuenta.

—No estaré lejos. El riachuelo está a no más de veinte pasos de aquí, y lo que sea que haya comestible estará cerca. Tal vez las hierbas que necesito estén más hacia dentro en el bosque, pero no me llevará mucho tiempo encontrarlas. —Se levantó, fue hasta la puerta, la abrió y se volvió a mirarla una última vez—. Volveré pronto.

—Lo sé. Gracias —dijo ella, sonriéndole.

—Seguro que algún día caeré enfermo de gripe o de algo igualmente debilitador. Entonces me puedes cuidar tú, en pago.

Ella se quedó muy inmóvil. Él también, la verdad sea dicha. Si eso no era una especie de compromiso, no sabía qué era. Deseaba continuar respirando, de verdad, pero repentinamente se hizo terrible la falta de aire en la cabaña.

—Soy fatal para enfermera —dijo ella al fin—. Pero lo intentaré.

—Sí —logró decir él.

—Podría aprender algo útil de Moraig —dijo ella entonces—. De hierbas y esas cosas.

—Sabe mucho.

—Mmm. Me imagino que tú también.

Él asintió de mala gana.

—Sí, un poco.

Eso quedaba corto, pero ya era algo que reconociera por lo menos que tenía ciertos conocimientos. Entonces pensó si no podría ser hora de que hiciera un cambio en esa parte de su vida también.

Tantos cambios.

«Y con tanto retraso», le susurró el corazón.

Hizo una respiración profunda y le sonrió a Madelyn. La sonrisa le salió más parecida a una mueca, pero es que estaba fatigado por coacción autoinfligida.

—Volveré enseguida.

Ella asintió. Él se apresuró a salir, antes de cederle otro poco de terreno a su corazón. Si no tenía cuidado, muy pronto soltaría una proposición de matrimonio.

Encontró a su caballo en el lugar donde lo había dejado, bastante desdichado al amparo de un árbol. Le acarició las orejas mientras le quitaba las riendas, luego le friccionó la nariz, y continuó masajeándolo y dándole palmaditas mientras lo desensillaba. Dejó todo en un lugar seco y protegido, donde no pudiera mojarse, y llevó al semental a un refugio mejor bajo un árbol, donde lo dejó para que paciera a su gusto.

En realidad, la hierba ya empezaba a parecerle bastante apetitosa.

Fue hasta el riachuelo y miró alrededor en busca de algo que le sirviera para retener agua. No encontró nada útil, pero posiblemente podría tejer un contenedor si tenía el tiempo. Eligió las hojas más anchas de hierba y las dejó amontonadas ahí. Después saltó al otro lado del arroyo y emprendió la búsqueda de algo para comer. Ya estaba muy avanzado el año, pero había lo suficiente para subsistir si se sabía buscar.

Y él sabía buscar, gracias a las enseñanzas de diferentes almas durante su juventud. Había aprendido de hierbas, sobre su uso, y cuáles evitar, con la partera de la aldea, una mujer de edad indeterminada que había visto entrar en el mundo a todos los niños de la aldea. Su padre se enfureció con él por lo mal que empleaba el tiempo, por lo tanto, a partir de entonces él llevaba en secreto su aprendizaje y alardeaba de haberse acostado con todas las vírgenes de la aldea.

Su padre se quedó contento e impresionado.

Había aprendido muchísimo sobre curación.

Recogía hierbas para la mujer, y luego le decía a su padre que había salido a matar bestias salvajes. Y hacía eso también, pero siempre llegaba a casa con atados de cosas útiles escondidas debajo de la falda.

De un ministril ambulante que tuvo el valor de aventurarse por el remoto norte de las Highlands aprendió a comer lo que proporcionaba la buena tierra en cualquier estación en que se encontrara. El hombre tenía una risa sonora y una increíble habilidad para encontrar todo tipo de cosas comestibles en un radio de diez metros. Él se tomaba en serio todo lo que decía; si el hombre hubiera estado ingiriendo cosas venenosas ya haría tiempo que estaría muerto y no podría poner los dedos sobre su laúd.

Todo lo cual lo tenía donde estaba en ese momento, arrodillado en el barro junto a un vigoroso matorral de milenrama. Se dejó inundar un momento por todos sus miedos, todas sus recriminaciones por no haber salvado a Lisa, todos sus años de negar todo lo que había sido en su juventud y todo lo que había aprendido en ella. Todo pasó por él como una ola.

Y se marchó.

Y así de sencillo también. Se sentó en los talones, levantó la cara al cielo y dejó caer libremente la llovizna sobre ella.

Seis años de sufrimiento, seis años de angustia, seis años de tontas recriminaciones.

Todo desaparecido.

En un instante.

Hizo una inspiración profunda. Observó alejarse esa ola contaminada y juró no volver a meter nunca más las puntas de los pies en ella. El mar estaba lleno de todo tipo de olas. Ya era hora de que comenzara a probar otras.

Cogió la milenrama y continuó la búsqueda de otras cosas curativas. Y cuando tenía llena la bolsa formada con una esquina de su falda, de hierbas, bayas y una decente selección de raíces, se puso a buscar una rama gorda que le sirviera para tallar un cuenco.

Después desanduvo los pasos, recogió el montón de hojas anchas de hierba que había dejado cerca de la orilla del riachuelo y echó a andar hacia la cabaña.

Oyó gritar a Madelyn.

Lo soltó todo y echó a correr, desenvainando la espada mientras corría. Abrió violentamente la puerta y se encontró ante un hombre despatarrado encima de Madelyn. El hombre estaba gimiendo. De un salto entró, lo cogió y lo arrojó fuera. Al instante salió detrás, con la espada en la mano, pero al parecer no había ninguna necesidad de hacer más trabajo sobre esa alma. El hombre lo miró.

—La... puta... MacLeod —logró decir, y no dijo más.

Patrick se agachó a sacar su puñal del vientre del hombre. Lo miró a la poca luz que quedaba. Era un hombre del clan Fergusson, uno que había visto la noche anterior mirándolo con mucha desconfianza. En realidad todos lo habían mirado con desconfianza, así que ese muchacho no se diferenciaba en nada del resto.

Pero ¿haberlo seguido hasta ahí con tanta facilidad?

Eso no presagiaba nada bueno.

Cogió el cadáver, se lo echó al hombro, lo llevó hasta lo profundo del bosque y lo dejó sobre la hierba entre unos matorrales. No podía hacer nada más. Volvió a la cabaña, cogió el caballo del muchacho, lo dejó conversando agradablemente con el suyo (los caballos son mucho más sensatos que los hombres) y entró en la cabaña. Madelyn estaba en el mismo lugar, tratando de recuperar el aliento. Tenía la mano levantada, con el dedo doblado en un ángulo raro. Él se arrodilló a su lado y le cogió la mano.

—¿Roto otra vez?

Ella asintió, con los dientes castañeteando.

—Bueno, eso me ahorra el trabajo de volvértelo a quebrar para recomponerlo, ¿verdad?

Ella lo miró, con todo el cuerpo temblándole violentamente. Parecía una mujer que ya ha tenido bastante. Más que bastante. Tanto que estaba bien encaminada hacia un lugar donde ella no quería ir. Le puso la otra mano en la rodilla, sin hacer caso de lo empapada que estaba la tela con la sangre del hombre de Fergusson.

—Vaya si no te sabes defender —le dijo alegremente—, incluso con una mano herida.

Ella seguía tratando de respirar.

—No puedo hacer bromas...

—No, claro que no —dijo él—. ¿Te dijo algo?

—Dijo —se interrumpió para hacer una inspiración— que iba a hacer lo que debería haber hecho Simon para empezar.

—¿Violarte o matarte?

—Las dos cosas.

—Bueno —dijo Patrick tranquilamente—, mejor que tú lo hayas matado primero entonces, ¿no?

Ella asintió con un brusco movimiento.

Tendría que hablar con ella sobre eso, pensó él, pero después. Por el momento, se limitó a sentarse junto a ella y la atrajo a sus brazos. Ella hizo unos cuantos resuellos, pero no lloró. Él supuso que estaba demasiado conmocionada para llorar. Él tenía una experiencia similar a su haber. Le había quitado la vida a otro para conservar la de él, cuando sólo tenía trece años.

«He matado, en defensa y por rabia. ¿Crees que no llevo la mancha de eso en mis manos?»

Esas palabras de Jamie le llegaron muy débiles, como si vinieran de una enorme distancia. Se las diría a Madelyn, cuando considerara que ella las oiría y creería. De momento, simplemente la mantuvo fuertemente abrazada y dejó que el silencio hiciera su trabajo.

Finalmente ella se movió. Levantó la cabeza y lo miró a la muy tenue luz que quedaba dentro de la cabaña.

—Ésta es una época brutal —dijo.

Él sonrió.

—Sí, y tú, mi señora, has visto parte de lo peor.

Ella estuvo callada varios minutos.

—No creo que pueda ver nada más de eso en estos momentos.

Él la apretó suavemente.

—Dale tiempo, cariño. Dale tiempo. —Se apartó y se levantó—. Voy a ir a buscar lo que solté y te compondré bien el dedo.

—De acuerdo —dijo ella con voz débil.

—Después veremos si un poco de sueño sanador no nos hace bien a los dos.

Ella hizo un breve sonido de protesta.

—Tengo el sueño ligero —se apresuró a decir él—. Me ocuparé de que los dos estemos seguros. Y si yo no puedo —añadió—, te lo dejaré a ti.

—Patrick, no puedo bromear acerca de esto.

—Lo sé —dijo él, serio—. Lo sé, Madelyn. Pero era o tú o él. Así de sencillo.

Ella suspiró pero el suspiro le salió más como un gemido tembloroso.

—No me parece tan sencillo.

—Nunca lo parece —dijo él suavemente. —Recogió su puñal, lo limpió con un poco de tierra y lo puso al lado de ella—. Vuelvo enseguida.

Salió de la cabaña, recogió sus cosas y estuvo con el oído alerta varios minutos, pero no oyó nada aparte de los tenues sonidos del bosque al anochecer. Tal vez estarían seguros.

Pero daba la impresión de que la cabaña de Moraig no sería segura para ellos mucho tiempo más. Tal vez para pasar la noche; después tendrían que trasladarse. Era una lástima, comprendió con un breve ramalazo de sorpresa. Le había hecho ilusión pasar unos cuantos días de paz y silencio con sólo Madelyn por compañía.

Bueno, ya habría tiempo cuando volvieran a casa y solucionaran las cosas. Sí, habría tiempo para muchísimas cosas.

Miró una última vez alrededor y volvió a entrar en la cabaña.

Capítulo 31

Madelyn estaba de pie sobre un terraplén que servía de ribera a un pequeño riachuelo, mirando dudosa el agua que giraba y giraba por alrededor de las piedras y rocas. El agua se veía limpia. Era apuesta segura que estaba más limpia que ella. Recogiéndose la falda, bajó por la parte que le pareció más fácil y metió los pies en el agua.

Y casi se desmayó por el frío.

Se tambaleó, pero al instante se encontró sujeta por un par de manos fuertes.

—¿Suficiente? —le preguntó Patrick.

Ella negó con la cabeza.

—Quiero por lo menos lavarme las manos y los pies. Tal vez la cara, si logro agacharme todo eso.

—Yo puedo hacer eso...

—Yo también.

Se levantó la falda, se agachó y trató de lavarse las piernas. Se iba quitando los emplastos de hierbas con que se las cubriera Patrick esa noche, pero él había dicho que podía hacer más. Y ella le tomó la palabra, puesto que no deseaba nada tanto como sentir realmente limpia una parte de ella.

Cuando pudo verse por lo menos un trocito de piel, decidió que tal vez no era buena demasiada limpieza; la hacía notar lo horrible que estaba el resto de ella. Se agachó, cogió agua se la echó en la cara y trató de limpiarse la suciedad. Le dolieron las mejillas, pero continuó, al menos hasta que pudo sentir limpia la piel al tocarse la cara.

Se enderezó y aceptó la ayuda de Patrick para caminar hasta una piedra grande plana. Se sentó ahí y lo miró.

—¿Qué te parece? ¿Me atrevo a bañarme entera, o sería asqueroso bañarme y volver a ponerme esta ropa?

Él extendió las manos con las palmas hacia arriba.

—No me atrevería a darte una opinión sobre eso.

—Si lavara el vestido, ¿cuánto crees que tardaría en secarse sin una fogata?

—Días.

—Días de suciedad y fetidez, días de neumonía. ¡Qué elección!

Él se rascó la mejilla con barba de unos días.

—Sí, pero eso último me da que pensar. No podemos estar mucho tiempo más aquí. El invierno se nos echa encima. Nos congelaremos sin una fogata.

—¿Me has oído discutir? Estoy toda a favor de una fogata.

Sabía que él a posta no hablaba de la posibilidad de que los descubrieran. Ella tampoco quería hablar de eso. Le llevaría mucho tiempo poder dormir sin pensar si despertaría para ver a alguien entrando en su habitación con la muerte de ella en mente. Se miró y se sacó un trozo de tierra del vestido.

—¿Crees que...? ¿Crees que alguna vez vamos a...?

—¿Volver a casa? Sí. Lo creo. Volveremos.

—¿Deberíamos intentarlo ahora?

Él se acuclilló delante de ella.

—¿La verdad? Sería difícil, a no ser que los dos podamos cabalgar.

—Y yo sería... —buscó la palabra, luego renunció y recurrió al inglés— un lastre.

Él sonrió.

—No, eso no. Pero tienes que ser capaz de montar un caballo, y cabalgar rápido. Blandir una espada, si es posible.

—Ah, ésa soy yo —dijo ella, irónica—. Madelyn, la doncella de la espada, a tu servicio.

—Tenemos una espada Fergusson y nadie para usarla —señaló él—. Podrías aprender.

—No podría levantarla.

—Te sorprendería lo que podrías hacer si tuvieras que hacerlo.

Ella asintió y trató de sonreír, pero la sonrisa le salió muy bascosa, de eso estaba segura. Se miró las manos. Estaban limpias pero no las sentía limpias. Se había defendido, cierto, pero eso no resultó sin un precio.

Pero claro, ¿qué tenía que haber hecho? ¿Dejar que ese hombre la violara y la matara? No tenía la fuerza para luchar. Escasamente logró poner el puñal de Patrick en posición vertical a tiempo para que el hombre cayera sobre él cuando se abalanzó para echarse sobre ella. Fue simple pura suerte que él mismo se enterrara en el puñal.

Pero eso no le hizo más fácil ver morir a un hombre a casi diez centímetros de su cara.

Se estremeció. Las realidades de la vida medieval eran arduas, duras e inflexibles. No debería soprenderla que una vida así hubiera dado a Patrick la capacidad de tomar decisiones difíciles y no mirar atrás.

Como abandonarla a ella, por ejemplo.

Aunque no tenía el aspecto de que planeara abandonarla otra vez muy pronto.

Miró hacia el bosque para apartar la mente de esas interminables y molestas elucubraciones. Patrick había arriesgado su vida para venir a buscarla. Eso tenía que decir algo a su favor.

Expulsó todo eso de la cabeza y se miró el dedo. Lo tenía envuelto en hierbas, entablillado y vendado con una tira que cortó él de su falda. Ella intentó oponerse a que usara su tartán. «Es una antigüedad», le dijo. «¿Qué me hace eso a mí?», le preguntó él.

Increíblemente hermoso, deseó decirle ella, pero no lo dijo. Increíble, terriblemente hermoso. Cada vez que lo miraba, cada vez que él le sonreía como si tuviera sentimientos cálidos hacia ella en su corazón, cada vez que la tocaba, era como si todo el mundo retuviera el aliento en agradecimiento a ese milagro.

Pensó que igual estaba perdiendo la chaveta.

O al menos su corazón.

—Creo que deberíamos irnos —dijo él.

Ella trató de salir de esos pensamientos.

—¿Sí?

—¿Prefieres quedarte?

—Depende. ¿Esto forma parte del paquete turístico escocés Patrick MacLeod, o es algo especial, sólo para mí?

—No lo permitan los santos —repuso él, negando con la cabeza—. No, esto no es parte de lo que deseaba enseñarte. Es una atracción turística muy peligrosa.

—Un parque temático que salió horrorosamente mal.

—Sí.

—Creo que ya han hecho una película de eso. Se comen a muchísimas personas.

—¿Y aquí no? —Le hizo un guiño—. Nunca se sabe qué reside en la olla de Fergusson.

—Patrick, eso es asqueroso.

—Sí, como es asqueroso todo lo que produce su cocinera. —Se incorporó y le tendió la mano—. Creo que deberíamos intentar caminar un poco. Veremos qué tanto de eso soportas antes de poner la mente en intentar llegar a casa.

—Sí, claro. —Se dejó levantar, esperó hasta que acabó la inspiración de dolor involuntaria, y asintió firmemente—. Estoy bien. De verdad, muy bien. Vamos.

Él la rodeó con un brazo, su brazo fuerte y consolador, y le dio un suave apretón en los hombros.

—Lento, ¿eh? No hay para qué darse prisa. Tenemos todo el tiempo que sea necesario.

Ella no le creyó. Estaba nervioso. Bajo ese exterior afable, esa voz melosa, estaba nervioso. Igual pensaba que toda una horda de hombres Fergusson les caería encima pronto, o tal vez creía que ella se iba a derrumbar en una especie de colapso nervioso.

Había sido tentador en la cabaña, por un rato. Después de que él sacó el cuerpo del hombre moribundo, sintió la tentación. Pero se la tragó, racionalizó todo tipo de cosas y se concentró en no chillar mientras él le componía el dedo.

Esa mañana estaba mejor. Estaba claro fuera y seguían vivos. Estaba libre de la jaula. El dedo le dolía un poco menos. Y Patrick MacLeod tenía un brazo alrededor de sus hombros y con la otra mano le tenía cogida la de ella como si fuera una criatura delicada que podría romperse si la apretaban muy fuerte. Lo miró y le sonrió.

—No me voy a romper.

Él se detuvo, y sonrió, con expresión más aliviada que la que él se imaginaba.

—Nunca lo dudé.

—Patrick, mientes mal. No pasa nada. Puedes estar preocupado.

—Por los santos, Madelyn —dijo él, medio riendo—. Hay momentos en que sencillamente no sé cómo tomarte.

«Tómame de la manera que desees», pensó ella, pero no lo dijo. Esperaba que lo no dicho no se le notara en la cara. Bajó la vista, por si acaso.

Y entonces no le quedó más remedio que concentrarse en todo lo que no era Patrick. Le protestaban todos los músculos por el ejercicio. Le dolían los pies, las piernas, la espalda, y hasta la cabeza le dolía. Caminó en círculos hasta que no pudo dar un solo paso más. Patrick la cogió en brazos y la acomodó sobre la piedra donde antes había estado sentada, cerca del riachuelo. Le cubrió los pies con hojas y otras cosas blandas y volvió hacia la cabaña.

Ensilló su caballo y el otro, amarró la espada del hombre de Fergusson a ese caballo y dejó atados cerca a los dos animales. Todo listo para partir en cualquier instante, al parecer.

Después volvió con un trozo de tronco curvo en una mano y su puñal en la otra y se detuvo delante de ella.

—Descansaremos otra hora más o algo así, y nos marcharemos de aquí. Probaremos a pasar por el bosque, si crees que puedes.

—Puedo.

—Entonces descansa un rato más. —Le sonrió—. Si eso te viene bien.

—Me viene bien.

Él asintió, se sentó a sus pies y se puso a trabajar el tronco con el puñal.

Madelyn lo observaba, y mientras lo observaba dejaba vagar la mente. Miró hacia arriba. El cielo seguía siendo cielo, pero no había señales de estelas de aviones. Volaban los pájaros, se mecían los árboles y pasaban nubes. Había un algo increíblemente apacible en el sonido de un mundo no civilizado. Sólo el rascar de un cuchillo en la madera y el murmullo de la naturaleza que la rodeaba.

Le recordaba su buen poco a la tierra de Patrick, en realidad.

—¿Qué estás haciendo? —preguntó perezosamente.

—Un cuenco, si me resulta. —Levantó la vista y le sonrió—. No tengo mucho de tallador.

—A mí eso me parece un cuenco.

—Muy amable.

—Me hace ilusión una buena bebida —reconoció ella—. ¿Qué puedo hacer para ayudarte?

—Simplemente estar sentada. Estar sentada y sanar.

—Sanar —dijo ella en voz baja—. Ésa es una palabra bonita.

Él asintió, sin dejar de tallar con el cuchillo.

—Sí. —Detuvo el trabajo, miró hacia la distancia y volvió la atención a lo que estaba haciendo—. Es una buena palabra.

Ella lo observó alrededor de un minuto, pero al parecer él no iba a decir nada más.

—¿Cómo me encontraste? —preguntó entonces—. ¿Cómo supiste dónde buscar?

—Bueno, eso sí es toda una historia, ¿verdad? Y tan fascinante que te adormeció inmediatamente anoche.

—Eso fue anoche. Ahora estoy muy despierta, así que venga la historia.

Él estuvo callado un buen rato, luego paró de trabajar, dejó a un lado el cuchillo y la miró.

—No deberías haber tenido que venir aquí.

—Eso no fue culpa tuya.

—¿No? Fue por mi causa que te internaste en el bosque ese día.

—Podría haber salido a caminar de todos modos. Fue huir de Bentley lo que me metió en esta situación. ¿Cómo está él, por cierto? ¿Lo has visto?

—Lo vi, sí. Le hice ver un poco de mi disgusto.

—¿Le sacaste la mierda? —le preguntó ella en inglés.

¿Qué pensaría él de la mezcla que hacía entre gaélico e inglés? No lo haría, si él no la sorprendiera tan a menudo. Había cosas que sencillamente expresaba mejor en su lengua materna.

—No tanto como me habría gustado —repuso Patrick—. No le dejé magulladuras ni huesos rotos. Sólo dolores y malestares que le durarán un par de semanas sin notarse mucho.

—Estupendo —dijo ella—. Espero que esté alargando la mano para tomar el ibuprofén mientras hablamos. Ahora continúa con tu historia. ¿Qué te hizo decidir que yo había desaparecido y cómo supiste dónde buscarme?

—Dejaste ahí el móvil de Jane, y las huellas de tus pisadas simplemente desaparecieron. —La miró un momento, hizo una inspiración profunda y continuó su trabajo—. Ésa fue mi primera pista.

—¿Y qué es lo que pasa en ese bosque, por cierto? Un momento yo iba corriendo para escapar de Bentley y al siguiente me topé con un grupo de highlandeses medievales.

—Mi hermano podría darte una conferencia de una semana sobre todos los detalles, en realidad hizo todo lo posible por dármela a mí, pero igual no tendrías la respuesta exacta. Por lo general, si te interesa seguir a alguien que ha retrocedido en el tiempo, lo único que tienes que hacer es ir al lugar exacto, concentrar todos tus pensamientos en esa alma, y *voilà*, estás ahí.

—¿Y eso no resultó esta vez?

—Sí que resultó, pero no tan rápido como yo había esperado. Me imaginaba que serían tres horas; fueron necesarias tres semanas.

—Ésas fueron tres semanas muy largas —suspiró ella.

—Lo sé. Traté de darme prisa.

Ella lo observaba trabajar con sus manos y el cuchillo, rascando, limando, pasando los dedos por lo ya tallado. El movimiento de sus manos era hipnótico.

—Me gustaría saber por qué caí aquí, para empezar —dijo, bostezando.

—Jamie te diría que tenías que hacer algo aquí en el pasado.

—Mmm —musitó ella, esforzándose por mantener abiertos los ojos—. ¿Bajar unos cuantos kilos tal vez?

Él la miró sonriendo, negó con la cabeza y continuó su trabajo.

—Eso lo dudo. Supongo que el tiempo lo dirá.

Madelyn apoyó los codos en las rodillas y el mentón en el puño de la mano buena. Eso era lo más juicioso que podía hacer, tomando en cuenta lo pesada que se le estaba poniendo la cabeza. También así le resultaba más fácil mirarlo y tener una manera de afirmarse para no caer rendida por la simple belleza de su sonrisa.

—¿Entonces, por qué crees que tardaste tanto? —preguntó, sin poder contener un bostezo tan grande que casi se tragó el puño—. ¿Todo era parte de un plan maestro del tiempo?

—Yo diría que tuvo más que ver con la intromisión de Bentley.

—Es un pelma. Ojalá hubiera encontrado su camino hasta la mazmorra de Fergusson.

—Sólo se podría esperar. Se sentaba ahí a observarme mientras yo trataba de doblegar el bosque a mis deseos. Por todo lo que sabemos, caerá.

Ella arqueó las cejas; no era pequeña hazaña, tomando en cuenta todo.

—¿Te observaba? ¿Cuándo? ¿Mientras tu estabas ahí en el bosque cada día, esperando para hacer un viajecito por el tiempo?

—Sí —dijo Patrick, levantando su cuenco, de forma notablemente parecida a un cuenco, para examinarlo—. Se sentaba en una maldita tumbona con varias latas de gaseosa al lado, a observarme, día tras día. Escucharlo eructar era condenadamente molesto.

Ella se rió. No pudo evitarlo. Patrick la miró sorprendido, sonriendo.

—Esa risa suena a ti.

—Me siento más yo misma —repuso ella sonriendo—. Tal vez no voy a perder la chaveta después de todo.

—Estás llevando muy bien esto.

—Fue imaginarme a Bentley reclinado en una tumbona observándote como podría haber estado contemplado un partido de fútbol un sábado por la tarde en el campus... —Movió la cabeza—. Eso es tan típico de él... Pero si te estaba observando todo el tiempo, ¿cómo lograste que parara?

—Le averié su Jaguar.

Madelyn pestañeó sorprendida.

—Bromeas.

Él levantó la vista para mirarla.

—Jamás haría una broma con un Jaguar.

Ella no daba crédito a sus oídos.

—¿Quieres decir que estabas tan desesperado que le hiciste daño a un automóvil?

Él sonrió pero no la miró.

—Los momentos desesperados exigen medidas desesperadas.

—¿Qué hiciste?

—Le puse arena en el depósito del aceite.

—Guau —dijo ella, pasmada—. Sí que tienes que haber estado preocupado.

Él asintió pero no la miró.

—Desquiciado, sería la palabra que elegiría yo. Porque verás —continuó en voz más baja—. Yo sabía los peligros del tiempo. Y la idea de que tú tuvieras que enfrentar alguno de ellos... bueno, casi me volvió loco.

Entonces la miró.

Y la expresión que vio ella en su cara casi la hizo caerse de la piedra. Una mujer más tonta podría confundirla por una emoción seria.

Era la misma que le había visto el día anterior en la cabaña.

Ella desvió la vista primero. No quería conjeturar acerca de los sentimientos de él. No quería sumergirse en esa mirada y perder más de su corazón de lo que ya tenía perdido.

Aun cuando no estaba segura de si ya había perdido el corazón entero.

—Bueno —dijo, mirando el cielo gris y maravillándose de que ya pareciera como si fuera a nevar—, dime qué fue lo primero que hiciste al llegar aquí. ¿Cómo supiste dónde estaba yo?

—No lo sabía —dijo él, reanundando el trabajo de tallado—. Fui al castillo MacLeod, me hice amigo del actual señor, adquirí un caballo y me inventé una historia bastante creíble para un Fergusson.

—¿Pensaste que yo podría estar ahí?

—No estabas en el castillo MacLeod. Ahí me dijeron que hacía poco había habido una pequeña escaramuza con los Fergusson, así que supuse que podrían haberte capturado. Si habías llegado a este tiempo, claro. Sólo podía esperar que fuera así.

Ella se estremeció.

—Podrías haber quedado muy perdido.

—Sí.

—Con razón Jane tiene marcas rojas en su mapa.

—Les tiene miedo.

—Bueno, por lo menos ya habla gaélico. Eso habría sido una ventaja.

Él levantó la vista y la miró.

—Jane es una mujer maravillosa —dijo—, pero yo diría que sólo tú podías haber sobrevivido a lo que te ocurrió. —Guardó silencio un momento—. A ella la habría quebrado.

—A mí casi me quebró.

—¿Sí? —dijo él, negando con la cabeza—. Tú eres mucho, múchísimo más fuerte que ella. Pero si repites esto yo negaré haberlo dicho.

—Cobarde —bufó ella.

—Me alimenta periódicamente.

—Tu secreto está a salvo conmigo —dijo ella, sintiendo encenderse un extraño calorcillo cerca del corazón.

Ése había sido un cumplido, ¿no? Lo parecía. Condenadamente difícil lo que había tenido que pasar para obtenerlo.

—He de decir que nunca me había sentido tan feliz de ver a alguien como cuando te vi a ti —dijo.

Él la miró y sonrió.

—Yo tampoco.

—¿De veras? —preguntó ella, sorprendida.

—¿Tan sorprendente es?

—Un poco —repuso ella, irónica.

Él dejó el cuenco en el suelo, puso el cuchillo encima y la miró.

—Deberíamos hablar.

—Después.

Dándose un impulso se puso de pie y estuvo a punto de caer de cabeza en el riachuelo. Lo único que se lo impidió fue Patrick, que se levantó de un salto y alcanzó a sujetarla.

—Por los santos, Madelyn —dijo, medio riendo—. No tienes por qué huir.

Ella miró el suelo que los separaba, vio que no había mucho trozo de tierra entre ellos y descubrió que no tenía el menor deseo de hablar con él. No quería saber lo que él sentía; no quería saber si junto con todos los detalles acerca del bosque su hermano le había dado también consejos sobre cómo librarse de una molesta yanqui. Casi lo oía decir: «Abandona a la muchacha en la Edad Media, Patrick». Era más o menos lo que se dice acerca de qué hacer con la basura, sólo que ahí no había que preocuparse del asunto de los vertederos.

Patrick la rodeó con sus brazos y la atrajo hacia él.

—Si no soportas hablar ahora, podríamos intentarlo después.

Ella hizo una honda inspiración.

—No creo que pueda soportar mucho más hoy —dijo. Se obligó a mirarlo a la cara—. He tenido un par de semanas malas.

Él le metió el pelo detrás de las orejas y le sonrió afablemente.

—Tengo una idea —dijo.

—¿Una fogata?

—Eso también. No, mi idea es la siguiente: ¿Por qué no nos tomamos los días tal como se presentan, juntos?

—¿Qué otra opción hay? No es que puedas dejarme tirada aquí y marcharte solo.

Él frunció los labios.

—Eres condenadamente alegadora.

—Ése es uno de mis mejores rasgos.

Él la sorprendió sonriendo.

—Sí. Tómate los días conmigo, Madelyn. Juntos. Los tomaremos tal como vienen y veremos qué sale de ellos.

Ella asintió, suspirando.

Él le besó la frente, continuó rodeándola con los brazos y la hizo girar hacia los caballos.

—Veamos si puedes cabalgar. Si puedes, probaremos el bosque. Si, no, probaremos de ir al castillo.

—¿Al castillo? —graznó ella.

—Fuego. Comida. Tal vez incluso un cómodo trozo de suelo que podamos llamar nuestro. Si lisonjeo bastante al señor, igual podría ofrecerte un baño.

Un baño. La sola idea la hizo sentirse muy ágil. Se habría puesto a bailar una jiga si hubiera podido. Era increíble que aún estando segura de que ésas serían condiciones muy primitivas le parecieran un lujo. Si alguna vez se las arreglaba para alojarse en un hotel aunque fuera de una sola estrella no volvería a quejarse del colchón duro y lleno de protuberancias.

Pero entonces titubeó.

—¿Qué van a pensar de mí? ¿Quieres que me invente una historia?

Él pareció levemente alarmado y se apresuró a sonreír.

—Eso déjamelo a mí.

—Es tu era, después de todo.

—Exacto.

—Vamos a tener que hablar de eso también, ¿sabes? —dijo ella, contemplando la modalidad de rápido tránsito del presente—. Todos esos comentarios a los guías turísticos. Todas esas protestas por las joyas de la Corona. Todo ese rollo de tonterías que me largaste acerca de que habías leído tantos libros de historia que era casi como si la hubieras vivido. —Lo miró enfurruñada—. Engaños. Mentiras. Rayano en falta de ética.

—No podía decirte la verdad tal cual, ¿verdad?

—Podrías habérmela dicho.

—Sí, bueno, de esto tendremos que hablar también —dijo él—. Miró al caballo Fergusson y luego a ella—. ¿Qué te parece?

Ella pensó que si eso significaba quitarse la capa de mugre absolutamente asquerosa, saltaría sobre la montura con un salto vertical que admiraría incluso a una estrella de la NBA. Miró a Patrick:

—Vamos.

Él formó un estribo con las manos. Ella puso el pie y lo único que consiguió fue que el caballo se alejara. Al animal tenían que haberlo criado para odiar a los MacLeod.

Patrick chasqueó la lengua.

—Tienes que hacerle saber que estás tú al mando.

—Lo intenté. No se convence.

—Cabalgarás conmigo —dijo él. La subió a su caballo, saltó detrás y cogió las riendas de los dos caballos—. Iremos lento al principio. Encontraré un lugar caliente y seguro para los dos, te lo prometo.

Ella cerró los ojos y se cogió de las crines del caballo y del brazo de Patrick. ¿Existiría un lugar así en la Edad Media?

Bueno, si alguien podía encontrarlo, ése tenía que ser el hombre que la tenía abrazada como si la quisiera.

—Fíate de mí —dijo él.

Dios la amparara, se fiaba de él.

Capítulo 32

*P*atrick estaba comenzando a pensar si su pico de oro no lo habría abandonado para siempre.

Le había prometido a Madelyn un lugar caliente y seguro. En realidad había esperado algo así como la sala de estar de Ian con el inmenso hogar que tenía; o tal vez un par de sillas delante de su reluciente cocina Aga roja. Incluso su propio hogar aprovisionado con un arbolillo seco lo habría sacado del apuro.

Lo que no había planeado era encontrarse en la mazmorra de Malcolm MacLeod.

Se sopló las manos para calentárselas y reexaminó el día para ver dónde se le había torcido el plan. Tal vez debería haber dedicado más tiempo al bosque. Pero puesto que con pasar la mayor parte del día a la sombra no había logrado otra cosa que producirle un catarro a Madelyn, decidió que una o dos noches en el castillo para recuperar fuerzas era lo que convenía hacer.

Por desgracia, cuando llegaron, Malcolm estaba fuera, haciendo pagar a unos cuantos McKinnon el haberse alzado con un par de sus mejores vacas, y estaba su hijo Angus al mando del castillo. Éste los hizo meter en la mazmorra sin vacilar. Por lo visto, un sucesor de Jamie decidió que tener una mazmorra era cosa buena, porque habían vuelto a excavar el maldito hoyo que Jamie hiciera llenar para complacer a Elizabeth.

Ya habría sido bastante fastidioso encontrarse metido hasta los tobillos en el lodo de esa mazmorra, pero Madelyn estaba con él, sentada en ese lodo con los dientes castañeteando. Si ahí hubiera acabado todo el desastre, podría haberse considerado afortunado. Pero, desgraciadamente, la locura no acababa ahí. Cuando a él y a Madelyn los depositaron en la mazmorra de una manera nada amable, descubrieron que dicha mazmorra ya estaba habitada.

Por un tal Bentley Douglas Taylor III. El cual, lamentablemente, estaba vociferando como un loco.

Patrick entendía por qué habían arrojado a Bentley en ese ruidoso hoyo. La verdad, entendía por qué los habían puesto a él y a Madelyn ahí. Según se decía, Angus no era la herramienta más afilada del cobertizo, por así decirlo. Él intentó hacerle ver que ya se habían visto, pero Angus o era tan estúpido que no lo recordaba, o estaba tan aterrado que... No, simplemente era un estúpido. Él se dejó desarmar simplemente porque no logró decidirse a derramar sangre de su familia cuando estaba bastante seguro de que su estancia en la mazmorra sería breve. Pero ¿pasar esas pocas horas en compañía de Bentley?

Sí, bueno, eso sí era el infierno.

—¡Coño, Angus, grandísimo imbécil!, ¿qué has hecho con ellos? ¡Él me rescató, maldita sea!

Patrick cerró los ojos y suspiró de alivio al oír la voz arriba. Robert el gaitero al rescate. Se agachó a poner de pie a Madelyn.

—Vamos, estamos salvados.

—Espera —dijo Bentley tratando de cogerle el brazo—. Sácame a mí también. Llevo casi dos días aquí. Al menos creo que han sido dos días. Sean los que sean, ha sido tanto tiempo que quienquiera que encuentre arriba va a tener su culo en pleito. De hecho, déjame salir primero. Tengo unas cuantas cosas que decirles a esos inútiles...

Patrick lo apartó de un empujón de la escala.

—Las damas primero, idiota.

Bentley insistió en cogerse de la escala.

Patrick le puso el pulgar detrás de la oreja, en un punto particularmente sensible, esperó hasta que Bentley estaba resollando de dolor y con un saludable empujón lo dejó despatarrado en el lodo. Bentley comenzó a protestar a gritos. Patrick aprovechó la oportunidad para instar a Madelyn a empezar a subir por la escala. Y una vez que ella empezó a subir, no vio ningún sentido a no subir tras ella y salir de ahí.

Y lógicamente no tenía ningún sentido no agitar esa escala para liberarla de cualquier otro trepador.

—¡Eh! —gritó Bentley—. ¡Dejadme subir! ¡Dejadme salir de aquí, imbéciles! ¡Os demandaré!

—¿Quién es? —preguntó Robert el gaitero a Patrick en gaélico.

—Es una historia muy larga que encontrarías casi increíble.

—Le he escuchado —dijo Robert con expresión levemente alarmada—. Dice puras tonterías.

—Es un loco —dijo Patrick—. Un inglés que quería casarse con esta mi señora. Parece que no puede aceptar la realidad de que ella no quiere nada de él.

—Cierto —dijo Madelyn, apoyándose pesadamente en él—. Todo cierto.

—¿Conocéis a ese hombre? —preguntó Angus pestañeando rápidamente—. Tal vez deberíais volver al foso para estar con él...

Robert lo hizo callar con una mirada fulminante y luego miró a Patrick:

—Mis disculpas, y las disculpas de mi señor. Venid, sentaos a la mesa y descansad. —Miró a Madelyn y le sonrió—. ¿Cómo te encuentras, milady?

—Mejor —contestó ella sonriendo débilmente y frotándose los brazos—. ¿Y tú, Robert?

—Bastante bien —dijo él bravamente—. Vamos, amigos míos, y reunámonos junto al fuego. Sin duda Angus tendría muchísimo interés en vuestra historia, y su señor padre estará complacido al saber que Angus se ha esforzado enormemente en ofreceros la hospitalidad de nuestra morada después de ese lamentable error a vuestra llegada.

Angus parecía desconcertado ante esa gran cantidad de palabras seguidas. Patrick tuvo que mover la cabeza. Jamie se habría sentido consternado al pensar que un hombre como ése estaría al mando del clan cuando llegara su momento. Tal vez no había que extrañarse mucho de que el castillo hubiera caído al final en ese estado de deterioro. Muchos señores como Angus, y todos los hombres del clan echarían a correr sólo para salvarse.

Patrick rodeó con un brazo los hombros de Madelyn y la ayudó a caminar penosamente para entrar en la sala grande. Ella vaciló, miró alrededor y se estremeció.

—Espeluznante —susurró.

—Sí —convino él. Era como ver las fotografías del antes y el después, sólo que ahí estaban en el antes. Le apretó suavemente los hombros—. El fuego primero —dijo, indicando con un gesto hacia la pared del frente—, después algo para comer.

—Y ropa limpia —dijo Robert—. Sin duda milady Grudach tendrá algo que te vaya bien. Yo la persuadiré de que la suelte.

Esa manera de decirlo hizo dudar a Patrick de la generosidad de Grudach. Pero claro, en realidad sabía bastante acerca de ella por su hermanastra Iolanthe, que en esos momentos estaba muy feliz en su hermosa casa en Maine con Thomas, sobrino de él, otro miembro de ese complejísimo árbol familiar, el que retrocedió en el tiempo para rescatarla.

—¿Qué estás pensando? —le preguntó Madelyn, caminando a su lado.

—Estaba meditando en la imposibilidad de trazar un adecuado árbol genealógico con mis parientes —repuso él sonriendo—. He oído hablar de Angus y de su hermana Grudach a la hermana de ambos. Hermanastra, en realidad.

—¿Vive cerca de aquí?

—En Maine.

—Con su marido de los tiempos modernos, sin duda.

—¿Con quién si no?

Madelyn agitó la cabeza.

—Si hubiera sabido que algo tan sencillo como un viaje a Escocia iba a llevar a todo esto...

—¿Lo lamentas?

Ella se detuvo a mirarlo.

—No —dijo dulcemente—. No.

—¿Y Bentley? ¿Te importa que lo dejemos ahí abajo?

Ella titubeó.

—No parece muy simpático, ¿verdad?

—Piensa «tres semanas en una jaula», Madelyn —dijo él, sarcástico.

—Pues, faltaría más, déjalo templarse ahí un tiempo. Le hará bien. Eso sí, no sé qué le diremos después. —Lo miró sonriendo—. Tal vez podríamos convencerlo de que fue abducido por alienígenas.

—Ya se nos ocurrirá algo.

La llevó hasta el hogar, la ayudó a sentarse ante el fuego y se sentó a su lado en el banco. Estiró las manos hacia las llamas. No había nada igual a sentir un poquito de calor después de un buen tiempo sin él.

Miró a Angus, que se había sentado cerca y sostenía nerviosamente una copa de cerveza entre las manos. La expresión de Angus era la de un chico que espera una zurra de muerte por haber hecho algo increíblemente estúpido. Miró a Patrick con una débil sonrisa. Patrick le sonrió.

—¿Sabes? —le dijo—, milady ha pasado bastante tiempo en el castillo de Fergusson sin comida ni agua. Tal vez te agradecería un poco de cerveza. Algo para comer. Un baño.

—Ah, sí —dijo Angus levantándose de un salto—. Sí, me encargaré de eso inmediatamente.

—Gracias —dijo Patrick—. Le hablaré elogiosamente de ti a tu padre.

Eso pareció bastar a Angus. Comenzó a gritar órdenes de que trajeran sustento y llenaran una bañera en la cocina para satisfacción de milady.

—¿Así están las cosas, pues? —dijo Patrick a Robert.

—No tienes idea —respondió Robert, poniendo en blanco los ojos.

—Me lo puedo imaginar. Conozco algo a su hermana Iolanthe.

Robert exhaló un profundo suspiro.

—Esa pobre niña. Sé que el joven Thomas McKinnon trató de encontrarla, pero tememos que los dos estén muertos. No hemos sabido absolutamente nada de ellos. ¿Has tenido ocasión de saber algo de ellos?

Patrick rumió la respuesta un buen rato, y finalmente decidió que sería mejor dejarlo estar. No era necesario contestar todas las preguntas, sobre todo cuando la respuesta no haría ningún bien a ninguna de las partes. Negó con la cabeza.

—No he sabido nada de ellos últimamente. —Había hablado por teléfono con Iolanthe durante su espera de tres semanas, pero eso no era «últimamente», ¿verdad?—. Sólo cabe esperar que Thomas la haya encontrado y que estén viviendo sus vidas en algún rincón tranquilo en alguna parte.

—Sí —convino Robert—. Iolanthe era una buena muchacha. Nada que ver con su hermana —añadió en voz baja—. Ah, aquí llega la comida, milady Madelyn. Come a placer y luego proveeremos otras cosas para tu comodidad.

Patrick sostuvo el tajadero de madera delante de Madelyn, llenándose también el estómago como pudo. Ella comió todo lo que le pusieron delante, incluso las cosas más repugnantes. Patrick comió con igual entusiasmo, agradeciendo mientras comía el poder esperar con ilusión una comida mejor cuando regresaran a casa.

Madelyn bebió una buena cantidad de su copa y después sonrió:

—Me siento mejor.

—Y aquí llega el acompañamiento para tu baño —dijo él, al ver entrar a Grudach en la sala.

Después de oírla despotricar diez minutos a su hermano, Patrick decidió que Grudach era tan grosera como le dijera Iolanthe. Y cuando ella fijó la mirada en Madelyn, comprendió que era necesario hacer algo de inmediato. Se levantó y le dirigió su más deslumbrante sonrisa.

—Tú debes de ser el bello tesoro de mi señor —le dijo—. He oído hablar de ti.

El hecho de que Grudach no mirara alrededor por si él pudiera haberle dicho eso a otra persona fue revelador. Sin duda parecía pensar que el problema de Iolanthe estaba resuelto. Eso era interesante.

Grudach lo miró como si estuviera evaluando un novillo digno de premio.

—¿Quién eres?

—Patrick —contestó él, inclinándose—. Estuve aquí hace un par de días, para pedirle ayuda a tu padre para encontrar a milady.

Grudach dirigió una mirada muy poco amistosa en dirección a Madelyn.

—Huele como si hubiera estado en el pozo negro.

—Ahí he estado, en realidad —dijo Madelyn, sonriendo amablemente.

—No quiero que ensucies ninguno de mis vestidos.

Robert el gaitero se levantó y la miró sin el menor asomo de simpatía.

—Entonces ve a buscar algo de Iolanthe. Tendría que haber algo, puesto que no se le permitió llevarse nada.

—Sus ropas se las dieron a los pobres de la aldea.

—Cojones —dijo Robert enérgicamente—. Te vi con su mejor vestido dos días antes de que yo saliera a hacer un recado que me puso en las manos de Fergusson. Un recado, podría añadir, que tú ordenaste que me enviaran a hacer.

—Te atreves....

—Me atrevo a mucho. Ve a buscar el vestido.

Dio la impresión de que si ella hubiera podido matarlo lo habría hecho. Giró sobre sus talones y salió pisando fuerte.

—Eres valiente —dijo Patrick a Robert.

Robert se encogió de hombros, sonriendo.

—¿Qué tengo que temer de ella?

—Eso lo sabes tú mejor que yo —dijo Patrick, aunque tuvo que reconocer que sabía muchísimo más de lo que deseaba saber.

Robert sonrió, impertérrito.

—Soltará algo para que se ponga nuestra señora. —Miró a Madelyn—. Yo me encargaré de que nadie de la calaña de Grudach te ayude a bañarte.

Madelyn parecía estar tan agradecida de la oportunidad de bañarse que Patrick sospechó que no le importaba quién la ayudara. Ella lo miró interrogante:

—¿Tendré algo de intimidad?

—Yo podría montar guardia.

Ella agrandó los ojos.

Robert le ofreció el brazo.

—Los supervivientes del infierno Fergusson debemos cuidarnos mutuamente. Yo seré el que monte guardia, mi señora, y lo haré con la espalda vuelta. No te preocupes por mi falta de dedos útiles. Soy capaz de mantenerlos a raya a todos con sólo mi aguda lengua.

Patrick hizo una moderada protesta, pero Robert lo miró divertido.

—Yo cuidaré de ella, amigo mío —dijo.

Patrick no podía negar que Robert ya había hecho eso en el futuro. Tal vez eso era motivo suficiente para fiarse de él en el pasado.

—¿Te sientes bien? —le preguntó a Madelyn.

—Si eso significa un baño, me siento perfectamente.

Él se levantó, la ayudó a levantarse y la rodeó con los brazos un momento.

—Eres una maravilla —le susurró en inglés. Después la entregó al gaitero—. Cuida bien de ella, amigo mío.

—La protegeré con mi vida —prometió Robert.

—Es de esperar que no tenga que llegar a eso —dijo Madelyn medio riendo.

—Con Grudach nunca se sabe —dijo Robert, ofreciéndole el brazo y guiándola lentamente hacia la salida de la sala.

Patrick los observó hasta que salieron y luego se sentó a calentarse junto al fuego. No le agradaba pensar en lo raro que era que se encontrara sentado cerca del hogar, donde lo había hecho la mayor parte de su vida, y que en ese momento estuviera sentado ahí en una época en la que jamás había estado.

Pero había algo para agradecer en eso. Tal vez podrían pasar uno o dos días en una casa relativamente segura, el tiempo suficiente para que Madelyn se recuperara un poco. Además, ¿quién sabía cuándo les permitiría la puerta llegar a casa? ¿O qué era lo que tenían que realizar ahí en el pasado?

Contemplando el fuego le dio vueltas y vueltas a eso en la cabeza, sosteniendo su copa de cerveza bastante bebible; fueran cuales fueren sus defectos, por lo menos Malcolm no escatimaba ningún esfuerzo para producir una buena copa de cerveza. Miró fijamente las llamas pensando en las posibilidades de unos pocos días sin tener nada que hacer aparte de sentarse junto a Madelyn y hablar. En gaélico, nada menos.

La mujer era, como se lo decía continuamente, pasmosa.

Se abrió la puerta principal. Patrick levantó automáticamente la vista, esperando ver entrar a alguien de su familia. Tuvo que mirar unos cuantos minutos a Malcolm para darse cuenta de a quién estaba mirando. Al instante se levantó y adoptó una postura deferente.

—Mi señor —dijo.

Malcolm debió tener una caza exitosa, porque estaba de buen humor. Con un amplio gesto le indicó a Patrick que se le uniera en la mesa. Gritó pidiendo que trajeran vino y carne y procedió a obsequiarlo con una historia sobremanera sangrienta. Patrick se consideró bienaventurado por haber pasado su juventud hablando de esas cosas mientras cenaba, porque consiguió comer otra cena más sin encogerse, ni siquiera durante los detalles más horripilantes.

De repente notó que cambiaba el aire en la sala y supo sin mirar que había entrado Madelyn. Era una sensación similar a la que sintió la primera vez que puso sus ojos sobre ella. Giró la cabeza para mirarla.

Y al verla casi se le cortó el aliento.

Llevaba ropa que no era de ella, pero le sentaba como si la hubieran hecho pensando en ella. Sus cabellos no eran otra cosa que una alborotada mata de rizos. Tenía la cara recién lavada, la ropa limpia, y su expresión era de inmenso alivio. En efecto, venía caminando junto a Robert riendo despreocupadamente de algo que él había dicho, como si en las tres semanas pasadas no hubiera hecho nada más agotador que unos cuantos recorridos turísticos. Claro que no caminaba nada bien, y le costaba un mundo erguirse del todo, pero eso pasaría con el tiempo.

Y entonces ella lo miró.

Y su sonrisa se convirtió en algo totalmente diferente. En algo íntimo, algo preñado de una mezcla de incertidumbre y esperanza.

—Por los malditos santos, Patrick —gruñó Malcolm—, la mozuela te desea.

Patrick consiguió aclararse la garganta sin atragantarse y hacer el tonto más absoluto.

—Al parecer —logró decir.

—Hermosa niña —dijo Malcolm, dándole una palmada en la espalda—. Se la quitaste al inglés, ¿eh?

—Sí.

—No hay ningún motivo para que no te cases con ella hoy. Para que la pongas fuera de su alcance para siempre.

Patrick no tuvo la intención de mirarlo boquiabierto. No era que no le hubiera pasado por la mente la idea del matrimonio antes. Fugazmente. Brevemente.

Constantemente, ese último tiempo.

Pero ¿un matrimonio ese día?

—Yo me encargaré de eso —dijo Malcolm, levantándose—. Haré levantar al cura.

—Pero...

Malcolm lo miró con un destello en el ojo.

—No creerás que vas a andar vagando por ahí con una muchacha de su alcurnia sin estar casado con ella, ¿verdad?

—Eh...

—Esto es lo mínimo que puedo hacer por un primo —continuó Malcolm—. Si es que eres un primo. Te pareces muchísimo a un verdadero MacLeod, pero éstos son tiempos peligrosos...

—Sí —logró decir Patrick—, sí que son peligrosos.

—Mi mazmorra ha albergado a almas más amigas que tú.

La amenaza era implícita; la elección, clarísima.

Condenación, si tenía que elegir entre casarse con ella o languidecer en la mazmorra de Malcolm MacLeod, ¿qué podía hacer?

Pensó si podría lograr parecer lo suficientemente dolido para que Malcolm, y todos los demás, creyeran que lo obligaba a ir al altar.

¿Para eso habían venido al pasado? ¿Para casarse?

Por los santos, no deseaba creer que el tiempo lo considerara tan imbécil que sólo unas maquinaciones de esa magnitud lo harían entrar en razón.

—No hay momento como el presente —dijo gravemente— para cumplir el deber.

Malcolm gruñó, pero en sus ojos había un muy visible guiño.

—¡Robert! —gritó—. ¡Trae al cura!

Robert depositó a Madelyn en la silla contigua a la de Patrick y fue a ocuparse de satisfacer a su señor. Madelyn le sonrió a Patrick.

—¿Qué pasa?

Él la miró solemnemente.

—Una boda.

—¿De quiénes?

—Pongámoslo así —repuso él—. Puede que no tengamos mucho tiempo para ninguna conversación de naturaleza seria antes de...

—¿Antes de qué?

Repentinamente él tuvo miedo de contestar.

Malcolm, bendito su intrigante corazón, no lo tuvo.

Capítulo 33

*E*l fuego crepitaba vigorosamente en el hogar, infundiendo agrado, alegría y buen ánimo. Una o dos velas se sumaban al calor del hogar para acentuar la atmósfera de tranquilidad, la sensación general de paz en la sala. El suelo estaba cubierto por blandos trocitos de paja que olían a..., bueno, olían, pero tal vez una chica no podía pedir nada más en la Edad Media. Madelyn estaba arrodillada al lado de Patrick MacLeod, agradecida de tener un fuego, ropas limpias y un suelo relativamente limpio para arrodillarse.

Las ropas limpias tendría que agradecérselas a Iolanthe cuando se conocieran. El vestido era un puñado de centímetros demasiado corto, pero por lo menos le cubría todo lo que debía cubrir. Tendría que servir, porque sus ropas las había arrojado al fuego de la cocina. Hacer eso le había parecido lo más seguro, dados el estado en que se encontraban y las muy modernas etiquetas y cremalleras que llevaban. Un buen fuego le había parecido la mejor manera de solucionar ese problema.

El fuego era algo que podría agradecerle a Malcolm en otro momento. Después de un mes de estar congelada hasta la médula de los huesos, su calor era absolutamente celestial.

También estaba muy agradecida de ser capaz de arrodillarse, aunque fuera relativamente. Su cuerpo estaba sanando de modo notable, aunque suponía que le llevaría unos cuantos días más sentirse totalmente ella misma.

Echó una disimulada y breve mirada a Patrick, para ver cómo se estaba tomando el asunto en general. La parpadeante luz del fuego del hogar le iluminaba sus hermosos rasgos, dejaba su pelo negro en sombras más oscuras, le acariciaba los dorsos de sus manos marcadas por cicatrices. La camisa estaba algo deshilachada en los puños, y su manta un poco raída también, pero le cubría los anchos hombros y fuertes brazos. No parecía desdichado por estar donde estaba, haciendo lo que estaba haciendo. En realidad, estaba escuchando al cura con una expresión totalmente serena en la cara.

Un cura que estaba de pie (de pie en sentido figurado) delante de ellos y a punto de hacerla caer de espaldas sólo con su aliento.

Eso le daba que pensar.

Por lo menos Patrick no había tenido que fortalecerse ingiriendo enormes cantidades de alcohol.

Podía agradecer pequeños favores, supuso.

Entonces bajó la vista y miró sus dedos entrelazados con los de Patrick, y se maravilló, agradecida, ante la absoluta inverosimilitud de lo que estaba viviendo en esos momentos.

Una boda.

Con un hombre que no parecía en absoluto decepcionado por el giro de los acontecimientos.

Ah, sí que protestó, por pura fórmula, ante el vigoroso brazo armado de Malcolm al conducirlo. Fue arrastrando los talones hasta el improvisado altar, un banco colocado en el trozo de suelo más limpio que logró encontrar Robert el gaitero.

Pero se arrodilló sin vacilar, después de ayudarla a ella a hacerlo, con la mayor amabilidad, y luego le cogió la mano con el mismo tipo de delicadeza, le sonrió con una sonrisa que le decía que no le molestaba en lo más mínimo lo que estaba haciendo, y después centró toda su atención en el hombre que estaba delante de ellos pontificando muy agradablemente en latín.

Bueno, en un latín algo estropajoso.

Estropajoso pero inteligible.

Ahora bien, si ella no lograra entender lo que decía, sería estupendo.

—Ah, qué tiempos aquellos, cuando iba al pub —estaba diciendo el buen cura, cerrando los ojos un momento, con expresión muy solemne— a beber una pinta de la mejor cerveza de la localidad, y eso después de un arduo día perfeccionando mi arte bajo la lluvia y el viento. ¿Quién habría pensado que iba a tener que dejar eso atrás para venir a vivir en un lugar donde «links»* sólo define los eslabones de una buena y fuerte cadena?

Madelyn casi no se atrevía a mirar a Patrick. Sentía cálida y consoladora su mano alrededor de la de ella. No parecía fastidiado porque el hombre procedió a explicar con todo tipo de detalles el último campeonato de golf en que participó, y perdió. En cuanto a ella, sólo podía mirar al cura absolutamente atónita.

El hombre era del siglo XXI. Apostaría la vida a que lo era.

Pero dadas sus numerosas referencias a su corredor de apuestas, pensó si no debería apostar su vida a que era realmente un sacerdote.

Porque si no lo era, ¿quién la estaba casando?

El sacerdote que podía ser o podía no ser un sacerdote continuó el servicio, volviendo al texto habitual con un esfuerzo aparentemente hercúleo.

Bueno, por lo menos conocía el rito. Y su latín era bastante bueno, cuando lograba sacudirse para volver a la coherencia el tiempo suficiente para articularlo.

Cuando le llegó el turno a ella, asintió y dijo «sí».

Cuando le llegó el turno a Patrick, él asintió y dijo «sí».

El cura exhaló un largo suspiro.

—Nunca encontré a nadie a quien amar en mis tiempos —echó una breve mirada a Grudach y luego volvió la vista a ellos—, pero que eso no os impida disfrutar a vosotros.

¿Grudach? Madelyn archivó eso para referencias futuras.

—Bésala, hombre —dijo el sacerdote—, y date prisa. Antes de que ella se arrepienta.

Al parecer Patrick entendió eso. Igual se figuró que eso era lo que tenía que hacer. A Madelyn le pasó por la mente hacerle la observación de que los había casado un hombre que podía o no tener la autoridad para hacer lo que aseguraba que había hecho, pero la distrajo absolutamente la sensación de la boca de Patrick MacLeod sobre la de ella.

Demonios. Si eso venía ligado a estar casada con él, no sabía si sobreviviría.

* *Links*: campo de golf. *(N. de la T.)*

El beso continuó durante un largo rato. Ella se sintió patéticamente agradecida por estar arrodillada, pues así no tendría que sufrir la humillación de que se le doblaran las rodillas.

Entonces, muy de repente, a Patrick lo pusieron violentamente de pie y le metieron en las manos una enorme copa de vino. A ella la habrían tratado de modo similar si Patrick no les hubiera gritado que le quitaran las manos de encima. Él dejó su copa sobre el banco, la ayudó con sumo cuidado a levantarse, y fue a sentarla con el mismo sumo cuidado en una silla junto al hogar.

Sólo entonces cogió su copa, bebió y se sometió a toda una ronda de fuertes palmadas en la espalda y felicitaciones.

A ella le permitieron continuar en su asiento, cosa que necesitaba angustiosamente después de lo que acababa de escuchar. Mientras bebía unos sorbos de vino observó al buen cura pasearse por entre los miembros de su grey, repartiendo bendiciones y otras cosas en latín. Finalmente él fue a sentarse en un banco cerca del hogar y se puso a dar audiencia a aquellos que renunciaban a la bebida por algo de naturaleza más elevada. Angus, cuya conciencia sin duda le pinchaba por haberla arrojado en la mazmorra, se acercó al sacerdote para algún tipo de conversación instructiva. Evidentemente no era uno que fuera a renunciar a la bebida, porque llevaba una jarra de algo en las manos. Eso le bastó al buen padre. Levantó su copa y comenzó a disertar pomposamente en latín, como si quisiera inculcar algo de suprema importancia a la lastimosa alma de Angus.

—Verás —comenzó—, soy un hombre perdido en el tiempo.

Madelyn sintió que la mandíbula se le desplazaba al sur. La puso en su lugar con un gran esfuerzo.

—No te darías cuenta si me miras, pero en otro tiempo fui un poderoso párroco. A fines del siglo XX.

Angus pareció confundido. Madelyn se sintió aliviada. Por lo menos estaba casada legalmente.

—Bueno, quizá no «poderoso». Ganaba dinero suficiente para cubrir mis necesidades. Pero fue, como podrías imaginarte, mi placer ilícito el que me llevó a mi caída.

Angus lo escuchaba con absoluta atención. Madelyn también.

—Dije en mi parroquia que me iba al norte a visitar a los pobres.

Angus asintió juiciosamente.

—Pero —dijo el sacerdote, inclinándose— no era cierto.

—Ah —dijo Angus.

Madelyn se inclinó también.

—Vine con el fin de disfrutar de un súper fantástico campeonato de golf.

Madelyn pensó si algunos campos de golf de Escocia no deberían tener marcas rojas en sus planos también. Miró al párroco preguntándose si se sentiría feliz con su suerte o desearía volver a su tiempo. Y no era que pudiera prometerle nada, lógicamente. Pero se podía imaginar que era estar clavado en una época del pasado sin saber cómo llegó ahí y sin tener idea de cómo volver a casa.

¿Debería decírselo?

Si debía, tendría que hablar con Patrick acerca del contenido de la ceremonia de su matrimonio, la que incluyó una larguísima evocación de los placeres de la vida moderna, eventos deportivos modernos y comida moderna. ¿Consideraría él que eso hacía menos que adecuada la ceremonia?

¿Le importaba eso a ella?

Sí. Muchísimo.

¿Y quién tenía que aparecer en ese momento para exacerbar aún más su dilema sino su principal componente, el propio Patrick MacLeod?

Él le tendió la mano.

—¿Comida? —le preguntó.

Ella ya comenzaba a entender su afición a la comida.

—Siempre —contestó.

Él la ayudó con sumo cuidado a levantarse, la rodeó con el brazo y la ayudó a caminar hasta la mesa superior, donde enseguida comenzó el festín de bodas.

Fue una velada muy interesante. Robert el gaitero no podía tocar, pero resultó que tenía una voz muy hermosa. Madelyn consiguió disfrutar de las cosas hasta el momento en que comprendió que si tenía que continuar sentada mucho más tiempo se echaría a llorar. Y en el preciso instante en que supo que no podría soportarlo un minuto más, Patrick le cogió la mano y dijo a Malcolm:

—Mi señora se cansa. ¿Hay algún lugar...?

—El dormitorio de Grudach —dijo Malcolm sin vacilar.

—¡Padre!

Él la silenció con una sola mirada y luego miró a Patrick.

—Mi hija estará encantada de cederos la muy lujosa habitación que no se merece.

—Y no que la vayan a usar bien —se mofó Angus—. La muchacha casi no puede caminar, mucho menos podrá... eh...

Madelyn sólo alcanzó a captar la última parte de la mirada que Patrick dirigió a Angus. Angus cerró la boca al instante y encontró muy fascinante el contenido de su plato.

—Gracias, mi señor —dijo Patrick—. Haremos buen uso de ella.

—Eso diría yo —dijo Malcolm con una estruendosa carcajada—. Deja algo de ella, muchacho. Tengo que hacerle unas cuantas preguntas acerca de esa asquerosa basura que gobierna el clan Fergusson.

—Haré lo que pueda —dijo Patrick sarcástico.

Enseguida Madelyn se encontró levantada en brazos y llevada escalera arriba. No tenía idea de lo que planeaba él, pero si alguien le pedía su opinión, no le apetecía particularmente tener una noche de bodas cuando no sabía si podría llegar al baño sin ayuda.

Él abrió la puerta, entró y la cerró con el pie. Después la miró sonriendo.

—Al fin solos.

Ella pensó si se veía tan verde como se sentía.

Seguro que sí, porque él se rió de ella y la llevó a la cama. La depositó ahí, le quitó los zapatos de Iolanthe, que le quedaban sólo relativamente pequeños, y la cubrió con una manta.

—Duerme —le dijo sonriendo—. Lo necesitas.

Ella lo miró sorprendida.

—¿De verdad?

—Madelyn, no soy un bárbaro.

—No estaba preocupada por eso. Después de todo fue a ti al que obligaron a caminar hasta ese altar improvisado a punta de espada.

Él se inclinó sobre ella, poniendo una mano a cada lado de su cabeza.

—No me obligaron.

Ella se sintió un poco débil.

De acuerdo, se sintió muy débil.

—¿No?

—No necesité una espada en la espalda —dijo él, sonriendo levemente.

—¿No?

—No, Madelyn —dijo él dulcemente—. Yo no. ¿Y tú?

Ella negó lentamente con la cabeza.

—Yo tampoco.

Él la miró un momento o dos en silencio, y luego se aclaró la garganta.

—Deberíamos hablar, tal vez —dijo en voz baja—. Hay cosas que tenemos que hablar.

A ella le cayó el corazón a los pies.

—Patrick...

Él se inclinó y la besó. Dulce, dulce, suave...

Concienzudamente.

Luego levantó la cabeza.

—Después —dijo—. Hablaremos después.

Ella hizo una honda inspiración.

—De acuerdo.

—Tienes que descansar. Habrá tiempo para hablar en el futuro.

—¿Y qué vas a hacer tú?

—Descansar a tu lado y soñar con un buen zumo de frutas y panecillos con crema agria.

—Eres un hombre complicado.

Él se rió y se enderezó. Dio la vuelta a la cama hacia el lado más cercano a la puerta. Se quitó la espada, se sacó el puñal de la bota y se tendió al lado de ella. Se dio la vuelta hacia ella y la rodeó con el brazo.

—¿Soportarás el peso de mi brazo?

Ella miró sus insondables ojos verdes y pensó que podría ser capaz de soportar muchísimas cosas si él estaba junto a ella.

—Sí —contestó.

—Entonces descansa, cariño.

—¿Tú montarás guardia?

—Sí, no volveré a fallarte.

—Patrick...

Él la interrumpió negando con la cabeza.

—Te fallé en el pasado, pero no te fallaré en el futuro. Ahora duerme y descansa en paz y seguridad. Creo que puedo garantizarte que no habrá más viajes a la mazmorra de Malcolm.

Madelyn sintió la tentación de pensar fugazmente en Bentley, pero el pensamiento pasó de largo antes de que lograra retenerlo. Se merecía lo que estaba pasando. Lo más probable era que al final ellos lo sacarían de ahí. Cuando se fueran a casa.

Y esto lo iba encontrando menos y menos atractivo por momentos. ¿Dónde estaría cuando volviera al futuro? Era probable que no en un colchón relleno con substancias inidentificables con Patrick MacLeod respirando suavemente junto a su oreja y acariciándole la mano de tanto en tanto mientras se iba quedando dormido.

Pero claro, igual sí.

Después de todo, según un borracho refugiado del siglo XXI, ella era su esposa.

Exhaló un largo suspiro, feliz, y cerró los ojos con una sonrisa en la boca.

Capítulo 34

*B*entley Douglas Taylor III estaba metido hasta los tobillos en el inmundo lodo y deseaba llorar.

No solía llorar. Era más propenso a quejarse, rabiar o amenazar con pleito.

Pero eso era cuando estaba en su ambiente.

Y no sabía dónde diablos estaba en ese momento.

Miró hacia el cuadrado de luz que brillaba a un metro por encima de su cabeza, pensando cómo era que Madelyn y MacLeod se habían escapado de las torturas y él no. MacLeod hablaba en el idioma de sus captores; tal vez ése era el motivo.

Era posible que MacLeod hubiera trocado a Madelyn por un trato especial.

Eso era lo que habría hecho él en su lugar.

Deseó haberla tenido a mano cuando lo capturaron. Ahora bien, eso era un mal sueño que dudaba de poder olvidar alguna vez. Había estado vagando inocentemente por el bosque después de pasar la noche ahí para verificar la absoluta estupidez del rumor oído en el pub de que acampar ahí producía viajes por el tiempo, cuando de repente, en lugar de encontrarse en el lugar donde tendría que haber continuado vagando inocentemente, se encontró en medio de una sesión de un deporte bastante rústico de las Highlands.

El único problema fue que esos patanes no hablaban inglés y llevaban unas espadas condenadamente grandes.

Los amenazó con llamar a las autoridades.

Lo miraron sin entender, como los indígenas sin seso que eran.

Les desgranó una breve lista de los clientes que le debían favores y les explicó lo que harían esos clientes si no se guardaban esas malditas espadas.

Después de eso no recordaba nada. Tal vez alguien lo golpeó en la cabeza con una espada.

Tal vez unos alienígenas lo habían abducido y anestesiado para que no recordara los dolorosos experimentos médicos que habían realizado en su físico reconocidamente superior.

Pero eso no explicaba por qué estaba metido hasta los tobillos en lodo ni por que Madelyn y MacLeod habían estado con él ahí tan poco rato, pero tal vez el misterio se resolvería después, cuando lo liberaran.

Una gran lástima no tener a Madelyn para negociar.

Bueno, fuera como fuera, sabía que estaba con la mierda hasta el cuello y sin esperanzas de escapar. Su fértil mente se desbordó con las posibilidades que podría contener el futuro.

Tortura.

Interrogatorios con instrumentos afilados.

Más días en el lodo sintiendo trepar por las perneras cosas que no lograba ver ni se atrevía a identificar.

Empezó a sentir serios remordimientos por haber seguido a Madelyn a Escocia. ¡A Escocia, justamente! Debería haberla dejado con sus hombres en faldas y sus posadas sin televisión por cable. ¿De veras la necesitaba a ella para hacer amistad con su padre? Por lo que sabía, su padre no le tenía más simpatía a ella que a él. Tal vez darle la razón al hombre en eso era la manera de ganar puntos con él.

Probaría eso.

Tan pronto como descubriera cómo diablos saltar un metro en vertical, levantar la rejilla que lo tenía aprisionado en el lodo y elevar sus 86 kilos de músculo hasta el suelo de arriba sin poner a sus captores alienígenas sobre aviso de sus intenciones.

Continuó mirando hacia la luz.

—Sacadme de aquí, si no, os demandaré —susurró.

Nadie lo oyó. Nadie acudió a rescatarlo.

No había esperado que alguien lo hiciera.

Capítulo 35

*M*adelyn iba caminando por la aldea, cogida de la mano de Patrick y sintiendo una inmensa gratitud por estar haciendo ambas cosas. Después de tres días pasados en la cama o haciendo lentas caminatas de inválida, empezaba a sentirse casi ella misma. Todavía no estaba segura de si alguna vez volvería a ser del todo ella misma, pero Patrick estaba convencido de que con unas pocas hierbas más y una visita al quiropráctico cuando llegaran a casa, se pondría bien.

Cuando llegaran a casa. Él lo hacía parecer como si sólo estuvieran pasando unas vacaciones.

Esperaba que no fueran unas vacaciones permanentes.

Por lo menos su tiempo en el Club Medieval le había permitido a su cuerpo empezar a recuperar su funcionamiento normal. O bien eso o le estaba ayudando a evitar una conversación más seria con Patrick, al sacarla por la puerta principal del castillo a un lugar donde había muchas cosas que servirían para distraerlos de los asuntos más serios que se interponían entre ellos como un pesado travesaño.

Asuntos como por ejemplo: ¿Cómo volverían a casa y cómo vivirían una vez que llegaran ahí? ¿Como marido y mujer?

Podría soportar saber eso ya.

No obstante, ese travesaño imaginario no había sido obstáculo para varios besos muy deliciosos y muchísimos arrumacos. Patrick le había parecido muy entusiasta en ambas cosas, y más, la verdad sea dicha.

Al fin y al cabo, estaban casados.

En cuanto se refería al padre John, por lo menos.

Calculaba que no lograrían sacarle una opinión decente a un hombre que no paraba de beber hasta quedar borracho perdido debido a un amor no correspondido.

Siendo el objeto de sus afectos una tal Grudach MacLeod.

Grudach no quería saber nada de él, al parecer, según decía Robert disgustado. ¿Significaría eso que el cura se iba a pasar la vida suspirando de amor y bebiendo? Podría haber sido peor, suponía; podría haberse pasado la vida bebiendo y jugando al golf. Por lo menos de esa manera nadie quedaría lelo por golpes en la cabeza de pelotas de golf extraviadas.

Y todo eso la colocaba en la nada envidiable posición de no saber qué validez tenía su matrimonio. Durante la cena de la noche anterior había empezado a preguntarle a Patrick acerca de su dominio del latín, pero él se distrajo de su respuesta por una llamada a ayudar a sosegar al prisionero de la mazmorra. Por lo que sabía, él tenía todo un coliseo de palabras a sus órdenes.

Aunque, llegando a eso, la verdad era que no deseaba preguntarle qué había entendido, no fuera a ser que pensara que su matrimonio no valía el pergamino en que estaba escrito.

También había comenzado a pensar cuánto tiempo estarían alojados en la habitación de Grudach. Durante el desayuno de esa mañana le expuso el tema a Patrick, preguntándole de improviso qué opinión creía que tenían de ellos en el castillo por pasarse encerrados en su habitación tanto tiempo. Él levantó su espada, la admiró, luego la miró a ella y le preguntó si le parecía que podrían atreverse a preguntarlo.

Ella le dijo que le parecía que no.

Él le aseguró que se encargaría de cualquier pregunta. Al fin y al cabo estaban casados, ¿no?

Entonces ella no quiso seguir hablando de eso y estuvo más que bien dispuesta a escapar de la casa ese día para no tener que encarar ese tema.

¿Cobardía? Seguro.

¿Proteger el frágil estado de su corazón? Muy ciertamente.

Por todo lo cual iba cogida de la mano de Patrick, en silencio y sin ninguna respuesta a las preguntas que no deseaba hacer, caminando por la aldea para ir a un trozo de campo particularmente útil en que él estaba seguro encontraría unas cuantas de las hierbas que andaba buscando. Al parecer una de las cosas programadas para ese día era recomponer los dedos de Robert.

¿Contribuiría el cura con un poco de su licor para la ocasión?

Se estremeció y al instante se encontró rodeada en los hombros por un fuerte brazo. Se estaba acostumbrando demasiado a esa sensación, como también a verle la espada colgada a la espalda, al sonido que ésta hacía de tanto en tanto al golpearle diversas partes de su anatomía y a la idea de que él tuviera que usarla en defensa de ella.

Estaba clarísimo que llevaba demasiado tiempo en la Edad Media.

—Hace frío —comentó él.

—Sí.

—No tardaremos mucho.

Ella asintió y continuó caminando con él, desgarrada entre el deseo de mirar una aldea que exhibía un tipo de pobreza que ella no había visto nunca antes, y el de mirar a Patrick, que caminaba por la aldea como una especie de deidad romana que ha bajado a la Tierra a inspeccionar sus dominios y a ofrecer su espada en su defensa.

Ella estaría dispuesta a aceptar su ofrecimiento.

A juzgar por las miradas que él recibía de los aldeanos, sospechó que ellos también estarían dispuestos.

Él saludaba con una leve inclinación de la cabeza a los ancianos, con una más acentuada a las mujeres, les revolvía el pelo a los niños y, en general, dejaba a todos los que se encontraba a su paso con el aspecto de desear seguir tras él eternamente.

Los comprendía absolutamente.

Cuando salieron de la aldea y entraron en la pradera, él la mantuvo muy cerca de él. Realmente hacía frío, mucho más que el que ella habría supuesto que haría, pero era noviembre después de todo. Tal vez en el pasado hacía mucho más frío aún que en los noviembres del futuro. No protestó cuando Patrick la rodeó con el brazo.

—¿De verdad crees que vamos a encontrar algo útil en esta tierra yerma y gélida de invierno? —le preguntó, al notar que empezaban a castañetearle los dientes.

—¿Invierno? —bufó él—. Sólo estamos a finales del otoño. El invierno es mucho peor que esto.

—No sé cómo sobreviviste —le dijo sinceramente—. Al frío. A la comida.

Estuvo a punto de mencionar los servicios higiénicos, pero ya había tenido más que suficiente experiencia con los servicios higiénicos medievales para arreglárselas, así que los pasó por alto.

—Te dije que me había criado pasando frío todo el tiempo.

—¿Nunca tenías calor?

—Sí, claro —contestó él haciéndole un guiño—. En julio.

Ella puso los ojos en blanco. Y declinó el ofrecimiento de que se sentara en un tronco caído mientras él hacía sus búsquedas. Lo que él creía que encontraría entre esas malezas en que estaba buscando, no lo sabía. Seguro que Sunny se sentiría perfectamente satisfecha removiendo las malezas buscando cosas con nombres raros como milenrama y gordolobo. Ella prefería cosas como antibióticos y antisépticos, pero donde fueres...

Estaba contemplando la hermosa vista presentada por el trasero de Patrick inclinado arrancando unas cuantas plantas que le servirían para aplicarlas más tarde en los dedos de Robert, cuando tuvo la perturbadora y conocida sensación de que la estaban observando.

Patrick se quedó inmóvil. Si ella no lo hubiera estado mirando, no lo habría notado. Él arrancó con sumo cuidado la última hierba, se giró y caminó hasta donde estaba ella.

—¿Tienes tu cuchillo en la bota?

—Pues claro.

Las viejas botas de Iolanthe le quedaban estrechas, pero sí que sostenían la mar de bien un puñal apretado contra su pantorrilla.

Él le sonrió, le pasó las hierbas para que las pusiera en el paño que había traído para eso. Luego le cogió la mano y echó a andar hacia la aldea con ella.

Ella tenía que hacer denodados esfuerzos para no echar a correr.

Patrick, en cambio, caminaba a su paso normal, pero ella notaba cómo todo él se había transformado en una especie de antena para captar enemigos. La sensación de ser observada continuó con ella, y al parecer con Patrick también, hasta que se encontraron en medio de la aldea; entonces se disipó. Esta vez Patrick no se detuvo a conversar amablemente con nadie. A las personas que veía les fue diciendo que permanecieran dentro de sus casas, a no ser que el señor los llamara para que subieran al castillo.

—¿Guerra? —preguntó Madelyn.

Él negó con la cabeza.

—Creo que sólo era uno de ellos. No me sorprendería descubrir que ha sido un explorador de Fergusson. Creo que nuestros problemas con ellos distan mucho de haber acabado. —La miró y sonrió gravemente—. Podría convenirnos emprender el regreso a casa dentro de un par de días, no sea que nos encontremos en medio de una batalla para la que no tenemos estómago.

—¿Podemos marcharnos?

—No es nuestra guerra. Al menos no en este siglo.

—No me extraña que a nadie le caiga bien Hamish Fergusson.

Él sonrió, una verdadera sonrisa.

—Ahora entiendes por qué Jane estaba menos que dispuesta a decir su apellido cuando conoció a Jamie, aun cuando no pensamos mal de ella por su parentesco. Tenemos mucho de que responsabilizar a los Fergusson.

Madelyn rumió eso muchísimo tiempo, esa idea de guerra.

La contempló durante la sesión de reparación de los dedos de Robert, una operación tan terrible y dolorosa que casi no soportó presenciar. Había visto cuando se los quebraron. Debería haber sido más sensata y no observar cuando se los quebraron por segunda vez, aun cuando esta vez fuera para su bien.

Continuó meditando en ella durante el almuerzo, en el que se sentó a su lado Grudach, que le hizo comentarios despectivos con toda la franqueza que pudo, estando tan cerca su padre para oírla. Ella casi no la oyó. Le sonrió amablemente, pensando en los cadáveres desparramados por un campo de batalla, y le sugirió que dejara de ser tan pesada y le prestara atención a ese simpático cura que estaba enamorado de ella.

Y Grudach, para variar, cerró la boca, se puso de un rojo subido y no tuvo nada más que decir el resto de la tarde.

Y Madelyn se enteró de lo poco que tenía que decir Grudach porque se pasó la tarde observando a Patrick y Malcolm hablar del peligro Fergusson. La tarde dio paso a la noche y se disculpó para subir a su habitación. Patrick le prometió que la seguiría, y esto dio pie a todo un coro de sugerencias, de las cuales ella sólo entendió la mitad.

Al parecer Robert no se había ocupado de educarla como habría podido, pero decidió quejarse de eso después, cuando dejara de arderle la cara por las cosas que sí había entendido.

Se fue a la cama y se quedó dormida.

En un momento durante la noche la despertó el sonido de la puerta al cerrarse.

—¿Patrick?

—Yo mismo.

Volvió a poner la daga en el suelo. Lo oyó dejar la espada al otro lado de la cama y luego acostarse a su lado. Se echó en sus brazos como si llevara años haciendo eso.

Era aterrador lo fácil que le resultaba.

—¿Qué decidisteis? —le preguntó.

—Que Simon no parará mientras no estén muertos todos los MacLeod, pero que no tiene la energía para venir a acecharnos. Debe de ser Neil o algún otro hombre del clan con iniciativa.

—Esto no tiene buen aspecto.

—No —dijo él—. Quiero que nos marchemos antes de que descienda el infierno. Mañana a las primeras luces del alba, si podemos.

Ella pensó que podría preguntarle si creía que el bosque funcionaría. Podría preguntarle si creía que lograrían conservar el caballo en que cabalgarían y si podrían llevarse el castrado de Fergusson también para atar a Bentley en él. Podría incluso elucubrar acerca de las posibilidades de encontrarse en el nido de los Fergusson cuando salieran del castillo, y preguntarle si él pensaba que ella sería una ayuda o una carga. Pero no le preguntó nada de eso.

—¿Sabes latín? —le preguntó.

Él se quedó inmóvil un momento, después le pasó la mano por entre los cabellos y la besó.

—Amo, amas, amat —dijo. Pasado un momento, añadió—: Amamus.

«Amamos.»

Ella lo miró a los ojos.

—Entonces entendiste...

—Sí.

—Y...

—Sí —dijo él, acercándosele para besarla—. Sí a todo —le susurró junto a su boca—. Sí, a todo.

Eso le bastó a ella. Si iba a entregarse a alguien, sería a él. Al parecer estaban suficientemente casados, en opinión de los dos.

Y la guerra estaba a punto de golpear la puerta de abajo.

Se rindió a unos besos que sencillamente le quitaron el aliento. A éstos siguieron caricias, caricias que había recibido antes pero nunca de esa manera que la hacía sentirse como si pudiera morirse de la intensidad que le provocaban.

Él la atrajo más hacia él.

Ella estaba a punto de decir algo. De verdad. Y habría sido algo realmente agradable.

La interrumpió el ruido de la puerta al abrirse bruscamente.

—¡Los Fergusson! —chilló Angus—. ¡Mi padre te llama!

—¡Maldición! —gruñó Patrick. La miró a la luz de la antorcha del corredor—. Bueno, se han pasado.

Ella se habría reído, pero él ya se había levantado y estaba a medio camino hacia la puerta cuando cayó en la cuenta de que ésa podría ser la última vez que lo vería. Se sentó en la cama, se arregló la ropa y lo miró boquiabierta.

—Patrick...

Él la miró.

—Tu cuchillo en la mano todo el tiempo —le dijo enérgicamente—. Volveré.

—Pero...

Él volvió atrás, la besó fuertemente en la boca y se giró para salir.

—Volveré Madelyn. Tenemos un asunto inconcluso, tú y yo.

Lo dijo en un tono como si fuera una amenaza. Tanto mejor, si eso lo mantenía vivo.

Muchas horas después, Madelyn estaba en la sala grande con la espalda hacia el fuego del hogar, sosteniendo en la mano el puñal de un hombre de Fergusson muerto, cuando se abrió la puerta y entró Patrick. Lo miró horrorizada. Estaba cubierto de sangre.

Pero al verlo moverse comprendió que la mayor parte de la sangre no podía ser de él. O eso, o tenía más energía que nadie que ella hubiera visto.

Y no es que hubiera visto a muchas personas ensangrentadas.

De repente cayó en la cuenta de que estaba hablando sin parar dentro de la cabeza. Era aterrador pensar en lo que podría salir de su boca si la abría; igual no podría parar la riada de tonterías, y eso que era una abogada de defensa experimentada, serena, que había analizado minuciosamente a tantos testigos a lo largo de sus años en DD&P que había adquirido la fama de implacable.

Patrick le pasó dos largos trozos de tartán. No le preguntó de dónde los había sacado. Lo más probable era que los hubiera sacado de la ropa de un hombre del clan Fergusson muerto.

—Nos vamos —le dijo—. Iremos a buscar a Bentley. Le ataremos las manos, lo amordazaremos y le vendaremos los ojos. Rómpelas para sacar las tiras que vamos a necesitar.

Y eso intentó, de verdad. Le temblaban tanto las manos que se le cayó varias veces el puñal en el trayecto por la enorme sala. Cuando llegó a la mazmorra, con su puñal y las tres tiras de tela, Bentley ya estaba de pie y Patrick le estaba enterrando el puño diestramente bajo el mentón. Bentley cayó al suelo soltando un gemido.

Patrick le ató las manos a la espalda, le vendó los ojos y lo amordazó por añadidura. Después se lo echó al hombro y la miró:

—Nos vamos.

—¿Cómo van las cosas?

—Derrota para los MacLeod. Van huyendo. Yo ya he hecho mi parte. Vámonos.

Ella no tuvo que oír eso dos veces. Mantuvo los dedos cruzados para que funcionara la magia del bosque y salió del castillo detrás de él. Él colocó a Bentley sobre el caballo Fergusson, montó el caballo con que llegó a rescatarla y la montó detrás de él.

—Agárrate —le dijo.

Ella se agarró. Aunque él no salió exactamente al galope del patio, tampoco salió al paso. Cómo Bentley se mantenía encima del caballo era evidentemente un misterio de tíos que ella no deseaba resolver. Se abrazó a Patrick, elevó una o dos oraciones y cerró firmemente los ojos. Lo que fuera que había ahí para ver era con toda seguridad un material que no quería que se le depositara en el subconsciente.

Sintió el cambio en el aire cuando llegaron al bosque. Patrick se apeó y le tendió los brazos para bajarla. Se mantuvo aferrada a su mano junto a los caballos y al charlatán inconsciente.

Los estaban observando.

Sintió erizársele el vello de la nuca. La espada de Patrick salió de su vaina con un fuerte silbido. Antes de que ella alcanzara a pensar en sacar su pequeña daga para ponérsela delante, Patrick ya estaba luchando con Neil Fergusson.

—No escaparás tan fácilmente esta vez —gruñó Neil.

—No tengo estómago para matar a más hombres de tu familia —dijo Patrick—. Vete y te perdono la vida.

Neil soltó un bufido.

—Mi espada sabrá a sangre MacLeod hoy —juró—. Pagarás caro los insultos a mi familia.

—¿Insultos? ¿Y lo que le hicisteis a mi mujer?

—La puta MacLeod —escupió Neil.

Madelyn pensó que tal vez Patrick ya había oído eso demasiadas veces. No escatimó esfuerzo en demostrarle a Neil que ya se le había agotado la paciencia.

—Te mataré —prometió Neil, tambaleándose por fin hacia atrás, con el pecho agitado—, y me llevaré tu cadáver conmigo, como habéis hecho con mis parientes, para que los tuyos no tengan nada para enterrar.

Patrick bajó la espada.

—¿Qué has dicho?

—Tu cadáver. Para que tus parientes no tengan nada para enterrar. Nunca nos devolvéis a nuestros muertos. Yo no te devolveré a ti.

Madelyn frunció el ceño. No entendía qué quería decir Neil con eso, pero quizás era algo demasiado profundo para entenderlo ella. Patrick parecía creer que eso no era una cosa que debiera preocupar a Neil, y eso lo captó ella por la forma como él dejó de usar la espada y comenzó a usar los pies. Pobre Neil. No era contrincante digno para la clase de cinturón negro que poseía Patrick, fuera cual fuera. La espada de Neil salió volando. Luego salió volando Neil.

Y desapareció.

Madelyn se quedó inmóvil, mirando boquiabierta de asombro el lugar donde no hacía un minuto había estado Neil tumbado e inconsciente. Miró a Patrick.

—¿Qué pasó?

—O hemos avanzado en el tiempo nosotros o él se ha trasladado a un lugar totalmente nuevo.

—Espeluznante.

—Por no decir más —dijo él. Envainó su espada, montó y la subió detrás de él—. Veamos adónde nos ha llevado nuestro buen bosque.

—Tiemblo al pensarlo.

—Ten fe, mi amor. Podría ser mejor de lo que nos atrevemos a esperar.

Ella le tomaría la palabra, pero de ninguna manera iba a mirar. Se acomodó en la posición que había adoptado cuando salieron del castillo MacLeod medieval, vale decir, con la cabeza apoyada en la espalda de él a la derecha de la espada, toda ella pegada a su espalda, con los ojos cerrados y los brazos alrededor de su cintura todo lo apretados que podía sin dejarse una marca permanente de su espada en el pecho.

Cabalgaron un buen rato. Más tiempo que el que ella había supuesto.

Más tiempo que el que le resultaba cómodo cabalgar.

Y de pronto se detuvieron. Ella sorbió por la nariz. Olía a fuego. De acuerdo, los tubos de las chimeneas no eran muy avanzados en el castillo de Malcolm, pero no había esa cantidad de humo acre en el aire.

Abrió los ojos y miró alrededor por encima del hombro de Patrick.

Y no pudo creer lo que estaba viendo.

Capítulo 36

*P*atrick se bajó del caballo, aturdido. No podía creer lo que estaba viendo. Era su casa, claro. Impaciente observó que la casa estaba en el estado en que la había dejado, o sea que era apuesta segura decir que habían vuelto al tiempo correcto.

Sí, la casa era la de él.

Y el garaje estaba ardiendo.

Echó a correr, pero antes de que pudiera acercarse para salvar lo que le pertenecía, explotó el garaje. Lo más probable era que él habría explotado también con el garaje si no hubiera aparecido Jamie, como salido de ninguna parte, arrojándolo al suelo.

—¡Déjalo! —le gritó Jamie al oído.

—¡Suéltame, idiota! —gritó Patrick.

—¡Lo repondrás!

Se debatió pero se vio arrastrado de espaldas hasta detrás del muro del patio, por su hermano y su primo. Se zafó de sus manos.

—¡Lo dejaré en paz! —ladró—. ¿Por qué clase de imbécil me tomáis?

El hecho de que ni Jamie ni Ian hicieran ningún comentario fue revelador.

Se puso de pie y observó elevarse miles de kilos de metal en medio del humo. Y mientras todo se quemaba, pensó en quién podría haber hecho una cosa así.

La respuesta llegó inmediata y decisiva.

Gilbert MacGhee.

—¿Por qué? —preguntó, mirando a Jamie.

Jamie se encogió de hombros.

—¿Qué demonios voy a hacer ahora? —preguntó, mirando a Ian.

—Matar al cabrón —dijo Ian simplemente—. Es evidente que no parará ante nada.

—¿Y si yo hubiera tenido un...? —no logró que le saliera la palabra—. ¿Un hijo? ¿Un niño jugando en el garaje? ¿Una familia esperando ahí para una salida a la ciudad a hacer unas compras, mientras yo volvía a la casa a buscar el bolso olvidado de mi mujer? ¿Qué entonces?

—A él no le importa —dijo Ian.

—Espera —dijo Jamie al cabo de un momento—. Párate a pensar. No sabes si es MacGhee. Podría haber sido cualquiera. Podría haber sido una chispa extraviada.

—Busca huellas de neumáticos —sugirió Ian—. Yo diría que no te costará compararlas.

Patrick miró el suelo y comenzó a buscar huellas. Echó a caminar mirando el suelo, simplemente porque no podía hacer otra cosa. No podía contemplar la ruina de lo que había sido su velocidad y su libertad. No podía mirar a su familia. No podía mirar a su amor.

Por todos los santos, Madelyn.

Entonces la miró. Ella se había apeado del caballo y lo estaba mirando con una expresión que no supo interpretar inmediatamente.

Lástima.

Mezclada con miedo.

Sí, y razón tenía. Le dio la espalda y continuó su exploración. Por suerte para él, estaba despuntando el alba y tenía luz. Jamie lo apartó de un codazo y se agachó a recoger un encendedor.

—Una prueba —dijo juiciosamente.

—Imposible saber de quién es —observó Patrick.

—Huellas digitales —insistió Jamie—. Prueba forense.

Patrick elucubró un instante sobre la posibilidad de que la biblioteca de su hermano tomara un giro totalmente diferente. Después miró el encendedor que Jamie se estaba metiendo en el bolsillo.

—No probará nada —dijo cansinamente.

—No necesitaríamos probar nada si simplemente lo hiciéramos desaparecer —insistió Ian.

—Mirad esto —dijo Jamie, recogiendo un fajo de billetes y desplegándolos—. Un billete de cien por fuera y billetes de una libra dentro. —Soltó una maldición de disgusto—. Hijo de puta pomposo, tramposo.

—Sí, eso es lo que es —dijo Ian.

De repente Ian se agachó a recoger un trozo de papel que había quedado pisoteado. Lo desdobló, lo leyó y se quedó absolutamente inmóvil. Miró a Patrick y se lo pasó.

> Esta vez tus juguetes. La próxima tu mujer. O tus hijos, si me da la gana.

La nota estaba mecanografiada. Gilbert mecanografiaba todo. Corrección: hacía mecanografiar todo a su secretaria. La secretaria que contratara su mujer para tenerlo ocupado en el negocio que le compró para mantenerlo fuera de la casa cada día.

Pero a Patrick no le cabía la menor duda de que esa nota no había sido mecanografiada en la máquina de escribir de Gilbert. Si algo no era, era estúpido.

Patrick sintió en el vientre una horrible sensación de resolución. No podía permitir que Madelyn se quedara ahí. Lo había sabido. ¿No lo había sabido? ¿No había sabido que había algo en el futuro que les haría imposible ser una pareja?

No se paró a pensar. No se paró a preparar un discurso. Simplemente miró a Ian.

—¿Siguen hechas sus maletas?

—¡Patrick! —exclamó Ian, horrorizado.

—¿Siguen hechas sus maletas? —repitó Patrick en tono grave.

—Las dejamos tal como...

—Ve a buscarlas. Ve a buscar tu coche.

—No pienso...

—¿Esperas que use uno de los míos? —gruñó Patrick haciendo un gesto hacia el garaje incendiado—. Ve a buscar el tuyo, maldita sea, y llévala a Inverness.

Ian lo miró en silencio un momento o dos, suspiró, y luego giró sobre sus talones y se alejó. No caminaba muy rápido, así que Patrick jugó un instante con la idea de decirle que se diera prisa, pero la desechó. Entonces miró a su hermano.

Y descubrió que no tenía nada que decir.

Jamie se limitó a mirarlo fijamente, igual de callado.

Patrick echó a andar hacia los caballos. Madelyn tenía cogidas las riendas del semental. No le dijo nada y él le devolvió el favor.

Bajó a Bentley del caballo, pero lo dejó amordazado, atado y con los ojos vendados. No tenía ningún sentido crearse problemas. Lo tendió en el suelo boca abajo. Miró al idiota, que ya se estaba retorciendo. Patrick sólo pudo imaginarse lo que iba a decir. Algo sobre pleitos, saltaba a la vista.

¿Qué hacer con Bentley? Podía desatarlo, sin duda. Mejor aún, desatarlo y tener un medio para transportarlo a su hotel. De ninguna manera podía pedirle eso a Ian. Madelyn no se merecía eso encima de todo lo demás. Miró a su hermano. Jamie iría bien; podría ponerse su personaje de señor medieval. Eso mantendría en línea a Bentley.

—Jamie —gritó—, ¿viniste en coche?

—Sí —contestó Jamie, mirando a Bentley y luego a Patrick, de mala gana—. Por desgracia.

—Llévalo a su hotel, por favor.

Jamie exhaló un largo suspiro.

—Como quieras.

Patrick se inclinó sobre Bentley y le quitó la venda de los ojos. Miró sus ojos muy agrandados, muy aterrados.

—Ya estás a salvo —le dijo—. Estuviste... lejos un tiempo.

Repentinamente Bentley se quedó muy quieto.

—Fuiste... abducido —continuó Patrick, muy serio.

Bentley pestañeó.

—Sí —dijo Patrick, asintiendo—. Por ellos. Sabes a quienes me refiero.

Bentley asintió.

—Compórtate. Haz el bien. Regala todas tus joyas de oro. Trabaja gratis. Veinte, treinta horas a la semana. Si no, volverán.

Bentley volvió a asentir.

—Sácalo de mi propiedad —dijo entonces Patrick a Jamie.

—Encantado —repuso Jamie, levantando a Bentley—. Así pues, amiguito, has estado haciendo un viaje.

Patrick observó a su hermano coger al muy sucio e inquieto abogado y ponerlo en la parte de atrás de su coche. Lo sorprendió que no lo hubiera lavado con manguera primero, pero tal vez Jamie había olido peor.

Volvió la atención a su garaje. Y mientras lo contemplaba pensó qué diablos debía hacer. ¿Lanzarle agua con la manguera? ¿Qué sentido tenía eso? Ya estaba la mitad en el suelo. Sus coches estaban destruidos.

Y al parecer eso sólo era el comienzo.

—¿Por qué no combates?

Miró hacia el lado y vio a Madelyn ahí, mirándolo con un repentino fuego en los ojos. Hacía juego, por cierto, con el fuego de su casa.

—¿Combatir? ¿Combatir qué?

—A Gilbert MacGhee.

—¿Por qué?

Ella lo miró como si no lo hubiera visto nunca antes.

—Patrick, te ha quemado prácticamente todo lo de valor que tenías.

No todo. Lo de más valor estaba ahí, a su lado.

Eso era lo único que no se atrevía a quedarse.

—No tiene ningún sentido —dijo secamente.

—¡No te puedo creer! —dijo ella, pasmada.

—¿Qué quieres que haga, Madelyn? ¿Que me arroje sobre él con mi espada? Ésta no es la Escocia medieval. No puedo tomarme la justicia por mi mano.

—Entonces combátelo ante la justicia.

—No puedo demostrar nada.

—¡Pero si ni siquiera quieres intentarlo! —exclamó ella.

Él la miró, tratando de memorizarlo todo de ella, memorizar las expresiones que pasaron por su cara: incredulidad, pena, rabia. Ésas las archivaría con las expresiones más tiernas que ya había coleccionado ese mes pasado.

Amor.

Esperanza.

Deseo.

—No tiene ningún sentido —repitió en voz baja.

Estaba seguro de que ese momento quedaría grabado indeleblemente en su mente, a fuego, para el resto de su vida. Los chisporroteos y explosiones suaves que venían de su garaje. El olor de las cosas que continuaban ardiendo. El frío del aire. Los parpadeantes reflejos del fuego sobre el muro de piedra, sobre los cabellos de Madelyn, sobre su hermosa cara.

Jamás olvidaría nada de eso.

Tampoco olvidaría jamás el momento en que ella comprendió lo que él iba a hacer.

—Oh, Patrick —susurró ella.

La cogió en sus brazos para no tener que mirarla a los ojos. La estrechó fuertemente contra él, hundió la cara en su pelo y trató de no desmoronarse. No podía en ese momento. Eso lo haría después, cuando estuviera sacando las ruinas a paladas.

Solo.

La mantuvo abrazada mientras ella sollozaba, hasta que oyó detenerse el coche de Ian. Entonces la apartó, le rodeó los hombros con el brazo y la condujo al coche.

—Ian te llevará a Inverness. Me encargaré de que el avión esté esperando.

Ella no dijo nada.

¿Qué iba a decir?

—Te llamaré —le dijo.

Entonces ella lo miró y sus lágrimas habían desaparecido. En su lugar había algo de lo que él lamentó muchísimo ser el receptor. Su mirada le decía claramente lo que pensaba de su grado de valentía. Ella abrió la puerta y se detuvo a mirarlo.

—Me gustabas más en la Edad Media.

Después subió al coche, cerró la puerta y desvió la cara de la de él.

Él se quedó mirando alejarse el coche. No podía hacer otra cosa que comprender sus sentimientos. Él también se había gustado más entonces.

Pero no podía luchar. ¿Cómo? No tenía nada que hacer con Gilbert. Si sólo fueran los dos en un campo, ninguno de los dos con familiares, despedazaría al cabrón en trocitos lo más lentamente posible, haciéndolo sufrir horas antes de matarlo.

Por desgracia, Gilbert tenía familia, y Helen MacGhee le había pedido concretamente que no le hiciera daño a su marido.

Y él acataba su deseo.

De mala gana, pero lo acataba.

Contempló el coche hasta que las luces de atrás desaparecieron en el bosque. Entonces agachó la cabeza y soltó el aliento retenido. Y continuó ahí hasta que se dio cuenta de que llevaba demasiado tiempo. Hacía frío. Miró hacia los caballos, pensando si podía atreverse a meterlos en el establo. O si se atrevía a dejar ahí a sus caballos. Jamie tenía espacio. Ian tenía espacio. ¿Cuál de los dos lo torturaría más con sus sermones?

Ian, decidió. Además, Jamie estaría ausente un tiempo. Caminó hasta el semental de MacLeod y montó a su lomo. Cogió las riendas de los dos caballos y emprendió la marcha hacia el castillo que abandonara hacía casi setecientos años.

Cabalgó tratando de vaciar la mente de los pensamientos que sabía no se atrevía a enfrentar. De todos modos, no pudo quitarse de la mente las últimas palabras de Madelyn:

«Me gustabas más en la Edad Media.»

Por todos los santos, también se gustaba más él.

Capítulo 37

*M*adelyn iba caminando hacia la puerta de salida de la terminal de llegada, abrumada por una inexplicable aprensión. Lo único que le faltaba era recibir un sermón inmediato. Sus padres encontrarían horrorosa su cara trasnochada, pero sus ropas dignas de más examen. Los tejanos eran, declararían, un agradable cambio de sus atuendos para los tribunales. Su pelo no haría furor en ambientes académicos pero lo encontrarían mucho menos severo que su moño imponente.

Sin duda «reevaluar» sería el primer verbo que le exigirían conjugar. A eso seguiría inmediatamente la orden de traducir la frase «cómete un buen trozo de humilde pastel» a diversos otros idiomas, siendo el sentido idiomático el mismo, vale decir, que había visto sus errores y estaba dispuesta a presentar solicitudes a cualquier número de escuelas para graduados y encarrilarse en el camino correcto.

Apretó la mandíbula, se colgó el estuche del violín al hombro y salió pisando fuerte por la puerta, lista para decirles a sus padres que se fueran al diablo.

Pero ¿quién estaba allí para recibirla sino la mismísima Sunshine Phillips? Con un vestido de lino arrugado.

Madelyn casi se echó a llorar.

Sunny la abrazó.

—No sé decidir si estás fabulosa o hecha un desastre. ¿Dónde has estado?

—Es una larga historia.

—Tengo el tiempo. No hay ningún parto inminente y confié a otros mis clases de yoga y a mis clientes de masaje por un par de días.

—Sunny, eres un cliché ambulante.

—Sí, ya verás cómo te sientes después de un masaje y una infusión.

—Suena maravilloso.

Sunny le cogió el violín y le pasó el brazo por los hombros.

—Venga, hermanita. Vámonos a casa.

Dos horas y un masaje después, Madelyn estaba sentada a la mesa de la cocina de Sunny, contemplando el jardín, y bebiendo una taza de algo bueno para ella. La lluvia que caía era aquella llovizna típica de Seattle, la que no justificaba realmente llevar paraguas, excepto para aquellas muy cuidadosas de sus peinados, pero que era muy capaz de dejar totalmente empapado en un instante a cualquiera que se atreviera a salir sin paraguas.

Era agradable estar de vuelta.

—Muy bien —dijo Sunny, sentándose en la silla del frente—, suelta.

—No sé por dónde empezar.

—Empieza por el principio.

—¿Antes o después de descubrir que Bentley me había robado la primera habitación reservada?

—El cerdo. —Sunny bebió delicadamente un sorbo de su infusión—. Considérate afortunada por no haberte casado con él. Te habrías marchitado. No —negó con la cabeza—, empieza antes de eso. Cuando aterrizaste en Escocia. ¿Quién fue el primer escocés que viste? ¿Y quién es el tío del que te enamoraste?

Madelyn la miró espantada.

—¿Qué?

—¿Cómo se llama?

Demonios, ¿la tía practicaba también la adivinación?

—Patrick —dijo con voz débil—. Patrick MacLeod.

—¿Y por qué tú estás aquí y él está allá?

—Es una larga historia.

—Eso repites una y otra vez. —Se apoyó en el respaldo—. Larga los detalles. Te alimentaré cuando empieces a verte débil. Bueno, más débil de lo que te veo ahora. Santo cielo, Maddy, estás en los huesos. Sabía que debería haberte dado algo de dinero antes de que te marcharas.

—Me lo habrían robado junto con todo lo demás.

—Bueno, entonces te alimentaré ahora mismo. Venga, continúa. Todos los detalles, por favor.

Madelyn hizo una inspiración profunda. ¿Todos los detalles? Eso no lo veía claro. Antes de decirle la verdad lisa y llana, sin barniz, tendría que ver la reacción de Sunny a una pequeña prueba de las aguas.

Y muy de repente comprendió completamente la renuencia de Patrick a revelar varios aspectos importantes relativos a su pasado.

Bebió otro fortalecedor trago de infusión, dejó la taza en el plato y apoyó las manos en la mesa.

—Aquí va desde cero.

Y comenzó por el principio.

La infusión le duró todo el encuentro con Patrick en el campo de Culloden. Una segunda taza la llevó por varias incursiones turísticas. Necesitó galletas (¿y por qué Sunny jamás tenía chocolate en su casa?) para revivir sus visitas a la casa de Moraig y la cena en casa de Jamie.

El viaje por el tiempo ocupó la cena, una cena decente en que las verduras estaban rehogadas en abundante cantidad de la salsa de queso reconstituida que Sunny siempre tenía a mano sólo para ella.

No logró encontrar valor para hablar de la boda, así que se la saltó.

Estaba tomando lentamente otra taza de infusión cuando acabó ante el garaje de Patrick destruido.

—Ese Gilbert MacGhee tiene el aspecto de ser un verdadero ganador —comentó Sunny.

—Sí, es un príncipe.

Sunny le cogió la mano. Le miró el dedo.

—Parece que tu Patrick hizo un buen trabajo al recomponerte esto —comentó apaciblemente.

—Te gustaría. Tiene toda una relación con las malezas que sólo tú sabrías valorar.

—Me gustaría comparar notas algún día. —La miró—. Bueno, ¿y qué ocurrió una vez que llegasteis al castillo MacLeod medieval? ¿Esa parte que te saltaste?

Madelyn hizo una respiración profunda.

—Nos casamos.

—¿Qué? —pestañeó Sunny.

—Nos casó un cura que aparentemente era cura pero tenía ciertos problemas con el golf.

—Matrimonio —dijo Sunny moviendo la cabeza—. No lo puedo creer. No puedo creer que te haya dejado marchar. ¿Qué estaría pensando?

—¿Quién puede saberlo?

—No lo pienses. Todo adquirirá sentido dentro de unos días. Dime, pues, qué ocurrió después de la boda, ¿o no debo preguntarlo?

Madelyn suspiró y le hizo una descripción del tiempo pasado en la Edad Media, con el menor número de palabras posible. Ya le había explicado el viaje con Ian a Inverness, el que transcurrió principalmente en silencio, aunque no un tipo de silencio incómodo. Había sido el silencio que mantiene un hombre cuando está sentado al lado del Vesubio.

Sunny lo comprendió.

Pobre Conal. Ni siquiera el premio de consuelo de un billete a casa en primera clase logró mantenerla en silencio durante el vuelo de Inverness a Heathrow. Él la escuchaba, asentía, y le decía que Patrick entraría en razón. Ella no le hizo caso. Se sentía tan dolida que ni siquiera pudo disfrutar de esas amenidades de la primera clase durante el vuelo a casa.

—Uy, eso es patético —dijo Sunny riendo.

—Eso pensé yo también. Pero por lo menos no tengo desfase horario.

—Ya te dará alcance.

—Ojalá. Me gustaría estar inconsciente unos cuantos días. Tal vez cuando despierte la vida será diferente.

—Tal vez —dijo Sunny—. ¿Y cómo es casarse?

—¿Por un cura que a duras penas se tenía en pie?

—Sí, eso. —La miró—. ¿Entendió Patrick lo que dijo el cura?

—Creo que sí.

—Y los dos aceptasteis.

—Eso parece.

—Y sin embargo te envió a casa.

—Sí.

—Extraño —dijo Sunny moviendo la cabeza.

—Sí, mucho —dijo Madelyn bostezando.

—Deberías consultarlo con la almohada. Estará más claro después de una buena noche de descanso.

—Vale.

—Cancelaré el postre con papá y mamá esta noche.

—Mejor aún.

—No das la impresión de sentirte bien.

Madelyn la miró con el ceño medio fruncido.

—He tenido un mes difícil.

—Y que lo digas. Vete a la cama, hermanita.

Madelyn se fue a la cama.

Pasada una semana, Madelyn estaba sentada a la mesa de la cocina de Sunny, bebiendo una infusión y sintiéndose bastante más ella misma; eso si volverse a sentir ella misma fuera algo que supiera reconocer, de lo cual no estaba muy segura. Todo había cambiado. Había estado en otro país, en otro planeta casi, y tenía demasiado tiempo para pensar estando ahí. No podía mirar una taza de infusión sin que se le llenaran los ojos de lágrimas de gratitud.

—¿Cómo te va?

Madelyn levantó la vista para mirar a su hermana, que acababa de entrar y estaba dejando las llaves y un enorme bolso para todo en el mesón de la cocina.

—¿Me va?

Sunny se echó a reír.

—Te veo mejor, pero sigues hablando como si anduvieras sonámbula. ¿Has llegado a alguna conclusión después de todos los sueños en que has estado sumida durante esta semana?

—Sólo que me siento increíblemente agradecida por tu sofá.

—Es tuyo todo el tiempo que lo necesites. Y no te hago pasar por ninguna tortura lingüística por el privilegio.

—No, sólo me haces cerrar los ojos y oler cosas. Uy, no, respuesta incorrecta, suspendida.

—Vale —dijo Sunny sarcástica. Se sirvió algo del refrigerador en una taza y fue a sentarse a la mesa—. Bueno, he postergado la reunión con los padres todo lo que he podido. Hoy vienen a cenar.

Madelyn suspiró. Tenía que ocurrir alguna vez.

—¿Qué estás bebiendo?

—Grama de boticas. ¿Quieres un poco?

Madelyn se encogió.

—¿Qué tal algo con azúcar? ¿Con colorante artificial? ¿Con otros aditivos dañinos?

—Tienes tu infusión. Tómatela. Necesitarás tus fuerzas.

Madelyn puso la cabeza sobre la mesa.

—Si recupero mis fuerzas tendré que enfrentar la vida real. Creo que enfrentar a mis padres es todo lo que puedo hacer hoy.

—Bueno, anímate, hermanita. Antes de la cena tienes que saber lo qué ocurrió cuando estabas fuera del... mmm... del país.

Madelyn levantó la cabeza y se frotó los ojos.

—No sé si puedo manejar eso aún.

—Mamá y papá te lo dirán de todos modos.

—¿Antes o después que me recuerden mi deuda por el préstamo, mi falta de perspectivas de empleo, o todas las maneras como he recibido lo que me merezco estos dos meses pasados? —Se estremeció—. Sunny, me gustaría saber si de verdad he cometido unos errores horribles. Si no hubiera entrado en la escuela de derecho...

—Si hubieras practicado más el violín en el colegio...

—Si hubiera adquirido oído para el latín antes del sexto de primaria...

—Si lo hubieras hecho mejor en el parvulario —terminó Sunny riendo—. Demonios, Maddy, ¿dónde acaba? Tomaste las decisiones que tomaste y tienes que vivir con ellas.

—Pero mi vida es un embrollo.

—La vida de todos es un embrollo.

Madelyn negó con la cabeza.

—No puedo mirar hacia atrás sin encogerme.

Sunny bebió otro poco de grama de boticas sin siquiera hacer una mueca de disgusto.

Horroroso.

—Ésta es mi teoría —dijo.

—Me muero de impaciencia.

—Búrlate si quieres, es profunda.

—Entonces larga el rollo, chica. Puedo soportarlo.

Sunny enderezó la espalda. Igual tenía algo que ver con el yoga.

—Es como hacer esquí acuático.

—¿Esquí acuático? ¿Quién, tú?

—No he dicho que yo lo practique. Lo que digo es que la vida es como hacer esquí acuático. Guárdate el juicio, abogada, hasta que haya llegado al final de mi analogía.

Madelyn levantó la taza, en brindis.

—Adelante.

—Piensa en el esquí acuático. Vas mirando al frente, delante de la barca...

—Vas detrás de la barca cuando haces esquí...

Sunny le arrojó un paño de cocina.

—Calla y escucha. Esto es profundo.

—Mmm, si tú lo dices.

—Vas detrás de la barca, mirando al frente, hacia delante de la barca. El agua allí es como un cristal. Límpida, intacta.

—Flamante.

—Exactamente. Se ve preciosa hasta que llegas ahí. Entonces le echas una mirada a lo que dejas atrás.

Madelyn se estremeció.

—Me lo puedo imaginar.

—Pero resulta que lo interesante es lo que dejas atrás. Creas olas, el material para que otros esquiadores salten por encima...

—Ésos son los magnates, y es el esquí en la nieve, y el material no lo crean los otros esquiadores, lo forman las rocas que hay debajo de la nieve.

—Lo que quiero decir —dijo Sunny, buscando con la vista otra cosa para tirarle, sin encontrar nada—, es que todos dejamos una estela detrás. Forma parte de la vida. Esperar ser tan perfecta como el agua que hay delante no es realista.

—No me gusta mi estela.

—No la puedes cambiar. Aprende a vivir con ella.

—No me gusta tu analogía.

—Entonces considera nuestro pasado un tapiz bien nudoso, lleno de defectos, con unos interesantes trocitos de hilos colgando...

—Ésa me gusta menos aún.

—¿Entonces qué te parece la realidad de que nuestra bisabuela te haya dejado su casa?

—¿Eh?

—Dewey. Te dejó la casa.

Madelyn habría creído que estaba soñando, pero ya se había puesto al día con el sueño y estaba bastante segura de que estaba totalmente despierta.

—¿Esto no es otra analogía?

—La casa es el lado positivo. El lado negativo es que probablemente el tío Fred y sus hijos ya se han llevado todo lo que contenía. Si tienes una alfombra para acostarte, me sorprendería. Pero la casa es tuya.

—Pero... pero ¿por qué a mí?

—Quizá le gustaba tu estela.

—¿A ti qué te dejó?

—Dinero a manta —repuso Sunny sonriendo de oreja a oreja—. Suficiente para instalar mi propia herboristería si quiero. O terminar de pagar esta casa y no tener que trabajar ni un solo día más de mi vida.

—O sea que ahora vas a asistir partos gratis.

—Puede.

Madelyn no se lo podía creer.

—¿Qué voy a hacer con una casa?

—Si te hace sentir mejor, ya han contactado con el tío Fred varias personas que se mueren por poner sus manos en la propiedad. Podrías venderla y salir de deudas. Tal vez tomarte otras vacaciones en Escocia si quisieras.

Madelyn se encogió y Sunny levantó una mano.

—Perdona, Maddy. No quería decir eso. Él entrará en razón.

—Ya lo hizo.

—No, si lo hubiera hecho, estaría aquí.

—Su vida está hecha un lío. Probablemente no desea que yo le añada los míos. Bentley y todo eso, ¿sabes?

—Ah, ¿no te lo he dicho? —preguntó Sunny mansamente—. Supe, vía cotilleos, que Bentley está de regreso en la ciudad.

Madelyn aguzó los oídos.

—¿Cómo supiste eso?

—Stella DiLoretto viene a masaje una vez a la semana. Dos veces cuando su marido la saca de quicio. Al parecer, Bentley ha vuelto al trabajo, pero no lo hace bien.

—Pobre Bentley.

—Se encierra en su oficina. No sale mucho. Según dice el rumor, está escribiendo unos artículos para *The Confessor*.

—¿*The Confessor*? —rió Madelyn—. ¿Ese tabloide? Bromeas.

—Pues no. Stella dice que está trabajando en una especie de revelación sobre una abducción por alienígenas.

—No veo las horas de leerlo.

—Bueno, vale más que gane toneladas de dinero con eso, porque va a perder el trabajo si no trabaja.

—Lloraré a mares.

Sunny sonrió.

—Es karma malo desearle mal.

—No le deseo mal. Le deseo lo que se merece.

—Bueno, eso es otra historia —dijo Sunny sonriendo—. ¿Qué te parece un chili vegetariano para la cena?

—Perfecto. ¿Irá con esos rollos de queso?

—Para ti, hermana querida, siempre.

—¿Mantequilla de verdad?

Sunny se limitó a sonreír y comenzó a sacar cosas del refrigerador.

Madelyn se apoyó en el respaldo. Una casa, la casa donde pasaba las vacaciones y largos veranos cuando era niña, inesperadamente suya. Noticias interesantes respecto a Bentley y a su estado mental. Rollos de queso bañados en mantequilla de verdad.

La vida iba mejorando.

Sonó el timbre.

—Mamá y papá —anunció Sunny—. Han llegado temprano. Deben de estar impacientes por verte.

De acuerdo, la vida no iba mejorando tanto.

Resueltamente dejó a un lado los pensamientos sobre Patrick. Necesitaba de toda su energía sólo para soportar el interrogatorio. El único misterio que quedaba por resolver era en cuantos idiomas la bombardearían.

Era de esperar que no le salieran con latín. Ya había tenido suficiente de latín para que le durara toda la vida.

Capítulo 38

*P*atrick iba conduciendo su Vanquish nuevo detrás de una caravana increíblemente lenta, y no encontraba la fuerza para adelantarla. Simplemente conducía con el cristal de la ventanilla abierto, el brazo colgando lacio fuera y escuchando una música de sala de espera de centro médico.

En total, una mañana muy olvidable.

Tendría que haber sido una buena mañana. Tenía coche nuevo, cortesía de su compañía de seguros, la que sin duda alcanzaría cotas ridículamente altas en popularidad y demanda. El tiempo estaba insólitamente agradable, con sol brillando y todo. Los caminos estaban despejados y secos. Y sin embargo, lo único que lograba hacer era languidecer detrás de una caravana vieja, de unos treinta años en su haber, inspirando gases que ya deberían haberse prohibido treinta años atrás.

Terrible.

Cuando por fin llegó al camino de salida hacia su casa, ya iba medio muerto a causa de los gases del tubo de escape. Le llevó todo el camino a su casa respirando aire limpio para sentirse medio él mismo. Y no era que volver a ser él mismo fuera algo que le hiciera ilusión.

Su vida estaba en el váter, por así decirlo.

El cual no funcionaba en su casa, además. ¿Qué otro desastre planeaba la vida arrojarle en el futuro próximo? Eso era algo que tal vez no le convenía saber.

Entró el coche en el patio y miró sin emoción la caparazón de su garaje. Por lo menos ya estaba todo libre de escombros. Eso lo sabía porque él había quitado todo lo que pudo. Y ayudó a quitar el resto. Eso le había servido para desviar la mente de otras cosas.

Se bajó del coche, cerró la puerta y conectó la alarma. Atravesó el patio arrastrando los pies. ¿Y cuándo fue la última vez que caminó arrastrando los pies?, pensó. Se detuvo ante la puerta. Había tres trozos de papel pegados a la puerta, dos con cinta adhesiva y uno con un puñal. Desprendió el del puñal primero y leyó la nota, casi ilegible:

Pat:
Puse a ese avogado yanqui en el avion yo mismo dos dias antes. Le dije que lo pincharias con esto si no andava socegado.

BOBBY

P.D. Conal me iso venir. Tu casa es un asco. Buscate un pedaso de mueble, oyes.

Patrick podría haber sonreído si hubiera estado de ánimo. Enterró el puñal en la puerta y desprendió la segunda nota. Ésta era una invitación a cenar, de Ian, para cuando le apeteciera comer algo distinto a carne enlatada.

La tercera era de Jamie. También tenía que ver con cena, pero no era una invitación, era una orden.

Bueno, o sea que lo llamaba su señor. Arrugó los tres papeles juntos, suspiró desde el fondo del alma y entró en su casa, el asco de casa sin muebles que era. Cerró la puerta, abrió las persianas del salón y dejó la chaqueta en una de las banquetas.

Cansinamente entró en la cocina y abrió el refrigerador para ver su contenido. No había nada comestible, ni siquiera para sus humildes gustos. Cerró la puerta y volvió a la sala, su sala grande, si podía llamarse así.

Encendió fuego en el hogar, encendió una vela, se fue a sentar en el único sillón que podía llamarse así y se preparó para entregarse a una bien merecida cavilación de la tarde.

Y como si eso hubiera sido la señal, empezó a tocar el gaitero.

—¡Vamos, por todos los malditos santos! —aulló, levantándose de un salto. Abrió la puerta principal, asomó la cabeza y gritó—: ¡Robert, para la música, maldita sea!

Robert, que no se había dignado aparecerse ese último tiempo, simplemente siguió tocando.

Patrick cerró de un portazo, giró sobre sus talones y se dirigió pisando fuerte hacia el hogar. Al llegar ahí, logró saltar a un lado justo a tiempo para no chocar con un sillón mucho más fino que el suyo que acababa de materializarse delante de él.

Reprimió el impulso de poner en blanco los ojos. ¿Es que no volvería a tener jamás un momento de paz?

Por lo visto, no.

Primero apareció ese robusto y hosco Archibald el Triste, el primer señor de Benmore, al que se le reunió enseguida su eternamente obediente y afable ayuda de cámara, Nelson. Patrick decidió esperar a que Archibald estuviera sentado para tomar asiento él. Mientras esperaba, observó la solicitud con que Nelson se ocupaba de la comodidad de su señor, pensando si tal vez no sería más feliz con un ayuda de cámara.

No tuvo mucho tiempo para contemplar esa posibilidad, porque la paz de la tarde se hizo trizas implacablemente.

Hizo acto de presencia Dorcas, cubierta de joyas, encajes y volantes suficientes para vestir a diez mujeres. Nelson se apresuró a procurarle un cómodo sillón. Éste no era del siglo del de Archibald. De hecho, Patrick tuvo la impresión de que Nelson podría haber cogido la idea para el sillón de una tienda de muebles de la localidad. El diseño parecía bastante moderno.

—Patrick, siéntate —dijo Dorcas enérgicamente—, y pongamos fin a tu tontería.

—Dorcas —masculló Archibald—, esto es cosa de homb...

—Pues desde luego que no. —Apuntó a Patrick con un dedo bastante huesudo y cubierto de anillos—. Siéntate y escucha. Prepárate para enmendar tus actos. Y después te explicaremos la manera de hacer de este tugurio espantosamente espartano una casa a la que tu esposa desee venir.

Patrick se sentó. Miró al Triste, que estaba chupando su pipa muy entusiasmado y al parecer era físicamente incapaz de mirar otra cosa que no fuera el fuego. Suspiró y miró a Dorcas.

—Te escucho, milady.

—Eso espero.

Después de dos horas muy molestas lo dejaron libre para ir a cenar a la casa de Jamie. No tenía la menor esperanza de que esa cena fuera a ser menos torturante que lo que acababa de soportar, pero fue de todos modos. Tantos años de obedecer a su señor, principalmente sin discutir, lo llevaron a conducir hasta el castillo y presentarse a la mesa sin chistar.

La cena no fue nada del otro mundo. Elizabeth estaba en pie y en plena forma. La pequeña estaba preciosa. Cogerla en brazos casi le rompió el corazón.

El postre acabó demasiado rápido.

Jamie se levantó de la mesa y se dirigió a la escalera.

Suspirando, Patrick se levantó y lo siguió. Volvía a sentirse como un muchacho de trece veranos de camino a recibir un buen rapapolvo. Pasó sus apuros para recordar que ya tenía treinta y cinco años tras él.

Entró en el estudio de su hermano y fue a sentarse en el sillón del lado del escritorio. Sin invitación le vino a la mente la visión de esa misma habitación, tal como era en el pasado, unos seiscientos y tantos años antes: el dormitorio de Grudach. Él sentado en una silla junto a la cama, contemplando a Madelyn dormida; esperando que sanara.

Acostado con ella en esa cama y a punto de hacerla su mujer de verdad.

—¿Alguna noticia? —le preguntó Jamie.

Patrick se arrancó la visión de la cabeza con bastante dificultad y centró la atención en su hermano.

—¿Noticias? ¿De Gilbert o de Madelyn?

—De cualquiera de los dos.

Patrick negó con la cabeza.

—No he sabido nada de él. Tampoco esperaba saber algo.

—¿Y de Madelyn?

—¿Creías que me llamaría? —preguntó, mirándolo.

—No después de la forma como la mandaste a su casa.

—¿Qué iba a hacer?

—No lo que hiciste, diría yo —repuso Jamie, impertérrito.

—¿Me has hecho venir aquí para regañarme por eso o tenías algún otro poco de sabiduría para ofrecer a mi pobre persona esta noche?

—Pensé que después de dos semanas podrías haber logrado sacar tu cabeza de donde la has tenido metida. ¿La has sacado? ¿Has encontrado la sensatez ya?

Patrick soltó una maldición.

—Tomé la mejor decisión que podía tomar.

—Tú no tomaste una decisión —dijo Jamie, tenazmente—. Dejaste que Gilbert MacGhee la tomara por ti.

—¿Y debería haber tomado la decisión de poner a Madelyn en peligro? ¿A mis hijos? ¿Harías eso tú?

—No puedes desentenderte de él y esperar que se canse de la persecución. Ese hombre está obsesionado.

Patrick lo miró irritado.

—¿Y qué es exactamente lo que quieres que haga?

—Demandar al hijoputa por calumnia. Todos hemos oído cómo te llama. —Hizo un gesto hacia un libro que tenía abierto sobre el escritorio—. He estado leyendo acerca de las leyes. Puedo ayud...

Patrick se levantó de un salto. O hacía eso o cogía el maldito libro y golpeaba con él la cabeza de su hermano.

—Muchas gracias, por cierto. Vendré a pedirte consejo inmediatamente en caso de que sea necesario. —«Y eso será cuando se congele el infierno.»

—O antes...

—Lo pensaré —dijo Patrick dirigiéndose a la puerta.

—Patrick.

Patrick se detuvo, agachó la cabeza y suspiró. Sabía lo que significaba ese tono de voz. Jamie había estado pensando otra vez. Eso no era jamás algo bueno. Se giró hacia él de mala gana.

—¿Sí?

—¿La amas?

Como si no fuera ésa la pregunta que vivía haciéndose. Se encogió de hombros.

—No lo sé.

Por todos los santos, qué mentiroso. Sí que la amaba.

Desesperadamente.

Sin esperanzas.

Tanto, que incluso pensar en ella era como tener una daga clavada en el pecho.

Jamie se reclinó en su sillón y lo miró con no disimulada compasión.

—Pobre tonto —dijo—. Perdónate la mala decisión que tomaste la primera vez, al casarte con Lisa. Todo el mundo se merece amor. Perdónate, deja que cure tu corazón y dale esperanzas.

Patrick lo miró fijamente. Casi no podía creer que hubieran salido tantas cosas sentimentales de su boca en una sola sentada. Frunció los labios.

—¿Y Gilbert? ¿Qué hago con él?

—Llegará a su mal fin. Nadie puede culparte por protegerte en tu propiedad. Nadie —repitió.

Patrick cerró los ojos un instante. Era tentador. Era tentador matar a su enemigo de una vez por todas.

—Vete a casa y piénsalo —le dijo Jamie.

Patrick asintió, se giró y salió del estudio. No había nadie en la sala grande, así que no tuvo que enfrentar a nadie más de su familia. Salió del castillo y condujo lentamente a casa, con las últimas palabras de Jamie resonando en su alma.

Perdón.

Curación.

Esperanza.

Era eso último, comprendió sobresaltado, lo que había sentido cuando escuchaba la música de Madelyn.

Esperanza.

Algo que ella tenía. Algo que él no tenía.

Se quedó muchísimo rato sentado en el coche delante de su casa, dejándose empapar por esa palabra hasta la médula de los huesos de su alma.

Esperanza.

Su corazón repitió la palabra en un suave murmullo.

Bajó del coche y entró en su casa. Archibald seguía ahí, calentándose las puntas de los pies sobre las brasas que quedaban del fuego. Patrick se detuvo cerca del hogar y miró las ruinas de su último trabajo.

—¿Vas a ir a buscar a la chica? —le preguntó Archibald.

Patrick suspiró.

—Si no voy, es posible que jamás tenga un poco de paz.

—Y yo estoy aquí para decirte que no la tendrás si...

—¡Archibald! —llegó la voz.

El Triste bajó la cabeza pero miró a Patrick significativamente.

Patrick se rió inquieto y salió en dirección a su dormitorio. Lady Dorcas no le había hecho ninguna sugerencia para mejorar la decoración ahí, por lo que supuso que no corría ningún peligro si se quitaba la ropa y se metía en la cama.

De todos modos, por si las moscas, apagó la luz antes de desvestirse.

Y una vez que estuvo acostado en la oscuridad, se puso a pensar en lo que había evitado pensar durante esas dos semanas.

¿Qué podría estar pensando ella? ¿Estaría esperando que él la llamara? ¿O imaginar eso sería una equivocada arrogancia por su parte?

«Me gustabas más en la Edad Media.»

Exhaló un largo suspiro.

Podía quedarse sentado de brazos cruzados y dejar que Gilbert tomara sus decisiones por él, o podía decidir él y afrontar las consecuencias como un hombre. Y no era que pudiera atacar con una espada a Gilbert, ¿o sí? La defensa propia es defensa propia.

Eso estaba mucho más claro en la Escocia medieval.

Pero lo que sí tenía claro en la Escocia actual era lo mucho que amaba a Madelyn. Se sorprendía buscándola en sus idas y venidas durante sus desgraciados días. Se sorprendía esperando oír su risa, esperando verla sonreír, girándose hacia ella para hablarle de las cosas más queridas a su corazón.

Se sentó, alargó la mano para coger su chaqueta y hurgó en el bosillo hasta encontrar su teléfono móvil. Sabía el teléfono de la hermana. Le había parecido una medida inteligente conseguir ese número de teléfono. Para el caso de que necesitara contactar con Madelyn para darle alguna noticia importante.

Marcó el número, pero vaciló.

Allí era aún demasiado temprano. Podría intentarlo después, cuando hubiera decidido qué demonios iba a decir. Cuando decidiera si podría soportar oírla decirle que se fuera al diablo.

Dejó el teléfono en el suelo, se acostó y cerró los ojos.

El sueño no le vino fácil.

Capítulo 39

*M*adelyn se pasó la manga por la frente. ¿Cómo era posible que estuviera sudando cuando fuera se debía estar a cuatro grados? De acuerdo, o sea que no era tanto el frío. Pero la casa de Dewey estaba a sólo una manzana del estrecho Puget, una casa victoriana rodeada por casas victorianas en una pequeña ciudad portuaria, todas muy juntas, como si pensaran que el estar así apiñadas las mantendría calientes, e incluso a una manzana del mar significaba escalofríos en invierno.

La casa era fabulosa. Arrodillada en la sala de arriba, una habitación inmensa que ocupaba casi todo el largo de la casa, miró alrededor. La casa de Dewey tenía muchísimos aleros, muchos rincones y recovecos; era la casa donde de niña pasaba los veranos cuando sus padres visitaban países que ellos consideraban muy poco amistosos con los niños.

Le habían encantado esos veranos, la verdad sea dicha.

Cerró el arcón y pasó por su tapa un trapo para el polvo muy, muy polvoriento. Paseó la vista por el maravilloso tesoro de muebles que había ahí, muebles que el tío Fred y sus hijos no lograron afanarse. Tal vez supusieron que no había nada en el piso superior. Tal vez los deslumbraron los bienes que encontraron en la planta baja. Igual cayó sobre ellos una especie de encantamiento que les impidió ver la escalera que subía al lugar donde estaban las cosas de verdadero valor.

Cabía también la posibilidad de que no encontraran una llave apropiada para el candado tamaño industrial que había tenido cerrada tanto tiempo esa larga sala.

Fuera como fuere, aún cuando saquearon la planta baja, la primera planta contenía cosas para tenerla ocupada semanas enteras.

Dos semanas, hasta ese momento.

Lo que hacía cuatro semanas desde la última vez que viera a Patrick.

Trataba de no pensar mucho en eso.

Se incorporó y atravesó la sala hasta un sillón que estaba junto a una ventana, le quitó la sábana que lo protegía del polvo y se sentó, exhalando un suspiro. Contemplando el paisaje envuelto en niebla que se extendía ante ella, dejó vagar sus pensamientos, cosa que no se había atrevido a hacer todo ese tiempo.

¿Qué estaría haciendo Patrick? ¿Lo habría matado Gilbert ya, o él matado a Gilbert, y ahora estaría languideciendo en esa celda de Hamish Fergusson? ¿Habría reconstruido su garaje? ¿Seguiría dándole serenatas Robert el gaitero, o habría renunciado, abandonándolo disgustado? Ella no había oído el conocido sonido de la gaita todo ese tiempo, por lo que suponía que Robert seguía en el cerro de Patrick.

Ya había comenzado a pensar, de tanto en tanto, si no lo habría soñado todo.

Igual había algo de verdad en la aseveración de Roddy respecto a la magia de las Highlands. Fue como si en el instante en que puso los pies en suelo MacLeod hubiera sido transportada a un mundo donde todo parecía un sueño despierta. Fantasmas, gaiteros, hombres de clanes medievales, todos caminando por ahí a plena luz del día, como por su casa, como si fueran de ahí.

Irreales.

Podría suponer que simplemente había soñado todo el asunto si no fuera por su dedo, que le dolía cuando llovía, y la tirita sacada de su manta con que Patrick se lo vendó, tirita de tartán que había guardado en el primer cajón de la cómoda que estaba usando en la habitación de su bisabuela.

Miró hacia el jardín y se frotó los ojos distraídamente. Un sueño despierta.

Lástima que hubiera despertado.

Suspirando, se levantó del sillón. Tenía muchas cosas que hacer y no mucho tiempo para hacerlas. Muy pronto tendría que ponerse a buscar trabajo en serio. La modesta herencia monetaria que le dejara Dewey estaba manteniendo a raya a los tíos del préstamo de estudios y le servía para tener unas pocas cosas en el refrigerador, pero eso le duraría sólo un par de meses más. Acabados estos le valdría más tener un buen empleo bajo el cinturón, si no, tendría que hacer lo inconcebible y aceptar alguna de las ofertas de compra.

El testamento estipulaba que ella, Madelyn, recibiera no sólo la casa sino también un poco de dinero en efectivo por el servicio de hacer inventario del contenido de la casa. Si bien el tío Fred había hecho un trabajo bastante bueno en reducir el inventario de la planta baja, en contra de los expresos deseos de su abuela, ella sospechaba que Dewey la había dejado a cargo de clasificar sus posesiones simplemente porque sabía que ella enviaría las cosas donde debían ir. Ya tenía montones de cosas repartidas por toda la sala de estar.

Incluso un montón o dos para el tío Fred.

Con las manos apoyadas en los riñones, se estiró. Todavía no estaba recuperada del todo de la horrible experiencia en el castillo Fergusson, pero estaba mejorando. Había un buen quiropráctico en la ciudad. Un quiropráctico soltero y guapo.

Que a ella no le había interesado particularmente.

Al fin y al cabo, no llevaba una espada.

Se dio una palmada en la cabeza, haciendo elevarse una buena nube de polvo, y bajó tosiendo a la cocina. Los tablones crujían de un modo muy consolador. Se puso junto al fregadero a contemplar el jardín por la ventana. Su ángulo de visión era algo distinto del que tenía en su adolescencia, pero se sentía como si hubiera retrocedido unos doce años. Oía la voz de su bisabuela hablando de las virtudes de esta planta y aquella, de la estación en que brotaba esa flor y aquella, los interminables trabajos en el jardín que la mantenían ágil año tras año, permitiéndole a su vida seguir los ciclos de la tierra.

Detuvo su tren de pensamientos y retuvo el aliento.

Santo cielo, si no tenía cuidado, muy pronto comenzaría a hablar como Sunny.

Estaba claro que había bebido demasiadas tazas de infusión en la mesa de esa cocina.

Fue a buscar un chubasquero y salió al jardín de atrás. Era enorme para esa zona, y estaba todo lleno de plantas que su bisabuela había pasado años cuidando. ¿Habría acabado con Dewey la buena mano para las plantas?

Se miró los pulgares aún no entrenados en plantas.

Estaban sucios, pero no con tinta de bolígrafo ni de pluma. En todo caso, tratándose de elegir entre trabajar para el Barracuda y cuidar un jardín victoriano, no había duda.

Tenía el lujo, al menos unos cuantos días más, de poder fingir que estaba haciendo algo diferente. Se detuvo bajo la lluvia y miró alrededor, deseando hacer algo diferente eternamente. No deseaba vender esa casa, pero no veía cómo podría permitirse no hacerlo. Aun en el caso de que encontrara un empleo en el bufete de la localidad, que estaba en esa misma calle, no ganaría lo suficiente para pagar sus préstamos y continuar comiendo. Ya sólo las horas de trabajo se encargarían de que no hubiera nadie para cuidar el jardín.

Y no soportaba la idea de que el jardín se llenara de malezas.

Cerró los ojos y elevó una oración, pidiendo un milagro.

Deseaba plantar cosas.

Deseaba, el cielo la amparara, plantar hijos y verlos crecer.

Deseaba, decidió, sintiendo caer suavemente la lluvia en la cara, a un hombre que no tendría jamás.

Ya había hecho casi las paces con lo que él hizo. Su intención había sido mantenerla segura. A su manera dura, inflexible, al estilo medieval de no hacer prisioneros, había intentado mantenerla segura. Eso no lo hacía más fácil de aceptar, pero por lo menos lo entendía.

Hizo una inspiración profunda y abrió los ojos, dejando caer las lágrimas por sus mejillas. No importaba; estaba lloviendo. Un poco más de agua en la cara no tenía ninguna importancia.

Entonces se quedó inmóvil, paralizada.

Ahí, bajo la pérgola en arco que sostenía los rosales trepadores cuyas ramas se habían ido entrelazando con los listones durante veinte años, estaba un hombre.

Vestido de negro.

Como siempre.

Fue tal su sorpresa al verlo que lo único que supo hacer fue quedarse mirándolo fijamente, atónita.

—¿Qué...? —Tragó saliva y volvió a intentarlo—: ¿Qué haces aquí?

Él no se movió. Si no hubiera sabido que no, ella habría pensado que él se sentía ligeramente inseguro.

—Me prometiste enseñarme Seattle —le dijo.

Más lágrimas fueron a reunirse con las que ya le corrían por las mejillas. Consiguió hacer un gesto de asentimiento.

—Pues sí.

Él parecía estar buscando cuidadosamente las palabras. Madelyn no estaba como para ayudarlo a encontrarlas. Seguía recuperándose de la descarga inicial.

—Y creo —dijo él, poniéndose la mano en la frente—, que podría estar cogiendo un resfriado. Podría necesitar cuidados. Me prometiste eso también.

Ella sonrió. Se sentía como si acabara de aparecer el sol. Se rodeó con los brazos, reprimiéndose, tratando de no hacer nada demasiado extravagante, como hacer unas diez volteretas hacia atrás.

—Necesitas yuckenacea —dijo solemnemente.

—Es equinacea.

—¿Has probado esa porquería? Es asquerosa.

Él sonrió y avanzó un paso, saliendo de debajo de la pérgola.

—La toleraré. —Avanzó otro paso—. ¿He de entender que esto es tuyo?

—¿Puedes creerlo? No puedo mantenerla, pero por ahora estoy simulando. ¿Te apetece el recorrido por la ciudad?

Él negó con la cabeza.

Ella negó con la cabeza también.

—¿No quieres conocer la ciudad?

Él cruzó la distancia que los separaba con pasos iguales y medidos. Se detuvo a poco más de un palmo de ella.

Ella lo miró a la cara. La expresión que vio allí le resecó la boca.

—¿Qué deseas? —le preguntó.

—A ti. Si me aceptas.

Bueno, no hay nada como un hombre que va directo al grano. Tragó saliva con dificultad.

—Tal vez deberíamos entrar.

Él la cogió en sus brazos y la levantó del suelo. Ella le echó los brazos al cuello y continuó así mientras él la llevaba dentro.

—Patrick —dijo, sin aliento.

Él la dejó en el suelo y se quedó lo más cerca de ella posible sin tocarla.

—Tenemos cosas que decidir.

—Ya —logró decir ella.

—Te casaste conmigo, si lo recuerdas.

—Y tú me enviaste aquí, si lo recuerdas.

Él la miró sin sonreír.

—Fui un estúpido.

—Bueno...

—No puedo prometerte una vida segura —continuó él—. Gilbert me persigue. Sólo los santos saben cuál será su próximo golpe. Si aceptas ser mía, aceptas ese peligro.

Eso daba para pensarlo. Lo miró a los ojos y tuvo el valor de asentir lentamente.

—Pero juro que mi espada será siempre enarbolada en tu defensa. En la defensa de nuestros hijos. Te mantendré a salvo —dijo, cada palabra clara y enérgica.

—¿Volverás a dejarme?

—Jamás.

Ella bajó la vista al pecho de él. De pronto encontró increíblemente fascinante la cremallera de su chaqueta.

—¿Dónde viviremos?

—Juntos.

Ella alzó al instante la vista y vio que él estaba sonriendo levemente.

—Eso no es una respuesta.

—Es la mejor que puedo darte. —Le cogió las manos—. Quiero a Escocia.

—Eso lo comprendo —asintió ella.

—Pero —dijo él metiéndose la mano en el bosillo en busca de algo—, te quiero más a ti.

Ella retuvo el aliento mientras él le ponía algo en el dedo, en el anular. Bajó la vista.

—Eso es toda una piedra..., es decir, una admisión. —Pestañeó al ver el diamante en su dedo y volvió a mirarlo a él—. No puedes dejar tu país, Patrick.

—Eso lo resolveremos. Tú necesitas pasar un tiempo con tu familia también. Encontraremos un equilibrio. Si estás dispuesta.

Ella lo pensó. Se miró el anillo en el dedo. Pensó qué significaría tener a Gilbert MacGhee en su vida.

Pensó en su vida sin Patrick.

Luego pensó en el sol brillando repentinamente a su alrededor un día nublado.

—¿Y si digo que no?

—Te llevaré a la cama a punta de espada.

Ella se echó a reír. Él sonrió antes de inclinar la cabeza para besarla concienzudamente.

—Dime que sí —le susurró con la boca sobre la de ella—. Dime que sí.

¿Cómo iba a poder decirle otra cosa?

Así que le dijo que sí.

Y la alegraba extraordinariamente, tuvo que reconocer, que la enorme cama de bronce de Dewey hubiera sido demasiado peso para la espalda reumática del tío Fred.

Ya estaba muy avanzado el día cuando Madelyn se encontraba sentada a la mesa de la cocina de su bisabuela observando a Patrick preparar algo con huevos y unas verduras de Sunny que aún no se había comido.

—¿Cuánto tiempo vas a estar aquí, entonces? —le preguntó en tono despreocupado.

Él la miró risueño.

—Tengo un billete abierto.

—Ah.

—Y si todavía sientes la necesidad de preguntarme eso, quiere decir que no hice mi trabajo.

—¿Es posible eso?

Él se giró a mirarla con la espátula en la mano.

—¿Es nuestra boda lo que te preocupa? Si estás preocupada por la validez de nuestra ceremonia medieval podemos volvernos a casar. No te pedí la mano bien la primera vez.

—No me pediste la mano de ninguna manera esa primera vez.

Él se rió y se volvió hacia la cocina a atender lo que estaba preparando.

—Esta tarde traté de remediar eso.

Y sí que lo había intentado. Le había pedido que se casara con él varias veces, bueno, en medio de las otras cosas que estaban haciendo.

—A tu padre tal vez le gustaría acompañarte al altar.

—Está eso —concedió ella—. Podría tener algunas cosas que decir acerca de la interpretación de los ritos nupciales de nuestro buen cura.

Él sirvió dos platos, los puso en la mesa y se sentó frente a ella. Ella sonrió levemente.

—Esto es muy doméstico.

—Tenemos que conservar nuestras fuerzas.

Ella se sorprendió sonriendo. De hecho, le costaba bastante no sonreír continuamente. Y cuando no estaba sonriendo estaba mirando embobada al guapo hombre que tenía delante, maravillándose de que no sólo lo conocía, sino que siempre lo había «conocido».

Él había aceptado ese compromiso serio de ella con la correcta cantidad de solemnidad.

—Tu hermana es una buena mozuela —dijo él, admirando su plato—. Buenas verduras las que cultiva.

Ella se atragantó.

—No la habrás llamado «mozuela», ¿verdad?

—Sí.

—¿La llamaste así en su cara?

—La llamé varias cosas peores, sobre todo después de lo que me dio de comer. Cuando llegué me invitó a cenar y de postre me dio una especie de pastel de chocolate mezclado con lobelia.

—¿Sunny? ¿Chocolate?

—Tal vez fue para disfrazar la enorme cantidad de lobelia.

—¿Es muy malo eso?

—Es un emético —explicó él, sonriendo irónico—. Me pasé el resto de la noche con la cabeza metida en el váter.

—Qué horror.

—Mmm, sobre todo que era el baño de ella y yo se lo ocupé el resto de esa noche. Ella simplemente estaba ahí mirándome vomitar. No me ofreció ni una sola palabra amable de aliento.

—El chocolate debería haberte advertido —dijo ella, apuntándolo con el tenedor lleno de huevo—. Normalmente no tiene chocolate en su casa.

—Eso quiere decir que pensó especialmente en mí.

—Simplemente quería vengar mi honor. Me pasé dos semanas llorando en su sofá.

Él le cogió la mano.

—¿Lloraste?

—¿Tú no?

—Yo no lloro.

—Mmm —musitó ella con los labios fruncidos—. ¿Qué hacías, entonces?

—Andaba dando patadas, muchísimo.

—Es lo mismo.

—Sí —dijo él, sonriendo gravemente.

Ella estuvo un rato comiendo y luego lo miró.

—Te vas a quedar entonces, de verdad.

Él suspiró, dejó su tenedor en la mesa y le quitó el de ella de la mano. Se puso de pie, la puso de pie a ella y la levantó delicadamente en sus brazos.

—Veo que tengo que hacer otro poco para tratar de convencerla.

—Patrick, no puedes andar arrastrándome de aquí allá como un saco de patatas cada vez que quieres salirte con la tuya.

—¿No?

—No.

—¿Por qué no?

—Porque así no voy a hacer nunca una comida completa. Estoy muerta de hambre.

Él la deslizó hasta dejarla de pie en el suelo, le cogió la cara entre las manos y la besó hasta que ella comenzó a pensar que tal vez la comida no era tan interesante después de todo. Cuando él le liberó la boca, lo miró.

—Esto va a ser complicado, ¿verdad?

Él la miró solemnemente.

—Sí, pero ¿vale la pena?

Ella se echó en sus brazos y apoyó la cabeza en su pecho, suspirando.

—Decididamente.

Él le besó la frente, le retiró la silla para que se sentara y retomó su asiento.

Madelyn trató de comer, pero descubrió que no podía hacer mucho más que intentar meterse unos pocos bocados en la boca entre intensos ataques de sonrisas.

Ahí estaba, no en el país de los sueños despierta, pero soñando de todos modos.

Pero si era un sueño, no deseaba despertar jamás.

Capítulo 40

*P*atrick estaba en la puerta de la casa de Sunshine Phillips, agitando la mano en despedida a sus suegros, sintiendo una insana gratitud por estar viéndoles las espaldas. No era que le cayeran mal los padres de Madelyn. Le caían muy bien. El padre era alto, de aspecto distinguido y claramente muy inteligente. La madre también era guapa, de aire intelectual y muy buen ojo para detectar cualquier error.

Pero los dos tenían la desconcertante costumbre de cambiar de idioma en medio de la conversación, costumbre que lo había dejado mareado, y eso que conocía muchos de sus idiomas favoritos.

Y todo en una simple conversación informal mientras cenaban.

Durante la cena le había extrañado que todos se mostraran tan indiferentes a la fabulosa comida. Y no tardó mucho en caer en la cuenta de que eso se debía a que todos se estaban preparando para el examen a que lo someterían.

La madre de Madelyn lo inició. Comenzó con un examen de latín desagradablemente minucioso, y él no tuvo más remedio que revelar exactamente cuánto sabía. Por suerte, habían tenido tiempo con Madelyn para hablar de los días pasados en la Edad Media, desde la agradable perspectiva de almas verdaderamente casadas, después de lo cual su señora esposa no se hacía muchas más ilusiones acerca de su conocimiento de esa lengua prácticamente muerta. Así pues, salió principalmente ileso del estrujamiento con ese concienzudo examen.

Entonces tomó el relevo el padre de Madelyn, primero en francés, luego en un puñado de otros idiomas que él no hablaba muy bien, y finalmente en gaélico. Entonces fue cuando se sintió cómodo hablando en su propia lengua y empezó a relajarse.

Un error, claro.

Después del postre pasaron a la sala de estar, y allí tuvo que vérselas con más preguntas de sus nuevos parientes políticos en su inagotable provisión de idiomas.

Y las preguntas eran unas que él no contestó muy bien.

«¿Quién os casó?»

«¿Dónde os casasteis?»

«¿Por qué no nos invitaron?»

«Si la ceremonia se celebró en latín, ¿por qué no nos consultaron respecto a su corrección?»

Él tuvo que arreglárselas con evasivas, con rodeos y rotundas mentiras. Y todo el tiempo sintiendo la escrutadora mirada de Sunshine Phillips encima de él.

Entonces los padres de Madelyn pasaron a las preguntas sobre dónde pensaban vivir, cómo iba a mantener a Madelyn y si creía que ella sería feliz en esa región despoblada de Escocia; entonces fue cuando lo avasalló un nada acostumbrado nerviosismo.

No creía tener buenas respuestas para ninguna de esas preguntas.

De todas maneras, al final tuvo la sensación de que los padres de Madelyn habían llegado a una especie de conclusión respecto a él. Lo consideraron digno de su título, felicitaron a Madelyn por haber elegido un compañero adecuadamente inteligente, y luego se marcharon a su torre de marfil con sonrisas, gestos de despedida con las manos y planes para asistir a otra boda en Escocia muy pronto.

Daban la impresión de que no se sentían descontentos con la elección de su hija.

Sunny, en cambio, era otra historia muy distinta.

Cuando volvían a la sala de estar, acabada la despedida de los padres, Madelyn dijo:

—Traje unas fotos para clasificar, ¿te animas, Sunny?

Patrick miró a su cuñada y se imaginó que ésta estaba de ánimo para hacer algo distinto a clasificar fotos, pero estaba en su casa, por lo tanto él no podía rechazar lo que se proponía antes de que empezara.

—¿Fotos? —dijo Sunny—. Por supuesto.

Pero lo estaba mirando a él intencionadamente y él captó con mucha claridad el mensaje: «La Inquisición no fue nada, chico, comparado con lo que vas a experimentar ahora».

O algo similar.

Sonrió débilmente, le cogió la mano a Madelyn y se puso cómodo en el lugar del sofá donde ella lo instaló. La observó mientras ella se sentaba en el suelo delante de él, y luego miró alrededor con el fin de distraerse. Y no era que no hubiera estado ahí antes, pero en aquella ocasión la vio en circunstancias menos que ideales. Por lo menos esa noche había sobrevivido al postre sentado a la mesa de la señorita Lobelia.

La casa de Sunny le recordaba muchísimo la de Moraig, por las hierbas, no por las paredes torcidas. Secaba las hierbas colgándolas en ramos del cielo raso, y tenía montones de macetas repartidas en repisas ligeramente torcidas, y toda la casa olía a cosas agradables y saludables.

Ahora bien, si allí se sintiera tan cómodo como se sentía en la casa de Moraig, la vida sería maravillosa.

Miró a Sunny, que se estaba sentando en el suelo frente a su hermana. Supuso que se sentaba al frente para poder echarle miradas significativas a él de tanto en tanto. Era muy hermosa, concedió sin vacilar, se parecía muchísimo a su hermana, con su pelo oscuro y su piel tan blanca. Pero sospechaba que ella jamás se había recogido el pelo en un moño ni usado trajes de ejecutiva. ¿Medias? Dudaba de que tuviera un par.

Pero el fuego de su alma se parecía muchísimo al de su mujer, y sospechaba que el hombre que aprendiera a estar cerca de ella sin chamuscarse sería un hombre muy feliz.

Tan feliz como se sentía él, pensó, calentándose las manos en ese fuego crepitante que era la señora Madelyn MacLeod.

Miró al motivo de esa ridícula sensación de felicidad y descubrió que no podía dejar de alargar las manos para tocarla. Bajó la mano por su melena de alborotados cabellos, recibió una rápida sonrisa de ella por encima del hombro, y se estremeció al sentir resonar dentro de él el murmullo de la magia de Culloden. Ya casi se había acostumbrado a que esa magia pareciera haber tomado residencia permanente en su interior, siempre ahí debajo de la superficie cuando estaba con Madelyn. No sabía por qué estaba ahí, pero se imaginaba que algo allí había querido decirle que ella estaba destinada a ser de él.

Cómo deseaba que no hubiera sido necesario ese viaje por el tiempo para convencerlo de lo que debería haber visto desde el comienzo.

Pero, sinceramente, no podía decir que lo lamentara. Estaba casado con la mujer que amaba. ¿Qué más podía pedir?

Bueno, tal vez un voto de confianza de su cuñada, pero lo más probable era que éste no llegara sin un precio.

Madelyn levantó las manos y le cubrió las de él apoyadas en sus hombros. Se giró a sonreírle.

—Les gustaste.

Él hizo una inspiración profunda.

—Un hombre podría esperar.

—Mi padre va a volar a Escocia sin el pretexto de dar una charla. Le caes bien.

—¿Y tu madre?

—Irá también, sin ningún motivo profesional. No hay mayor elogio.

—Bueno, podrían ir para asistir a tu boda —dijo él, irónico.

—No se molestarían, si no les cayeras bien.

A él le costaba creer eso, pero ¿quién era él para saberlo? Los padres de Madelyn eran una incógnita; si ella decía que estaban complacidos, pues tenía que creerlo. Le apretó la mano.

—¿Qué crees que piensa de mí tu hermana?

Entonces miró a Sunny, con su más encantadora sonrisa.

Sunny lo miró fríamente.

—Su hermana aún no está convencida —dijo.

—Sunny, basta —la reprendió Madelyn.

—Te hizo sufrir.

—Lo ha compensado.

—Tanto cuanto —dijo Sunny obstinadamente—. Quiero observarlo un tiempo antes de decidir.

—Dejé limpio el baño —terció Patrick.

Ella no aceptó nada de eso.

—Puede que hayas limpiado el baño, Patrick, pero no tuviste que recoger los trocitos que dejaste de mi hermana.

—Tienes razón —asintió él.

—Si vuelves a hacerla sufrir seré yo la que te vaya detrás. Y no creas que no puedo usar una espada, porque puedo.

—No sabes —dijo Madelyn apaciblemente.

—Puedo aprender.

—Sunny, yo también la quiero —dijo él.

—Eso dices tú, pero ¿cómo lo vas a demostrar? ¿Qué planes tienes para el futuro? ¿A qué le pides que renuncie? ¿A qué vas a renunciar tú por ella?

—Sunny, te estás pasando —terció Madelyn.

—Le estoy haciendo las preguntas que nuestro padre no le hizo por ser demasiado débil. Él considera a Patrick una oportunidad para mejorar su gaélico. Yo lo miro como a tu posible marido.

—¿Posible? —repitió Madelyn, irónica—. Esto es más o menos como la vaca que ya salió del corral, ¿no?

Sunny la miró indignada y volvió la mirada hacia él.

—¿Y bien? ¿Tienes alguna buena respuesta sobre lo que vas a hacer para demostrar que eres digno de ella?

—¡Sunny! —exclamó Madelyn.

—Considéralo un desquite de la tortura por la que te hizo pasar Conal —le dijo él, apretándole suavemente el hombro—. No tengo miedo de contestar lo que quieras preguntar —dijo a Sunny—. Y creo que no le he pedido a tu hermana que renuncie a todo lo que le es querido. La casa de su bisabuela es de ella...

—Por el momento —suspiró Madelyn.

—Por todo el tiempo que la quieras —dijo él—. Pagué tus préstamos, así que no necesitas venderla.

Madelyn soltó las fotos que tenía en la mano y se giró del todo a mirarlo boquiabierta.

—No.

—Sí.

—Patrick —dijo ella, absolutamente atónita—, esa deuda era más de cien de los grandes.

Él se encogió de hombros.

—No puedes...

—Ya lo hice.

—Pero eso era deuda mía...

—Y Gilbert es la mía —repuso él—. Era una carga para ti y yo podía quitártela de encima. Por lo tanto lo hice.

Madelyn se echó a llorar. Patrick se deslizó del sofá y se sentó en el suelo, la rodeó con los brazos y la atrajo hacia él.

—Patrick —musitó ella, con la cara hundida en su cuello—, no tenías por qué...

—No tenía —convino él—, pero quería. —Esperó a que ella se apartara para mirarlo y continuó—: Sólo es dinero, Madelyn. Ahora estás libre, para trabajar si quieres o para dedicarte a otras cosas, sin cargas que pesen sobre ti.

—No sé cómo agradecértelo.

—Me dijiste que sí —dijo él sonriendo—. Eso fue suficiente.

Ella lo besó.

—Ahora que has arrasado con tu cuenta bancaria, ¿tendremos que armar tienda en tu casa, supongo?

Él se rió.

—Creo que podría haberme quedado suficiente para un sillón o dos. Nos ocuparemos de eso cuando lleguemos a casa.

—Ah, y eso es otra cosa —saltó Sunny—. ¿A qué le va a llamar su tierra? ¿Te la vas a llevar a las Highlands? ¿Y qué vas a hacer para tener dinero ahora que te lo has gastado todo en sus préstamos?

—Tengo suficiente para ocuparme de su bienestar y comodidad, aun habiendo pagado eso —le aseguró él—. En cuánto a dónde vamos a vivir, todavía lo estamos pensando. Y en cuanto al trabajo, no puedo decirlo aún. En estos momentos estoy sin empleo.

—Lo mismo digo —masculló Madelyn.

Sunny la miró ceñuda.

—No es divertido. Esto es importante para mí. ¿Vas a dejar ese trabajo de guardaespaldas? —preguntó a Patrick—. Ése no es el tipo de trabajo que acepta alegremente un hombre con familia.

—No voy a volver.

—¿Estás seguro? —le preguntó Madelyn.

Él asintió.

—Conal sabe que ya me he cansado de eso. Encontraré otra cosa.

—Tu hermano estará feliz —comentó Madelyn, sonriendo.

—Estará encantado —repuso Patrick, irónico—. Así tendré tiempo de sobra para reparar esa ruina nuestra.

—Mmm —dijo Sunny, mirándolo atentamente—. Y cuando se acabe eso, ¿qué harás?

Madelyn suspiró y cogió un puñado de fotos.

—De verdad espero que resolváis pronto esto, tíos. No creo que pueda soportar una vida viendo que no os lleváis bien.

—No es que no nos llevemos bien —dijo Sunny—. Simplemente estamos aclarando las reglas del juego.

—Tu hermana tiene razón al querer ver de qué estoy hecho —convino Patrick—. No tengo nada en contra de ella por eso.

Madelyn los miró a los dos y movió la cabeza.

—Estáis cortados por la misma tijera. Tal vez es eso.

Sunny asintió, pensativa.

—Nos irritan muchísimo los defectos nuestros que vemos en los demás.

—Ay, no otra analogía con el esquí acuático por favor —suplicó Madelyn. Miró a Patrick—. Dale la razón enseguida para que no tengamos que escuchar...

Sunny le tiró un cojín. Madelyn se limitó a mirar a Patrick riendo:

—Creo que ve muchísimo de ella en ti, y eso la saca de quicio.

—Sí —sonrió él—, eso lo entiendo.

Y entonces se le desvaneció la sonrisa. Fue como si toda su existencia hubiera dado un brusco y doloroso frenazo. Cerró los ojos ante la sensación de algo ya visto, que lo invadió en una oleada tan violenta que casi le quitó el aliento.

Le vino el recuerdo de la madre de Lisa diciéndole eso mismo, en una conversación en que él conjeturaba en voz alta qué podría hacer para agradar a su marido: «Le caes mal porque te pareces demasiado a él. Se niega a hablar de su juventud y de su vida en las Highlands. Tú, Patrick, mi muchacho, te pareces mucho a Gilbert, como era cuando lo conocí. Todo lleno de esa ferocidad highlandesa».

Se quedó mirando el vacío. ¿Ferocidad highlandesa? ¿Qué quiso decir con eso? Llevaba tres semanas en el tiempo actual cuando dejó la casa de Moraig y se fue a pie a Inverness. A la semana encontró el trabajo de cuidar el jardín de Helen MacGhee.

Ferocidad highlandesa.

¿Sería posible que Gilbert MacGhee fuera algo más de lo que parecía?

—¿Patrick?

Parpadeó, miró a Madelyn y sonrió levemente.

—¿Sí cariño?

—Estabas muy lejos.

Él negó con la cabeza.

—Pensamientos tontos. —Volvió a negar con la cabeza—. No, bastante tontos. ¿Tienes más preguntas para mí? —preguntó a Sunny—. Pregúntame lo que quieras, hermana, y te contestaré como pueda. Y espero que mis respuestas te tranquilicen respecto a mi intención de cuidar de Madelyn. No le tengo miedo al trabajo, así que nunca le faltará comida en la mesa. No le tengo miedo a luchar, así que nunca tendrá que vivir temiendo por su vida. Y no soy tan orgulloso que no lo reconozca cuando estoy equivocado.

—Ya te has disculpado bastante —dijo Madelyn firmemente—. Sunny, déjalo.

Sunny frunció los labios.

—De acuerdo. No me entusiasma tu ocupación, puesto que no tienes ninguna por el momento, pero lo superaré.

—¿Por qué no ponéis un negocio juntos? —dijo Madelyn—. De hierbas y cosas de esas.

Patrick sintió bajar un pequeño escalofrío por el espinazo.

—¿Hierbas?

—¿Un negocio? —Sunny también parecía algo inquieta—. ¿Juntos?

—Deberíais —continuó Madelyn, al parecer indiferente a esas corrientes subterráneas—. Patrick, como puedes imaginarte, es buenísimo para todo eso de la supervivencia; para encontrar hierbas en sitios inhóspitos. —Les sonrió a los dos—. Libros, clases, cursos de supervivencia en sitios yermos. —Miró a Sunny—. Tendrías que ir a Escocia, muchísimas veces. Tal vez trasladarte allí.

—Escocia —musitó Sunny, como aturdida—. Nunca he estado en Escocia.

Patrick miró a Madelyn sonriendo.

—Y así empieza.

—Le vamos a tatuar un mapa en el dorso de la mano —dijo Madelyn.

—Eso podría ser juicioso —repuso él, y sonrió a Sunny—. Es una idea interesante.

—Siempre he deseado escribir un libro —reconoció ella—. Transmitir algunas de las cosas que he aprendido.

—Comienza tu tratado con un artículo de alabanza a las virtudes de la lobelia —le aconsejó él.

Entonces ella le sonrió, de verdad, y él tuvo la sensación de haber aprobado una especie de examen. Eso era importante para él; Madelyn quería a su hermana; si Sunny no lo quería, sin duda las cosas no le irían bien en las reuniones familiares.

Y la idea de ese negocio era interesante. Sus primos sacaban partido de sus diversos conocimientos. Tal vez él podría iniciar una especie de escuela con Ian, y enseñar no sólo esgrima sino también supervivencia. ¿Quién podía decir que en tiempos difíciles no sería útil saber curar el cuerpo con hierbas?

Dejó la idea archivada para pensarla más detenidamente después, cuando tuviera tiempo libre, y volvió la atención a la conversación que tenía a mano, la cual, afortunadamente, era en un idioma que entendía. El futuro cuidaría de sí mismo, como hacía generalmente. Cuando Madelyn tuviera bien resuelto el asunto de la casa de su bisabuela, volverían a Escocia.

—¿Más postre, Patrick? —le preguntó Sunny afablemente.

Él la miró con expresión escrutadora.

—Sí, si tú pruebas mi porción primero.

Era una herbolaria después de todo, y ya había probado sus mercancías.

—Tal vez Madelyn podría tocarnos el violín mientras comemos —propuso Sunny.

—Por mí, encantado, siempre que no tenga que oírlo desde el lavabo.

Y así pasó una buena parte de la velada sentado muy feliz, saboreando un postre no manipulado y escuchando tocar el violín a su mujer. Llegó un momento en que tuvo que cerrar los ojos, simplemente porque si los dejaba abiertos le correrían las lágrimas por las mejillas.

Por todos los santos, esa música tenía algo que le conmovía el alma.

Le daba esperanza.

Y lo hacía sentirse muy contento de tener el resto de su vida para escucharla.

En un recoveco de su mente lo atormentaron pensamientos sobre Gilbert, pero los desechó. Ya tendría tiempo para entregarse a ellos después. Por el momento, escucharía la música de Madelyn y se dejaría calmar por ella.

Dos semanas después, ya incapaz de soportar esos pensamientos que lo corroían, dejó a Madelyn muy contenta leyendo en un sillón junto al hogar y salió en dirección a la biblioteca, que estaba a una manzana. Allí se instaló ante un ordenador y comenzó la búsqueda.

Afortunadamente, eran numerosos los sitios de genealogías; también había sitios de clanes. No tardó nada en encontrarse osadamente en la sala grande de los Fergusson, como si dijéramos, contemplando su árbol genealógico. Lo estremeció un poco estar mirando la lista de generaciones de señores jefes de clanes. Ésta por lo menos estaba completa. Los demás nombres encontrarían su lugar ahí alguna vez, supuso, si es que se completaba. Pero ¿el señor y su familia inmediata? Sí, esos nombres estaban ahí para el que quisiera leerlos.

Los genealogistas de los Fergusson habían sido muy concienzudos en su trabajo, y al parecer muy resueltos.

Sintió bajar otro estremecimiento por la espalda.

Fue directo a la época donde creía que podría encontrar lo que buscaba. En 1326 nació un hijo, William. Ese hijo creció hasta llegar a ser el señor. También tuvo hijos. La lista de hijos la habían hecho al revés, de menor a mayor.

En 1348 nació un hijo llamado Neil.

En 1344 nació un hijo llamado Simon.

Y había un tercer hijo. Uno que no había esperado, pero que, sinceramente, no le sorprendió ver.

En 1342 les nació un hijo a William Fergusson y Mary MacGhee.

Un hijo llamado Gilbert.

Cerró los ojos e hizo muchas respiraciones profundas. Hizo tantas que temió que muy pronto estaría resoplando. Se cubrió la cara con las manos y se estremeció.

—¿Señor? ¿Señor, se siente mal?

Levantó la cabeza y se encontró con la cara de la bibliotecaria, que lo estaba mirando con una mezcla de preocupación y dudas. Logró sonreír débilmente.

—La genealogía —dijo.

Ella asintió con aire de complicidad.

—Lo llamamos síndrome de «realeza o delincuencia». La semana pasada se nos desmayó una señora debido a eso.

—¿Estaba emparentada con un rey?

—Lo contrario —repuso la mujer en voz baja—. Ocurre todo el tiempo. Le traeré agua si la necesita.

—Estoy muy bien —dijo él, tratando de parecer bien—. ¿Se me permite imprimir esto?

—Por supuesto.

Diez minutos después salía del edificio llevando en la mano algo que podría cambiar, o no, el curso de su vida.

¿Gilbert MacGhee?

¿Hijo de William Fergusson y Mary MacGhee?

Podía ser. De hecho, él era prueba viviente de que podía ser.

Echó a andar a toda prisa por la calle hacia la casa de Dewey, entró por la puerta exterior de atrás, y se detuvo a contemplar el jardín un momento. Estaba lloviendo, pero eso no era problema para él. El jardín era un paraíso, un lugar de compleja belleza, algo creado con amoroso cuidado a lo largo de decenios.

Se preguntó si sus hijos podrían salir a contemplar de la misma manera el jardín de su casa.

Bueno, no podrían si él no hacía algo para arrancar las malas hierbas que no pararían de crecer mientras no se erradicaran de una vez por todas.

Se abrió la puerta de atrás. Ahí estaba Madelyn, sonriendo.

—Oye, no tardaste mucho.

—Te echaba de menos —repuso él simplemente.

Ella ensanchó la sonrisa y se hizo a un lado.

—Entonces entra, milord, y cuéntamelo todo.

Se lo contaría, pero después.

De momento tenía pensadas otras cosas.

Capítulo 41

*M*adelyn dejó a un lado la caja vacía y se agachó a quitar la cinta adhesiva de otra. Abrió la caja, se puso las manos sobre los riñones y se estiró. La sensación era absolutamente conocida. Tenía la impresión de no haber hecho otra cosa esos tres meses pasados que guardar y sacar cosas de cajas y maletas. Primero meter en cajas las cosas que traería de la casa de Dewey, luego sus ropas y efectos personales en maletas, y ahora sacar las cosas de cajas y maletas para ordenarlas en la casa de Patrick.

Sunny no debería haberse preocupado de que ellos no tuvieran muebles para sentarse ni dinero suficiente para unas cuantas reparaciones y renovaciones. Ella había visto los saldos de las cuentas bancarias de Patrick, y después de quedarse muda de asombro al ver las cifras que contenían, había dejado de decirle que no debería haber agotado sus recursos para pagar deudas que eran de ella.

Bueno, no era que todavía no pudiera creer que él lo había hecho, pero ya sabía que el hacerlo no había hecho mella en su cantidad de dinero mensual para el bolsillo.

Aunque nada de eso había cambiado en ella la actitud economizadora. Seguía obligándolo a recorrer sitios hasta encontrar los mejores precios, en muebles y enseres y en contratistas para las obras. A ella le importaba. A él no; sólo quería que se hicieran las cosas rápido.

Y, pese a sus protestas, seguía comprándole ropa.

Se estremeció al pensar qué haría él cuando descubriera que pronto necesitaría ropas maternales.

Pero eso era una historia para otro día. Tal vez podría hablar con él un fin de semana en que estuvieran lejos de todas las almas que daban la impresión de haber tomado residencia con ellos en su casa. Aunque cuanto antes se lo dijera mejor, no fuera a enterarse de que estaba embarazada, sin decírselo ella, al notar cómo se iba redondeando semana a semana.

Sacó unas cuantas cosas de la caja, decidiendo, mientras lo hacía, que ya había hecho suficiente por el día. Las náuseas matutinas ya empezaban a atacarla fuerte y prefería afrontarlas sentada o tumbada.

Fue hasta el armario antiguo, lo abrió y puso los zapatos dentro, evitando ocupar el lugar donde Patrick guardaba su espada.

Se enderezó y se detuvo a contemplar.

Zapatos. Espada.

Sí que era rara su vida.

Pero maravillosamente rara. Ordenó sus zapatos dejando espacio para las cosas de Patrick y salió en busca de algo para aliviar las náuseas. La espada de Patrick no estaba en el armario porque él estaba disfrutando de su costumbre matutina de intentar matar a su primo. Ya estaba habituada a eso también. A veces Patrick iba a la casa de Ian a entrenar y otras veces Ian venía a su casa.

Y a veces los dos iban a la casa de Jamie a entrenar, y entonces ella iba también, simplemente para contemplarlos boquiabierta a los tres y recordarse innecesariamente que había entrado por matrimonio en una familia de hombres de clan medievales que estaban firmemente conectados con su pasado.

Pensó si sus padres deberían ver eso cuando vinieran para la boda. Tal vez haría bien en mantenerlos dentro de la casa mientras Patrick y sus parientes estaban dedicados a su trabajo, no fueran a toparse con algo que podría pasmarlos. O, como bien podría ocurrir, algo que hiciera creer a su padre que podría mejorar su gaélico si tenía una espada para blandir.

Sólo podía imaginarse cómo iría eso en los tés de la facultad.

Llegó a la cocina y se detuvo en la puerta a mirarla. Estaba mucho mejor a como estaba cuando llegaron, hacía dos meses. Ahora había platos en los armarios. Habían encontrado una mesa de granja grande con cómodas sillas. Ella había puesto cortinas en la ventana. A las paredes se les había dado una buena capa de pintura, y el suelo estaba cubierto con madera dura, que a los pies resultaba relativamente cálida.

La vida era bastante agradable.

También había hecho instalar un teléfono en la cocina, el cual usaban una vez al mes, o ella o Patrick, para llamar a Bentley. Así lo controlaban; él contestaba solamente porque no se atrevía a no contestar. Patrick le había prometido que si no contestaba se encontraría en apuros. Peores que los que se negó a publicar *The Confessor*, ese selectivo periodicucho que consideró demasiado fantásticas las historias de Bentley, incluso para sus páginas. Así pues, ellos llamaban, Bentley contestaba, y le preguntaban acerca de su progreso en su información sobre los OVNI y su trabajo extra por el bien.

Sí, la vida era muy agradable.

Y a la mesa de la cocina estaba sentada su hermana, lo que la hacía mejor aún. Sunny había buscado reemplazantes para sus clientes y sus clases de yoga para venir a pasar un tiempo con ellos. Sunny y Patrick hablaban entusiasmados acerca de hierbas, tratamientos, curación, y de las cosas que crecían bajo los aleros del bosque. Y a ella eso le iba a la perfección.

Puesto que estaba haciendo crecer algo muy hermoso bajo su corazón.

Se puso la mano en el vientre. Dos meses, calculaba. Le resultaba difícil creer lo mucho que había cambiado su vida. No podía evitar sentirse agradecida a Bentley por eso. Si no hubiera venido a Escocia no habría conocido a Patrick, y, bueno, el resto era una historia maravillosa.

Había estado preocupada, cierto, por Gilbert y lo que estaría tramando. Habían hablado con Conal muchas veces, y aprovechado su Lear varias veces para viajar. Le habían contado lo que Patrick descubriera acerca del posible pasado de Gilbert.

Conal se quedó mudo de asombro. ¿Gilbert un hombre de clan medieval? Le resultaba casi imposible tragarse eso. Una cosa era creerlo de Patrick, otra cosa muy difícil creerlo de su cuñado.

También Conal les dijo que Gilbert llevaba un tiempo insólitamente callado, como si estuviera haciendo una especie de examen de conciencia.

Patrick se mostró escéptico.

Ella no se atrevió a elucubrar.

Y entonces llegó Sunny y ella dejó de lado toda elucubración para entregarse al placer de estar con la familia. Gilbert continuaría ahí. No tenía ningún sentido vivir preocupados por él. ¿Qué iban hacer, vivir asustados?

Así pues, cogía el plano que le hiciera Jamie, que era bastante parecido al de Jane, y salía con su hermana a explorar el terreno de Patrick durante horas. Ya se la había presentado a Moraig y visto cómo las dos se abrazaban como si hubieran sido parientes que no se veían desde hacía mucho tiempo.

—¿Necesitas una infusión?

Madelyn cayó en la cuenta de que estaba mirando fijamente a su hermana sin verla. Agitó la cabeza para quitarse las telarañas, y volvió a moverla negando.

—Gracias, pero no, me siento bien.

—Deberías descansar.

—Descanso demasiado. Mucho más descanso y estarás preocupada de que me quede varada en ese sofá.

—Engorda lo que necesites. Tu cuerpo te lo dirá cuando sea suficiente.

—Mi hermana, la comadrona.

—Lo agradecerás cuando estés con los dolores del parto chillándole a tu marido que ese bebé será hijo único y que si no está de acuerdo, tú te encargarás de que lo esté.

—¿Las mujeres en parto pueden coger el aire necesario para frases tan largas?

Sunny le arrojó un paño de cocina. Por lo visto siempre tenía uno a mano. Tal vez eso formaba parte de su mística también.

Sonriendo, Madelyn fue a abrir el refrigerador para ver si había algo útil. Bueno, por lo menos lo que había no estaba cubierto de moho. De todos modos, no le apetecía comer nada de lo que había.

—¿Tienes algo para las náuseas matutinas? —le preguntó, cerrando la puerta del refrigerador.

—Siempre. Ve a buscarte un sitio cómodo para sentarte y te llevaré algo.

Madelyn lo pensó. El salón o sala grande estaba en obras. El dormitorio contenía la cama, y si entraba allí, sin duda haría buen uso de ella. Estaban los otros dormitorios, cierto, pero contenían camas también, y si tenía que dormir otro poco más, chillaría.

Eso dejaba o bien el estudio o la salita de estar.

Titubeó. Sabía lo que contenían.

El estudio era el lugar que Archibald, primer señor de Benmore, había reclamado como suyo desde el momento en que se instalaron allí las butacas de cuero marrón. Se le podía encontrar ahí la mayoría de las tardes, fumando su pipa, contemplando este libro o aquel, libros que tenía que haber traído con él, porque ni ella ni Patrick poseían ninguno de esa cosecha. Siempre parecía muy complacido cuando ella iba a sentarse con él, pero ella sospechaba que el motivo de que le cayera bien era que le daba ciertas esperanzas de posteridad.

Era muy fuerte en genealogía, había descubierto.

Le gustaba muchísimo lord Archibald. Era hosco, se inclinaba hacia el lado triste, pero siempre se mostraba muy solícito. Y ya había empezado a apagar su pipa siempre que la veía, desde cuando decidió que ella estaba en un... mmm... estado delicado.

Por qué los diversos aparecidos se habían dado cuenta y Patrick no era algo que pensaría después.

Pero estaba muy desasosegada para sentarse y, la verdad, no se sentía con ánimos para mantener una conversación al tiempo que trataba de no hacer caso de las náuseas que parecían invadirle todas las células del cuerpo.

Eso significaba que la sala de estar también quedaba excluida. Era el lugar predilecto de lady Dorcas, y ahora que el resto de su casa comenzaba a acercarse al grado de civilización aceptable para ella, vivía explicando la decoración que consideraba adecuada para su refugio.

A Sunny no le gustaba nada eso.

Ella se abstenía de criticar. Estaba muy dispuesta a dejar que lady Dorcas hiciera lo que le apeteciera. Al fin y al cabo ésa había sido su casa primero.

Pero la idea de tener que adaptarse a los planes de decoración de otra, o la de volver las páginas de las revistas de decoración del hogar para que lady Dorcas decidiera cuál estilo le gustaba más, era superior a sus fuerzas en esos momentos.

Una caminata por el jardín era lo que necesitaba. Patrick volvería a casa en cualquier momento y quería que la encontrara con las mejillas sonrosadas y no con el aspecto de estar a punto de arrojar las tripas. Podía estar así al día siguiente, después de que le diera la buena nueva.

Al pasar por el salón se detuvo un momento a mirar el cuadro que Patrick había colgado sobre la repisa del hogar. Era un cuadro que le encargó a un pintor poco reconocido que conoció en la calle en Inverness, y representaba su pequeño castillo. Era bastante bueno, en realidad, y el pintor lo había empapado con bastante de esa magia de las Highlands de la que Roddy MacLeod estaba tan convencido. Contempló el cuadro, segura de que en cualquier momento aparecerían en él cosas que no estaban cuando se pintó.

Viajeros del tiempo.

Duendes y elfos del rincón del bosque de Moraig.

Gaiteros fantasmas caminando felices por la cima del cerro de Patrick.

Fantasmas aparecidos en otras épocas y lugares de esa casa.

Nada que hubiera esperado ese primer día en Inverness, cuando salió de la estación de ferrocarril e hizo su primera inspiración del aire de las Highlands.

Sonriendo, cogió su chaqueta y se dirigió a la cocina. Sunny siempre tenía una lista de las cosas que necesitaba perpetuamente, y ella nunca salía al jardín sin mirar esperanzada por si hubiera asomado la cabeza algo de lo que contenía esa lista al despertar de su sueño de invierno.

Cogió uno de los cestos que habían tomado residencia por todas partes de la cocina, y salió al jardín por la puerta de atrás. Sí que hacía frío fuera, pero podría soportarlo. ¿Qué era un poco de nieve residual para una mujer que necesitaba escapar de las náuseas matutinas?

Echó a caminar, fijándose bien por donde pisaba, no fuera a resbalarse. Siguió los senderos que entre ella y Patrick estaban trazando laboriosamente, y sonrió al contemplar el jardín. Tal vez nunca sería como el jardín de Dewey, pero tenía su propio encanto. Y era de ellos, eso no se podía discutir.

Aunque tenía que reconocer que echaba de menos el jardín de Dewey, siempre precioso, incluso en invierno. Bueno, por el momento estaba en buenas manos. Habían dejado prestada la casa por un año a una de las primas de ella, jardinera de oficio, que estaba tratando de rehacerse y encarrilar su vida con sus dos hijos. Muchas veces había pensado si no sería ése el mejor uso que podían dar a la casa de Dewey: un lugar para sanar. Ya el jardín solo sería suficiente para consolar y aliviar a un alma afligida. Y allá por lo menos se podía caminar tranquilamente por donde uno quisiera sin tener que preocuparse por puntos peligrosos en el suelo. Aquí, nunca se podía saber.

Ni siquiera en su jardín se sentía del todo segura. Lo único que le faltaba era encontrar por casualidad una de las puertas de Jamie durante una inocente salida al jardín a coger unas pocas flores. Esa idea la convenció más aún de tener cuidado por donde pisaba, no fuera a meterse en algo terrible.

Y entonces, de todos modos chocó con algo terrible.

Por un momento pensó en correr hacia la casa.

Levantó la cabeza y cayó en la cuenta de que había chocado con Gilbert MacGhee.

No tuvo tiempo ni para soltar un «Cómo está usted», porque él ya la había cogido por el pelo y la llevaba a tirones detrás de él. Pensó si él la iría a matar ahí mismo o si la arrastraría hasta su coche para llevarla a un lugar menos espinoso para matarla.

Gritó, sólo por principio.

—Cállate —gruñó él en gaélico, dándole otro tirón en el pelo.

Ella se cogió la cabeza para aliviar el dolor.

Entonces bruscamente se encontró delante de él con su brazo alrededor del cuello. Trató de enterrarle el tacón en el empeine, pero él llevaba botas, el tacón se le deslizó y su intento no tuvo efecto. Trató de golpearlo en la ingle, pero él le cogió el brazo y se lo dobló hacia atrás. La empujó para que avanzara hacia la puerta del jardín.

Una lástima que Patrick no hubiera llegado a enseñarle algunos de sus movimientos más letales. También deseó haberse acostumbrado a llevar un puñal bajo la cinturilla de la falda, como él había tratado de convencerla.

Error.

De repente Gilbert se detuvo. Ella encontró el valor para levantar la vista del suelo que iba pisando.

Patrick estaba dentro del jardín junto al muro, toda una visión de furia en negro; la espada desnuda en la mano. Su expresión parecía estar esculpida en granito.

Ella casi se mojó las bragas, y eso que era su mujer.

Por desgracia, Gilbert estaba menos impresionado.

—Demasiado tarde —escupió—. Demasiado tarde para salvarla, MacLeod.

—Cobarde —gruñó Patrick, burlón—. ¿Tienes los cojones para enfrentarte conmigo o te vas a esconder detrás de una mujer impotente?

Vagamente Madelyn deseó que él no hubiera dicho eso. Estaba segura de que Gilbert le iba a rebanar el cuello, pero de pronto éste lanzó un grito y se cogió la cabeza con las dos manos. Alguien le cogió la mano y la sacó de allí de un tirón. Era Ian, que al instante la levantó y la puso al otro lado del muro, y luego la siguió de un salto.

—Mi aportación a la causa —le gritó a Patrick. Después le explicó a Madelyn—. Tenía una piedra en la mano y no pude evitar hacer uso de ella.

Madelyn lo miró horrorizada.

—¿Y por qué no lo discapacitaste del todo?

—¿Para que Patrick estuviera furioso conmigo todo el resto de su vida? —le preguntó Ian con los ojos agrandados.

—¡Ian!

—Patrick puede arreglárselas solo.

—Fácil para ti decirlo.

—Si de verdad comienza a parecer que va a caer derrotado, le ofreceré una ayudita.

No era una buena respuesta, pero era una respuesta. Se quedó ahí a contemplar a su marido y su ex suegro tirarse tajos como si tuvieran toda, toda, la intención de matarse mutuamente.

—¿Qué demonios están haciendo?

Madelyn miró a su hermana, que había ido a ponerse a su lado.

—Luchando.

La boca de Sunny se movía pero no salía de ella ninguna palabra. Madelyn la comprendió perfectamente.

—Están pisoteando tus rosales —logró decir Sunny al fin—. Los dos. Y todas esas preciosas hierbas. Claro, no es que las hierbas hayan brotado ya, pero hay semillas ahí, y esas semillas finalmente van a...

—Sunny, estás divagando.

Sunny cerró la boca, le cogió el brazo y se aferró a él con todas sus fuerzas.

Madelyn comprendió eso también.

También comprendió, muy de repente y con mucha fuerza, lo horroroso que debió haber sido estar casada en la Edad Media y tener que ver al marido partir hacia la guerra.

O que la guerra viniera a él.

Pero no estaba en la Edad Media, estaba en el jardín de su marido. Y no era la guerra la que había venido a él, era su ex suegro, y no con buenas intenciones.

Y no había ni una maldita cosa que pudiera hacer ella.

—Así que se presentó al fin —dijo Jamie.

Ella miró por delante de Ian y vio que Jamie y su cuñado Alex también habían encontrado el camino hasta la escena del desastre. Estaban apoyados despreocupadamente en el muro, como si estuvieran mirando algo no más interesante que un ligeramente entretenido evento deportivo.

—Sabíamos que vendría —dijo Alex.

—Debería haberlo matado antes —entonó Ian sentenciosamente—. Yo he estado a favor de eso desde el comienzo, como bien sabéis.

—Yo diría que Patrick se encargará de eso hoy —dijo Jamie.

Madelyn sintió los dedos de Sunny clavados en su brazo.

—¿De matarlo? —susurró Sunny—. ¿Patrick lo va a matar?

Madelyn no tenía una buena respuesta a eso. Lo único que podía hacer era mirar el horrendo combate y rezar.

Patrick se había quitado la chaqueta, tirándola hacia ellos. Estaba luchando con un jersey de cuello cisne negro, tejanos negros y botas negras.

Si eso solo no asustaba de muerte a Gilbert, ella no sabía qué podría asustarlo.

Pero claro, Gilbert parecía sentirse tan cómodo con su espada muy de aspecto medieval como Patrick, o sea que a lo mejor había visto contrincantes peores.

Y si ella no hubiera estado con la boca reseca de miedo, igual podría haber encontrado muy interesante la escena. No todos los días ve una mujer a su marido blandiendo una enorme espada con tanta soltura como si se tratara de un cortacésped de mango. Y si había alguien capaz de hacerlo parecer una danza, ése era Patrick. Era un hombre muy letal, tuvo que reconocer de un modo objetivo que la asustaba pero que consideraba una buena manera de aferrarse a su cordura. Sostenía su espada con facilidad, paraba los golpes sin esfuerzo, parecía sentirse totalmente cómodo con la idea de que el hombre que lo enfrentaba tenía toda la intención de matarlo.

Pero ella había visto lo que Patrick era capaz de hacer aquella mañana en la sala grande del castillo Fergusson, con los hombres de ese clan.

Los hombres del hermano de Gilbert.

¿Tenía una idea Gilbert de a quién se enfrentaba?

¿O estaba tan seguro de su habilidad que no le importaba?

No sabía si deseaba saberlo, pero sí sabía que encontraría la respuesta bastante pronto, lo quisiera o no.

Sólo podía rogar que ganara el que ella deseaba.

Capítulo 42

*P*atrick se defendía de los ataques de Gilbert MacGhee tratando de desviar la mente de las distracciones. Su vida dependía de eso. Bueno, suponía que si comenzaba a parecer débil, podrían rescatarlo Jamie y Ian, pero tendría que estar tremendamente débil para que le ofrecieran su ayuda.

Y no era que deseara algún tipo de ayuda. Ése era su problema, su responsabilidad. No era algo que tuvieran que solucionar su hermano ni su primo. Aunque estaba tentado de decirles que si no se callaban ellos serían los siguientes en la cola una vez que acabara con el hijo de puta que tenía delante.

—Creo que Pat tenía razón en sus sospechas, ¿no te parece? —dijo Ian tranquilamente.

—¿De que Gilbert es el hermano mayor de Simon Fergusson? —preguntó Jamie—. Sí, se parece muchísimo a todos los malditos Fergusson que he conocido.

—Vete con cuidado —gruñó Ian.

—Estoy convencido de que corre muy poca sangre Fergusson por las venas de tu señora —dijo Jamie muy tranquilo—. La verdad es que tiene mucho de Campbell en ella. Seguro que hay un Campbell por ahí en su árbol familiar.

Como si Jamie pudiera reconocer a un Campbell si uno lo golpeaba en la cabeza con su retrato, pensó Patrick, bufando.

—¿Has averiguado sus raíces? —continuó Jamie.

—Hemos estado algo ocupados, ¿sabes? —repuso Ian, irónico—. Entre cuidar al par de críos, ocuparse de sus tejidos, llevar mi escuela, en fin, alimentarme.

—Bueno, eso último es un trabajo a jornada completa, sin duda —dijo Alex, riendo.

Patrick soltó una maldición.

—¿Os vais a callar? Estoy bastante ocupado aquí.

—Está quisquilloso —dijo Jamie, en voz sólo ligeramente más baja—. Eso no habla bien de su concentración.

Patrick le arrojó una mirada a su hermano. Podría haberle arrojado otra cosa también, pero no se atrevió. Gilbert parecía no tener ninguna dificultad para desentenderse de la idiota conversación que discurría a menos de seis metros de distancia. Patrick volvió la atención a donde debía tenerla. Gilbert no sólo tenía una espada de dos manos, sino que además sabía usarla. Podría haber intentado determinar dónde y cuándo aprendió el arte, pero descubrió que el combate le exigía toda su atención.

Bueno, a excepción de esa parte de él que estaba acostumbrada, después de tantos años, a escuchar las interminables divagaciones de Jamie.

—Patrick debería entrenar más —estaba diciendo Jamie sosamente—. Vivo diciéndoselo, pero no hace caso. La tontería de la juventud.

Patrick se prometió varios meses de hacer polvo a su hermano en recompensa por matar al cruel cabrón que tenía delante.

Eso suponiendo que lograra matarlo.

Miró a su ex suegro, pensando cómo era posible que no hubiera visto lo evidente. Había un algo en él muy primitivo, muy incivilizado.

Algo terriblemente similar a Simon Fergusson.

—Conocí a tu hermano hace un par de meses —le dijo con aire despreocupado.

Gilbert casi dejó caer la espada, pero se recuperó al instante.

—No tengo hermano.

—¿No? Creo que tienes dos. Simon y Neil, si no me falla la memoria.

La espada de Gilbert vaciló claramente en su arco. Miró a Patrick con los ojos entrecerrados un momento y luego enterró la punta de la espada en el suelo delante de él. Estaba resollando.

—Así que lo sabes —dijo secamente.

—Lo sé —dijo Patrick—. Lo que no sé es por qué lo ocultas.

Gilbert puso los ojos en blanco.

—Maldito idiota, ¿por qué habría de decirlo?

—¿Por eso adoptaste el apellido de tu madre?

Gilbert apretó los labios.

—Adopté su apellido para honrarla. Y para escapar de mi padre.

Patrick no tuvo ninguna dificultad para entender eso último.

—¿Entonces qué tienes en mi contra?

—¡Imbécil! ¡Mataste a mi hija!

—Sabes que no la...

—Y eres un MacLeod —lo interrumpió Gilbert, sacando la punta de la espada del suelo y poniéndose en guardia—. ¿No es razón suficiente eso?

—Hace ocho siglos, tal vez. ¿Hoy? Lo dudo.

—Para mí es razón suficiente. Y ahora qué, ¿vas a seguir hablando hasta matarme o vas a levantar tu espada y demostrarme que sabes hacer algo mejor que esos meneos de mujer que has logrado hasta ahora?

¿Meneos de mujer? Patrick estaba a punto de responder a eso, pero no tuvo la oportunidad porque lo interrumpió otra cosa. De repente estaba Robert MacLeod sobre el muro, soplando el portavientos de su gaita y tocando ya las primeras notas de un himno de batalla capaz de estimular a luchar al más pusilánime de los hombres.

Y entonces, con la misma repentinidad, los muros se llenaron de highlandeses, a todo lo largo. Lo más probable era que fueran los mismos que montaron guardia para proteger a Madelyn aquella tarde, aunque ahora estaban mirando hacia dentro, todos mirándolo a él, con expresiones fieras que manifestaban su resolución de vigilar que él prevaleciera a toda costa.

Maravilloso.

Sunny lanzó un gemido tan fuerte que él lo oyó. Alcanzó a mirar hacia ella justo a tiempo para verla desaparecer detrás del muro, desmayada, seguro.

A Gilbert no le fue mejor. Casi soltó la espada. Se giró en círculo mirando boquiabierto.

Al terminar la vuelta, miró a Patrick, tragando saliva.

—¿Qué diablos es esto? —farfulló.

—Ningún diablo, sólo fantasmas —contestó Patrick, amablemente.

Gilbert se santiguó como si Patrick fuera el demonio en persona y levantó su espada.

—Sabía que no serías capaz de luchar conmigo solo. Ningún MacLeod tiene el honor para fiarse de su propia habilidad. Siempre buscando algún tipo de ayuda...

—Ach —exclamó Jamie, disgustado—, pelead, idiotas, y acabemos con esto. Tengo ganas de tomar un almuerzo decente.

Patrick se giró a mirarlo.

—¿Sería posible que hicieras el esfuerzo de estar callado? Si ofreces una sola opinión más...

—¡Patrick! —gritó Madelyn.

Patrick saltó a un lado justo a tiempo para que la espada de Gilbert sólo le hiciera un corte en el jersey. Se miró; no salía sangre. Después de una breve mirada a su mujer, volvió la atención a Gilbert.

—Podríamos acabar esto pacíficamente —le dijo, mientras paraba uno o dos golpes—. Yo no maté a Lisa. Se mató ella.

—¡Mentiroso! —ladró Gilbert—. Eres un MacLeod, llevas la mentira en la sangre.

—No maté a tu hija, y no tengo por qué matarte a ti. No te mataré si juras abandonar esto. Sal de mi propiedad, deja en paz a mi mujer, vete en paz.

Gilbert se abalanzó sobre él haciendo salir de su boca un «Jamás» acompañado por una buena cantidad de saliva espumosa. Patrick saltó a un lado y comprendió que las palabras ya no iban a formar parte de las actividades de la mañana. Gilbert se le arrojó con una ferocidad que lo obligó a llamar en su auxilio reservas de pericia y coraje a las que no recurría desde hacía mucho tiempo.

Si alguna vez.

Pero mientras Gilbert peleaba por odio, él peleaba por su mujer, sus futuros hijos y el honor de su familia.

Era, al fin y al cabo, un MacLeod.

Y un MacLeod no se acobarda.

Un MacLeod no hace alarde tampoco de sus habilidades de cinturón negro durante un duelo con armas medievales, pero la tentación era fuerte. Podría desarmar a Gilbert y dejarlo inconsciente con sólo unos pocos golpes bien colocados. Pero eso dejaría vivo al hombre, libre de una condena larga en prisión, y avergonzado lo bastante para volver a atacar con renovado deseo de destrucción.

No, era mejor poner fin a eso con la espada.

Fue transcurriendo la mañana. Vagamente notó la presencia añadida de una tal Dorcas, primera señora de Benmore, que había ido a quejarse de que le estaban convirtiendo el jardín en un campo de barro. Robert continuaba tocando melodías que él había oído en su época en el campo de batalla, melodías que le excitaban la sangre como era la intención.

Su hermano estaba callado, afortunadamente.

Empezó a cansarse. Tal vez Gilbert entrenaba con más frecuencia que él; tal vez estaba resuelto a derramar sangre MacLeod esa mañana o perecer en el empeño. Fuera como fuera, Gilbert parecía tener un pozo inagotable de furia.

Atacó, haciendo retroceder a Gilbert con el pecho agitado.

Gilbert se recuperó y pasó a la ofensiva.

Patrick se tambaleó y cayó hacia atrás. Alcanzó a rodar antes de perder la cabeza. Y al mismo tiempo de rodar le cogió el pie a Gilbert con el suyo, haciéndolo caer con un movimiento moderno que debería haber aplicado hacía una hora.

Estaba cansado. Simplemente no pudo evitarlo.

Gilbert cayó de espaldas sobre el montículo de abono vegetal.

Y desapareció.

Patrick se sentó y miró boquiabierto. Incluso Robert el gaitero interrumpió su música. Patrick se puso de pie y contempló otro rato el montículo de tierra apilada junto al muro de atrás; después miró a la derecha para ver si había algún otro tan sorprendido como él.

Madelyn estaba apoyada en el muro con los ojos muy abiertos. El resto de sus familiares simplemente estaban mirando el montón de tierra con expresiones de incredulidad. Todos a excepción de Jamie, que estaba mirando el sitio con enorme interés.

—Bueno —dijo Jamie entusiasmado—, otro lugar para viajar. Aunque tal vez —continuó, como arrepentido de haber tenido esa idea—, deberíais plantar algo irritante ahí. Ortigas. Para que nadie viaje por esa puerta a la ligera. Es vuestro jardín después de todo.

—Buena idea —dijo Patrick.

Atravesó el jardín destruido y saltó el muro. Dejó la espada encima y cogió a Madelyn en sus brazos.

—¿Cómo te sientes?

—Perfectamente. ¿Y tú?

—Nunca mejor.

—¿Adónde fue?

—No tengo la menor idea, y tampoco tengo el menor interés en investigarlo. —Miró hacia lady Dorcas, que estaba golpeando el muro con su abanico, pensativa—. Usted dijo que había algo en ese montón de tierra, pero se me escapa qué era.

—Oro —contestó ella, con aire de complicidad—, y en su buena cantidad.

—Bueno —dijo Patrick pasándose la manga por la frente—. Tampoco tengo interés en investigar eso.

—Yo sí —dijo Jamie, saltando ágilmente al otro lado del muro.

Cogió la espada de Patrick y empezó a remover la tierra del montón. Durante un rato no encontró nada aparte de tierra, y de pronto se oyó el sonido de la espada al golpear algo sólido.

—Un rastrillo —ordenó.

Le llevaron un rastrillo. Después una pala. Excavó la tierra y quedó a la vista un arcón de tamaño mediano.

—Cógete de algo de mí —ordenó.

Suspirando, Patrick saltó el muro y se dignó cogerle la espalda de la camisa, mientras Jamie se agachaba a levantar el arcón y sacarlo. Lo dejó en el suelo y lo abrió.

—¡Doblones! —exclamó, encantado—. Los reconocería en cualquier parte.

—Entonces será mejor que no viajes adonde fueron acuñados —le dijo Patrick, irónico—, no sea que te topes con nuestro buen Gilbert Fergusson y te lo encuentres muy molesto por su viaje.

Jamie pasó los dedos por las monedas de oro.

—Hay muchísimo aquí, Patrick. Lo suficiente para poner en la universidad a tus críos, diría yo.

—Y los tuyos también —bufó Patrick—. Y los de Ian también, creo. —Miró a Madelyn—. Plantaré ortigas.

—Buen plan.

—Son medicinales también —añadió Sunny, con una vocecita débil, al parecer recuperada lo bastante para apoyarse en el muro.

Sí que eran medicinales, pensó él, pero no creía que fuera a recoger algo de ese lugar muy pronto. Cogió su espada de la mano de su hermano y fue a ponerse junto al muro frente a su mujer. Entonces fue cuando notó que estaba muy pálida.

—¿Te sientes mal? —le preguntó, enterrando la espada en la tierra y cogiéndola por los hombros.

De repente ella estaba bastante verde.

E igualmente de repente, ella se apartó de él, se alejó tambaleante y se agachó a hacer arcadas.

Patrick miró a los hombres de su familia. Se veían bastante verdes también.

—¡Patrick! —ladró lady Dorcas.

De un salto él se puso en posición firmes, a su pesar.

—¿Sí?

—Pon en la cama a tu señora. A una mujer en su delicado estado no le hace ninguna falta toda esa excitación que le has hecho pasar esta mañana. Yo diría que necesita un buen poco de tus solícitos cuidados, si sabes dárselos. Si no, la señora Sunshine y yo nos ocuparemos de eso.

Ahora era la cara de Sunny la que empezaba a verse algo verde. Él supuso que no estaba del todo adaptada a los seres del otro mundo que ocupaban la casa de Madelyn y él.

Y entonces cayó.

—¿Delicado estado? —repitió.

Madelyn se enderezó, se giró a mirarlo y le sonrió débilmente. Estaba pálida.

Él se sintió palidecer un poco.

Pero era un MacLeod, después de todo, y un MacLeod no echa a correr.

Y estaba bastante seguro de que un MacLeod no recibía la noticia de su próxima paternidad tumbado de culo en el suelo.

Saltó el muro, en dos zancadas cubrió la distancia que los separaba y la cogió en sus brazos.

—¿Un bebé? —susurró.

—Sí —repuso ella, apoyando todo su cuerpo en él—. Y uno que crecerá seguro y a salvo, gracias a ti.

Él apoyó la mejilla sobre su cabeza y cerró los ojos. Exhaló un largo suspiro, sin saber si se sentía más aliviado porque su enemigo estaba fuera de alcance, o más avasallado porque iba a ser padre.

Tal vez era un poco de ambas cosas.

Se apartó y la miró.

—Déjame que te lleve dentro.

Ella asintió.

Le pasó el brazo por los hombros y giró con ella para mirar a su gaitero.

—Gracias, Robert. Muy estimulante.

Robert asintió.

—Fue un placer, amigo mío. Era lo mínimo que podía hacer después de todo lo que has hecho por mí.

Patrick miró a los otros highlandeses que cubrían los muros. No sabía quiénes eran...

—Mi posteridad —dijo el Triste orgullosamente—. Excelentes y fornidos muchachos esos. Me imagino que estarán por aquí para cuando los necesites, y también como deben para proteger a su señor.

Patrick cerró la boca alrededor de la pregunta de si lord Archibald iría ahora a adivinarle los pensamientos con regularidad. Pero mejor no saber la respuesta a eso, supuso. De todos modos, agradeció con una inclinación de la cabeza a esa posteridad del Triste, y luego se volvió hacia su familia.

—Bueno —dijo, mirando a Ian y a Alex—, ya está.

—Por fin —dijo Ian. Estiró los brazos por encima de la cabeza, bostezó y luego se rascó la tripa—. Entretenida la mañana, Pat, pero tengo cosas que hacer. Esta tarde vienen alumnos nuevos a la clase y será mejor que me prepare. Alex, ¿tienes tiempo para hacerme lo del papeleo? No quiero verme en la cárcel por los arañazos que podría dejarles a esos muchachos, y sospecho que uno de ellos es del tipo de gritar palabrotas cuando lo magullan.

—Cómo no —repuso Alex tranquilamente. Le dio una palmada en el hombro a Patrick—. Buen trabajo, hermano. Ése era un tío duro.

Patrick asintió. Estaba de acuerdo. Gilbert había luchado con mucha pericia y sin piedad. Comparados con él, sus hermanos del pasado eran unos incompetentes. No le agradaba reconocer que se había visto obligado a hacer el máximo esfuerzo para derrotarlo, pero así era.

Se sentía extraordinariamente aliviado de que eso hubiera acabado.

Contempló a Alex e Ian, que se iban alejando en dirección a la casa de Ian, conversando y riendo amigablemente. Se estremeció, a su pesar. Qué extraño cómo la vida jugaba con la muerte tan en serio un instante, y al siguiente continuaba tan tranquilamente.

Se giró a mirar a su hermano, que seguía acariciando doblones.

—¿Y bien? —le preguntó.

Jamie levantó la cabeza y lo miró ceñudo.

—Tendré que consultar con mi especialista en monedas para que me diga el valor exacto de éstos. Te convendrá entrarlos, ponerlos a buen recaudo del frío y de la vista dentro de la casa. Nunca se sabe quién podría pasar por tu terreno, verlos y pensar en llevárselos.

—¿Y qué tal si te ocupas tú de eso? —le dijo Patrick—. Creo que ahora voy a estar ocupado un rato. Mi mujer está en un estado delicado, te hayas fijado o no.

Además, no le había pedido la opinión a su hermano sobre un arcón de oro; tontamente le había pedido la opinión sobre los acontecimientos de esa mañana.

Jamie se puso de pie, intentó levantar el arcón y no lo consiguió.

—Voy a necesitar tu ayuda —dijo.

—Tiene que haberte costado muchísimo reconocer eso —bufó Patrick.

Jamie lo miró pensativo un momento o dos, luego se llevó la mano al mentón y se lo frotó.

Patrick se preparó para huir.

Jamie bajó la tapa del arcón, se acercó al muro, saltó por encima, anduvo los tres pasos necesarios para darle alcance y le puso una mano en el hombro.

—Luchaste bien —dijo simplemente.

Patrick deseó decirse que no le importaba. Después de todo era un hombre con treinta y cinco años detrás, no un muchachito de doce. Pero no podía negar que el elogio de su hermano mayor no le resbalaba en absoluto.

—Gracias —dijo, asintiendo.

—Tal vez después podamos examinar por qué sientes la necesidad de esta validación.

Patrick puso los ojos en blanco y se giró para alejarse, no fuera a decir algo que estropeara el momento. En eso vio a Sunny.

—Bienvenida a Escocia —le dijo.

Ella sonrió débilmente.

—Fabuloso país. Iré a preparar una infusión.

—Yo la ayudaré —dijo lady Dorcas, y haciendo un imperioso gesto con la mano, continuó—: Archibald, ve a atizar el fuego para la encantadora chica. Vamos, señora Sunshine, charlaremos mientras remojamos las hierbas. Tiene usted un estilo particular que me calma muchísimo. Tal vez podría darme su opinión sobre la decoración de mi sala de estar.

Patrick se quedó observando a Sunny caminar hacia la casa detrás de lady Dorcas, que seguía hablando. Detrás de Sunny iba lord Triste con cara de pocos amigos.

Jamie le echó una última mirada, le prometió volver con ayuda para trasladar el oro, y se marchó también. Frotándose el mentón.

Patrick sabía que eso era mal augurio para su paz mental.

Pero al menos se encontraba a solas con su señora, por fin. Ningún fantasma, ningún familiar, ningún pariente político con intenciones destructivas. Entonces miró a Madelyn.

—Perdona —se apresuró a decir—, debería haberte llevado a la cama...

—Ahora estoy bien. Un poco bascosa, pero parece que el aire me sienta bien.

—Bueno, se acabó —dijo él en voz baja.

—Se acabó —convino ella y lo miró—: ¿Qué le vas a decir a Conal? ¿Y a la madre de Lisa?

—Ahora todo, supongo. Helen se merece saber la verdad acerca de Lisa. Yo diría que no lamentará lo de Gilbert. La maltrataba, creo. A Conal no le sorprenderá enterarse de su fin. Lo más probable es que se sienta aliviado por no tener que ir detrás de su cuñado arreglándole los desastres.

—¿Habrá una pesquisa policial?

—Podría haberla —suspiró él.

—¿Qué les diremos?

Él la miró muy serio.

—Por desgracia, la verdad es increíble. Supongo que tendremos que decir que lo vimos por última vez en nuestro jardín y que después no se le ha vuelto a ver.

Ella se estremeció.

—Espero que no vuelva.

—Eso es improbable.

—La vida es complicada —dijo ella. Guardó silencio un momento—. Comprendo por qué no le fuiste detrás después que te incendió la casa.

—No había pruebas. No tenía ningún sentido. —Le cogió la mano y se la besó—. Todo esto desaparecerá con el tiempo. Tendremos nuestra paz. Helen encontrará la de ella. Conal tendrá la de él.

—Y plantaremos esas ortigas.

—Será lo mejor.

Madelyn se acurrucó más entre sus brazos.

—Gracias, Patrick.

—Simplemente he tratado de cumplir mi promesa de paz y seguridad.

—Lo has hecho. Por difícil que fuera verte..., lo hiciste.

—¿Creíste que yo iba a perder? —preguntó él, apartándose para mirarla sorprendido.

—A decir verdad —repuso ella sonriendo—, pensé que no habías hecho bastante ejercicio esta mañana y no querías acabarlo tan pronto. De verdad, Patrick, deberías entrenar más y echar fuera todo ese exceso de energía que Moraig asegura que tienes.

Él la miró enfurruñado y no hizo caso de la risa que recibió a cambio.

—Pero claro, igual vas a gastar muchísima energía corriendo detrás de tu bebé dentro de un año o así, por lo tanto tal vez deberías descansar.

—Excelente idea —concedió él.

Aunque dudaba de que pudiera descansar en esos momentos. Estaba demasiado lleno de vida y de muerte, y de sentimientos que amenazaban con avasallarlo. Iría a poner a su señora esposa en la cama y después buscaría una mata de ortigas para trasplantarla al montón de tierra vegetal. Eso prevendría que alguien del presente cayera en el pasado, y serviría para mantener a raya a Gilbert, si alguna vez se las ingeniaba para volver por el mismo lugar por donde se fue. Unos cuantos gritos de dolor de un viajero errante salidos de la puerta del tiempo de su jardín bastarían por lo menos para avisarle de que algo iba mal.

Después llamaría a Conal y a Helen. Tenía que ponerle fin a ese capítulo de su vida.

Y una vez que se hubiera ocupado de eso, se daría permiso para sentarse a pensar.

En el milagro de la vida.

En los placeres de tener una familia.

Y en la dicha de tener a la mujer que iba caminando a su lado, rodeándolo con el brazo, la mujer que entró en su vida y le dio motivo para volver a vivir.

Para volver a amar.

—Creo que te frotaste el mentón.

Él pestañéo y despertó de su ensimismamiento.

—Noo —protestó, horrorizado.

Ella se limitó a reírse y aumentar la presión del brazo alrededor de su cintura.

Él la llamó mozuela descarada en voz baja, recibió otra risa a cambio, y luego le besó la cabeza sobre su mata de rizos revueltos, y entró con ella en la casa.

Epílogo

*P*atrick estaba pensando en la ventaja de tener una cuñada comadrona. Le ahorraba la preocupación de transportar a su mujer al hospital. Jamie había alquilado un helicóptero, por si acaso. Éste estaba posado detrás de la casa, esperando pacientemente. Sunny estaba esperando también, con igual paciencia, desentendiéndose de los nerviosos paseos de él por la habitación y haciendo oídos sordos a las palabrotas de Madelyn.

—¿En qué demonios estaría pensando? —gimió Madelyn, aferrada a un lado de la bañera para parto que Sunny había exigido que importaran. Miró alrededor, desesperada—. Esto es demasiado.

—Es la labor del parto. Una transición —le dijo Sunny muy serena—. Aguanta.

—¡Aguanta! —gritó Madelyn—. ¡Pasa por esto y me dices aguanta, maldita...!

Patrick escuchó boquiabierto la larga lista de insultos que le gritó su mujer a su amadísima hermana. Miró boquiabierto a Sunny, que se volvió hacia él a sonreírle.

—¿Vas a creer que Madelyn pensaba que las mujeres que van de parto no tienen aliento suficiente para decir frases largas? —le comentó, sin inmutarse.

—Eso no fue una frase larga —se atrevió a decir Patrick—. Fue una larga lista de palabrotas muy feas. De verdad, Madelyn —añadió, mirando a su mujer—, tal vez...

—¡Y tú...! —exclamó ella, con las lágrimas corriéndole por la cara—. Eres un...

La lista fue más larga aún. La dijo en gaélico. Él decidió entonces que tal vez le convendría tener una seria conversación con Robert MacLeod. Le había enseñado demasiadas palabrotas a su mujer. Si por lo menos ella hubiera intercalado algunas bonitas, bueno, se sentiría muchísimo mejor. Había oído historias sobre la dicha del parto, la avasalladora naturaleza de esa experiencia, el vínculo que se formaba entre marido y mujer.

En realidad, a él le parecía muy laborioso.

Y sospechaba que su mujer deseaba matarlo.

No, no lo sospechaba. Lo sabía.

Pero dos horas después, terminó la labor, su hija hizo su entrada en el mundo, y su esposa lo estaba mirando con amor en los ojos y la cara bañada en lágrimas.

Sunny le pasó el bultito.

Patrick cogió a su hija, esa criaturita pequeña, impotente, que había vivido acunada bajo el corazón de su madre durante diez meses menos dos semanas, miró sus insondables ojos grises y se sintió absolutamente sin habla.

Su vida se estremeció de alegría.

Miró a Madelyn a los ojos.

—Es preciosa. Gracias.

Ella le sonrió en medio de sus lágrimas.

—Sí.

Sostuvo a la nenita mientras Sunny atendía a Madelyn, y después la puso en los amorosos brazos de su tía para ayudar a Madelyn a salir de la bañera. Cuando Madelyn ya estaba acostada, se arrodilló junto a la cama mientras ella cogía a su hija de diez minutos y se la ponía al pecho. Después Madelyn lo miró.

—¿Qué nombre deberíamos ponerle?

Él había pensado en eso todos esos meses. Casi diez meses. Un nombre para la primera flor brotada en su jardín.

Esperaba que Madelyn estuviera de acuerdo.

—Tengo pensado un nombre —dijo tímidamente.

—¿Qué nombre?

Él guardó silencio un momento, miró a su pequeña hijita, y luego volvió a mirar a su amor.

—Creo que deberíamos llamarla Esperanza.

—Ay, Patrick.

—Eso es lo que tú me has dado. Dos veces ya. Primero cuando entraste en mi vida, y ahora otra vez, con el regalo de mi hija.

El corazón se le calmó dentro de él y musitó palabras de paz.

Y de cosas hermosas brotando en su jardín.

Y de esperanza.

Era suficiente.

Sobre la autora

*L*ynn Kurland es la autora de muchas novelas y relatos cortos, la de más ventas de *USA Today*. Escritora a jornada completa, vive en el Noroeste del Pacífico. Visita su website en

www.lynnkurland.com.

www.titania.org

Visite nuestro sitio web y descubra cómo ganar
premios leyendo fabulosas historias.

Además, sin salir de su casa, podrá conocer
las últimas novedades de
Susan King, Jo Beverley o Mary Jo Putney,
entre otras excelentes escritoras.

Escoja, sin compromiso y con tranquilidad,
la historia que más le seduzca
leyendo el primer capítulo de cualquier libro
de Titania.

Vote por su libro preferido y envíe su opinión
para informar a otros lectores.

Y mucho más...

3/11 (4)
4/5 (5)
12/16 (5) 8/15